Die Frauen der Calhouns 2

Weltbild

Titel der nordamerikanischen Originalausgaben:
For The Love Of Lilah/Suzanna's Surrender

Published by arrangement with
Harlequin Enterprises II B.V., Amsterdam

Herstellungsleitung: fredeboldpartner.network, Köln
Umschlaggestaltung: Studio Höpfner-Thoma, München
Titelabbildung: © Agentur Schlück (Pino Daeni), Garbsen
Satz: D.I.E. Grafikpartner, Köln
Druck und Bindearbeiten: GGP Media GmbH, Pößneck
Printed in Germany
ISBN 3-89941-205-2

Genehmigte Sonderausgabe für
Verlagsgruppe Weltbild GmbH,
Steinerne Furt, 86167 Augsburg

Deutsche Erstveröffentlichung als Hardcover-Ausgabe 2005

Cora Verlag GmbH & Co. KG,
Axel-Springer-Platz 1, 20350 Hamburg

Nora Roberts

Die Frauen der Calhouns 2

Weltbild

Nora Roberts

Smaragd der Liebe

Roman

Aus dem Amerikanischen von
M. R. Heinze

PROLOG

Bar Harbor, 1913

Die Klippen rufen mich. Hoch und wild und gefährlich schön, so stehen sie da und locken verführerisch wie ein Liebhaber. Am Morgen war die Luft so sanft wie die Wolken, die über den westlichen Himmel zogen. Möwen kreisten und riefen. Ein einsamer Klang wie von einer Glockenboje, deren Läuten auf dem Wind dahertreibt. Es erinnerte mich an eine Kirchenglocke, die eine Geburt verkündet – oder einen Todesfall.

Wie Luftspiegelungen schimmerten Inseln durch den feinen Dunst, den die Sonne noch nicht über dem Wasser aufgelöst hatte. Fischer steuerten ihre behäbigen Boote aus der Bay hinaus auf die rollende See.

Obwohl ich wusste, dass er nicht da sein würde, konnte ich nicht fernbleiben.

Ich nahm die Kinder mit. Es kann nicht falsch sein, mit ihnen das Glück teilen zu wollen, das ich stets empfinde, wenn ich durch das Wildgras zu den Felsen wandere. Ich hielt Ethans Hand in der einen, Colleens in der anderen Hand. Nanny führte den kleinen Sean, während er durch das Gras hinter einem gelben Schmetterling hertappte.

Ihr Lachen – der süßeste Klang für eine Mutter – schwebte durch die Luft. Noch werden sie nicht von den Sorgen der Welt bedrückt, von den Aufständen in Meako, der Unruhe in Europa. Zu ihrer Welt gehören weder Betrug noch Schuldgefühle oder Leidenschaften. Könnte ich sie doch bloß so unschuldig und sicher und frei erhalten! Aber ich weiß, dass sie sich eines Tages all diesen aufwühlenden Emotionen der Erwachsenen sowie deren Sorgen stellen müssen.

Doch heute sollten Blumen gepflückt und Fragen beantwortet werden. Und mir blieb es, Träumen nachzuhängen.

Zweifellos weiß Nanny, warum ich hier spazieren gehe. Sie kennt mich zu gut, um nicht in mein Herz zu blicken. Sie liebt mich zu sehr, um mich zu kritisieren. Niemand sieht deutlicher als sie, dass es in meiner Ehe keine Liebe gibt. Diese Ehe ist für Fergus eine Annehmlichkeit, für mich eine Pflicht. Gäbe es nicht die Kinder, hätten wir nichts gemeinsam. Und ich befürchte, dass er sie nur als Besitz betrachtet, als Symbole für seinen Erfolg, genau wie unser Heim in New York oder The Towers, das burgartige Haus, das er auf dieser Insel für den Sommer gebaut hat. Oder für mich, eine Frau, die er geheiratet hat, die er für attraktiv genug, für wohlerzogen genug erachtet, um den Namen Calhoun zu tragen. Seine Tafel zu zieren oder an seinem Arm zu glänzen, wenn wir uns in der Gesellschaft bewegen, die für ihn so wichtig ist.

Es klingt kalt, wenn ich dies schreibe, doch ich kann nicht so tun, als gäbe es Wärme in meiner Ehe mit Fergus. Ganz sicher existiert keine Leidenschaft. Als ich den Wünschen meiner Eltern folgte und ihn heiratete, hoffte ich auf Zuneigung, die sich zur Liebe entwickeln würde. Doch ich war noch sehr jung.

Bis vor einem Jahr konnte ich mir selbst einreden, dass ich zufrieden war. Ich habe einen erfolgreichen Ehemann, wundervolle Kinder, einen beneidenswerten Platz innerhalb der Gesellschaft und einen Kreis eleganter Freunde. Meine Garderobe quillt über von schönen Kleidern und Juwelen. Die

Smaragde, die Fergus mir zu Ethans Geburt schenkte, sind einer Königin würdig. Mein Sommerhaus ist imposant und mit seinen Erkern und Türmchen ebenfalls für königliche Bewohner geeignet, mit seinen hohen Räumen mit den Seidentapeten, den schimmernden Fußböden und den teuersten Teppichen.

Welche Frau wäre mit all dem nicht zufrieden? Was könnte eine pflichtgetreue Ehefrau noch mehr verlangen? Außer Liebe nichts.

Es war Liebe, was ich auf diesen Klippen fand, bei jenem Künstler, der dort stand, der See zugewandt, und diese Felsen und die tobenden Wasser auf Leinwand bannte. Christian. Sein dunkles Haar vom Wind zerzaust, seine grauen Augen waren so dunkel, so eindringlich, wenn sie mich betrachteten. Hätte ich ihn nicht getroffen, hätte ich vielleicht weiterhin Zufriedenheit heucheln können. Ich hätte weiterhin so tun können, als würde ich mich nicht nach süßen Worten oder einer sanften Berührung mitten in der Nacht sehnen.

Doch ich traf ihn, und mein Leben veränderte sich. Nicht für hundert Smaragdcolliers würde ich zu dieser falschen Zufriedenheit zurückkehren. Mit Christian habe ich etwas gefunden, das wertvoller ist als alles Gold, das Fergus so eifrig anhäuft. Es ist nichts, das ich in der Hand halten oder am Hals herumtragen kann, sondern etwas, das ich in meinem Herzen bewahre.

Wenn ich ihn auf den Klippen treffe, wie ich dies an diesem Nachmittag tun werde, werde ich nicht um das trauern, was wir nicht haben können, das wir uns nicht zu nehmen wagen, sondern ich werde die Stunden genießen, die uns geschenkt sind. Wenn ich seine Arme um mich fühle und seine

Lippen auf den meinen spüre, werde ich wissen, dass Bianca die glücklichste Frau auf der Welt ist, weil sie so sehr geliebt wird.

1. KAPITEL

Bar Harbor, 1991

Ein Gewitter zog herauf. Von dem hohen Turmfenster aus konnte Lilah die Silberzungen der Blitze am schwarzen Himmel im Osten erkennen. Donner grollte.

Etwas kam näher. Sie fühlte es, nicht nur in der schwerer werdenden Luft, sondern auch am Schlagen ihres Herzens.

Sie lächelte, als sie an ihre Urgroßmutter dachte. Hatte Bianca jemals hier gestanden, einem Gewitter zugesehen und sich gewünscht, ihr Liebster wäre neben ihr, um mit ihr die Kraft und die entfesselte Leidenschaft zu teilen? Natürlich hatte sie das.

Doch Lilah wusste, dass Bianca hier allein gestanden hatte, genau wie sie jetzt. Vielleicht war es diese Einsamkeit gewesen, die Bianca dazu getrieben hatte, sich aus diesem Fenster auf die tödlichen Felsen in der Tiefe zu stürzen.

Kopfschüttelnd mahnte Lilah sich, dass Depressionen und düstere Gedanken nicht zu einer Frau passten, die das Leben nahm, wie es kam – und die es sich zur Devise gemacht hatte, unnötige Anstrengungen zu vermeiden.

Lilah schämte sich nicht dafür, dass sie lieber saß als stand, lieber ging als lief und ein Schläfchen körperlichem Training vorzog, um sich in Form zu halten.

Sie grübelte nicht gern und ärgerte sich sehr darüber, dass sie es in den letzten Wochen doch getan hatte. Dabei konnte sie eigentlich zufrieden sein. Ihr Leben verlief gleichmäßig ruhig. Ihr Heim und ihre Familie, beides für sie genauso wichtig wie ihre eigene Bequemlichkeit, waren gesichert, erweiterten sich sogar auf eine sehr erfreuliche Art und Weise.

Ihre jüngste Schwester, C. C., war gerade von ihrer Hochzeitsreise zurück und blühte wie eine Rose. Amanda, die praktischste der Calhoun-Schwestern, war bis über beide Ohren verliebt und plante auch schon ihre eigene Hochzeit.

Die beiden Männer im Leben ihrer Schwestern fanden Lilahs ungeteilte Zustimmung. Trenton St. James, ihr neuer Schwager, war ein tüchtiger Geschäftsmann mit einem weichen Herzen unter seinem Maßanzug. Sloan O'Riley mit seinen Cowboystiefeln und dem schleppenden Oklahoma-Akzent besaß ihre Bewunderung dafür, dass er Amandas spröde Fassade durchbrochen hatte.

Dass zwei ihrer geliebten Nichten mit wundervollen Männern verbunden waren, versetzte Tante Coco natürlich in einen wahren Glückstaumel. Lilah amüsierte sich insgeheim darüber, dass ihre Tante fest davon überzeugt war, sie habe diese Liebesaffären eingefädelt. Und jetzt wollte Tante Coco, seit vielen Jahren Beschützerin der Calhoun-Schwestern, diesen Dienst auch Lilah und ihrer älteren Schwester Suzanna erweisen.

Viel Glück, wünschte Lilah ihrer Tante. Nach einer traumatischen Scheidung und mit zwei kleinen Kindern – ganz zu schweigen von ihrem eigenen Geschäft – würde Suzanna kaum mitspielen. Sie hatte sich einmal böse verbrannt, und eine kluge Frau ließ sich nicht zweimal ins Feuer stoßen.

Was sie selbst betraf, so hatte Lilah ihr Bestes getan, um sich zu verlieben, um dieses innere Klicken zu hören, wenn man den Menschen gefunden hatte, der einem bestimmt war. Doch bisher hatte dieser ganz spezielle Teil ihres Herzens starrsinnig geschwiegen.

Dafür ist immer noch Zeit, tröstete sie sich. Sie war siebenundzwanzig, glücklich mit ihrer Arbeit, geborgen in ihrer Familie. Vor ein paar Monaten hätten sie beinahe The Towers verloren, das verfallende, exzentrische Haus der Calhouns auf den Klippen über der See. Wäre Trent nicht gewesen, hätte Lilah jetzt nicht in dem Turmzimmer, das sie so liebte, stehen und das heraufziehende Gewitter beobachten können.

Sie hatte also ihr Heim, ihre Familie, ihre Arbeit und ein Geheimnis, das gehütet werden musste. Urgroßmutter Biancas Smaragde. Obwohl Lilah die Steine nie gesehen hatte, konnte sie sie sich lebhaft vorstellen.

Zwei sagenhafte Reihen grüner Steine, betont durch glitzernde Diamanten. Schimmerndes Gold in kunstvoller Filigranarbeit. Und von der unteren Reihe hängend, dieser herrliche, leuchtende Smaragdtropfen. Über seinen finanziellen und ästhetischen Wert hinaus stellte dieses Collier für Lilah ein direktes Bindeglied zu einer Vorfahrin dar, die sie faszinierte, und symbolisierte die Hoffnung auf ewige Liebe.

Die Legende besagte, dass Bianca beschlossen hatte, ihre freudlose Ehe zu beenden, und einige besonders lieb gewonnene Gegenstände, darunter die Halskette, in eine Kassette packte und versteckte, weil sie hoffte, eine Möglichkeit zu finden, mit ihrem Geliebten zu fliehen. Doch bevor sie ihren Plan verwirklichen konnte, war sie aus Verzweiflung aus dem Turmfenster in den Tod gesprungen.

Ein tragisches Ende einer Romanze, dachte Lilah, doch sie fühlte sich nicht immer so traurig, wenn sie an Bianca dachte. Biancas Geist war in The Towers verblieben, und in diesem Raum hoch droben, in dem Bianca so viele Stunden damit zugebracht hatte, sich nach ihrem Geliebten zu sehnen, fühlte Lilah sich ihr nahe.

Wir werden die Smaragde finden, redete sie sich selbst ein. Das ist uns vorherbestimmt.

Tatsächlich hatte die Halskette bereits für Probleme gesorgt. Die Presse hatte davon erfahren und die Geschichte von dem verborgenen Schatz ausgewalzt, und zwar so erfolgreich, dass der Ärger über neugierige Touristen oder Amateurschatzsucher hinausging und einen skrupellosen Dieb in ihr Haus gebracht hatte.

Bei der Vorstellung, dass Amanda hätte ums Leben kommen können, als sie die Unterlagen der Familie schützte, damit keine Hinweise auf die Smaragde in falsche Hände gelangten, schauderte Lilah. Trotz Amandas Heldenhaftigkeit war der Mann, der sich selbst William Livingston nannte, mit einer ganzen Menge alter Papiere geflohen. Lilah hoffte inständig, er möge nichts weiter finden als Rezepte und unbezahlte Rechnungen.

William Livingston alias Peter Mitchell, ein Mann mit einem Dutzend Decknamen, würde die Smaragde nicht in seine Finger bekommen. Nicht, wenn es nach den Calhoun-Frauen ging, und dazu zählte nach Lilahs Ansicht auch immer noch Bianca, die zu The Towers gehörte wie der abbröckelnde Verputz und die knarrenden Bodendielen.

Ruhelos wich Lilah von dem Fenster zurück. Sie war eine Frau, die an Instinkte und Vorahnungen glaubte.

In dieser Nacht braute sich etwas zusammen.

Erneut blickte sie hinaus. Das Gewitter kam näher und nahm an Stärke zu.

Lilah verspürte den unwiderstehlichen Drang, den Naturkräften im Freien entgegenzutreten.

Max merkte, dass sein Magen im gleichen Takt wie das Boot schwankte. Die Yacht, verbesserte er sich. Eine acht Meter lange Schönheit mit allem Komfort eines Zuhauses. Sicher mit mehr Komfort als sein eigenes Zuhause, ein voll gestopftes Apartment nahe dem Campus der Cornell University. Das Problem war nur, dass diese acht Meter lange Schönheit auf einem sehr zornigen Atlantik schwamm, dem die beiden Pillen gegen Seekrankheit, die Max geschluckt hatte, nicht gewachsen waren.

Er strich sich eine dunkle Locke aus der Stirn, die sofort wieder zurückfiel. Das Schwanken der Yacht ließ die Messinglampe über seinem Schreibtisch tanzen. Max bemühte sich nach Kräften, es zu ignorieren. Professoren für amerikanische Geschichte bekamen nicht jeden Tag eine gleichermaßen faszinierende wie lukrative Arbeit für den Sommer angeboten. Und es bestand durchaus die Möglichkeit, dass er auch noch ein Buch daraus machen konnte.

Von einem exzentrischen Millionär als Forscher engagiert zu werden, war der Stoff, aus dem die Träume sind. In diesem Fall war es eine Tatsache.

Als das Schiff rollte, presste Max eine Hand auf seinen Magen und probierte es mit drei tiefen Atemzügen. Da dies nichts half, versuchte er, sich auf sein Glück zu konzentrieren.

Der Brief von Ellis Caufield war gerade rechtzeitig gekommen, als Max sich für eine Sommerarbeit verpflichten wollte. Das Angebot war unwiderstehlich und äußerst schmeichelhaft gewesen. Ein echter Glücksfall.

In seinem täglichen Leben dachte Max nie daran, dass er einen ausgezeichneten Ruf besitzen könnte. Einige viel beachtete Artikel, ein paar Preise – doch das war beschränkt auf die enge akademische Welt, in der Max sich glücklich vergraben hatte. Wenn er ein guter Lehrer war, so kam das daher, dass er es verstand, bei seinen Studenten das Interesse an der Vergangenheit zu wecken, bei jungen Leuten also, die fest in der Gegenwart verwurzelt waren.

Es war eine Überraschung gewesen, dass Caufield, ein akademischer Laie, von ihm gehört hatte und ihn genug respektierte, um ihm eine dermaßen interessante Arbeit anzubieten.

Was für einen Mann mit der Gedankenwelt von Maxwell Quartermain noch erregender war als die Yacht, das Honorar und ein Sommerurlaub in Bar Harbor auf Mount Desert Island, das war die Geschichte, die in jedem Blatt Papier steckte, das er katalogisieren sollte.

Eine Rechnung für einen Damenhut, datiert 1932. Die Gästeliste einer Party aus dem Jahr 1911. Die Kopie einer Reparaturrechnung für einen 1935er Ford. Das handgeschriebene Rezept für eine Kräutermedizin gegen Krupp. Es gab Briefe aus der Zeit vor dem Ersten Weltkrieg, Zeitungsausschnitte mit den Namen Carnegie und Kennedy, Versandrechnungen für Chippendale-Schränke, einen Waterford-Lüster. Alte Tanzkarten, vergilbte Rezepte.

Für einen Mann, der den Großteil seines intellektuellen Lebens in der Vergangenheit verbrachte, war dies eine wahre Schatzgrube. Er hätte gratis jedes einzelne Blatt geprüft, doch Ellis Caufield hatte Max mehr geboten, als er mit seiner Lehrtätigkeit in zwei Semestern verdiente.

Ein Traum ging in Erfüllung. Anstatt sich den Sommer über damit abzumühen, gelangweilte Studenten für den kulturellen und politischen Zustand Amerikas vor dem Ersten Weltkrieg zu interessieren, genoss er sein Leben nun in vollen Zügen. Mit dem Geld, das zur Hälfte bereits überwiesen worden war, konnte Max es sich leisten, ein Jahr lang nicht zu unterrichten und mit dem Buch zu beginnen, das er hatte schreiben wollen.

Max fühlte sich tief in Caufields Schuld. Ein Jahr für sich selbst! Das war mehr, als er sich je erträumt hatte. Sein Verstand hatte ihm ein Stipendium an der Cornell University verschafft. Sein Verstand und harte Arbeit hatten ihm mit fünfundzwanzig einen Doktor der Philosophie eingebracht. Acht Jahre arbeitete er seither, unterrichtete, bereitete Vorlesungen vor, beurteilte Arbeiten und nahm sich nur die Zeit, um ein paar Artikel zu schreiben.

Jetzt würde er dank Caufield die Zeit haben, die er sich bis dahin nie genommen hatte. Er konnte das Projekt in Angriff nehmen, das er in seinem Kopf und seinem Herzen verborgen hatte.

Er wollte einen im zweiten Jahrzehnt des zwanzigsten Jahrhunderts angesiedelten Roman schreiben. Nicht bloß eine Geschichtslektion oder eine Abhandlung über Ursachen und Auswirkungen des Krieges, sondern eine Erzählung von Menschen, die vom Strudel der Ereignisse mitgerissen wurden. Von Menschen, die er kennen und verstehen lernte, indem er ihre alten Papiere las.

Caufield hatte es ihm ermöglicht. Und das alles wurde durch einen luxuriösen Sommerurlaub auf einer Yacht versüßt. Es war nur ein Jammer, dass Max nicht hatte ahnen können, wie widerspenstig sein Körper auf die Bewegungen der See reagierte.

Zu der Übelkeit gesellten sich jetzt auch Kopfschmerzen. Max brauchte Luft. Frische Luft. Er stöhnte ein wenig, als er aufstand und sein Magen sich bei der nächsten Welle hob. Er konnte förmlich fühlen, wie er sich grün verfärbte. Luft! Max taumelte aus der Kabine und fragte sich, ob er jemals Seemannsbeine bekommen würde. Nach einer Woche hatte er geglaubt, sich schon ganz gut zu machen, doch seit dem

Aufziehen der Schlechtwetterfront fühlte er sich wieder unsicher.

Wie gut, dass er nicht – wie er sich manchmal ausmalte – auf der ‚Mayflower' gefahren war. Er hätte es niemals bis Plymouth Rock geschafft.

Eine Hand gegen die Mahagonitäfelung gestützt, torkelte Max durch den schwankenden Korridor in Richtung Treppe.

Caufields Kabinentür stand offen. Max hätte niemals gelauscht. Er hielt nur kurz inne, um seinen Magen zu beruhigen, und hörte seinen Arbeitgeber mit dem Kapitän sprechen. Als sich die Benommenheit aus Max' Kopf verzog, erkannte er, dass sie nicht über das Wetter oder den Kurs redeten.

„Ich werde nicht auf die Halskette verzichten", sagte Caufield ungeduldig. „Ich habe schon eine Menge Ärger und Kosten auf mich genommen."

Die Antwort des Kapitäns klang ähnlich angespannt. „Ich verstehe nicht, warum du Quartermain in die Sache reingezogen hast. Wenn er kapiert, warum dich diese Papiere interessieren und wie du sie bekommen hast, wird er Schwierigkeiten machen."

„Er wird es nicht herausfinden. Für den guten Professor haben diese Dokumente meiner Familie gehört. Und ich bin reich genug, exzentrisch genug, sie konservieren zu lassen."

„Wenn er etwas hört …"

„Etwas hört?" unterbrach Caufield lachend. „Der ist so in der Vergangenheit vergraben, dass er nicht einmal seinen eigenen Namen kennt. Was glaubst du denn, warum ich gerade ihn ausgesucht habe? Ich mache meine Hausarbeiten, Hawkins, und ich habe mich gründlich über Quartermain informiert. Er ist ein akademisches Fossil mit mehr Gehirn als praktischem

Menschenverstand, und er interessiert sich nur dafür, was in der Vergangenheit passiert ist. Gegenwärtige Ereignisse wie bewaffneter Raubüberfall und die Calhoun-Smaragde liegen außerhalb seiner Welt."

Auf dem Korridor verhielt Max sich völlig still, während seine Übelkeit mit einem schlimmen Verdacht um seine Aufmerksamkeit kämpfte. Bewaffneter Raubüberfall! Die beiden Worte wirbelten durch seinen Kopf.

„In New York wären wir besser dran", beschwerte sich Hawkins. „Ich habe die Wallingford-Sache ausgekundschaftet, während du im letzten Monat weg warst. Wir könnten uns die Diamanten der alten Lady innerhalb einer Woche unter den Nagel reißen."

„Die Diamanten laufen nicht weg." Caufields Ton wurde härter. „Ich will die Smaragde, und ich kriege sie. Ich raube seit zwanzig Jahren, Hawkins, und ich weiß, dass man nur einmal im Leben eine so große Chance kriegt."

„Die Diamanten ..."

„Sind Steine." Jetzt klang die Stimme zärtlich und vielleicht auch ein wenig verrückt. „Die Smaragde aber sind eine Legende. Sie werden mir gehören, was immer es kostet."

Max stand wie erstarrt vor der Kabine. Die würgende Übelkeit in seinem Magen wurde von dem Schock verdrängt. Er hatte keine Ahnung, wovon die beiden sprachen, aber eines war klar – er wurde von einem Dieb benützt, denn in diesen Papieren steckte mehr als er geahnt hatte.

Ihm waren weder Caufields Fanatismus noch die unterdrückte Brutalität in Hawkins' Stimme entgangen. Und Fanatismus hatte sich im Verlauf der Geschichte immer wieder als eine höchst gefährliche Waffe bestätigt. Seine einzige Verteidigung dagegen war Wissen.

Er musste die Papiere an sich bringen und einen Weg von dem Boot herunter und zur Polizei finden. Obwohl nichts von dem, was er der Polizei erzählen konnte, einen Sinn ergab. Er wich zurück und hoffte, seine Gedanken würden sich klären, bis er seine eigene Kabine erreicht hatte. Doch eine plötzliche Welle brachte das Boot dazu, sich aufzubäumen, und schleuderte Max durch die offene Tür in die Kabine.

„Dr. Quartermain." Caufield klammerte sich an seinem Tisch fest und hob eine Augenbraue. „Nun, es sieht ganz so aus, als wären Sie zur falschen Zeit am falschen Ort."

Max hielt sich am Türrahmen fest, als er rückwärts taumelte, und verfluchte das unruhige Deck unter seinen Füßen. „Ich ... brauchte frische Luft."

„Er hat jedes verdammte Wort gehört", murmelte der Kapitän.

„Das ist mir klar, Hawkins. Der Professor ist nicht mit einem Pokergesicht gesegnet. Nun denn." Caufield öffnete eine Schublade. „Dann ändern wir einfach unsere Pläne ein wenig. Ich fürchte, Sie bekommen während unseres Aufenthalts in Bar Harbor keinen Landgang, Professor." Er holte einen verchromten Revolver hervor. „Unangenehm, ich weiß, aber ich bin sicher, Sie werden bei Ihrer Arbeit Ihre Kabine mehr als ausreichend finden. Hawkins, bring ihn zurück und sperr ihn ein!"

Ein Donnerschlag ließ die Yacht erbeben. Das reichte aus, dass Max seine Beine wieder bewegen konnte. Als das Boot schwankte, jagte er zurück auf den Korridor, zog sich am Geländer entlang und kämpfte gegen die Bewegung des Bootes an. Die Schreie hinter ihm wurden schwächer, als er das Deck erreichte und in das Heulen des Sturmes geriet.

Salzige Gischt klatschte ihm ins Gesicht und blendete ihn für einen Moment, als er sich hektisch nach einer Fluchtmöglichkeit umsah. Ein Blitz zerriss den schwarzen Himmel und erhellte die aufgewühlte See, die fernen Felsen und die vage Silhouette des Festlandes. Der nächste Brecher kostete Max fast das Gleichgewicht, aber mit einer Kombination aus Glück und purer Willenskraft hielt er sich auf den Beinen. Instinktiv rannte er los und schlidderte über das nasse Deck. Im Licht des nächsten Blitzes sah er einen der Matrosen zu ihm herüberblicken. Der Mann rief etwas und gestikulierte, aber Max wirbelte auf dem schlüpfrigen Deck herum und rannte weiter.

Er versuchte, sich zu konzentrieren, doch seine Gedanken überschlugen sich. Der Sturm, das schaukelnde Boot, die blinkende Waffe. Als wäre er in dem Albtraum eines anderen gefangen. Er war ein Geschichtsprofessor, ein Mann, der sich in Büchern vergrub und selten lange genug daraus auftauchte, um sich daran zu erinnern, ob er etwas gegessen oder seine Wäsche abgeholt hatte. Er war tödlich langweilig und trottete durch die akademische Tretmühle, wie er das sein ganzes Leben lang getan hatte. Ganz sicher konnte er nicht auf einer Yacht auf dem Atlantik von bewaffneten Dieben gejagt werden!

„Quartermain!"

Die Stimme seines Arbeitgebers war so nahe, dass Max sich umdrehte. Die weniger als zwei Meter entfernte Waffe erinnerte ihn daran, dass manche Albträume real waren. Langsam wich er zurück, bis er gegen die Reling stieß. Jetzt gab es keinen Ausweg mehr.

„Ich weiß, dass es unangenehm ist", sagte Caufield, „aber ich finde, Sie sollten in Ihre Kabine zurückgehen." Ein Blitz betonte seine Worte. „Der Sturm soll kurz, aber ziemlich heftig werden. Wir möchten doch nicht, dass sie über Bord fallen."

„Sie sind ein Dieb."

„Ja." Caufield lächelte, die Beine gegen das rollende Deck gestemmt. Er genoss die Situation – den Wind, die elektrisch aufgeladene Luft, das bleiche Gesicht seines Opfers, das er in die Ecke getrieben hatte. „Und jetzt, da ich wesentlich offener darüber sprechen kann, wonach Sie suchen sollen, müsste unsere Arbeit viel rascher vorangehen. Kommen Sie, Doktor, benützen Sie Ihr gefeiertes Gehirn."

Aus den Augenwinkeln sah Max, dass Hawkins sich ihm von der anderen Seite näherte. Gleich würden sie ihn haben, und wenn das passierte, würde er nie wieder ein Klassenzimmer betreten.

Aus einem Überlebensinstinkt heraus, der noch nie auf die Probe gestellt worden war, schwang er sich über die Reling. Er hörte noch einen Donnerschlag, fühlte ein Brennen an seiner Schläfe und tauchte in das dunkle, aufgewühlte Wasser.

Lilah war die kurvenreiche Straße zum Fuß der Klippen hinuntergefahren. Der Sturm hatte sich verstärkt und zerrte an ihren Haaren, als sie aus dem Wagen stieg. Sie wusste nicht, weshalb es sie gedrängt hatte, hierher zu kommen, allein auf diesem schmalen, steinigen Strandabschnitt zu stehen und sich dem Unwetter entgegenzustemmen.

Doch nun war sie hier, und Begeisterung durchströmte sie und ließ ihr Herz schneller schlagen. Ihr Lachen trieb mit dem Sturm davon. Kraft und Leidenschaft explodierten um sie herum in einem Kampf, den sie genießen konnte.

Wellen schlugen gegen die Felsen, spritzten hoch und besprühten sie mit schäumender Gischt. Sie fröstelte, zog sich jedoch nicht zurück, sondern schloss die Augen und hob ihr Gesicht dem Wasser entgegen.

Das Tosen war gewaltig, wild. Über ihr entlud sich das Gewitter jetzt in geringster Entfernung. Der Regen hing so schwer in der Luft, dass man ihn förmlich schmecken konnte, aber er blieb noch aus. Blitze hatten die Vorherrschaft übernommen und jagten durch die Dunkelheit, während das Krachen des Donners mit dem Toben von Wasser und Sturm wetteiferten.

Lilah hatte das Gefühl, allein in einem wildbewegten Gemälde zu sein, doch sie verspürte keine Einsamkeit und auch keine Angst. Es war Erwartung, was auf ihrer Haut prickelte, genauso leidenschaftlich und dunkel wie das Gewitter.

Etwas zieht herauf, dachte sie erneut, als sie den Kopf in den Nacken legte.

Ohne die Blitze hätte sie den Mann nicht gesehen. Zuerst bemerkte sie nur dunkle Umrisse in dem noch dunkleren Wasser und fragte sich, ob ein Delfin zu dicht an die Klippen herangeschwommen war. Neugierig trat sie näher.

Das war kein Delfin, erkannte sie in einem Anflug von Panik. Ein Mann! Zu benommen, um sich zu bewegen, beobachtete sie, wie er unterging. Bestimmt hatte sie sich nur etwas eingebildet. Sie war bloß in dem Mysterium des Gewitters gefangen. Es war verrückt zu glauben, jemand würde in diesem abgelegenen und wilden Abschnitt mit den Wellen kämpfen.

Doch als die Gestalt wieder auftauchte, schleuderte Lilah ihre Sandalen von den Füßen und hechtete in das eisige schwarze Wasser.

Max' Kräfte schwanden. Obwohl es ihm gelungen war, die Schuhe abzustreifen, fühlten sich seine Beine abscheulich schwer an. Er war immer ein kräftiger Schwimmer gewesen. Das war der einzige Sport, für den er ein Talent besaß. Doch das Meer riss ihn mit sich, zog ihn nach Lust und Laune in die Tiefe und gab ihn spielerisch wieder frei, wenn er um einen Atemzug kämpfte.

Die nächste Welle überrollte ihn, und erschöpft ließ er sich unter die Oberfläche drücken. Er hoffte nur zu ertrinken, bevor er gegen die Felsen krachte.

Er fühlte, wie sich etwas um seinen Hals schlang, und wehrte sich mit letzter Kraft dagegen. Wilde Fantasien von Seeschlangen ließen ihn kämpfen. Plötzlich kam er wieder an die Oberfläche, und seine brennenden Lungen sogen sich voll Luft. Dunkel sah er das Gesicht einer Frau. Blass, unglaublich schön. Dunkle nasse Haare berührten sein Gesicht.

„Festhalten“, schrie sie ihm zu. „Wir schaffen es!“

Die Frau zog ihn zur Küste und stemmte sich gegen den Sog der Wellen. Halluzinationen, dachte Max. Es musste eine Halluzination sein, dass ihm eine schöne Frau in letzter Sekunde zu Hilfe kam. Doch die Möglichkeit, dass ein Wunder geschehen war, ließ seinen verblassenden Überlebenswillen erstarken, und er begann mitzuarbeiten.

Die Wellen krachten gegen Max und Lilah, zerrten sie einen Meter zurück, wenn sie sich zwei Meter vorgearbeitet hatten. Über ihnen öffnete sich der Himmel und ließ schwere Tropfen herabprasseln. Die Frau schrie wieder etwas, doch er konnte nur noch ein dumpfes Dröhnen in seinem Kopf hören.

Er musste schon tot sein. Es gab keinen Schmerz mehr. Er konnte nur noch das Gesicht der Frau sehen, das Schimmern ihrer Augen, die nassen Wimpern. Es konnte einem Mann Schlimmeres zustoßen, als mit diesem Bild vor seinem geistigen Auge zu sterben.

Doch ihre Augen schimmerten vor Zorn. Sie wollte ihm helfen! Und sie brauchte seine Hilfe. Instinktiv schlang er einen Arm um ihre Taille, sodass sie sich gegenseitig stützen konnten.

Er wusste nicht mehr, wie oft sie untergingen, wie oft der eine den anderen wieder hochzog. Als er die aufragenden Felsen entdeckte, drehte er seinen ermatteten Körper, um die Frau zu schützen. Eine besonders kräftige Welle schleuderte sie beide hüfthoch aus dem Wasser, so mühelos, wie ein Finger eine Ameise von einem Stein schnippt.

Seine Schulter krachte gegen Felsen, doch er fühlte es kaum. Dann knirschte Sand unter seinen Knien, riss seine Haut auf. Das Wasser wollte sie zurücksaugen, doch sie krochen auf das felsige Ufer.

Eine grauenhafte Übelkeit überkam ihn und schüttelte ihn durch, bis er meinte, auseinander zu brechen. Als das Schlimmste vorbei war, rollte er sich hustend auf den Rücken. Der Himmel drehte sich über ihm, zuerst schwarz, dann leuchtend. Dann war ihr Gesicht wieder über ihm. Eine Hand strich sanft über seine Stirn.

„Du hast es geschafft, Matrose."

Er konnte sie nur anstarren. Sie war unheimlich schön. In den flackernden Blitzen sah er, dass ihr Haar rötlich golden war. Es floss um ihr Gesicht, ihre Schultern, bis auf seine Brust hinunter. Ihre Augen besaßen das mystische Grün einer ruhigen See. Während das Wasser von ihr auf ihn hinuntertropfte, tastete er nach ihrem Gesicht, in der Überzeugung, seine Finger würden das Bild durchdringen. Doch er fühlte ihre Haut, kalt, nass und weich wie nach einem Frühlingsregen.

„Wirklich …" Seine Stimme war kaum mehr als ein heiseres Krächzen. „Es gibt dich wirklich …"

„Verdammt richtig." Sie lächelte, legte ihre Hände an sein Gesicht und lachte. „Sie leben. Wir beide leben!" Und sie küsste ihn. Tief, überschwänglich, bis sich alles in seinem Kopf drehte. Lachen schwang in dem Kuss mit. Er hörte die Freude darin.

Als er wieder zu ihr aufblickte, verschwamm ihre Gestalt. Dieses ätherische Gesicht verblasste, bis er nur noch diese unglaublichen schimmernden Augen erkennen konnte.

„Ich habe nie an Meerjungfrauen geglaubt“, murmelte er, bevor er das Bewusstsein verlor.

2. KAPITEL

„Armer Mann.“ Coco, mädchenhaft und schön in einem fließenden purpurfarbenen Kaftan, stand neben dem Bett, während sie mit Adleraugen beobachtete, wie Lilah die Wunde an der Schläfe ihres bewusstlosen Gastes verband. „Was, um alles in der Welt, mag ihm zugestoßen sein?“

„Wir müssen abwarten, bis wir ihn fragen können.“ Lilah arbeitete vorsichtig weiter, während sie das blasse Gesicht auf dem Kopfkissen betrachtete. Anfang dreißig, schätzte sie. Keine Sonnenbräune, obwohl es mitten im Juni war. Schreibtischtyp, obwohl er eine recht kräftige Muskulatur besaß. Sein Körper war gut in Schuss, wenn auch ein wenig schlaksig. Sein Gewicht hatte ihr jedenfalls mehr als nur ein wenig Mühe bereitet, als sie ihn zu ihrem Wagen gezogen hatte. Sein Gesicht war schmal, länglich. Intellektuell, dachte sie. Der Mund war ansprechend. Ziemlich poetisch, trotz der Blässe. Obwohl seine Augen jetzt geschlossen waren, wusste sie, dass sie blau waren. Sein mittlerweile fast trockenes Haar war voller Sand, lang und dicht. Es war dunkel und lockig.

„Ich habe den Arzt angerufen“, sagte Amanda, als sie in das Schlafzimmer stürmte. Ihre Finger trommelten gegen das Fußende, während sie stirnrunzelnd den Patienten musterte. „Er meint, wir sollten ihn in die Notaufnahme bringen.“

Lilah blickte hoch, als ein Blitz nahe am Haus einschlug und der Regen gegen die Fenster peitschte. „Ich möchte ihn bei diesem Unwetter nicht nach draußen bringen, wenn es nicht unbedingt sein muss.“

„Ich glaube, sie hat Recht.“ Suzanna stand auf der anderen Seite des Bettes. „Ich glaube auch, dass Lilah ein heißes Bad nehmen und sich hinlegen sollte.“

„Mir geht es gut.“ Lilah war in einen Bademantel gehüllt und wurde von einem ordentlichen Schluck Brandy gewärmt.

„Du bist verrückt.“ C. C. massierte Lilahs Nacken, während sie mit ihr schimpfte. „Mitten in einem Sturm ins Meer zu springen!“

„Ansonsten wäre er ertrunken.“ Lilah tätschelte C. C.’s Hand. „Wo ist Trent?“

C. C. seufzte bei dem Gedanken an ihren frisch gebackenen Ehemann. „Er und Sloan überzeugen sich davon, dass die Baustelle gut abgesichert ist. Es gießt in Strömen, und sie sorgen sich um Wasserschäden.“

„Ich denke, ich sollte Hühnersuppe machen.“ Coco betrachtete noch einmal den Patienten, während ihre mütterlichen Instinkte auf Hochtouren liefen. „Genau das braucht er, wenn er aufwacht.“

Max wachte langsam auf. Sehr benebelt. Er hörte den fernen Klang von Frauenstimmen. Leise, sachte, besänftigend. Wie Musik lullten sie ihn in Träume. Als er den Kopf wandte, fühlte Max eine sanfte Berührung an seiner Stirn. Langsam öffnete er die Augen, die noch von dem Salzwasser brannten. Der schwach erleuchtete Raum wirkte verschwommen, schwankte und nahm nur langsam Konturen an.

Sie waren zu fünft, stellte er träumerisch fest. Fünf unglaubliche Exemplare des weiblichen Geschlechts. Auf der einen Seite des Bettes war eine Blonde, poetisch schön, Augen voll Sorge. Am Fußende stand eine große, schlanke Brünette, die gleichermaßen ungeduldig und mitfühlend wirkte. Eine ältere Frau mit aschblonden Haaren und einer imposanten Figur strahlte ihn an. Eine grünäugige, schwarzhaarige Amazone neigte ihren Kopf und lächelte neugierig.

Dann war da seine Meerjungfrau. Sie saß neben ihm in einem weißen Bademantel. Ihr herrliches Haar fiel in wilden Locken bis zu ihrer Taille. Er musste irgendein Zeichen gegeben haben, denn sie alle traten etwas näher, als wollten sie ihm Trost spenden. Die Hand der Meerjungfrau legte sich auf die seine.

„Das muss der Himmel sein“, murmelte er aus trockener Kehle. „Dafür lohnt es sich zu sterben.“

Lachend drückte Lilah seine Finger. „Hübsche Vorstellung, aber wir sind hier in Maine“, verbesserte sie ihn, griff nach einer Tasse und träufelte mit Brandy angereicherten Tee über seine Lippen. „Sie sind nicht tot, nur müde.“

„Hühnersuppe.“ Coco trat näher an das Bett heran, um die Decke über ihm glatt zu ziehen. Sie war eitel genug, um ihn auf der Stelle für seine Bemerkung nach dem Erwachen zu mögen. „Klingt das nicht verlockend, mein Lieber?“

„Ja.“ Der Gedanke, dass etwas Warmes durch seinen schmerzenden Hals floss, war einfach herrlich. Obwohl das Schlucken wehtat, trank er noch etwas Tee. „Wer sind Sie?“

„Wir sind die Calhouns“, erklärte Amanda vom Fußende her. „Willkommen in The Towers.“

Calhoun. Der Name hatte etwas Vertrautes an sich, doch er konnte ihn nicht einordnen. „Tut mir Leid, aber ich weiß nicht, wie ich hierher komme.“

„Lilah hat Sie hergebracht“, erklärte C. C. „Sie …“

„Sie hatten einen Unfall“, unterbrach Lilah ihre Schwester und lächelte ihn an. „Machen Sie sich darüber jetzt keine Sorgen. Sie sollten sich ausruhen.“

Es ging nicht darum, was er sollte. Er musste sich ausruhen. Er dämmerte schon wieder ein. „Sie sind Lilah“, sagte er benommen. Während er in den Schlaf trieb, wiederholte er den Namen und fand ihn lyrisch genug, um davon zu träumen.

„Wie geht es heute Morgen der Lebensretterin?"

Lilah wandte sich vom Herd zu Sloan, Amandas Verlobtem, um. Mit seinen einsneunzig füllte er den Türrahmen so unverhohlen maskulin – und dazu noch entspannt –, dass sie lächeln musste.

„Ich habe mir wohl meine erste Medaille verdient."

„Versuch's das nächste Mal etwas weniger spektakulär." Er kam auf sie zu und drückte ihr einen Kuss auf die Stirn. „Wir möchten dich nicht verlieren."

„Ich schätze, einmal im Leben in die stürmische See zu springen, reicht." Mit einem kleinen Seufzer lehnte sie sich an ihn. „Ich war wie erstarrt."

„Was, zum Teufel, hast du da unten gemacht, wo doch ein Gewitter aufgezogen ist?"

„Nichts Besonderes …" Achselzuckend kümmerte sie sich wieder um das Teewasser. Im Moment wollte sie ihm nicht verraten, dass sie das Gefühl hatte, zum Strand geschickt worden zu sein.

„Hast du herausgefunden, wer er ist?"

„Nein, noch nicht. Er hatte keine Brieftasche bei sich, und weil er gestern Abend in ziemlich schlechter Verfassung war, wollte ich ihn auch nicht bedrängen." Sie warf einen Blick auf Sloans Miene und schüttelte leicht den Kopf. „Komm schon, Großer, er ist wohl kaum gefährlich. Hätte er sich in das Haus einschleichen wollen, um die Halskette zu suchen, hätte er sich bestimmt einen einfacheren Weg ausgesucht, als zu ertrinken."

Er musste ihr zustimmen, aber nachdem auf Amanda geschossen worden war, wollte er keine unnötigen Risiken eingehen. „Wer immer er auch ist, ich finde, ihr solltet ihn ins Krankenhaus bringen."

„Überlass mir die Sorge um ihn." Sie stellte Teller und Tassen auf ein Tablett. „Er ist in Ordnung, Sloan. Vertraust du mir?"

Stirnrunzelnd legte er seine Hand auf die ihre, bevor sie das Tablett nehmen konnte. „Schwingungen?"

„Absolut." Lachend warf sie ihre Haare zurück. „Also, ich bringe Mr. X jetzt Frühstück. Warum verziehst du dich nicht wieder in den Westflügel und reißt ein paar Mauern ein?"

„Wir ziehen heute ein paar hoch." Und weil er ihr vertraute, entspannte er sich ein wenig. „Kommst du nicht zu spät zur Arbeit?"

„Ich habe mir den Tag freigenommen, um Florence Nightingale zu spielen." Sie schlug seine Hand von dem Körbchen mit Toast weg. „Zieh los und betätige dich als Architekt."

Das schwere Tablett balancierend, ließ sie Sloan stehen und trat in die Halle hinaus. Das Erdgeschoss von The Towers war ein Labyrinth von Räumen mit hohen Decken und abbröckelndem Verputz. In seiner Blütezeit war das Haus ein Schmuckkästchen gewesen, ein imposanter Sommersitz, den Fergus Calhoun 1904 erbaut hatte. Es war sein Statussymbol gewesen mit schimmernden Wandtäfelungen, kristallenen Türgriffen und kunstvollen Wandgemälden.

Jetzt hatte das Dach mehr undichte Stellen, als man zählen konnte, die Wasserleitungen klopften, und der Stuck blätterte ab. Genau wie ihre Schwestern hing Lilah an jedem Stein. Dies war ihr Heim gewesen, ihr einziges Heim, und es enthielt Erinnerungen an die Eltern, die sie vor fünfzehn Jahren verloren hatten.

Am oberen Ende der geschwungenen Treppe angelangt, blieb sie stehen. Durch die Entfernung gedämpft, hörte sie das Geräusch von Hämmern. Der Westflügel erhielt die dringend nötige Renovierung. Durch Sloan und Trent sollte The Towers wenigstens einen Teil seines früheren Glanzes zurückerhalten. Lilah gefiel diese Vorstellung, und als Frau, die ein Nickerchen als ihren bevorzugten Zeitvertreib ansah, genoss sie das Geräusch geschäftiger Hände.

Er schlief noch, als sie den Raum betrat. Sie wusste, dass er sich während der Nacht kaum bewegt hatte. Da sie ihn nicht hatte allein lassen wollen, war sie am Fußende sitzend bis zum Morgen geblieben und war immer nur kurz eingedöst.

Leise stellte Lilah das Tablett auf die Kommode und ging zur offenen Terrassentür hinüber. Warme, würzige Luft strich herein. Sie konnte nicht widerstehen und trat ins Freie, um sich davon beleben zu lassen. Der Sonnenschein funkelte auf dem nassen Gras und glitzerte auf den Blütenblättern von zartrosa Begonien, die, schwer noch vom Regen, die Köpfe hängen ließen. Klematis mit handtellergroßen, königsblauen Blüten rankten sich zwischen Kletterrosen über eines der weißen Spaliere.

Von dem hüfthohen Terrassenmäuerchen aus konnte sie das Glitzern des tiefblauen Wassers der Bay sehen und die grünliche, weniger heitere Oberfläche des Atlantik. Es erschien geradezu unmöglich, dass sie erst letzte Nacht in diesen Untiefen einen Fremden gepackt und ums Überleben gekämpft hatte. Doch der Schmerz in den an die Anstrengung nicht gewöhnten Muskeln genügte, um das Entsetzen dieser Momente zurückzubringen.

Schaudernd konzentrierte Lilah sich lieber auf den Morgen mit seiner wundervollen Trägheit. Durch die Entfernung auf Spielzeuggröße geschrumpft, dampfte eines der Ausflugsboote vorbei, voll beladen mit Touristen mit Kameras und Kindern, die alle hofften, einen Wal zu sehen.

Es war Juni, und die Urlauber strömten nach Bar Harbor, um zu segeln, einzukaufen und sich zu sonnen. Die Leute schlangen Hummerbrötchen in sich hinein, machten die Eissalons und Läden mit T-Shirts unsicher und verstopften die Straßen auf der Suche nach dem perfekten Souvenir. Für sie war das hier ein Erholungsort. Für Lilah war es das Zuhause.

Sie beobachtete einen Dreimastschoner auf seinem Weg hinaus auf See und hing ein wenig ihren Träumen nach, bevor sie wieder hineinging.

Max träumte. Ein Teil seines Verstandes erkannte, dass es ein Traum war, aber sein Magen krampfte sich noch immer zusammen, und sein Puls schlug schneller. Er war allein auf tosender schwarzer See und kämpfte gegen die sich auftürmenden Wellen, die an ihm zerrten und ihn in diese blinde, luftlose Welt ziehen wollten. Seine Lungen brannten. Sein eigener Herzschlag dröhnte in seinem Kopf.

Dann war sie da, und ihr rotes Haar umfloss ihn. Sie sprach seinen Namen aus, und in ihrer Stimme schwang ein Lachen. Sie streckte ihm ihre Arme entgegen, umschlang ihn.

Mit einem bedauernden Stöhnen erwachte er und spürte jetzt den Schmerz in seiner Schulter und seinem Kopf. Seine Gedanken entglitten ihm. Er versuchte, sich auf die hohe Kassettendecke zu konzentrieren, die von Rissen durchzogen war.

Der Raum war riesig, kam ihm aber vielleicht auch nur so groß vor, weil er so spärlich eingerichtet war, allerdings mit kostbaren Antiquitäten.

Als er sich auf die Ellbogen hochstemmte, sah er Lilah in der offenen Terrassentür stehen. Ihre langen Haare flatterten im Wind. Er schluckte. Zumindest wusste er jetzt, dass sie keine Meerjungfrau war. Sie hatte Beine. Himmel, sie hatte Beine – direkt bis zu ihren Augen hinauf. Sie trug geblümte Shorts, ein schlichtes blaues T-Shirt und ein Lächeln.

„Ach, Sie sind wach." Sie kam zu ihm und legte ihm die Hand auf die Stirn. Seine Zunge wurde trocken. „Kein Fieber. Sie haben Glück."

„Ja."

Ihr Lächeln verstärkte sich. „Hungrig?"

Sein Magen knurrte. „Ja." Er fragte sich, ob er jemals fähig sein würde, wieder mehr als ein Wort hervorzubringen. „Ihr Name ist Lilah."

„Stimmt." Sie holte das Tablett. „Ich wusste nicht, ob Sie sich noch an irgendetwas der letzten Nacht erinnern."

Er biss die Zähne zusammen und versuchte die Schmerzen zu ignorieren. „Ich erinnere mich an fünf schöne Frauen. Ich dachte, ich wäre im Himmel."

Lachend stellte sie das Tablett auf das Fußende des Bettes und rückte seine Kopfkissen zurecht. „Meine drei Schwestern und meine Tante. Hier, können Sie sich ein wenig aufsetzen?"

Als ihre Hand an seinem Rücken hinunterglitt, um ihn zu stützen, erkannte er, dass er nackt war. Vollständig. „Äh ..."

„Keine Sorge, ich werde nicht gucken. Noch nicht." Ihr erneutes Lachen brachte ihn in Verlegenheit. „Ihre Sachen waren klatschnass. Entspannen Sie sich." Sie schob das Tablett auf seinen Schoß. „Mein Schwager und mein zukünftiger Schwager haben Sie ins Bett gebracht."

„Oh." Offenbar war er wieder bei einsilbigen Wörtern angelangt.

„Probieren Sie den Tee", schlug sie vor. „Sie haben wahrscheinlich literweise Seewasser geschluckt. Also wird Ihr Hals rau sein. Kopfschmerzen?"

„Teuflische."

„Ich komme gleich wieder.“ Sie ließ einen Hauch ihres exotischen Parfüms zurück.

Max versuchte, seine restliche Kraft zusammenzunehmen. Er hasste es, schwach zu sein – ein Überbleibsel einer Besessenheit aus seiner Kindheit, in der er schwächlich und asthmatisch gewesen war. Sein Vater hatte verbittert aufgegeben, seinen einzigen und enttäuschenden Sohn zu einem Footballstar aufzubauen. Unwillkürlich brachte die Übelkeit unglückliche Kindheitserinnerungen zurück.

Weil er seinen Verstand stets für stärker als seinen Körper gehalten hatte, benutzte Max ihn auch jetzt, um den Schmerz abzublocken.

Minuten später kam Lilah mit einem Glas mit Kräutermedizin wieder. „Trinken Sie das. Wenn Sie gegessen haben, fahre ich Sie ins Krankenhaus.“

„Krankenhaus?“

„Sie werden sich vielleicht von einem Arzt untersuchen lassen wollen.“

„Nein.“ Max schluckte die Kräutermedizin.

„Wie Sie wollen.“ Sie setzte sich auf das Bett und betrachtete ihn.

Niemals in seinem Leben war er sich einer Frau sexuell dermaßen bewusst gewesen – ihrer Haut, der Form ihres Körpers, ihrer Augen, ihres Mundes. Der Aufruhr seiner Sinne bereitete ihm Unbehagen und verblüffte ihn. Er wäre beinahe ertrunken, und jetzt konnte er an nichts anderes denken, als die Frau, die ihn gerettet hatte, in seine Finger zu bekommen. Sie hat mir das Leben gerettet, erinnerte er sich.

„Ich habe mich noch nicht bei Ihnen bedankt.“ Er schluckte.

„Ich dachte mir, dass Sie das noch tun würden. Probieren Sie die Eier, bevor sie kalt werden. Sie müssen essen."

Gehorsam nahm er einen Bissen. „Was ist eigentlich passiert?"

Sie lehnte sich entspannt auf das Bett. „Ich war während des Gewitters am Strand und sah Sie. Sie waren in Schwierigkeiten, und ich sprang ins Wasser. Wir haben einander mehr oder weniger gegenseitig an Land gezogen."

„Daran erinnere ich mich. Sie haben mich geküsst."

Ihre Lippen zuckten. „Schätze, das hatten wir uns beide verdient." Sie berührte sachte die Abschürfung an seiner Schulter. „Sie sind gegen die Felsen geprallt. Was haben Sie da draußen gemacht?"

„Ich ..." Er schloss die Augen und versuchte, sein vernebeltes Gehirn zu klären. „Ich bin mir nicht sicher."

„Na schön. Fangen wir mit Ihrem Namen an."

Er sah sie ausdruckslos an. „Kennen Sie ihn nicht?"

„Wir hatten noch keine Gelegenheit, uns offiziell vorzustellen. Lilah Calhoun." Sie reichte ihm die Hand.

„Quartermain." Er ergriff ihre Hand und war froh, dass wenigstens das schon einmal für ihn klar war. „Maxwell Quartermain."

„Trinken Sie noch Tee, Max. Ginseng ist gut für Sie. Was machen Sie?"

„Ich bin ... äh ... Geschichtsprofessor an der Cornell University." Ihre Finger an seiner Schulter linderten den Schmerz.

„Erzählen Sie mir etwas von Maxwell Quartermain. Woher kommen Sie?"

„Ich bin in Indiana aufgewachsen ..."

„Ein Farmersjunge?"

„Nein." Er seufzte, als die Spannung nachließ. „Meine Eltern besaßen einen Lebensmittelladen. Ich habe ihnen nach der Schule und im Sommer geholfen."

„Hat es Ihnen gefallen?"

Seine Lider wurden schwer. „Es ging. Ich hatte viel Zeit zum Lernen. Es hat meinen Vater geärgert, dass ich meine Nase immer in einem Buch hatte. Er konnte das nicht verstehen. Ich habe ein paar Klassen übersprungen und ging auf die Cornell University."

„Stipendium?" vermutete sie.

„Hmm. Habe meinen Doktor gemacht." Seine Worte kamen schleppend. „Haben Sie eine Ahnung, wie viel die Menschheit zwischen 1870 und 1970 erreicht hat?"

„Es ist erstaunlich."

„Absolut." Er schlief fast schon, von ihrer ruhigen Stimme und ihren zarten Händen besänftigt. „Ich hätte gern 1910 gelebt."

„Vielleicht haben Sie das." Sie lächelte amüsiert und bezaubert. „Schlafen Sie, Max."

Als Max wieder erwachte, war er allein. Am Fußende des Bettes lagen seine Hose und ein fremdes Hemd. Wie ein alter Mann erhob er sich mit steifen Gelenken und schmerzenden Muskeln und warf einen Blick durch eine Verbindungstür. Zu seiner Freude entdeckte er eine altmodische Wanne mit Klauenfüßen und eine Dusche.

Die Leitungen pochten und hämmerten. Zehn Minuten später fühlte Max sich fast wieder lebendig und zog sich ächzend und stöhnend an. Langsam trat er barfuß auf die Terrasse hinaus.

Dieser Ausblick … Einen Moment blieb er stehen und wagte kaum zu atmen. Wasser und Felsen und Blumen. Leuchtende Farben – Saphir, Smaragd, Rubin und das Weiß von Segeln im Wind. Es war nichts zu hören, außer dem Tosen der See und in der Ferne dem musikalischen Klingen einer Glockenboje. Er konnte die Sommerblumen und das kühle Meer riechen.

Auf die Mauer gestützt, wanderte er ziellos weiter, stieg eine Treppe hinauf. Das Haus war aus Granit gebaut. Max kam es vor, als würde er eine Burg erforschen.

Zuerst hörte er eine Säge, dann stieß er auf die Baustelle. Ein Mann trat aus einer Terrassentür. Zerzauste rötlich blonde Haare umrahmten sein gebräuntes Gesicht. Er sah Max, hakte seine Daumen in seine Taschen. „Wieder auf den Beinen?"

„Mehr oder weniger."

„Sloan O'Riley", sagte der Mann und gab ihm die Hand.

„Maxwell Quartermain."

„Lilah sagt, Sie sind Geschichtsprofessor. Machen Sie Urlaub?"

„Nein." Max runzelte die Stirn. „Nein, ich glaube nicht."

Sloan erkannte Verwirrung und Frustration in seinen Augen. „Schätze, Sie sind noch ein wenig durcheinander."

„Vermutlich." Max betastete den Verband an seiner Schläfe. „Ich war auf einem Boot", murmelte er. „Habe gearbeitet." Woran? „Der Seegang war ziemlich rau. Ich wollte an Deck Luft schnappen … Ich glaube, ich fiel ins Wasser …" Sprang … wurde geworfen … „Ich muss wohl über Bord gefallen sein."

„Komisch, dass das niemand gemeldet hat."

„Sloan, lass den Mann in Ruhe. Sieht er wie ein internationaler Juwelendieb aus?" Lilah schlenderte träge die Stufen herauf, gefolgt von einem kurzhaarigen schwarzen Hund. Der Hund sprang Sloan an, stolperte und richtete sich wieder auf. „Ich habe mich schon gewundert, wohin Sie verschwunden sind", fuhr Lilah fort, während der Hund Max' nackte Zehen beschnüffelte. „Das ist Fred. Er beißt nur Verbrecher."

„Oh, gut."

„Nachdem Sie in seinen Augen Gnade gefunden haben, kommen Sie doch nach unten. Sie können in der Sonne sitzen und zu Mittag essen."

Er ließ sich gern von Lilah führen. „Ist das wirklich Ihr Haus?"

„Unser Heim und Herd. Mein Urgroßvater hat es gleich nach der Jahrhundertwende erbaut. Passen Sie auf Fred auf."

Der Hund jagte zwischen ihnen hin und her, trat sich auf sein eigenes Ohr und jaulte. Max, der selbst ein langes ungeschicktes Stadium durchlaufen hatte, verspürte augenblicklich Mitgefühl.

„Wir überlegen, ob wir ihm Ballettunterricht geben lassen sollen", sagte sie, während der Hund sich wieder auf die Pfoten kämpfte, bemerkte Max verständnislose Miene und tätschelte seine Wange. „Ich glaube, Sie könnten Tante Cocos Hühnersuppe gut gebrauchen."

Sie kümmerte sich um ihn, während er aß. Normalerweise waren ihre Beschützerinstinkte für Verwandte und verletzte Vögel reserviert, aber etwas an diesem Mann berührte sie. Er wirkte so außerhalb seines Elements. Und hilflos.

Die Suppe erfüllte ihn mit Wärme und Leben. „Ich bin von einem Boot gefallen", erklärte Max abrupt. „Aber ich weiß nicht genau, was ich auf dem Boot getan habe."

Sie nahm auf ihrem Sessel die Lotushaltung ein. „Urlaub?"

„Nein. Ich mache keinen Urlaub."

„Warum nicht?" Sie fischte einen Cracker von seinem Teller.

„Arbeit."

„Die Schule ist aus", meinte sie und rekelte sich träge.

„Ich gebe Sommerkurse. Ausgenommen ...“ Etwas klopfte gegen sein Gehirn. „In diesem Sommer wollte ich etwas anderes machen. Ein Forschungsprojekt. Und ich wollte ein Buch beginnen.“

„Ein Buch? Wirklich?“ Sie genoss den Cracker, als wäre er mit Kaviar bestrichen. „Was für eines?“

Er hatte noch nie mit jemandem darüber gesprochen. „Es ist nur etwas, das ich schon eine Weile mit mir herumtrage, aber ich hatte eine Chance, an diesem Projekt zu arbeiten ... an einer Familienchronik.“

„Nun, das passt zu Ihnen. Ich war eine schreckliche Schülerin. Faul.“ Ihre Augen lächelten. „Ich kann mir nicht vorstellen, dass jemand in einer Schulklasse Karriere machen will. Gefällt es Ihnen?“

„Ich mache meine Sache gut.“

„Das ist nicht dasselbe. Kann ich Ihre Hand sehen?“

„Meine was?“

„Ihre Hand“, wiederholte sie und drehte seine Handfläche nach oben. „Hmm.“

„Was machen Sie da?“ Einen Moment dachte er, sie würde ihre Lippen darauf drücken.

„Ich betrachte Ihre Handfläche. Mehr Intelligenz als Intuition. Oder vielleicht vertrauen Sie Ihrem Verstand mehr als Ihren Instinkten.“

Er starrte auf ihren gesenkten Kopf und lachte nervös. „Sie glauben doch wohl nicht an so etwas. Handlesen!“

„Aber natürlich! Doch es sind nicht nur die Linien, sondern die Gefühle. Sie haben sehr hübsche Hände. Sehen Sie, hier.“ Sie fuhr mit einem Finger über seine Handfläche und brachte ihn zum Schlucken. „Sie haben eine lange Lebenslinie vor sich, aber sehen Sie diese Unterbrechung? Sie kommen dem Tod nahe.“

„Das erfinden Sie doch nur.“

„Das sind Ihre Handlinien ... Viel Fantasie ... Ich könnte mir denken, dass Sie dieses Buch schreiben – aber an Ihrem Selbstbewusstsein müssen Sie noch arbeiten.“ Sie blickte auf „Eine harte Kindheit?“

„Ja – nein.“ Er räusperte sich verlegen. „Nicht härter als andere.“

Sie ging nicht weiter darauf ein. „Nun, jetzt sind Sie ein großer Junge.“ In ihrer lässigen Art schob sie ihre Haare zurück und betrachtete erneut seine Hand. „Ja, sehen Sie, die Linie hier steht für die Karriere, und hier gibt es eine Abzweigung. Beruflich war für Sie alles bequem, aber diese Linie führt in eine andere Richtung. Das könnte Ihr literarischer Versuch sein. Sie müssen sich entscheiden.“

„Ich glaube wirklich nicht ...“

„Hier ist die Liebeslinie. Hmm. Sie sind ein sehr sinnlicher Mann.“ Sie blickte wieder zu ihm hoch. „Und ein ausgezeichneter Liebhaber.“

Er konnte seine Augen nicht von ihrem Mund abwenden. Sie zu küssen, musste wie ein Traum sein.

Lilah fühlte, wie sich in ihre Belustigung Erregung mischte. Es lag daran, wie er sie ansah. So völlig versunken. Als wäre sie die einzige Frau auf der ganzen Welt.

Zum ersten Mal in ihrem Leben wurde sie von einem Mann aus dem Gleichgewicht gebracht. Sie war daran gewöhnt, alles zu kontrollieren und in ihrer ungekünstelten Art den Ton zu bestimmen. Seit sie begriffen hatte, dass Jungen anders waren als Mädchen, hatte sie ihre angeborene Macht dafür eingesetzt, Angehörige des anderen Geschlechts einen Weg ihrer Wahl zu führen.

Ja, er verwirrte sie mit seinen Blicken.

Sie wollte seine Hand loslassen, doch Max hielt sie überraschend fest. „Sie sind die schönste Frau, die ich je gesehen habe", sagte er langsam.

Das war eine gebräuchliche Floskel, ein banales Klischee, bei dem ihr Herz keinen Satz hätte machen sollen. Sie zwang sich zu einem Lächeln. „Sie kommen nicht viel herum, nicht wahr, Professor?"

Er lehnte sich zurück. „Nein, aber ich habe schlicht eine Tatsache festgestellt. Vermutlich sollte ich jetzt Ihre Hand mit Silber füllen, aber das ist mir leider ausgegangen."

„Das Handlesen ist gratis." Weil ihr ihre Bemerkung Leid tat, lächelte sie wieder. „Wenn Sie sich besser fühlen, zeige ich Ihnen den Spukfilm."

„Ich kann es kaum erwarten."

Seine trockene Antwort amüsierte Lilah. „Vermutlich könnte man eine Menge Spaß mit Ihnen haben, Max, wenn Sie nur einmal vergessen, so angespannt und nachdenklich zu sein. Ich gehe jetzt nach unten. Seien Sie ein braver Junge, und ruhen Sie sich aus. Kann ich noch etwas für Sie tun?"

„Nur eine Frage. Sind Sie gebunden?"

Sie hob eine Augenbraue. „Inwiefern?"

„Es ist eine einfache Frage, Lilah, die eine einfache Antwort verdient."

Sein belehrender Ton reizte sie. „Wenn Sie meinen, ob ich gefühlsmäßig oder sexuell mit einem Mann verbunden bin, lautet die Antwort nein. Im Moment nicht!"

„Gut." Der leichte Ärger in ihren Augen gefiel ihm. Er hatte eine Antwort gewollt, und er hatte eine bekommen.

„Hören Sie, Professor, ich habe Sie aus dem großen Teich gefischt. Sie wirken auf mich zu intelligent, um auf diese Dankbarkeitsübertragung hereinzufallen."

Jetzt lächelte er. „Übertragung – worauf?"

„Lust, würde ich sagen."

„Sie haben Recht. Ich kenne den Unterschied – besonders, wenn ich beides gleichzeitig verspüre." Seine Worte überraschten ihn selbst. Vielleicht hatte ihn das Erlebnis des nahen Todes aufgerüttelt.

Einen Moment sah Lilah aus, als wollte sie ihn ohrfeigen. Dann stieß sie abrupt ein melodisches Lachen aus. „Das war vermutlich ebenfalls eine schlichte Tatsachenfeststellung. Sie sind ein interessanter Mann, Max."

Und während sie das Tablett ins Haus trug, sagte sie sich einfach, dass er auch ein harmloser Mann war.

Hoffentlich.

3. KAPITEL

Selbst nachdem Max sich von seinem Konto in Ithaca hatte Geld schicken lassen, verwarfen die Calhoun-Frauen seinen Vorschlag, dass er in ein Hotel ziehen solle. Max bestand allerdings auch nicht besonders hartnäckig darauf. Er war noch nie zuvor so verwöhnt worden. Darüber hinaus hatte er sich auch noch nie als Teil einer großen, lärmenden Familie gefühlt. Sie nahmen ihn in ihren Kreis mit einer lässigen Gastfreundschaft auf, die unwiderstehlich und reizend war.

Max lernte sie alle kennen und schätzte sie wegen ihrer unterschiedlichen Persönlichkeiten und des familiären Zusammenhalts. Dies war ein Haus, in dem ständig etwas geschah und jeder immer irgendetwas zu sagen hatte. Für jemanden, der als Einzelkind in einer Atmosphäre aufgewachsen war, in der seine Liebe zu Büchern als Versagen betrachtet wurde, war es eine Offenbarung, unter Menschen zu sein, die ihre eigenen Interessen auslebten und die anderer respektierten.

C. C. war eine Automechanikerin, die über Motorblöcke redete und dieses mysteriöse Leuchten einer jungen Ehefrau ausstrahlte. Amanda, sachlich und wohl organisiert, arbeitete in einem nahen Hotel als Assistentin des Managers. Suzanna führte ein Blumengeschäft und kümmerte sich um ihre Kinder, deren Vater niemand erwähnte. Coco leitete das Haus, kochte herrliche Mahlzeiten und schätzte männliche Gesellschaft. Sie machte Max nur nervös, wenn sie androhte, seine Zukunft aus den Teeblättern zu lesen.

Und dann Lilah. Max fand mit der Zeit heraus, dass sie im Acadia National Park arbeitete. Sie liebte es, lange zu schlafen, schätzte klassische Musik und die raffinierten Desserts ihrer

Tante. Wenn sie Lust dazu hatte, konnte sie in einem Sessel wie hingegossen sitzen und ihm die kleinsten Details über sein Leben entlocken. Oder sie rollte sich in einem Sonnenstrahl zusammen, blockte ihn und alle anderen ab, während sie sich durch ihre privaten Tagträume treiben ließ. Dann streckte sie sich irgendwann, lächelte und ließ alle wieder an sich heran.

Sie blieb für Max ein Rätsel, eine Mischung aus glühender Sinnlichkeit und unberührter Unschuld, einer atemberaubenden Offenheit und einer unerreichbaren Einsamkeit.

Nach drei Tagen war seine Kraft zurückgekehrt. Das Vernünftigste wäre gewesen, von seinem Geld ein Ticket nach New York zu kaufen und ein paar Nachhilfeschüler für den Sommer zu suchen.

Aber er wollte nicht vernünftig sein.

Es war sein erster Urlaub, und er wollte ihn genießen, auch wenn er dazu gezwungen worden war. Sein Leben war stets von Stundenplänen beherrscht worden. In The Towers konnte er machen, was er wollte.

Hinzu kam seine wachsende Faszination für Lilah. Sie kam und ging und glitt durch das Haus, verließ es morgens in der Uniform einer Nationalparkaufseherin, zog abends einen ihrer fließenden Röcke an oder sexy Shorts. Sie lächelte Max an, sprach mit ihm und hielt einen freundlichen Abstand.

Er wiederum machte sich Notizen oder unterhielt Suzannas Kinder, Alex und Jenny, die bereits Anzeichen sommerlicher Langeweile zeigten. Er konnte im Garten oder an den Klippen spazieren gehen, Coco in der Küche Gesellschaft leisten oder den Arbeiten im Westflügel zusehen.

Das Wundervolle war, er konnte tun, was *er* wollte.

So konnte er auf der Wiese sitzen, und Alex und Jenny kauerten zu seinen Füßen wie begierige Frösche. Die Sonne war wie eine dunstige Silberscheibe hinter einem Wolkenschleier verborgen. Spielerisch und frisch trug die Brise den Duft von Lavendel und Rosmarin heran. Schmetterlinge tanzten über das Gras und entkamen mühelos Freds Verfolgung. In der Nähe zwitscherte ein Vogel in einer knorrigen Eiche.

Max spann die Geschichte eines kleinen Jungen, der in die Schrecken und aufregenden Abenteuer des Revolutionskrieges verwickelt wurde. Indem er Tatsachen mit Fiktion verwob, unterhielt er die Kinder und gab gleichzeitig seiner Liebe zum Geschichtenerzählen nach.

„Ich wette, er hat die Rotröcke scharenweise getötet", sagte Alex genüsslich. Mit seinen sechs Jahren besaß er eine lebhafte und mitunter brutale Fantasie.

„Scharenweise", bestätigte Jenny. Sie war ein Jahr jünger als ihr Bruder und hielt nur zu gern mit ihm mit. „Mit links."

„Bei der Revolution ging es nicht nur um Gewehre und Bajonette, wisst ihr." Es amüsierte Max, wie sie wegen des ausbleibenden Gemetzels schmollten. „Viele Schlachten wurden auch durch Intrigen und Spionage gewonnen."

Alex strahlte. „Spione?"

„Spione", wiederholte Max und zerzauste die dunklen Haare des Jungen. Weil er selbst unter diesem Mangel gelitten hatte, erkannte er Alex' Sehnsucht nach männlicher Zuneigung.

Mittels des jungen Helden seiner Geschichte brachte er die Kinder durch die Ereignisse der Revolution bis zu der Boston Tea Party. Als er seinen Helden Teekisten in das seichte Wasser des Hafens von Boston werfen ließ, sah er Lilah über die Wiese gleiten. Ihre Kleider umflossen sie im Wind, ihre Füße waren nackt, und Dutzende schmaler Reifen zierten ihre Arme.

Fred jagte ihr kläffend entgegen, sprang an ihr hoch und brachte sie zum Lachen. Als sie sich bückte und ihn streichelte, glitt ein Träger ihrer Bluse herunter. Der Hund hopste weiter und stolperte bei seiner sinnlosen Jagd nach Schmetterlingen.

Lilah richtete sich auf, schob den Träger lässig wieder an seinen Platz zurück und ging weiter. Max fing ihren Duft auf – ungezähmt und frei.

Sie sprach ihn an: „Ist das eine Privatparty?“

„Max erzählt uns eine Geschichte“, erklärte Jenny mit leuchtenden Augen.

„Eine Geschichte?“ Die bunten Kugeln an ihren Ohren tanzten, als sie sich in das Gras sinken ließ. „Ich liebe Geschichten.“

„Erzähl sie Lilah auch.“ Jenny rückte näher zu ihrer Tante und begann, mit ihren Armbändern zu spielen.

„Ja.“ Lachen schwang in ihrer Stimme mit, als sie Max ansah. „Erzähl sie Lilah auch.“

Sie weiß genau, welche Wirkung sie auf einen Mann hat, dachte er. Ganz genau. „Ab… wo war ich?“

„Jim hat sich sein Gesicht mit Kork geschwärzt und den verdammten Tee in den Hafen geworfen“, erinnerte Alex ihn. „Bisher ist noch niemand erschossen worden.“

„Richtig.“ Max widmete sich wieder seinem erfundenen Helden, erhöhte die Spannung, zeichnete seine Personen farbig und beschrieb ein historisches Ereignis so faszinierend, dass Lilah ihn mit neuem Interesse und Respekt betrachtete.

Obwohl es damit endete, dass die Rebellen die Briten überlisteten, ohne einen Schuss abzufeuern, war sogar der blutrünstige Alex keineswegs enttäuscht.

„Sie haben gewonnen!“ Er sprang auf und stieß lautes Kriegsgeheul aus. „Ich bin ein ‚Sohn der Freiheit‘, und du bist ein verdammter Rotrock“, erklärte er seiner Schwester. „Wir zahlen euch Rotröcken keine Steuern mehr!" schrie er und rannte zum Haus, dicht gefolgt von Jenny und Fred.

„Sehr gut, Professor." Lilah lehnte sich zurück. „Sie machen Geschichte unterhaltsam."

„Das ist sie", versicherte Max ihr. „Es geht nicht einfach um Daten und Namen, sondern um Menschen."

„Nur, wenn Sie darüber sprechen. Als ich in der Schule war, musste man wissen, was 1066 passierte, als wäre es das Einmaleins, das man auswendig lernt. Ich kann noch immer nicht mit zwölf multiplizieren, und ich weiß nicht, was 1066 passierte – es sei denn, Hannibal hat damals mit seinen Elefanten die Alpen überquert."

Er grinste sie an. „Nicht ganz."

„Sehen Sie!" Sie streckte sich wie eine Katze. „Und ich schlief immer ein, wenn wir zum Wiener Kongress kamen. Was wissen Sie eigentlich über Flora und Fauna?"

„Genug, um ein Kaninchen von einer Petunie zu unterscheiden."

Begeistert setzte sie sich auf. „Sehr gut, Professor. Vielleicht können wir einmal unser Wissen austauschen."

„Vielleicht."

Sie fand, dass er niedlich aussah. Seine Blässe war gesunder Sonnenbräune gewichen. In ihrer behaglichen Stimmung überzeugte sie sich davon, dass es dumm von ihr gewesen war, sich in seiner Nähe unsicher zu fühlen. Er war einfach ein netter Mann, ein wenig durcheinander wegen der Umstände, und er erregte ihr Mitgefühl und ihre Neugierde. Um sich das zu beweisen, legte sie ihre Hand an seine Wange.

Max sah die Belustigung in ihren Augen, als ihre Lippen die seinen zu einem leichten, freundlichen Kuss berührten. Zufrieden lächelnd lehnte sie sich zurück und wollte etwas sagen. Er hielt ihr Handgelenk fest.

„Diesmal bin ich nicht halb tot, Lilah."

Er sah die Verblüffung in ihrem Gesicht, und er sah auch, wie sie sorglosem Einverständnis wich. Verdammt, dachte er, als er seine Hand in ihren Nacken schob. Sie war so sicher, dass nichts passieren würde! Mit einer Mischung aus verletztem Stolz und aufkeimender Panik küsste er sie fest.

Sie genoss den Kuss – die darin enthaltene Zuneigung und den grundsätzlichen physischen Genuss. Und sie mochte Max. Deshalb kam sie ihm entgegen und erwartete ein sanftes Kribbeln und eine beruhigende Wärme. Sie hatte nicht mit einem Schock gerechnet.

Der Kuss ließ ihre Lippen prickeln, vibrierte bis zu ihren Fingerspitzen. Sein Mund war sehr fest, sehr entschlossen. Bevor sie diese erste Empfindung ganz verarbeiten konnte, folgten weitere.

Blumen und heiße Sonne. Der Duft von Seife und Schweiß. Glatte feuchte Lippen und das leichte Gleiten von Zähnen. Der Druck seiner Finger in ihrem empfindsamen Nacken. Diesmal war es mehr als schlichter Genuss, erkannte sie. Es war süßer und weniger greifbar.

Bezaubert hob sie ihre Hände und strich durch seine Haare.

Max hatte noch einmal den Eindruck zu ertrinken, doch diesmal hatte er nicht den Wunsch, dagegen anzukämpfen. Fasziniert strich er mit seiner Zunge über ihre Zunge, kostete von ihrem geheimen Geschmack, der ihren Duft widerspiegelte. Er fühlte, wie sich etwas in ihm regte, bis es ihm die Kehle zuschnürte.

Sie war ungewöhnlich sexuell, offen erotisch und erschreckender als alle Frauen, die er je kennen gelernt hatte. Erneut hatte er die Vision einer Meerjungfrau, die auf einem Felsen saß, ihr Haar kämmte und mit dem Versprechen eines überwältigenden Genusses hilflos verführte Männer in den Untergang lockte.

Sein Überlebensinstinkt griff ein. Er zog sich zurück. Lilah verharrte, wie sie war, die Augen geschlossen, die Lippen geöffnet. Erst jetzt bemerkte er, dass er noch immer ihr Handgelenk umklammert hielt und dass ihr Puls unter seinen Fingern jagte.

Lilah klammerte sich noch einen Moment an diese berauschende Schwerelosigkeit, während sie die Augen öffnete. Sie strich mit ihrer Zungenspitze über ihre Lippen, um den noch daran haftenden Geschmack einzufangen. Dann lächelte sie. „Nun, Dr. Quartermain, Geschichte scheint nicht das einzige Fach zu sein, in dem Sie Experte sind. Wie wäre es mit einer weiteren Lektion?" Sie wollte mehr und beugte sich vor, doch Max raffte sich auf.

Der Erdboden war so unruhig wie ein Schiffsdeck, wie er feststellte. „Ich glaube, für heute ist es genug."

Neugierig blickte sie zu ihm auf. „Warum?"

„Weil …" Weil er sie berühren musste, wenn er sie noch einmal küsste. Und wenn er sie berührte – und er sehnte sich verzweifelt danach –, musste er sie lieben, hier auf der sonnigen Wiese, die vom Haus gut einzusehen war. „Weil ich Sie nicht ausnutzen will."

„Mich ausnutzen?" Gerührt lächelte sie. „Das ist sehr süß."

„Ich wüsste es zu schätzen, wenn Sie es nicht so klingen ließen, als wäre ich ein Narr", sagte er gepresst.

„Habe ich das getan?" Ihr Lächeln wurde nachdenklich. „Dass Sie ein süßer Mann sind, macht Sie nicht zum Narren, Max. Es ist nur so, dass die meisten Männer, die ich kenne, mich sehr gern ausnutzen würden. Lassen Sie uns hineingehen, bevor Sie beleidigt sind. Ich zeige Ihnen Biancas Turm."

Er war bereits beleidigt und wollte es schon sagen, als ihre letzten Worte eine Saite in ihm berührten. „Biancas Turm?"

„Ja. Den möchte ich Ihnen zeigen." Sie hob eine Hand und wartete.

Er sah sie stirnrunzelnd an, während er versuchte, den Namen ‚Bianca' in den richtigen Zusammenhang zu bringen. Kopfschüttelnd half er ihr endlich auf die Beine. „Schön, gehen wir."

Max hatte bereits einen Teil des Hauses erforscht, ein Gewirr von Räumen, von denen einige leer, andere mit Möbeln und Kisten und Kartons vollgestellt waren. Von außen war das Haus teils Burg, teils Herrenhaus, mit blinkenden Fenstern und schmucken Veranden, die mit hervorspringenden Türmchen und Wandelgängen verbunden waren. Innen war das Haus ein weitläufiges Labyrinth von dunklen Korridoren, sonnendurchfluteten Zimmern, verschrammten Fußböden und geschnitzten Geländern. Es hatte ihn gefangen genommen.

Lilah führte ihn eine Wendeltreppe zu einer Tür hoch oben im Ostflügel hinauf.

„Drücken Sie dagegen, Max, ja?" forderte sie ihn auf, und er musste mit seiner gesunden Schulter fest gegen das Holz stoßen. „Ich wollte Sloan schon ein paar Mal bitten, das in Ordnung zu bringen." Sie ergriff seine Hand und trat ein.

Es war ein großer kreisrunder Raum, ringsum mit gewölbten Fenstern. Eine dünne Staubschicht bedeckte den Fußboden, aber jemand hatte bunte Kissen auf den Fenstersitz geworfen. Eine alte Stehlampe mit einem fleckigen, mit Fransen verziertem Schirm stand daneben.

„Ich stelle mir vor, dass sie einst hübsche Möbel hier oben hatte", begann Lilah. „Sie kam allein hier herauf, um nachzudenken."

„Wer?"

„Bianca, meine Urgroßmutter. Kommen Sie, schauen Sie sich die Aussicht an." In dem Verlangen, sie mit ihm zu teilen, zog sie ihn zum Fenster. Von hier aus erblickte man nur Wasser und Felsen. Es hätte einsam wirken sollen, fand Max, doch stattdessen wirkte es gleichermaßen begeisternd und traurig. Als er seine Hand an die Glasscheibe legte, sah Lilah ihn überrascht an. Sie hatte das gleiche unzählige Male getan, als wünschte sie sich etwas, das sich nur ein Stück außerhalb ihrer Reichweite befand.

„Es ist ... traurig." Er hatte ‚schön' oder ‚atemberaubend' sagen wollen und runzelte die Stirn.

„Ja, aber manchmal ist es auch tröstlich. Hier fühle ich mich Bianca immer nahe."

Bianca ... Der Name klang wie ein beharrliches Summen in seinem Kopf.

„Hat Tante Coco Ihnen schon die Geschichte erzählt?"

„Nein. Gibt es eine Geschichte?"

„Natürlich." Sie warf ihm einen neugierigen Blick zu. „Ich dachte, Sie hätte Ihnen die Calhoun-Fassung als Alternative zu den Presseberichten geschildert."

Ein feines Pochen setzte in seiner Schläfe ein, wo die Wunde langsam heilte. „Ich kenne bis jetzt noch keine der beiden Versionen."

„Bianca stürzte sich in einer der letzten Sommernächte 1913 aus diesem Fenster, aber ihr Geist blieb hier."

„Warum hat sie sich umgebracht?"

„Nun, das ist eine lange Geschichte."

Lilah machte es sich auf der Fensterbank bequem. Sie lehnte sich gegen den Fensterrahmen, zog die Knie an und begann zu erzählen.

Max hörte die Geschichte einer unglücklichen Frau, die in den bedeutungsschweren Jahren vor dem Ersten Weltkrieg in einer lieblosen Ehe gefangen war. Bianca hatte Fergus Calhoun, einen wohlhabenden Finanzier, geheiratet und ihm drei Kinder geboren. Während eines Sommeraufenthalts auf Mount Desert Island hatte sie einen jungen Künstler kennen gelernt. Aus einem alten Notizbuch, das die Calhouns gefunden hatten, wussten sie, dass sein Name Christian gewesen war, aber mehr nicht. Der Rest war Legende, die Biancas Kindern von ihrer Nanny erzählt worden war, die Biancas Vertraute gewesen war.

Der junge Künstler und die unglückliche Frau hatten sich leidenschaftlich ineinander verliebt. Zwischen Pflichtgefühl und Liebe hin- und hergerissen, hatte Bianca sich letztlich entschlossen, ihren Ehemann zu verlassen. Sie hatte einige persönliche Gegenstände, jetzt als Biancas Schatz bekannt, im Zuge der Vorbereitungen versteckt. Darunter war auch eine Smaragdhalskette gewesen. Doch statt zu ihrem Geliebten zu gehen, hatte sie sich aus dem Turmfenster gestürzt. Die Smaragde wurden nie gefunden.

„Bis vor ein paar Monaten kannten wir die Geschichte selbst nicht“, fügte Lilah hinzu. „Obwohl ich die Smaragde gesehen hatte.“

Seine Gedanken überschlugen sich. Er presste die Finger gegen seine schmerzende Schläfe. „Sie haben sie gesehen?“

Lilah lächelte. „Ich habe von ihnen geträumt. Und während einer Séance …“

„Einer Séance“, wiederholte er schwach und setzte sich.

„Stimmt." Sie tätschelte seine Hand. „Wir hielten eine Séance ab, und C. C. hatte eine Vision." Sein erstickter Laut brachte sie erneut zum Lachen. „Sie hätten dabei sein müssen, Max. Wie auch immer, C. C. sah das Collier, und da hielt Tante Coco es für richtig, uns von der Calhoun-Legende zu erzählen. Wir sind heute nur da, wo wir sind, weil Trent sich in C. C. verliebte und beschloss, The Towers nicht zu kaufen. Wir befanden uns in einer schlimmen Lage und waren nahe daran, das Haus zu verkaufen. Trent hatte die Idee, den Westflügel in ein Hotel zu verwandeln. Sie kennen die St.-James-Hotels?"

Trenton St. James, dachte Max. Lilahs Schwager besaß eine der größten Hotelketten im Land. „Vom Hörensagen."

„Nun, Trent stellte Sloan ein, damit er sich um die Renovierung kümmerte – und Sloan verliebte sich in Amanda. Wir konnten das Haus behalten, es mit dem Geschäft verbinden und zwei Romanzen aus der Sache herausschlagen." Ärger flackerte in ihren Augen. „Die Schattenseite dabei ist, dass die Geschichte über die Halskette durchsickerte, und wir werden von hoffnungsvollen Schatzsuchern und hartnäckigen Dieben geplagt. Erst vor ein paar Wochen hätte ein Mistkerl beinahe Amanda umgebracht. Er stahl einen Stapel Papiere, die wir gerade durchsahen, um nach einer Spur der Halskette zu suchen."

„Papiere", wiederholte er, während Übelkeit in seinem Magen hochstieg. Alles fiel ihm jetzt wieder ein, traf ihn mit einer Wucht, als würde er erneut gegen die Felsen geschleudert. Calhoun, Smaragde, Bianca …

„Stimmt etwas nicht, Max?" Besorgt legte Lilah ihre Hand auf seine Stirn. „Sie sind weiß wie ein Laken. Sie waren zu lange auf den Beinen. Ich bringe Sie nach unten, damit Sie sich ausruhen können."

„Nein, es geht mir gut. Es ist nichts." Er zuckte zurück, stand auf und begann, auf und ab zu gehen. Wie sollte er es ihr erklären? Wie konnte er es ihr erzählen, nachdem sie ihm das Leben gerettet und sich um ihn gekümmert hatte? Die Calhouns hatten ihm ihr Haus geöffnet, ohne Zögern, ohne Fragen. Sie hatten ihm vertraut. Wie konnte er Lilah gestehen, dass er, wenn auch aus Ahnungslosigkeit, mit Männern zusammengearbeitet hatte, die sie bestehlen wollten?

Doch er musste es tun. Seine angeborene Ehrlichkeit ließ gar nichts anderes zu. „Lilah." Er drehte sich zu ihr um. „Das Boot. Ich erinnere mich an das Boot."

Sie lächelte erleichtert. „Das ist gut. Ich dachte mir schon, dass es Ihnen wieder einfällt, wenn Sie aufhören, sich den Kopf zu zerbrechen. Setzen Sie sich, Max. Das hilft dem Gehirn."

„Nein." Er konzentrierte sich auf ihr Gesicht. „Das Boot – der Mann, der mich anstellte. Sein Name war Caufield. Ellis Caufield."

Sie breitete die Arme aus. „Und?"

„Der Name sagt Ihnen nichts?"

„Nein. Sollte er?"

Vielleicht täuschte er sich. „Er ist ungefähr einsachtzig, sehr schlank. Etwa vierzig. Dunkelblonde Haare, an den Schläfen grau."

„Nun ja …"

Max stieß frustriert den Atem aus. „Er hat sich mit mir vor ungefähr einem Monat an der Cornell University in Verbindung gesetzt und bot mir einen Job an. Er wollte Familienpapiere durchsehen, katalogisieren und erforschen lassen. Ich sollte ein großzügiges Honorar erhalten und mehrere Wochen auf einer Yacht verbringen – zuzüglich aller Spesen und Zeit für mein Buch."

„Und da Sie bei klarem Verstand waren, haben Sie angenommen."

„Ja, aber, verdammt, Lilah, die Papiere – die Rechnungen, die Briefe. Überall stand Ihr Name darauf."

„Mein Name?"

„Calhoun." Er vergrub seine Hände in den Taschen. „Begreifen Sie nicht? Ich habe eine Woche lang Ihre Familiengeschichte nach den Papieren rekonstruiert, die Ihnen gestohlen wurden."

Sie starrte ihn nur an. Max kam es endlos vor, bis sie sich von dem Fenstersitz erhob. „Sie wollen sagen, Sie hätten für den Mann gearbeitet, der versucht hat, meine Schwester umzubringen."

„Ja."

Sie wandte ihre Augen keinen Moment von den seinen ab. Er fühlte förmlich, wie sie versuchte, in seine Gedanken einzudringen. Ihre Stimme klang kühl. „Warum erzählen Sie mir das erst jetzt?"

Verstört fuhr er sich durch die Haare. „Ich habe mich erst jetzt an das alles erinnert, nachdem Sie mir von den Smaragden erzählt haben."

„Das ist seltsam, nicht wahr?"

Er beobachtete, wie sich ein Schleier vor ihre Augen senkte, und nickte. „Ich erwarte nicht, dass Sie mir glauben, aber ich habe mich nicht daran erinnert. Und als ich diesen Auftrag annahm, hatte ich keine Ahnung."

Sie musterte ihn weiterhin eindringlich und wog jedes Wort, jede Geste, jede Miene ab. „Wissen Sie, es kam mir schon sonderbar vor, dass Sie nichts von der Halskette oder dem Raub gehört hatten. Es war wochenlang in der Presse. Sie hätten schon in einer Höhle leben müssen, um nichts gelesen zu haben."

„Oder in einem Klassenzimmer“, murmelte er. „Hören Sie, ich werde Ihnen alles sagen, was ich weiß, bevor ich gehe.“

„Bevor Sie gehen?“

„Ich kann mir nicht vorstellen, dass irgendjemand von Ihnen weiterhin möchte, dass ich hier bleibe.“ Er wandte sich zum Fenster.

Lilah betrachtete ihn, und ihr Instinkt kämpfte gegen ihre Vernunft. Mit einem langen Seufzer hob sie die Hand. „Ich denke, Sie sollten die Geschichte der ganzen Familie erzählen. Dann werden wir entscheiden, was wir unternehmen.“

Es war Max’ erste Familienbesprechung. Er war nicht in einer Demokratie aufgewachsen, sondern unter der absoluten Diktatur seines Vaters. Die Calhouns gingen die Dinge anders an. Sie versammelten sich um den großen Mahagonitisch im Speisezimmer und bildeten eine solche Einheit, dass Max sich zum ersten Mal wie ein Eindringling fühlte. Sie hörten ihm aufmerksam zu und stellten gelegentlich Fragen.

„Sie haben seine Referenzen nicht überprüft?“ wollte Trent wissen. „Sie willigten ein, für einen Mann zu arbeiten, den Sie nie zuvor getroffen hatten und den Sie nicht kannten?“

„Warum hätte ich misstrauisch sein sollen? Ich bin kein Geschäftsmann“, erwiderte Max erschöpft. „Ich bin Lehrer.“

„Dann haben Sie wohl nichts dagegen, wenn wir Ihre Angaben überprüfen.“ Das kam von Sloan.

Max sah ihm ruhig in die Augen. „Nein.“

„Das habe ich bereits getan“, warf Amanda ein. Ihre Finger trommelten auf den Tisch, während sich alle Augen auf sie richteten. „Es erschien mir logisch. Also machte ich ein paar Anrufe.“

„Mandy kümmert sich um alles“, murmelte Lilah. „Du hast wohl gar nicht daran gedacht, das mit uns anderen zu besprechen.“

„Nein.“

„Mädchen“, mahnte Coco vom Kopfende des Tisches her. „Fangt keinen Streit an.“

„Ich finde, Amanda hätte darüber reden sollen.“ Das Calhoun-Temperament schwang in Lilahs Stimme mit. „Das betrifft uns alle. Außerdem, wie kommt sie dazu, in Max' Leben herumzuschnüffeln?“

Sie begannen eine hitzige Debatte, bei der alle vier Schwestern ihre Meinungen und Argumente in die Waagschale warfen. Sloan zog sich zurück und ließ den Dingen ihren Lauf. Trent schloss die Augen. Max war fassungslos. Sie diskutierten über ihn. Begriffen sie denn nicht, dass sie über ihn stritten und ihn dabei einander wie einen Pingpongball zuspielten?

„Entschuldigen Sie“, begann er zaghaft und wurde prompt ignoriert. Er versuchte es noch einmal und erntete ein erstes Lächeln von Sloan. „Verdammt, hört auf!“ Seine ärgerliche Professorenstimme brachte Ruhe. Sämtliche Frauen verstummten und funkelten ihn zornig an.

„Hör mal, Kumpel“, begann C. C., doch er schnitt ihr das Wort ab.

„Sie hören mir zu! Erstens, warum hätte ich Ihnen alles erzählen sollen, wenn ich auch nur einen einzigen Hintergedanken hätte. Und wenn Sie eine Bestätigung haben wollen, wer ich bin und was ich tue, warum hören Sie nicht auf, aufeinander einzuhacken, und finden es heraus?“

„Weil wir gern aufeinander einhacken“, erklärte Lilah ungeniert. „Und wir mögen es nicht, wenn uns jemand dabei in die Quere kommt.“

„Das reicht jetzt." Coco nutzte die eingetretene Stille aus. „Da Amanda bereits Max überprüft hat ... obwohl das ein wenig unhöflich war ..."

„Vernünftig", widersprach Amanda.

„Unhöflich", verbesserte Lilah.

Der Streit wäre wohl erneut losgegangen, hätte Suzanna nicht abgewunken. „Was immer es war, es ist vorbei. Wir sollten uns anhören, was Amanda herausgefunden hat."

„Wie ich bereits sagte ..." Amanda warf einen Blick zu Lilah, „habe ich ein paar Anrufe getätigt. Der Dekan der Cornell University spricht sehr lobend über Max. Wenn ich mich recht erinnere, waren die Worte ‚brillant' und ‚hingebungsvoll'. Er gilt als einer der führenden Experten für amerikanische Geschichte, graduierte mit zwanzig, magna cum laude, und machte seinen Doktor mit fünfundzwanzig."

„Ein Eierkopf", meinte Lilah mit einem beruhigenden Lächeln, als Max sich unbehaglich auf seinem Sitz bewegte.

„Unser Dr. Quartermain", fuhr Amanda fort, „kommt aus Indiana, ist Single und hat keine Vorstrafen. Er ist seit acht Jahren im Kollegium der Cornell University und hat etliche viel beachtete Artikel veröffentlicht. In akademischen Kreisen wird er als ‚Wunderkind' betrachtet, ernsthaft, verantwortungsbewusst, mit unbegrenztem Potenzial." Amanda spürte seine Verlegenheit und sprach sanfter weiter. „Tut mir Leid, Max, aber ich wollte kein Risiko eingehen. Nicht bei meiner Familie."

„Es tut uns allen Leid." Suzanna lächelte ihn an. „Wir hatten einige sehr unruhige Monate."

„Ich verstehe das." Und sie wussten sicher nicht, wie sehr er den Begriff ‚Wunderkind', verabscheute. „Wenn mein akademisches Profil Sie erleichtert, soll es mir recht sein."

„Da ist noch etwas“, fuhr Suzanna fort. „Das alles erklärt nicht, was Sie im Meer taten, als man Sie fand.“

Max sammelte seine Gedanken. Es fiel ihm jetzt leicht, sich zu erinnern. „Ich habe an den Papieren gearbeitet, als ein Sturm aufkam. Ich wollte an Deck und dabei hörte ich Caufield mit Kapitän Hawkins sprechen.“ Er schilderte, was er unfreiwillig belauscht hatte.

„Sie sind während eines Sturms über Bord gesprungen?“ fragte Lilah ungläubig.

„Es war nicht sehr klug.“

„Es war sehr mutig“, verbesserte sie ihn.

„Nicht, wenn man bedenkt, dass er auf mich schoss.“ Max strich über den Verband an seiner Schläfe.

„Ihre Beschreibung passt nicht auf Ellis Caufield.“ Amanda trommelte wieder mit den Fingern auf die Tischplatte, während sie alles durchdachte. „Livingston, der Mann, der die Papiere stahl, war dunkelhaarig und ungefähr dreißig.“

„Dann hat er seine Haare gefärbt.“ Lilah hob die Hände.

Ein kaltes Lächeln breitete sich auf Sloans Gesicht aus. „Hoffentlich taucht der Mistkerl wieder hier auf, damit ich ihn in die Finger bekomme.“

„Damit wir alle ihn in die Finger bekommen“, korrigierte ihn C. C. „Die Frage ist nur, was wir jetzt machen.“

Sie begannen einen neuen Streit, in dessen Verlauf Trent seiner Frau erklärte, sie würde gar nichts machen, während Amanda ihn erinnerte, dass dies ein Problem der Calhouns wäre, und Sloan hitzig einwarf, sie solle sich da heraushalten. Coco fand, es sei an der Zeit für Brandy und wurde ignoriert.

„Er hält mich für tot“, murmelte Max leise und mehr zu sich selbst. „Also fühlt er sich sicher. Wahrscheinlich ist er noch immer auf derselben Yacht in der Nähe, auf der ‚Windrider‘.“

„Dann geben wir die Informationen an die Polizei weiter." Trent blickte in die Runde und nickte. „Und wir sehen uns selbst ein wenig um. Die Ladys kennen die Insel genauso gut wie dieses Haus. Wenn er hier ist, finden wir ihn."

„Ich freue mich schon darauf." Sloan blickte hinüber zu Max und verließ sich auf seinen Instinkt. „Machen Sie mit, Quartermain?" Überrascht blinzelte Max, ehe er lächelte. „Ja, sicher."

Ich habe mir Christians Cottage angeschaut. Vielleicht war es riskant, weil mich Bekannte beobachten konnten, aber ich wollte unbedingt sehen, wo er lebt, wie er lebt und welche Gegenstände er um sich hat.
Es ist ein kleines Haus nahe am Wasser, ein viereckiges hölzernes Cottage, dessen Räume voll sind mit Gemälden und dem Geruch von Terpentin. Über der Küche befindet sich ein ausgebauter Dachboden, den er als Atelier nutzt. Auf mich wirkte es wie ein Puppenhaus mit seinen hübschen Fenstern und den niedrigen Decken. Alte Laubbäume spenden Schatten und an der Rückseite des Hauses befindet sich eine schmale Veranda, auf der wir saßen und das Meer betrachteten.
Ich fühlte mich zufrieden und zu Hause wie nie zuvor in meinem Leben. Es kam mir so vor, als würden wir schon jahrelang zusammenleben. Als ich Christian das sagte, zog er mich an sich und hielt mich einfach fest.
„Ich liebe dich, Bianca. Ich wollte, dass du hierher kommst. Ich musste dich in meinem Haus zwischen allen meinen Sachen sehen." Als er mich von sich schob, lächelte er. „Jetzt werde ich dich immer hier sehen, und ich werde nie mehr ohne dich sein." Ich wollte ihm schwören, dass ich bleibe.

Die Worte lagen mir schon auf der Zunge, wurden jedoch von Pflichtgefühl blockiert. Verwünschte Pflicht! Er muss es geahnt haben, denn er küsste mich, als wollte er meine Worte in mir ersticken.

Ich hatte nur eine Stunde mit ihm. Wir wussten beide, dass ich zu meinem Mann, meinen Kindern und dem Leben zurückkehren musste, das ich gewählt hatte. Ich fühlte seine Arme um mich, schmeckte seine Lippen, erkannte sein drängendes Verlangen, das dem meinen so sehr glich.

„Ich will dich." Ich hörte mein Flüstern und verspürte keine Scham. „Berühre mich, Christian. Lass mich dir gehören." Mein Herz jagte, während ich mich verlangend an ihn schmiegte. „Liebe mich. Bring mich in dein Bett."

Wie fest seine Arme mich umspannten, so fest, dass ich kaum atmen konnte. Dann lagen seine Hände an meinen Wangen und ich fühlte seine Fingerspitzen beben. Seine Augen waren fast schwarz. So viel konnte man in ihnen lesen. Leidenschaft, Liebe, Verzweiflung, Bedauern.

„Weißt du, wie oft ich davon geträumt habe? Wie viele Nächte ich wach gelegen habe, weil ich mich nach dir sehnte?" Dann ließ er mich los und ging zu meinem Porträt, das an der Wand hing. „Ich will dich, Bianca bei jedem Atemzug. Und ich liebe dich zu sehr, um zu nehmen, was nicht mein sein kann."

„Christian ..."

„Glaubst du, ich könnte dich wieder gehen lassen, wenn ich dich einmal berührt habe?" Zorn schwang jetzt in seiner Stimme mit. „Ich hasse es, dass wir uns wie Diebe für eine Stunde zu unseren harmlosen Zusammentreffen schleichen. Wenn ich schon nicht die Kraft besitze, mich vollständig von dir zu trennen, dann habe ich doch genug

Kraft, um dich von einem Schritt abzuhalten, den du nur bereuen würdest."
„Wie könnte ich es bereuen, dir zu gehören?"
„Weil du bereits einem anderen gehörst. Und jedes Mal, wenn du zu ihm zurückkehrst, träume ich davon ihn mit meinen bloßen Händen umzubringen, weil er dich ansehen kann, wenn ich es nicht kann. Würden wir diesen letzten Schritt tun, könnte ich dir keine Wahl mehr lassen. Dann gäbe es keine Rückkehr zu ihm, Bianca. Keine Rückkehr in dein Leben oder dein Haus."
Und ich wusste, dass er die Wahrheit sprach, als er so zwischen mir und dem Bild vor mir stand, das er geschaffen hatte.
Also verließ ich ihn und kehrte nach Hause zurück, um ein Band in Colleens Haare zu flechten, um mit Ethan einem Ball hinterherzulaufen und Seans Tränen zu trocknen, als er sich das Knie aufschlug. Um in scheinbarer Gelassenheit mit meinem Mann zu dinieren, der für mich nicht mehr ist als ein Fremder.
Christians Worte waren wahr, und es ist eine Wahrheit, der ich mich irgendwann stellen muss. Die Zeit wird kommen, da ich nicht länger in beiden Welten leben kann, sondern mich für eine entscheiden muss.

4. KAPITEL

„Ich habe eine wundervolle Idee", verkündete Coco, als sie wie ein Schiff unter vollen Segeln in die Küche rauschte, wo Lilah, Max, Suzanna und ihre Kinder frühstückten.

„Gut für dich." Lilah schaute von einer Schale mit Schokoladeneiscreme auf. „Jeder, der zu dieser Uhrzeit denken kann, verdient eine Medaille oder sollte eingeliefert werden."

Wie eine Glucke überprüfte Coco die Kräuter, die sie auf dem Fensterbrett zog. Über das kümmerliche Basilikum schüttelte sie den Kopf, bevor sie sich abwandte. „Ich habe keine Ahnung, warum ich nicht schon früher daran gedacht habe. Es ist wirklich so …"

„Alex tritt mich unter dem Tisch."

„Das stimmt nicht."

„Alex, tritt nicht deine Schwester", mahnte Suzanna milde. „Jenny, unterbrich nicht."

„Ich habe sie nicht getreten." Milch tropfte von Alex' Kinn. „Sie ist mit ihrem Knie meinem Fuß in den Weg gekommen."

„Bin ich nicht."

„Bist du schon."

„Krötengesicht!"

„Rotzgesicht!"

„Alex." Suzanna biss sich auf die Lippe, um die nötige strenge mütterliche Missbilligung zeigen zu können.

„Sie hat angefangen", maulte er.

„Habe ich nicht", murmelte Jenny.

„Hast du schon."

Ein weiterer Blick auf ihre Mutter brachte sie dazu, einander nur noch mit grimmigen Mienen über ihre Schalen mit Cornflakes anzustarren.

„Das wäre also geregelt.“ Amüsiert leckte Lilah ihren Löffel ab. „Was ist das denn nun für eine großartige Idee, Tante Coco?“

„Also.“ Coco betastete ihr Haar, überprüfte ihr Spiegelbild in der blinkenden Außenwand des Toasters, war damit zufrieden und strahlte. „Es hat mit Max zu tun. Eigentlich liegt es auf der Hand, aber wir hatten uns um seine Gesundheit gesorgt, und dann kann man nur so schwer denken bei diesen Bauarbeiten. Wisst ihr eigentlich, dass einer dieser jungen Männer heute Morgen auf der Terrasse war und nichts anhatte außer einer Jeans und einem Werkzeuggürtel? Sehr ablenkend.“ Sie spähte aus dem Küchenfenster, „nur für den Fall, dass …“

„Tut mir Leid, das ist mir entgangen.“ Lilah zwinkerte Max zu. „War das der Typ mit den langen blonden Haaren, die er mit einem Lederriemen nach hinten bindet?“

„Nein, der mit den dunklen lockigen Haaren und dem Schnurrbart. Ich muss schon sagen, er ist äußerst gut gebaut. Vermutlich hält es fit, wenn man den ganzen Tag einen Hammer oder sonst irgendetwas schwingt. Der Lärm ist allerdings lästig. Hoffentlich stört er Sie nicht, Max.“ Sie unterbrach sich.

„Ach, das ist süß von Ihnen. Ich nehme einen.“ Sie setzte sich, während Max aufstand, um ihr eine Tasse einzuschenken. „Sie haben schon das Billardzimmer umgebaut, aber wir haben noch viel vor uns … Vielen Dank, mein Lieber“, fügte sie hinzu, als Max die Tasse vor sie hinstellte. „Wo war ich?“

„Bei deiner großartigen Idee“, erinnerte Suzanna sie und legte ihre Hand mahnend auf Alex’ Schulter, bevor er durchweichte Cornflakes auf seine Schwester schleudern konnte.

„Ach ja." Coco stellte ihre Tasse wieder ab, ohne zu trinken. „Ich hatte diese Idee letzte Nacht beim Legen der Tarotkarten. Es gab da einige persönliche Dinge, die ich klären wollte."

„Was für Dinge?" wollte Alex wissen.

„Erwachsenendinge." Lilah bohrte ihrem Neffen einen Finger in die Rippen, um ihn zu kitzeln. „Langweilig."

„Zieht ihr mal los und sucht Fred." Suzanna sah auf ihre Uhr. „Wenn ihr mich heute begleiten wollt, habt ihr fünf Minuten."

Sie flitzten wie Geschosse aus dem Raum. Max rieb sich verstohlen das Schienbein, wo Alex' Fuß ihn getroffen hatte.

„Die Karten, Tante Coco ..." erinnerte Lilah.

„Ach ja. Ich fand heraus, dass es Gefahr gibt, vergangene und zukünftige. Beunruhigend." Sie warf einen besorgten Blick auf ihre beiden Nichten. „Aber wir werden Hilfe bekommen. Und zwar scheint es zwei Quellen der Hilfe zu geben. Eine geistige, eine körperliche!" Sie runzelte ein wenig die Stirn. „Ich konnte nicht feststellen, woher die körperliche Hilfe kommt, obwohl mir die Quelle vertraut erschien. Ich dachte, es könnte sich um Sloan handeln. Er ist so ... nun ja, so cowboyhaft. Aber er war es nicht." Sie lächelte wieder. „Die geistige Hilfe kommt natürlich von Max."

„Natürlich." Lilah tätschelte seine Hand, als er unbehaglich auf seinem Stuhl umherrutschte. „Unser Hausgenie."

„Mach dich nicht über ihn lustig." Suzanna stand auf und trug Geschirr zur Spüle.

„Ach, er weiß, dass ich ihn nicht nur wegen seines Gehirns mag. Nicht wahr, Max?"

Max litt Todesängste, dass er jeden Moment erröten würde. „Wenn Sie Ihre Tante ständig unterbrechen, werden Sie zu spät zur Arbeit kommen."

„Und ich auch“, meldete sich Suzanna. „Was ist denn das nun für eine Idee, Tante Coco?“

Erneut stellte Coco die Kaffeetasse ab, ohne getrunken zu haben. „Max sollte tun, weshalb er hergekommen ist.“ Lächelnd breitete sie ihre manikürten Hände aus. „Er soll Nachforschungen über die Calhouns anstellen. So viel wie möglich über Bianca herausfinden, über Fergus und alle anderen. Aber nicht für diesen schrecklichen Mr. Caufield oder wie immer er heißt, sondern für uns.“

Begeistert ließ Lilah sich die Idee durch den Kopf gehen. „Wir haben die Papiere bereits gesichtet.“

„Aber nicht mit Max’ objektivem und akademischem Auge“, wandte Coco ein und tätschelte ihm voller Zuneigung die Schulter. Nach ihrer Interpretation der Karten würden er und Lilah gut zusammenpassen. „Ich bin sicher, dass er alle möglichen wundervollen Theorien aufstellen könnte, wenn er sich damit beschäftigt.“

„Das ist eine gute Idee.“ Suzanna kam an den Tisch zurück. „Was halten Sie davon?“

Max überlegte. Obwohl er nichts von Tarotkarten hielt, wollte er Cocos Empfindungen nicht verletzen. Außerdem klang der Plan vernünftig und bot gleichzeitig eine Möglichkeit, sich bei ihnen zu revanchieren und seinen Aufenthalt in Bar Harbor für einige weitere Wochen zu rechtfertigen.

„Ich möchte gern etwas tun. Während die Polizei Caufield sucht, könnte ich mich auf Bianca und die Smaragde konzentrieren.“

„Na bitte.“ Coco lehnte sich zurück. „Ich wusste es.“

„Ich hatte vor, in der öffentlichen Bibliothek und im Zeitungsarchiv zu recherchieren und mit einigen älteren Einwohnern zu sprechen, aber Caufield verwarf diese Idee.“ Je mehr

Max darüber nachdachte, desto besser gefiel ihm die Vorstellung, auf eigene Faust zu arbeiten. „Er behauptete, er wollte, dass alles aus seinen Papieren und seinen eigenen Quellen kommt. Ganz klar, er konnte mir nicht freie Hand lassen."

„Jetzt haben Sie freie Hand", warf Lilah ein. „Aber ich glaube nicht, dass Sie die Halskette in einer Bibliothek aufstöbern werden."

„Aber ich könnte ein Foto oder eine Beschreibung davon finden."

Lilah lächelte bloß. „Ich habe Ihnen bereits eine gegeben."

Er hielt auch nicht viel von Träumen und Visionen und zuckte die Schultern. „Trotzdem könnte ich etwas Greifbares entdecken. Und ich werde bestimmt etwas mehr über Fergus und Bianca Calhoun herausfinden."

„Schätze, das wird Sie ziemlich beschäftigen." Ohne über sein mangelndes Vertrauen in ihre mystischen Fähigkeiten beleidigt zu sein, stand Lilah auf. „Sie brauchen einen Wagen. Bringen Sie mich doch zur Arbeit und nehmen Sie meinen."

Nicht erfreut über Lilahs Zweifel an seinen Qualitäten als Wissenschaftler, verbrachte Max Stunden in der Bibliothek. Wie üblich fühlte er sich dort heimisch, zwischen Stapeln von Büchern, mitten in dieser murmelnden Stille, ein Notizbuch neben sich. Für ihn war Forschung wie eine Berufung – vielleicht nicht so aufregend, wie auf einem weißen Schlachtross einherzureiten. Es ging um ein Geheimnis, das gelüftet werden musste, auch wenn die Anhaltspunkte weniger abenteuerlich waren als eine rauchende Waffe oder eine blutige Spur.

Aber mit Geduld, Intelligenz und Geschick war er ein Ritter oder ein Detektiv, der sich sorgfältig an die Antwort herantastete.

Sein Vater war bitter enttäuscht gewesen, weil es Max immer wieder an solche Orte gezogen hatte. Selbst als Junge hatte er die geistige Ertüchtigung der körperlichen vorgezogen. Er hatte nicht die Fackel aufgenommen, um seinem Vater auf dem glorreichen Ruhmesweg auf das Footballfeld zu folgen. Er hatte auch keine neuen Trophäen für das Regal erworben.

Mangelndes Interesse und zahlreiche Krankheiten in der Jugend hatten ihn im Sport scheitern lassen. Er hatte die Jagd verabscheut, und auf dem letzten Ausflug, zu dem ihn sein Vater gezwungen hatte, hatte er den üblichen Asthmaanfall bekommen, anstatt einen Bock zu erlegen.

Selbst jetzt noch nach Jahren hörte er die geringschätzig klingende Stimme seines Vaters, die vom Flur in das Krankenhauszimmer gedrungen war. „Der verdammte Junge ist ein Weichling. Begreife ich nicht. Jedes Mal, wenn ich einen Mann aus ihm machen will, fängt er wie eine alte Frau zu keuchen an."

Er hatte das Asthma überwunden. Er hatte sogar etwas aus sich gemacht, obwohl sein Vater ihn nicht als ‚Mann' ansehen würde. Und wenn er sich auch nie vollständig ebenbürtig gefühlt hatte, so konnte er sich doch zumindest sachkundig fühlen.

Er schüttelte diese Stimmung ab und widmete sich wieder seinen Aufgaben. Er fand tatsächlich Fergus und Bianca. Wertvolle kleine Informationen waren in den verschiedensten Quellen verteilt. In der vertrauten Umgebung einer Bibliothek machte Max sich ungezählte Notizen und merkte, wie seine Erregung wuchs.

Er erfuhr, dass Fergus Calhoun ein Selfmademan gewesen war, ein irischer Einwanderer, der durch Härte und Cleverness zu Wohlstand und Einfluss gelangt war. Er landete 1888 in New York, jung, arm, und wie so viele, die nach Ellis Island kamen, auf der Suche nach seinem Glück. Innerhalb von fünfzehn Jahren hatte er ein Imperium errichtet. Und er hatte es genossen, damit zu prahlen.

Vielleicht um den armen Jungen zu begraben, der er gewesen war, hatte er sich mit Überfluss umgeben und seinen Weg in die Gesellschaft mit Wohlstand und Willenskraft erzwungen. In gesellschaftlich exklusiven Kreisen hatte er Bianca Muldoon kennen gelernt, eine junge Debütantin aus einer alten, etablierten Familie mit mehr Vornehmheit als Geld. Er errichtete The Towers in dem Bestreben, die anderen Erholung suchenden Reichen zu übertreffen, und heiratete Bianca im Jahr darauf.

Seine finanzielle Glückssträhne hielt an. Sein Imperium wuchs, ebenso seine Familie durch die Geburt von drei Kindern. Nicht einmal der Skandal des Selbstmordes seiner Frau im Sommer des Jahres 1913 beeinflusste seine finanziellen Erfolge.

Obwohl er nach ihrem Tod mehr oder minder zum Einsiedler wurde, hatte er weiterhin von The Towers aus seine Macht ausgeübt. Seine Tochter heiratete nie, entfremdete sich ihrem Vater und übersiedelte nach Paris. Sein jüngster Sohn floh nach einer Affäre mit einer verheirateten Frau nach Westindien. Ethan, sein Ältester, heiratete und hatte selbst zwei Kinder – Judson, Lilahs Vater, und Cordelia Calhoun, Tante Coco, jetzt Calhoun McPike.

Ethan kam bei einem Segelunglück ums Leben, und Fergus verbrachte die letzten Jahre seines Lebens in einer Anstalt, in die er von seiner Familie nach etlichen gewalttätigen und verwirrten Ausbrüchen geschickt worden war.

Eine interessante Geschichte, fand Max, aber die meisten Details hätte er auch von den Calhouns erfahren können. Er wollte mehr, nur eine Kleinigkeit, die ihn in eine andere Richtung führte.

Die fand er in einem abgegriffenen und staubigen Band mit dem Titel ‚Sommerurlaub in Bar Harbor'.

Es war ein so flüchtig und schlecht geschriebenes Buch, dass er es beinahe beiseite gelegt hätte. Doch der Lehrer in ihm ließ ihn weiterlesen, bis er zwei Seiten fand, die vollständig einem im Jahre 1912 in The Towers veranstalteten Ball gewidmet waren. Max' müdes Gehirn kam auf Touren. Der Autor hatte eindeutig persönlich daran teilgenommen, da alles bis ins Detail beschrieben war, von der Mode bis zu den Speisen. Bianca Calhoun hatte goldfarbene Seide getragen. Die Farbe hatte ihr tizianrotes Haar betont. Der Ausschnitt des Kleides hatte den passenden Rahmen gebildet für … die Smaragde.

Sie wurden in glühenden Farben beschrieben. Max machte sich Notizen, blätterte um und erstarrte.

Es war ein altes Foto, vielleicht ein Abzug eines Zeitungsfotos, verschwommen zwar, aber Max hatte keine Schwierigkeit, Fergus zu erkennen. Der Mann war so steif und ernst wie auf dem Porträt, das über dem Kamin im Salon der Calhouns hing. Doch es war die Frau, die vor ihm saß, bei deren Anblick Max der Atem stockte.

Trotz aller Mängel dieses Fotos wirkte sie exquisit, ätherisch schön und zeitlos anmutig. Und sie war das Ebenbild von Lilah. Diese feine Porzellanhaut, ihr schlanker Hals, die hochgesteckte Haarfülle, die großen Augen, von denen er sicher war, dass sie grün waren. Doch in ihren Augen lag kein Lächeln, obwohl ihre Lippen eines zeigten.

Sah er wirklich Traurigkeit in diesem Gesicht?

Sie saß in einem eleganten Sessel. Ihr Mann hinter ihr legte seine Hand auf die Sessellehne anstatt auf ihre Schulter. Dennoch wirkte seine Haltung besitzergreifend. Unter dem Bild stand ‚Mr. und Mrs. Fergus Calhoun, 1912'.

Um Biancas zarten Hals schimmerten die prachtvollen Calhoun-Smaragde.

Das Collier war genau so, wie Lilah es beschrieben hatte. Bianca trug es mit einer Kühle, die diese Pracht in Eleganz verwandelte und dadurch nur die Wirkung verstärkte.

Max fuhr mit einer Fingerspitze an jedem Kettenstrang entlang, meinte, die glatte Oberfläche der Edelsteine zu fühlen. Er verstand, wieso solche Steine zur Legende wurden, die Fantasie von Menschen anregten und ihre Gier entfachten.

Aber bei ihm wirkte das nicht. Er betrachtete Biancas Gesicht und dachte an die Frau, die es geerbt hatte.

Lilah blieb auf dem Weg stehen, um ihrer letzten Gruppe Gelegenheit zum Fotografieren und zum Ausruhen zu geben. Heute waren die Leute im Park wirklich nett, und ein großer Teil von ihnen war interessiert genug gewesen, um sich von einer Parkangestellten führen zu lassen. Lilah war den größten Teil der letzten acht Stunden auf den Beinen gewesen und hatte diese Strecke achtmal zurückgelegt – sechzehnmal, wenn man den Rückweg hinzurechnete.

Doch sie war nicht müde, und ihre Erklärungen der Tier- und Pflanzenwelt klangen auch nicht wie aus einer Broschüre abgelesen.

Als sie Max auf dem Weg zu der Gruppe stoßen sah, lächelte sie. Er war pünktlich, sie hatte auch von ihm nichts anderes erwartet. Während sein Blick von ihren Füßen zu ihrem Gesicht glitt, verspürte sie prickelnde Wärme. Er hatte wirklich wundervolle Augen. Eindringlich und ernsthaft und ein klein wenig schüchtern.

Wie immer, wenn sie ihn sah, verspürte sie den Drang, ihn zu necken – und ihn zu berühren. Eine interessante Kombination, die sie noch bei keinem anderen erlebt hatte.

Sie wirkt so kühl, dachte er. Eine Männeruniform über schlanken weiblichen Formen. Militärkappe und baumelndes Gold und Kristall an ihren Ohren. Er fragte sich, ob sie wusste, wie perfekt sie zu der brodelnden und wogenden See passte, vor der sie stand.

Von ihren Beschreibungen unterschiedlichster Lebensform fasziniert, ging er näher, um alles zu betrachten. Ihre Zuhörer bombardierten sie mit Fragen, während sie die Tour beendete.

„Diese Wanderung werden die Leute nicht so bald vergessen“, bemerkte Max, nachdem die Gruppe abgezogen war.

Lilah lächelte bloß. „Freut mich, dass Sie es geschafft haben, Professor.“ Sie folgte ihren Instinkten und küsste ihn auf den Mund.

Max war sprachlos. Lilah lächelte, als sie sich zurückzog. „Also“, fragte sie, „wie war Ihr Tag?“

Konnte eine Frau so küssen und dann erwarten, dass er sich normal mit ihr unterhielt? Diese Frau konnte es offenbar. Er holte tief Luft.

„Interessant.“

„Das sind die besten Tage.“ Sie schlug einen Weg ein, der zum Besucherzentrum hinaufführte. „Kommen Sie?“

„Ja.“ Die Hände in den Taschen, folgte er ihr. „Sie sind sehr gut.“

Ihr Lachen klang leicht und warm. „Vielen Dank.“

„Ich meine … ich habe von Ihrem Job gesprochen.“

„Natürlich haben Sie das.“ Kameradschaftlich hakte sie sich bei ihm unter. „Zu schade, dass Sie den Anfang der Tour verpasst haben.“

„Nehmen Sie immer den gleichen Weg?“

„Nein, ich wechsle ihn auch. Manchmal gehe ich zum Jordan Pond oder in die Berge hinauf.“

„Dadurch wird es wohl nicht langweilig."

„Es ist nie langweilig, sonst würde ich es hier keinen einzigen Tag aushalten."

Obwohl sie behauptete, eine Frau ohne Energie zu sein, wanderte sie mühelos den Pfad entlang und hielt nach allem Ausschau, das von Interesse war.

„Ich hatte keine Ahnung, dass Ihre Arbeit Sie den größten Teil des Tages auf den Beinen hält."

„Weshalb ich es vorziehe, die restliche Zeit nicht auf den Beinen zu sein." Sie blickte ihn an. „Wenn ich das nächste Mal einen Nachmittag frei habe, mache ich mit Ihnen eine gründlichere Tour. Dabei können wir zwei Fliegen mit einer Klappe schlagen. Sie genießen die Landschaft, und wir halten Ausschau nach Ihrem Freund Caufield."

„Ich möchte, dass Sie sich da raushalten."

Diese Erklärung traf Lilah so überraschend, dass sie noch zwei Meter weiter ging, bevor sie begriff. „Was?"

„Ich möchte, dass Sie sich da raushalten", wiederholte er. „Ich habe viel darüber nachgedacht."

„Tatsächlich?" Hätte er sie besser gekannt, hätte er den Zorn in ihrem lässigen Tonfall herausgehört. „Und wie sind Sie zu dieser speziellen Schlussfolgerung gekommen?"

„Der Mann ist gefährlich. Ich glaube, er könnte sogar ein wenig verrückt sein. Ganz sicher ist er gewalttätig. Er hat bereits auf Ihre Schwester und auf mich geschossen. Ich will nicht, dass Sie ihm vor die Füße laufen."

„Es geht nicht darum, was Sie wollen. Das ist eine Familienangelegenheit."

„Es ist auch meine Angelegenheit, seit ich in diesem Sturm baden gegangen bin." Max blieb stehen und legte seine Hände auf ihre Schultern. „Sie haben ihn nicht in jener Nacht gehört,

Lilah. Er sagte, nichts würde ihn davon abhalten, sich diese Halskette zu verschaffen. Und er meinte das ernst. Das ist eine Sache für die Polizei, nicht für einen Haufen Frauen, die …"

„Einen Haufen Frauen, die was?" Ihre Augen funkelten.

„Die gefühlsmäßig zu stark in die Sache verstrickt sind, um vorsichtig zu reagieren."

„Verstehe." Sie nickte langsam. „Es liegt also bei Ihnen, Sloan und Trent, den großen, tapferen Männern, uns arme, hilflose Frauen zu verteidigen?"

Zu spät erkannte er, dass er sich auf gefährlichem Boden befand. „Ich sagte nicht, Sie wären hilflos."

„Sie haben es angedeutet. Lassen Sie sich eines sagen, Professor. Es gibt nicht eine einzige Calhoun-Frau, die sich nicht behaupten und mit jedem Mann fertig werden könnte, der so einfach daherkommt. Dazu gehören auch Genies und irre Juwelendiebe."

„Na bitte. Ihre Reaktion ist rein emotional ohne einen einzigen logischen Gedanken."

Ihre leuchtenden Augen wurden schmal. „Wollen Sie Emotion sehen?"

Abgesehen von seinem Verstand billigte er sich auch eine gewisse Menschenkenntnis zu. Vorsichtig wich er zurück. „Ich glaube nicht."

„Fein. Dann schlage ich vor, Sie sollten auf Ihre Ausdrucksweise achten und nachdenken, bevor Sie mir raten, mich aus etwas herauszuhalten, das hundertprozentig meine Sache ist!" Sie schob sich an ihm vorbei und ging auf die Stimmen zu, die am Besucherzentrum erklangen.

„Verdammt, ich will nicht, dass Ihnen etwas zustößt."

„Ich habe nicht die Absicht, mir etwas zustoßen zu lassen. Ich habe eine sehr niedrige Schmerzschwelle. Aber ich werde auch nicht herumsitzen und die Hände in den Schoß legen, während jemand Pläne schmiedet, um etwas zu stehlen, das mir gehört."

„Die Polizei …"

„War bisher eine verdammt schlechte Hilfe", fauchte sie. „Wissen Sie, dass Interpol schon seit fünfzehn Jahren nach Livingston, oder wie immer er sich nennt, fahndet? Niemand konnte ihn aufspüren, nachdem er auf Amanda geschossen und unsere Papiere gestohlen hatte. Wenn Caufield und Livingston ein und dieselbe Person sind, bleibt es an uns hängen, unser Eigentum zu schützen."

„Selbst wenn das bedeutet, dass man Ihnen den Schädel einschlägt?"

Sie warf einen Blick über ihre Schulter. „Ich kümmere mich um meinen Schädel, und Sie kümmern sich um den Ihren, Professor."

„Ich bin kein Genie", murmelte er und entlockte ihr ein Lächeln.

Die Verzweiflung auf seinem Gesicht besänftigte Lilahs Temperament. Sie wich von dem markierten Pfad ab. „Ich weiß Ihre Sorge zu schätzen, Max, aber sie ist fehl am Platz. Warten Sie hier draußen. Setzen Sie sich auf die Mauer. Ich muss noch meine Sachen aus dem Pavillon holen."

Lilah ließ Max mit seinen Gedanken allein. Er wollte sie doch nur beschützen. Was war daran falsch? Er sorgte sich um sie. Immerhin hatte sie ihm das Leben gerettet. Mit finsterer Miene hockte Max auf der Steinmauer. Leute strömten in das Gebäude oder kamen heraus. Kinder protestierten, während ihre Eltern sie zu den parkenden Autos zogen oder trugen. Pärchen wanderten Händchen haltend umher, während andere interessiert in den Prospekten blätterten. Er sah eine Menge Haut, die von der Sonne krebsrot gebraten worden war.

Max betrachtete seine eigenen Unterarme und war überrascht, dass sie gebräunt waren. Die Dinge veränderten sich. Er bekam eine Sonnenbräune. Er hatte keinen Stundenplan, und er war Teil eines Geheimnisses und hatte mit einer unglaublich sexy wirkenden Frau zu tun.

„Na …" Lilah schob den Riemen ihrer Tasche über die Schulter. „Sie sehen sehr zufrieden drein."

Er blickte zu ihr auf und lächelte. „Tatsächlich?"

„Wie eine Katze, die noch Federn an der Schnauze hat. Wollen Sie mich nicht aufklären?"

„Na schön. Kommen Sie her." Er stand auf, zog sie mit einer geschmeidigen Bewegung an sich und verschloss ihren Mund mit dem seinen. Alle seine aufregend neuen Gefühle flossen in diesen Kuss. Wenn der Kuss tiefer ausfiel, als erwartet, verstärkte das nur den Genuss der Entdeckung. Wenn durch den Kuss die an ihnen vorbeilaufenden Touristen verschwanden, unterstrich das nur den Neubeginn.

Es war mehr Glück als Lust, was Lilah bei ihm spürte. Es verwirrte sie. Aber vielleicht lag es auch an der Art, wie sein Mund über ihre Lippen strich, dass sich ihre klaren Gedanken verdunkelten. Der vorangegangene Ärger war bereits verflogen. Jetzt wusste sie nur, dass es sich wundervoll anfühlte, hier mitten auf der sonnigen Terrasse zu stehen und sein Herz an dem ihren schlagen zu fühlen.

Als sich sein Mund von ihrem löste, stieß sie einen langen, behaglichen Seufzer aus und öffnete langsam die Augen. Max grinste sie an, und angesichts seiner offenkundigen Begeisterung musste sie zurücklächeln. Weil sie sich nicht sicher war, was sie mit den zärtlichen Gefühlen anfangen sollte, die er ihr entlockte, tätschelte sie seine Wange.

„Nicht, dass ich mich beschwere, aber wofür war das?" fragte sie.

„Mir war einfach danach."

„Ein ausgezeichneter erster Schritt."

Lachend schlang er seinen Arm um ihre Schultern, während sie zum Parkplatz gingen. „Du hast den aufregendsten Mund, den ich jemals gekostet habe."

Er bemerkte nicht, wie sich ein düsterer Schleier über ihre Augen senkte. Hätte er es gesehen, hätte sie es nicht erklären können. Es lief doch immer auf Sex hinaus, und sie bemühte sich, die vage Enttäuschung abzuschütteln. Männer sahen sie für gewöhnlich nur auf ihre Weise, aber es bestand kein Grund, sich davon jetzt stören zu lassen, besonders, da sie die Berührung vorhin genauso wie Max genossen hatte.

„Freut mich, dass ich helfen konnte", sagte sie leichthin. „Fahren wir?"

„Gut, aber zuerst muss ich dir etwas zeigen." Der Kuss erlaubte ihm, sie zu duzen, und nachdem er sich auf den Fahrersitz geschoben hatte, holte er einen braunen Umschlag hervor. „Ich habe in der Bibliothek eine Menge Material durchgesehen. Eure Familie wird etliche Male in Geschichtsbüchern und Biografien erwähnt. Etwas war darunter, das wird dich interessieren."

„Hmm." Lilah streckte sich bereits und dachte an ein Nickerchen.

„Ich habe eine Kopie gemacht. Es ist ein Bild von Bianca."

„Ein Bild?" Sie richtete sich wieder auf. „Fergus hat nach ihrem Tod alle Bilder zerstört. Ich habe meine Urgroßmutter nie gesehen."

„Doch, das hast du." Er zog die Kopie hervor und reichte sie ihr. „Du siehst sie jedes Mal, wenn du in den Spiegel blickst."

Sie sagte nichts, aber während ihre Augen auf die grobkörnige Kopie gerichtet waren, hob sie ihre Hand zu ihrem Gesicht. Das gleiche Kinn, der gleiche Mund, Nase, Augen. Spürte sie deshalb das Band so stark? Tränen stiegen auf und ihre Kehle brannte.

„Sie war schön", sagte Max ruhig.

„So jung." Die Worte waren mehr ein Seufzer. „Jünger als ich, als sie starb. Sie hatte sich bereits verliebt, als diese Aufnahme hier gemacht wurde. Das steht in ihren Augen."

„Sie trägt die Smaragde."

„Ja, ich weiß." Genau wie er es getan hatte, fuhr sie mit einer Fingerspitze darüber. „Wie schwierig muss es für sie gewesen sein, an einen Mann gebunden zu sein, aber einen anderen zu lieben. Und das Collier – ein Symbol für die Fessel, mit der der eine Mann sie hielt, und eine Erinnerung an ihre Kinder."

„Siehst du es so? Als Symbol?"

„Ja. Ich glaube, ihre Gefühle für die Steine waren schrecklich stark. Andernfalls hätte sie die Kette nicht versteckt." Sie schob das Blatt Papier in den Umschlag zurück. „Gute Arbeit für einen Tag, Professor …"

„Es ist erst der Anfang."

Während sie ihn anschaute, verschränkte sie ihre Finger mit den seinen. „Ich mag Anfänge. Alles, was danach kommt, bietet ungeahnte Möglichkeiten. Wir fahren nach Hause und zeigen das hier den anderen, nachdem wir ein paar Mal angehalten haben."

„Angehalten?"

„Es ist auch Zeit für einen anderen Neuanfang. Du brauchst ein paar neue Sachen."

Max hasste Einkaufen. Er sagte es Lilah wiederholt und energisch, doch sie ignorierte ihn fröhlich und schlenderte von einem Geschäft zum nächsten. Er wehrte sich entschieden gegen ein T-Shirt in Neonfarben, verlor jedoch bei einem, auf dem ein Hummer abgebildet war, der wie ein Oberkellner gekleidet war.

Lilah ließ sich nicht von Verkäufern einschüchtern wie er, sondern stand den ganzen Prozess der Auswahl und des Kaufs mit ihrer trägen Gelassenheit durch. Die meisten Geschäftsleute sprachen sie mit ihrem Namen an, und während des Plauderns erkundigte sie sich beiläufig nach einem Mann, auf den Caufields Beschreibung passte.

„Sind wir jetzt fertig?“ In Max' Stimme schwang ein flehender Unterton mit, der sie leise lachen ließ, als sie wieder auf den Bürgersteig traten, der von Leuten in bunter Sommerkleidung überqoll.

„Nicht ganz.“ Sie drehte sich zu ihm um und betrachtete ihn. Eindeutig abgehetzt. Absolut anbetungswürdig. Seine Arme waren mit Tüten beladen, und die Haare fielen ihm in die Stirn. Lilah strich sie zurück.

„Wie bist du mit Unterwäsche ausgestattet?“

„Also, ich …“

„Komm schon, da vorne ist ein Laden, der hat großartige Sachen. Tigermuster, anzügliche Sprüche, kleine rote Herzen.“

„Nein!“ Er erstarrte auf der Stelle. „Nie im Leben!“

Es fiel ihr schwer, aber sie bewahrte dennoch Haltung. „Du hast Recht. Völlig unpassend. Wir halten uns einfach an diese hübschen weißen Slips, die es in Dreierpacks gibt.“

„Für eine Frau ohne Brüder weißt du ganz bestimmt eine Menge über Herrenunterwäsche.“ Er arrangierte die Tüten um, überlegte es sich und drückte ihr die Hälfte in die Arme. „Aber ich denke, damit werde ich allein fertig.“

„Na schön, ich mache inzwischen einen Schaufensterbummel."

Sie wurde sofort von einer Vitrine voller Kristalle in unterschiedlichen Größen und Formen abgelenkt. Sie hingen von Drähten und verschossen Farbblitze. Darunter lag eine Auswahl an handgemachtem Schmuck. Lilah wollte schon eintreten und um ein Paar Ohrringe feilschen, als sie mit jemandem zusammenstieß.

„Tut mir Leid." Die Entschuldigung klang gepresst. Lilah sah einen untersetzten Mann vor sich, mit einem verwitterten Gesicht und grau werdenden Haaren. Er wirkte viel wütender, als der leichte Zusammenstoß rechtfertigte, und etwas in seinen blassen Augen ließ sie zurückweichen.

Dennoch zuckte sie die Schultern und lächelte. „Schon gut."

Sie blickte ihm stirnrunzelnd nach, drehte sich um und wollte zurück in den Laden, als sie Max entdeckte, der einen Meter hinter ihr stand und sie schockiert anstarrte. Dann trat er schnell auf sie zu, und unwillkürlich hielt sie den Atem an.

„Max ..."

Mit einem energischen Griff drängte er Lilah in den Laden. „Was hat er zu dir gesagt?" fragte er mit einer Schärfe, dass sich ihre Augen erschrocken weiteten. „Hat er dich berührt? Wenn der Bastard seine Hände an dich ..."

„Warte!" Da die meisten Kunden in dem Geschäft zu ihnen herüberstarrten, hielt Lilah ihre Stimme gedämpft. „Beruhige dich, Max. Ich weiß nicht, wovon du sprichst."

In ihm kochte eine so mörderische Wut, wie er sie noch nie zuvor empfunden hatte und die sich auch in seinen Augen zeigte, woraufhin sich einige Touristen zur Tür hinausschoben. „Ich habe ihn neben dir stehen sehen."

„Diesen Mann?“ Verblüfft blickte sie durch das Schaufenster, aber der Fremde war längst verschwunden. „Er ist einfach mit mir zusammengestoßen. Im Sommer sind die Bürgersteige überfüllt.“

„Hat er nichts zu dir gesagt?“ Max nahm nicht einmal wahr, dass er die Fäuste geballt hatte und auch bereit war, sie einzusetzen. „Er hat dir nichts getan?“

„Nein, natürlich nicht. Komm schon, wir setzen uns.“ Ihr Ton war besänftigend, während sie Max nach draußen drängte. Doch anstatt sich auf eine der Bänke entlang der Straße zu setzen, hielt Max Lilah hinter sich und suchte die Menschenmassen ab. „Hätte ich geahnt, dass dich der Kauf von Unterwäsche dermaßen aufregt, Max, hätte ich es nicht einmal erwähnt.“

Wut funkelte in seinen Augen, als er herumwirbelte. „Das war Hawkins“, knurrte er. „Sie sind noch immer hier!“

5. KAPITEL

Lilah wusste nicht, was sie mit Max anfangen sollte. Die Lampe leuchtete golden, als sie im Turmzimmer saß und beobachtete, wie die Nacht sachte über Wasser und Felsen hereinbrach. Sie dachte an Max. Er war bei weitem kein so unkomplizierter Mann, wie sie anfangs vermutet hatte – und wie er sich selbst bestimmt sah.

In der einen Sekunde war er schüchtern, süß und leicht zu verängstigen. In der nächsten glich er einem Wikinger. Dann blitzten seine blauen Augen, und sein sensibler Mund wurde grimmig. Die Verwandlung war genauso faszinierend wie verblüffend und verwirrte Lilah, eine Empfindung, die sie nicht mochte.

Nachdem er den Mann, den er Hawkins nannte, gesehen hatte, hatte Max sie förmlich zum Wagen gezerrt, sie hineingeschoben und war losgefahren. Ihr Vorschlag, Hawkins zu verfolgen, war auf ein schroffes, heftiges Nein gestoßen. Zurück in The Towers hatte er die Polizei angerufen und die Meldung so ruhig durchgegeben, als würde er einem Studenten eine Literaturliste diktieren. Danach hatte er sich in typisch männlicher Art mit Sloan und Trent beraten.

Die Polizei hatte Caufields Boot noch nicht gefunden und weder Caufield, noch Hawkins nach Max' Beschreibung identifiziert.

Es ist alles viel zu kompliziert, fand Lilah. Diebe und Decknamen und internationale Polizei. Sie bevorzugte das Schlichte. Das Leben war alles andere als einfach gewesen, seit die Presse ihre Begeisterung für die Calhoun-Smaragde entdeckt hatte, und alles war noch komplizierter geworden, seit Max an die Küste gespült worden war.

Doch sie war froh, dass es geschehen war. Sie wusste nicht genau, warum. Eigentlich hatte sie nie den schüchternen Intellektuellen für ihren Typ gehalten. Es stimmte, dass sie Männer ganz allgemein mochte, einfach weil sie Männer waren. Sie vermutete, dass das davon kam, dass sie den größten Teil ihres Lebens in einem Haushalt mit Frauen verbrachte. Wenn sie sich verabredete, suchte sie meistens Spaß und lässiges Beisammensein. Jemanden, mit dem sie tanzen oder mit dem sie bei einem guten Essen lachen konnte. Sie hatte stets gehofft, sich in einen dieser sorglosen, unkomplizierten Männer zu verlieben und mit ihm ein sorgloses, unkompliziertes Leben zu beginnen.

Nüchterne Dozenten mit antiquierten Ansichten und ernster Denkweise waren dazu kaum geeignet.

Aber er ist so süß, dachte sie mit einem schwachen Lächeln. Und wenn er sie küsste, hatte er absolut nichts Nüchternes mehr an sich.

Mit einem kleinen Seufzer überlegte sie, was sie mit Dr. Maxwell Quartermain anfangen sollte.

„Hey." C. C. steckte ihren Kopf zur Tür herein. „Ich dachte mir, dass ich dich hier finde."

Erfreut über die unerwartete Gesellschaft zog Lilah ihre Beine an, um Platz auf dem Fenstersitz zu schaffen. „Was gibt es bei dir, Mrs. St. James?"

„Ich habe diesen Mustang fast vollständig überholt." Sie seufzte, als sie sich setzte. „Himmel, was für ein Zuckerstückchen. Dann hatte ich heute eine elektrische Anlage, die mich zu Tobsuchtsanfällen getrieben hat, und zwei Motoreinstellungen." Eine ungewohnte Müdigkeit machte sich in ihr breit. Sie schloss die Augen und dachte daran, früh zu Bett zu gehen. „Dann diese ganze Aufregung zu Hause, weil du mit einem dieser Typen zusammenstößt, hinter dem die Polizei her ist!"

„Fluch und Segen von Kleinstädten."

„Ich bin ein wenig herumgefahren, bevor ich heimgekommen bin." C. C. massierte ihre verspannten Schultern. „Nach Hulls Cove hinunter und wieder zurück."

„Du solltest nicht allein herumschnüffeln."

„Habe mich nur umgesehen." C. C. seufzte. „Ich habe ohnedies nichts entdeckt. Unsere furchtlosen Männer sind jetzt zur Suche ausgeschwärmt."

Panik stieg in Lilah auf. „Max ist mitgegangen?"

Gähnend öffnete C. C. die Augen. „Sicher. Auf einmal sind sie die Drei Musketiere. Gibt es etwas Ärgerlicheres als Machogehabe?"

„Karies", murmelte Lilah abwesend, doch Gedanken meldeten sich, mit denen sie nichts zu tun haben wollte. „Ich dachte, Max wollte sich bei seinen Nachforschungen an Bücher halten."

„Nun ja, im Moment heult er jedenfalls mit den Wölfen." Sie tätschelte Lilahs Knie. „Keine Angst, Honey, die können schon auf sich selbst aufpassen."

„Du lieber Himmel, er ist Geschichtsprofessor. Was ist denn, wenn sie wirklich in Schwierigkeiten geraten?"

„Er war schon in Schwierigkeiten", erinnerte C. C. sie. „Er ist härter, als er aussieht."

„Wie kommst du darauf?" Lilah stand auf, um auf und ab zu gehen. Angesichts dieser ungewohnten Zurschaustellung von Energie hob C. C. irritiert eine Augenbraue.

„Der Mann ist mitten in einem Sturm von einem Boot gesprungen und hat es fast bis an die Küste geschafft, obwohl er einen Streifschuss hatte. Am nächsten Tag war er wieder auf den Beinen. Hinter diesen ruhigen Augen lauert Sturheit. Ich mag ihn."

Ruhelos bewegte Lilah die Schultern. „Wer nicht? Er ist leicht zu mögen."

„Nun, bei allem, was Amanda über ihn herausgefunden hat – dieses Wunderknabenzeug –, sollte man meinen, er wäre eingebildet oder steif. Aber er ist es nicht. Er ist süß. Tante Coco würde ihn am liebsten adoptieren."

„Er ist süß", stimmte Lilah zu und setzte sich wieder. „Und ich möchte nicht, dass er aus einer falsch verstandenen Dankbarkeit heraus verletzt wird."

C. C. beugte sich vor, um ihrer Schwester in die Augen zu sehen. Sie las darin mehr als nur normale Fürsorge und lächelte in sich hinein. „Aah, ich weiß, du bist die Mystikerin in der Familie, aber ich fange eindeutige Wellen auf. Meinst du es bei Max ernst?"

„Ernst?" Bei dem Wort wurde Lilah wachsam. „Natürlich nicht. Ich mag ihn, und ich fühle mich irgendwie für ihn verantwortlich." Und wenn er mich küsst, schmelze ich glatt dahin, fügte sie insgeheim hinzu. „Ich habe Freude mit ihm", schloss sie lahm.

„Er ist sehr attraktiv."

„Du bist jetzt eine verheiratete Frau, Kleines."

„Aber nicht blind. Es ist etwas Ansprechendes an dieser Intelligenz, diesem romantischen und lehrerhaften Äußeren." Sie wartete einen Moment. „Findest du nicht?"

Lilah lehnte sich lächelnd zurück und blickte ihre Schwester herausfordernd an. „Gehst du jetzt bei Tante Coco als Heiratsvermittlerin in die Lehre?"

„Ich sondiere nur. Ich selbst bin so glücklich, dass sich alle, die ich liebe, genauso fühlen sollen."

„Ich bin glücklich." Lilah rekelte sich behaglich. „Ich bin zu faul, um es nicht zu sein."

„Da wir von faul sprechen, ich fühle mich, als könnte ich eine ganze Woche schlafen. Da Trent Räuber und Gendarm spielt, werde ich mich hinlegen.“ C. C. wollte aufstehen, als sie von heftigem Schwindel gepackt wurde und zurücksackte.

Lilah schnellte hoch. „Hey! Hey, Kleines, alles in Ordnung?“

„Bin zu schnell aufgestanden, das ist alles.“ Als es um sie herum dunkel wurde, hob sie die Hand an ihren dröhnenden Kopf. „Ich fühle mich ein wenig …“

Lilah bettete sacht den Kopf ihrer Schwester auf ihren Schoß. „Langsam atmen. Ganz ruhig.“

„Das ist albern.“ Aber sie gehorchte, bis die Benommenheit wich. „Ich bin nur ein wenig übermüdet. Vielleicht brüte ich etwas aus, verdammt.“

„Mmm.“ Weil sie ahnte, was C. C. ausbrütete, lächelte Lilah. „Müde? War dir auch übel?“

„Nicht direkt.“ C. C. richtete sich auf. „Ein wenig flau am Morgen seit zwei Tagen, das ist alles.“

„Kleines!“ Lachend tätschelte Lilah den Kopf ihrer Schwester. „Wach auf und rieche den Babypuder.“

„Hä?“

„Ist dir gar nicht in den Sinn gekommen, dass du schwanger sein könntest?“

„Schwanger?“ Die dunkelgrünen Augen wurden groß wie Untertassen. „Schwanger? Ich? Aber wir sind doch gerade erst einen Monat verheiratet.“

Lilah legte lachend ihre Hände an C. C.’s Wangen. Aber ihr habt kaum die ganze Zeit Mühle gespielt, oder?“

C. C.’s Mund öffnete und schloss sich, bevor sie ein Wort hervorbrachte. „Es ist mir bloß nie eingefallen … Ein Baby!“ Ihre Augen wurden sanfter. „Oh, Lilah!“

„Könnte Trenton St. James IV werden."

„Ein Baby", wiederholte C. C. und legte eine Hand auf ihren Bauch, eine ehrfürchtige und beschützende Geste. „Glaubst du wirklich?"

„Ich glaube es wirklich." Lilah sank auf den Sitz zurück und umarmte C. C. „Ich brauche dich gar nicht zu fragen, wie du darüber denkst. Es steht dir ins Gesicht geschrieben."

„Verrate noch niemandem etwas davon. Ich möchte sicher sein."

Lachend drückte sie Lilah an sich. „Plötzlich fühle ich mich gar nicht müde. Ich rufe gleich morgen früh den Arzt an. Oder ich sollte mir vielleicht einen von diesen Tests aus der Apotheke holen. Ich könnte beides machen."

Lilah ließ ihre Gedanken wandern. Lange nachdem C. C. gegangen war, hielt sich noch das Echo ihrer Freude in dem Raum.

Das ist es, was der Turm braucht, dachte Lilah. Dieses pure Glück. Sie blieb, wo sie war, fühlte sich jetzt zufrieden und beobachtete, wie der Mond aufging. Halb voll und weiß, hing er am Himmel und ließ sie träumen.

Wie es wohl war, mit jemandem behaglich verheiratet zu sein und ein Kind in sich wachsen zu fühlen? Mit jemandem ein Leben aufzubauen, der einen so gut kannte und einen trotz aller Fehler liebte? Oder vielleicht gerade um dieser Fehler willen?

Hübsch, dachte sie. Es musste einfach hübsch sein. Auch wenn sie das für sich erst finden musste, brauchte sie nur C. C. und Amanda anzusehen, um zu wissen, dass es möglich war.

Sie löschte das Licht und ging nach unten. Das Haus war jetzt still. Es musste mindestens Mitternacht sein.

Lilah gönnte sich ein ausgiebiges, duftendes Schaumbad, ehe sie in ihren Lieblingshausmantel schlüpfte und auf die Terrasse trat.

Es war eine romantische Nacht, die Sehnsucht in Lilah weckte. Sehnsucht nach jemandem. Nach einer Berührung, einem Flüstern in der Dunkelheit. Einem Arm um ihre Schultern.

Nach einem Gefährten.

Nicht nur nach einem physischen, sondern auch emotionalen, geistigen Partner. Männer hatten sie begehrt, und sie wusste, dass das nie genug sein konnte. Es musste jemand sein, der nicht nur die Farbe ihres Haares und die Form ihres Gesichts sah, sondern auch in ihr Herz blickte.

Sie wollte schon zurück in ihr Zimmer, als sie eine Bewegung wahrnahm. In dem fahlen Mondlicht entdeckte sie zwei Schatten, die tief gebückt und lautlos über die Wiese huschten. Bevor Lilah reagieren konnte, waren sie im Dunkel des Gartens verschwunden.

Lilah dachte überhaupt nicht nach. Das Heim musste verteidigt werden. Ihre nackten Füße verursachten kein Geräusch auf den Steinstufen. Wer immer unerlaubterweise Calhoun-Gebiet betreten hatte, sollte den Schreck seines Lebens bekommen.

Wie ein Geist glitt sie in den Garten. Ihr Hausmantel umwallte sie. Stimmen erklangen, gedämpft und erregt, schwaches gelbliches Licht einer Taschenlampe schimmerte. Lachen ertönte, wurde rasch unterdrückt, dann traf ein Spaten auf Erde.

Das Calhoun-Temperament brodelte an die Oberfläche. Mit dem Mut der Gerechten stürmte sie vorwärts.

„Was, zum Teufel, macht ihr da?"

Der Spaten polterte auf Stein, als er zu Boden fiel. Die Taschenlampe flog in hohem Bogen in die Azaleen davon. Zwei von der Schatzsuche angeheizte Teenager blickten sich hektisch nach der Besitzerin der Stimme um. Sie sahen eine weiße Frauengestalt, und da Lilah ihre Opfer richtig eingeschätzt hatte, hob sie die Arme, weil sie wusste, dass sich die weiten Ärmel sehr hübsch bauschen würden.

„Ich bin die Wächterin der Smaragde." Sie hätte beinahe laut gelacht, weil ihre Stimme so schön hohl klang. „Ihr wagt es, den Fluch der Calhouns herauszufordern? Grauenvoller Tod ist jedem gewiss, der auf dieser Erde wandelt. Lauft, wenn euch euer Leben lieb ist!"

Das ließen sie sich nicht zweimal sagen. Die Schatzkarte, für die sie zehn Dollar bezahlt hatten, flatterte zu Boden, als sie den Weg entlangrasten, einander schubsten und über ihre eigenen Füße stolperten. Leise kichernd hob Lilah die Karte auf.

Sie hatte so etwas schon gesehen. Eine erfinderische Seele entwarf diese Pläne und verkaufte sie an leichtgläubige Touristen. Nachdem sie die Skizze in ihre Tasche geschoben hatte, beschloss sie, ihren beiden ungebetenen Gästen einen kleinen Extrakick zu verpassen. Sie jagte hinterher und wollte ein geisterhaftes Geheul ausstoßen, während sie aus dem Garten herausschoss.

Aus dem Heulen wurde jedoch ein Grunzen, als Lilah gegen einen anderen Schatten prallte, der ihr in vollem Lauf entgegenkam.

Max verlor das Gleichgewicht, fluchte und fiel auf Lilah.

„Was machen Sie hier, verdammt?" fauchte er.

„Ich bin das", brachte sie hervor und holte tief Luft. „Was machst du hier, verdammt?"

„Ich habe jemanden beobachtet. Bleib hier!"

„Nein." Sie hielt ihn an den Armen fest. „Das waren nur zwei Jugendliche mit einer Schatzkarte. Ich habe sie verscheucht."

„Du …" Wütend stützte er sich auf einen Ellbogen. Trotz der Dunkelheit funkelte der Zorn deutlich in seinen Augen. „Hast du den Verstand verloren?" rief er. „Du bist allein hier herausgekommen, um zwei Eindringlinge zu stellen?"

„Zwei verängstigte Teenager mit einer Schatzkarte", verbesserte sie ihn und hob trotzig ihr Kinn. „Das hier ist mein Haus."

„Es interessiert mich verdammt wenig, wessen Haus das ist. Das hätten Caufield und Hawkins sein können. Es hätte sonst jemand sein können. Niemand mit einem Funken Verstand folgt mitten in der Nacht allein zwei möglichen Räubern in den Garten."

Sie hatte ihren Atem wieder gefunden und musterte ihn kühl. „Und was hast du gemacht?"

„Ich habe sie verfolgt", begann er und ahnte, was sie dachte. „Das ist etwas anderes."

„Warum? Weil ich eine Frau bin?"

„Nein. Nun … ja."

„Das ist dumm, unwahr und sexistisch."

„Das ist vernünftig, wirklichkeitsbezogen und sexistisch." Er seufzte. „Lilah, du hättest verletzt werden können."

„Der einzige, der mich verletzt hat, warst du, als du dich auf mich gestürzt hast."

„Ich habe mich nicht auf dich gestürzt", murmelte er. „Ich habe die beiden beobachtet und dich nicht gesehen. Und ich habe ganz bestimmt nicht damit gerechnet, dass du hier draußen in der Dunkelheit herumschleichst."

„Ich bin nicht herumgeschlichen." Sie blies sich die Haare aus den Augen. „Ich habe Geist gespielt, und zwar sehr wirkungsvoll", sagte sie mit Nachdruck.

„Geist gespielt!" Max verdrehte die Augen. „Jetzt weiß ich, dass du den Verstand verloren hast."

„Es hat funktioniert“, erinnerte sie ihn.

„Darauf kommt es nicht an.“

„Genau darauf kommt es an. Und darauf, dass du mich über den Haufen gerannt hast, bevor ich meine Aufgabe zu Ende führen konnte.“

„Ich habe mich bereits entschuldigt.“

„Nein, hast du nicht.“

„Na schön, tut mir Leid, wenn ich ...“ Er wollte sich aufrichten und beging den Fehler, nach unten zu blicken. Lilahs Hausmantel hatte sich bei dem Sturz geöffnet. Wie Alabaster schimmerten ihre Brüste im Mondschein. „Ach, du lieber Himmel“, brachte er zwischen seinen plötzlich trockenen Lippen hervor.

Der Atem blieb ihr erneut weg. Während sie still dalag, beobachtete sie, wie sich der Ausdruck in seinen Augen veränderte. Von Verwirrung zu Schock, von Schock zu Erstaunen, von Erstaunen zu einem tiefen und dunklen Verlangen. Als sein Blick den ihren traf, schmolz jeder Muskel in ihrem Körper wie heißes Wachs.

Niemand hatte sie jemals so angesehen. In seinen Augen fand sie solche Intensität, die gleiche Konzentration, mit der er anfangs den Schmerz abgeblockt hatte. Sein Blick glitt zu ihrem Mund und verharrte da, bis ihre Lippen bebend seinen Namen flüsterten.

Max glaubte, von einem Traum umfangen zu werden, als er sich wieder zu Lilah herabbeugte. Alles war ein wenig unscharf, weich und verschwommen. Seine Hände verloren sich in ihrem Haar. Unter seinen Lippen war ihr Mund verlockend warm. Ihre Arme legten sich um ihn, als hätte sie darauf gewartet. Er hörte ihren Seufzer, lang und tief.

Sein Mund berührte den ihren so sanft, als habe er Angst, sie würde verschwinden, wenn er zu viel wagte. Doch sie spürte seine Scheu. Die Art, wie er sie hielt, wie seine Hände sich in ihren Haaren zu Fäusten ballten, wie er erschauernd den Atem ausstieß, als seine Lippen über die ihren strichen, verriet ihn.

Ihre Glieder wurden schwer, ihr Kopf leicht. Obwohl sie wie er die Augen offen halten wollte, schlossen sie sich. Das köstlichste Sehnen durchlief sie, als er an ihrer Unterlippe sachte knabberte. Ihr Murmeln mischte sich mit dem seinen zu einem unverständlichen Raunen.

Das Gras raschelte, als Lilah sich unter Max bewegte. Der kühle, frische Duft des Rasens passte perfekt zu ihm. Als seine Finger sanft über ihre Brust glitten, stöhnte sie leise.

Sie ist wirklich perfekt, dachte er benommen. Wie ein Traumbild, das man in einer einsamen Nacht heraufbeschwört. Lange, schlanke Glieder, seidige Haut, ein sinnlicher Mund. Ihre erotische Ausstrahlung war wie eine Droge, und er war bereits süchtig.

Ihren Namen murmelnd, ließ er seine Lippen zu ihrem Hals wandern. Ihr Puls hämmerte. Sie zu kosten, schmeckte wie Sünde. Sie zu berühren, war wie das Paradies. Er senkte seine Lippen wieder auf ihren Mund, um dem Himmel näher zu sein.

Sie fühlte förmlich, wie sie einen Zentimeter über dem Gras schwebte. Als sein Mund den ihren berührte, ließ sie sich in diesen neuen Kuss treiben. Dann passierte es.

Es war nicht wie das sanfte Klicken einer Uhr, die eine verborgene Kammer in ihrem Herzen öffnete, wie sie gehofft hatte. Es war wie ein Donnern, wie eine Sturmbö, die durch ihren Körper fegte. Und danach folgte ein Schmerz – scharf, süß und betäubend. Sie stemmte sich dagegen, und ihr Protestlaut wurde von seinen Lippen gedämpft.

Hätte Lilah ihm eine Ohrfeige versetzt, hätte seine Leidenschaft nicht schneller abkühlen können. Max zuckte zurück, als sie ihn anstarrte. Ihre Augen waren geweitet, von Angst und Verwirrung erfüllt. Über sein Verhalten betroffen, kauerte er sich auf seine Knie. Er zitterte. Sie auch. Kein Wunder. Er hatte sich wie von Sinnen aufgeführt, sie zu Boden geworfen und betastet.

Der Himmel möge ihm beistehen, aber er wollte es wieder tun.

„Lilah …" Seine Stimme war nur ein heiseres Krächzen. Er räusperte sich. Sie rührte sich nicht und blickte ihn unverwandt an. Er wollte ihre Wange streicheln, wollte sie an sich ziehen und festhalten, hatte jedoch Angst, sie noch einmal zu berühren. „Es tut mir Leid. Es tut mir so Leid. Du hast so schön ausgesehen. Ich habe den Kopf verloren."

Sie wartete einen Moment auf die Ausgeglichenheit und Lässigkeit, die so sehr ein Teil von ihr waren, sich jedoch jetzt nicht einstellten. „War es so?"

„Ich …" Was wollte sie denn von ihm hören? Er kam sich ohnedies schon wie ein Unhold vor. „Du bist eine unglaublich begehrenswerte Frau", begann er vorsichtig. „Aber das ist keine Entschuldigung für das, was gerade geschehen ist."

Was war geschehen? Lilah fürchtete, sich in ihn verliebt zu haben, und wenn das stimmte, dann schmerzte Liebe. Es gefiel ihr nicht im Geringsten. „Du willst mich körperlich."

Er räusperte sich. Wollen war nicht das passende Wort. Sich nach ihr verzehren traf es schon genauer. Behutsam schloss er ihren Hausmantel. „Jeder Mann würde das", stammelte er.

Jeder Mann, dachte sie und schloss enttäuscht die Augen. „Es ist schon gut, Max." Ihre Stimme klang eine Spur zu heiter, als sie sich aufsetzte. „Nichts passiert. Wir finden einander eben körperlich attraktiv. So etwas passiert immer wieder."

„Ja, aber ..." Mir nicht, dachte er. Nicht so. Er betrachtete finster einen Grashalm. Für sie war es wahrscheinlich leichter. Sie war so offen, so ungehemmt. Möglicherweise hatte es Dutzende von Männern in ihrem Leben gegeben. Dutzende, dachte er in einem so heftigen Aufblitzen von Zorn, dass er den Grashalm entzwei riss. „Was schlägst du denn vor, was wir diesbezüglich unternehmen sollten?"

„Unternehmen?" Ihr Lächeln war gequält, doch Max sah sie nicht einmal an. „Warten wir doch einfach ab, ob es vorbei geht. Wie eine Grippe."

Jetzt schaute er sie an, und in seinen Augen flackerte etwas Gefährliches. „Das geht nicht vorbei. Nicht für mich. Ich will dich. Eine Frau wie du sollte wissen, wie sehr ich dich will."

Seine Worte verursachten ihr gleichzeitig einen erregenden Schauer und Schmerz. „Eine Frau wie ich", wiederholte sie leise. „Ja, das ist die Crux, nicht wahr, Professor?"

„Inwiefern?" wollte er wissen, doch sie stand schon.

„Eine Frau, die Männer genießt und sehr großzügig zu ihnen ist."

„Ich habe nicht gemeint ..."

„Eine, die sich halb nackt im Gras wälzt. Für Sie ist das eine kleine Herumtreiberin, Dr. Quartermain, aber Sie stehen nicht darüber, hier und dort ein wenig zu experimentieren – mit einer Frau wie mir."

„Lilah, um Himmels willen ..." Verstört kam er auf die Beine.

„Ich würde mich an Ihrer Stelle nicht noch einmal entschuldigen. Dafür besteht bestimmt kein Grund." Über die Maßen verletzt, schleuderte sie ihre Haare zurück. „Nicht, wenn es um eine Frau wie mich geht. Immerhin haben Sie mich durchschaut, nicht wahr?"

Lieber Himmel, waren das Tränen in ihren Augen? Er machte eine hilflose Geste. „Ich habe keine Ahnung, was ..."

„Sehr richtig. Sie haben nur eine Ahnung von ihren eigenen Wünschen." Sie schluckte. „Nun, Professor, ich werde Ihre Wünsche in Betracht ziehen und Ihnen Bescheid geben."

Verloren sah er zu, wie sie ihren Morgenmantel zusammenraffte und die Stufen hinaufrannte. Sekunden später schloss sich hinter ihr die Terrassentür mit einem lauten Krachen.

Sie weinte nicht. Lilah ermahnte sich, dass Weinen eine Anstrengung war, die ihr für gewöhnlich elende Kopfschmerzen verursachte. Sie kannte keinen einzigen Mann, der diese Mühe wert war. Stattdessen zog sie eine Schublade ihres Nachtschränkchens auf und holte ihren Notfall-Schokoriegel heraus.

Nachdem sie sich auf ihr Bett hatte fallen lassen, nahm sie einen kräftigen Bissen und starrte zur Decke.

Sexy. Schön. Begehrenswert. Na toll, dachte sie und nahm noch einen gewaltigen Happen. Trotz seines gefeierten Gehirns war Maxwell Quartermain genauso ein Kretin wie jeder andere Mann. Er sah nur ein hübsches Päckchen, und wenn er das erst einmal ausgewickelt hatte, war es das. Er würde die Substanz nicht sehen, keines der zarteren Bedürfnisse erkennen.

Oh, er war ganz bestimmt höflicher als die meisten. Ein absoluter Gentleman, dachte sie ärgerlich. Sie hatte sich nicht von ihm befreien müssen. Der Himmel wusste, dass er es sehr eilig gehabt hatte, das für sich selbst zu besorgen.

Den Kopf verloren! Wenigstens ist er ehrlich, dachte sie und wischte ungeduldig eine Träne fort, die trotz aller guten Vorsätze über ihre Wange rann.

Sie wusste, welchen Eindruck sie erweckte. Es störte sie selten, was Leute von ihr dachten. Sie verstand sich selbst und fühlte sich wohl mit Lilah Maeve Calhoun. Es war schließlich nichts Verwerfliches daran, dass sie Männer genoss. Obwohl dieses Genießen nicht so weit gegangen war, wie das andere, wahrscheinlich auch ihre Angehörigen, vermuteten.

Ungehemmt? Vielleicht, aber das war nicht gleichbedeutend mit wahllos. Flirtete sie? Ja, das kam bei ihr wie von selbst, geschah aber nicht in böser Absicht oder mit hinterhältigen Gedanken.

Wenn ein Mann mit Frauen flirtete, war er charmant. Wenn eine Frau flirtete, war sie ein Flittchen. Nun, was sie betraf, so funktionierte das Spiel zwischen den Geschlechtern in beide Richtungen, und sie genoss es zu spielen. Und was den guten Professor anging …

Lilah rollte sich wie ein schutzbedürftiges Kätzchen zusammen. O Gott, er hatte sie verletzt. Dieses ganze Gestammel, diese Entschuldigungen, diese Erklärungen. Und die ganze Zeit hatte er so betroffen ausgesehen.

Eine Frau wie du … Der Satz ging ihr immer wieder durch den Kopf.

Merkte er denn nicht, was er ihr mit dieser behutsamen Zärtlichkeit angetan hatte? Hatte er nicht gefühlt, wie intensiv er auf sie wirkte? Sie hatte nichts anderes gewollt, als dass er sie wieder berührte, sie in seiner schüchternen Art anlächelte und ihr sagte, dass es ihm etwas bedeutete, wer sie war, was sie empfand. Sie hatte Trost und Zuspruch gesucht, und er hatte Entschuldigungen gestammelt. Sie hatte zu ihm aufgeblickt, während dieser Stich von Liebe sie noch durchzuckte und das damit verbundene Erschrecken noch in ihr bebte, und er war zurückgeprallt, als habe sie ihm einen Kinnhaken versetzt.

Sie wünschte, sie hätte ihm einen Kinnhaken versetzt. Wenn das Liebe war, so konnte sie darauf verzichten.

Weil es still war und weil ihre Sinne auf ihn konzentriert waren, hörte sie Max die Stufen heraufkommen und vor ihrer Tür zögern. Sie hörte zu atmen auf, obwohl ihr Herz schneller schlug. Ob er jetzt diese Tür aufstieß und zu ihr kam, um ihr zu sagen, was sie unbedingt hören wollte?

Sie sah förmlich, wie er nach dem Türknauf tastete. Dann hörte sie wieder seine Schritte, als er über die Terrasse zu seinem eigenen Zimmer ging.

Sie stieß seufzend den Atem aus. Es hätte seinen Prinzipien widersprochen, ein Schlafzimmer ohne Einladung zu betreten. Auf der Wiese hatte er sich mehr nach seinen Instinkten als nach seinem Verstand gerichtet. Niemand mochte das lieber als Lilah. Für ihn war es nur der Augenblick gewesen, der Mond, die Stimmung. Man konnte ihm schwerlich einen Vorwurf daraus machen, ganz sicher nicht erwarten, dass er so empfand wie sie. Sie so begehrte, wie sie ihn begehrte.

Sie hoffte von ganzem Herzen, dass er keinen Moment Schlaf finden möge.

Sie schniefte, schmeckte die Schokolade am Gaumen und begann nachzudenken. Erst vor zwei Monaten war C. C. zu ihr gekommen, verletzt und wütend, weil Trent sie geküsst und sich dann dafür entschuldigt hatte.

Lilah spitzte die Lippen und rollte sich auf den Rücken. Vielleicht war das typisch männliche Naivität. Es war schwer, dieser Gattung etwas übel zu nehmen, womit sie geboren wurde. Falls Trent sich entschuldigt hatte, weil ihre Schwester ihm etwas bedeutete, konnte es sein, dass es bei Max genauso war.

Das war eine interessante Theorie, die auch nicht allzu schwer zu beweisen sein sollte. Oder zu widerlegen, dachte sie mit einem Seufzer. Wie auch immer, es war wahrscheinlich das Beste, Bescheid zu wissen, bevor sie sich tiefer verstrickte. Sie brauchte lediglich einen Plan.

Lilah beschloss, das zu tun, was sie am besten konnte. Sie würde eine Nacht darüber schlafen.

6. KAPITEL

In einem Haus von der Größe von The Towers war es nicht schwer, jemandem einen oder zwei Tage lang auszuweichen. Max stellte fest, dass Lilah ihn so lange gemieden hatte. Er konnte es ihr nicht verübeln, nachdem er die Dinge so gründlich verbockt hatte.

Dennoch ärgerte es ihn, dass sie nicht eine einfache und aufrichtige Entschuldigung akzeptierte. Stattdessen hatte sie die Sache in etwas ... verdammt, wenn er doch nur wüsste, in was sie die Sache verdreht hatte. Er war nur sicher, dass sie seine Worte falsch ausgelegt hatte und dann eingeschnappt davongerast war.

Und sie fehlte ihm wahnsinnig.

Max war in diesen Tagen reichlich beschäftigt mit seinen Büchern und den alten Familienpapieren, die Amanda peinlichst genau nach Datum und Inhalt geordnet hatte. Er fand den seiner Meinung nach letzten Hinweis auf die Halskette in einem Zeitungsartikel über ein Tanzdinner am 10. August 1913 in Bar Harbor. Zwei Wochen vor Biancas Tod.

Er erstellte eine Liste aller Angestellten, die im Sommer 1913 in The Towers gearbeitet hatten. Einige von ihnen konnten noch leben. Zuversichtlich beugte Max sich über die Liste.

„Hart am Arbeiten, wie ich sehe."

Er blickte verblüfft auf und entdeckte Lilah in der Tür des Abstellraums. Niemand brauchte ihr zu sagen, dass sie ihn aus der Vergangenheit gerissen hatte. Angesichts seines ausdruckslosen, eulenhaften Blicks hätte sie ihn am liebsten umarmt. Stattdessen lehnte sie sich gegen den Türrahmen.

„Störe ich dich?"

„Ja … nein.“ Verdammt, ihm lief praktisch das Wasser im Mund zusammen. „Ich habe … äh … eine Liste gemacht.“

„Ich habe eine Schwester, die ist genauso.“ Ihre Haare fielen wie Flammen über ihr fließendes weißes Sommerkleid. Lange Malachitschnüre schwangen an ihren Ohren, als sie näher kam.

„Amanda.“ Er legte den Stift, der in seiner Hand feucht geworden war, beiseite. „Sie hat großartige Arbeit mit diesem Katalogisieren geleistet.“

„Sie ist ganz wild aufs Organisieren.“ Lässig stützte sie eine Hüfte gegen den Tisch. „Ich mag dein T-Shirt.“

Es war das Hemd mit dem witzig gezeichneten Hummer, das sie für ihn ausgesucht hatte. „Danke. Ich dachte, du wärst bei der Arbeit.“

„Heute ist mein freier Tag.“ Sie kam um den Tisch und beugte sich über seine Schulter. „Hast du dir je einen genommen?“

„Was genommen?“

„Einen freien Tag.“ Sie strich ihre Haare beiseite und wandte ihm ihr Gesicht zu. „Zum Spielen.“

Sie tat das absichtlich, daran gab es keinen Zweifel. Vielleicht genoss sie es zuzusehen, wie er einen Narren aus sich machte. „Ich bin beschäftigt.“ Er schaffte es, seinen Blick von ihrem Mund abzuwenden und auf die Papiere zu starren, aber er konnte kein einziges Wort lesen. „Wirklich beschäftigt“, wiederholte er fast verzweifelt. „Ich versuche, alle Namen von den Leuten aufzuschreiben, die hier in dem Sommer gearbeitet haben, als Bianca starb.“

„Das ist ein ganz schön aufwendiges Unternehmen.“ Sie beugte sich weiter vor und freute sich über seine Reaktion. Das musste mehr als Lust sein. Kein Mann wehrte sich so heftig gegen pure Lust. „Brauchst du Hilfe?“

„Nein, nein, das ist nur was für eine Person." Und er wollte, dass sie verschwand, bevor er schwach wurde.

„Es muss hier schrecklich gewesen sein, nachdem sie gestorben war. Und noch schlimmer für Christian, der davon hörte und nichts tun konnte. Ich glaube, er liebte sie sehr. Warst du jemals verliebt?"

Erneut zog ihr Blick den seinen an. Sie lächelte jetzt nicht. In ihren Augen schimmerte kein neckisches Funkeln. Es war die ernsteste Frage, die sie ihm je gestellt hatte.

„Nein."

„Ich auch nicht. Was glaubst du, wie das ist?"

„Ich weiß es nicht."

„Aber du musst doch eine Meinung haben." Sie rückte noch ein wenig vor. „Eine Theorie. Eine Idee."

Max war förmlich hypnotisiert. „Es muss so sein, als hätte man seine eigene private Welt. Wie ein Traum, in dem alles übertrieben ist, ein wenig aus dem Gleichgewicht. In dem einem alles vollständig gehört."

„Das gefällt mir."

Er betrachtete ihre lächelnden Lippen, konnte sie fast schmecken.

„Möchtest du einen Spaziergang machen, Max?"

„Einen Spaziergang?"

„Ja, mit mir. Entlang der Klippen."

Er war nicht einmal sicher, ob er aufrecht stehen konnte. „Ein Spaziergang würde mir sicher gut tun."

Wortlos bot Lilah ihm ihre Hand. Als er aufstand, führte sie ihn durch die Terrassentür.

Der Wind hatte aufgefrischt und trieb Wolken über den blauen Himmel, zerrte an Lilahs Rock und ließ ihr Haar flattern. Unbekümmert wanderte sie in den Garten hinaus, wobei sie Max leicht an der Hand hielt. Sie überquerten den Rasen und ließen die geschäftigen Geräusche im Haus hinter sich.

„Ich will nicht weit laufen“, erklärte Lilah ihm. „Das mache ich sonst den ganzen Tag. Aber ich möchte zu den Klippen. Dort gibt es viele starke, viele schöne Erinnerungen.“

Max dachte erneut an all die Männer, die sie geliebt haben mussten. „Deine Erinnerungen?“

„Nein, Biancas. Auch wenn du an so etwas nicht glaubst, lohnt die Aussicht den Weg.“

Er ging neben ihr den Hang hinunter. „Du bist nicht mehr böse auf mich?“

„Böse?“ Sie hob eine Braue. Sie hatte nicht die Absicht, es ihm zu leicht zu machen. „Weshalb?“

„Wegen neulich Abend. Ich weiß, dass ich dich verletzt habe.“

„Ach, das.“

Als sie nichts hinzufügte, versuchte er es noch einmal. „Ich habe darüber nachgedacht.“

„Tatsächlich?“ Ihre geheimnisvollen Augen richteten sich auf ihn.

„Ja. Mir ist klar, dass ich die Situation wahrscheinlich nicht besonders gut im Griff hatte.“

„Möchtest du noch eine Chance haben?“

Er erstarrte auf der Stelle und brachte Lilah zum Lachen.

„Entspann dich, Max.“ Sie gab ihm einen freundschaftlichen Kuss auf die Wange. „Denk ein wenig darüber nach. Schau, die Preiselbeeren blühen.“ Sie bückte sich, um die rosa glockenförmigen Blüten zu berühren, aber nicht zu pflücken. „Siehst du es?“

„Das Unkraut?“

„Oh, und ich dachte, du wärst ein Poet.“ Kopfschüttelnd schob sie ihre Hand wieder in die seine. „Lektion Nummer eins“, begann sie und zeigte ihm im Weitergehen Blumen und Gräser, die neben dem Weg in Felsritzen wuchsen. Er stand neben ihr auf einer Klippe, sah in der Tiefe das schäumende Wasser. Lilah deutete auf Nester in den Felsspalten und auf wilde Rosen, die mannshoch wurden.

„Es ist unglaublich hier draußen“, murmelte er.

„Ich weiß.“ Lilah genoss seine Begeisterung genau wie die Sonne auf ihrer Haut und den Wind in ihrem Haar. Sie setzte sich und umschlang ihre Knie mit den Armen. „Du siehst gut aus, Max.“

Zerstreut blickte er über seine Schulter. Lilah saß so entspannt auf den Felsen, als wäre es ein weiches Sofa. „Was?“

„Ich sagte, du siehst gut aus. Sehr gut.“ Sie lachte, als ihm der Unterkiefer herunterklappte. „Hat dir noch nie jemand gesagt, dass du attraktiv bist?“

Was für ein Spiel spielt sie jetzt, fragte er sich und zuckte unbehaglich die Schultern. „Nicht, dass ich mich erinnern kann.“

„Keine faszinierte Schülerin, keine kluge Professorin für englische Literatur? Das ist ein sehr großes Versäumnis. Ich könnte mir vorstellen, dass mehr als eine versucht hat, dein Interesse – und ein wenig mehr als das – auf sich zu lenken, aber du warst vermutlich zu sehr in deinen Büchern vergraben, um es zu bemerken.“

Seine Brauen zogen sich zusammen. „Ich war kein Mönch.“

„Nein.“ Sie lächelte. „Das ist mir schon klar.“

Vor zwei Tagen war sie vor ihm weggelaufen, und jetzt forderte sie ihn geradezu heraus, seinen Fehler zu wiederholen. „Ich weiß nie, was ich von dir zu erwarten habe.“

„Danke.“

„Das war kein Kompliment."

„Noch besser." Sie schloss die Augen halb gegen die Sonne. Ihre Stimme war fast ein Schnurren. „Aber du magst Vorhersehbarkeit, nicht wahr, Professor? Du willst wissen, was als Nächstes passiert."

„Wahrscheinlich will ich das so sehr, wie es dir Spaß macht, mich zu verwirren."

Lachend streckte sie die Hand aus. „Tut mir Leid, Max. Manchmal kann ich nicht widerstehen. Komm, setz dich! Ich verspreche dir, mich zu benehmen."

Vorsichtig setzte er sich auf den Felsen neben ihr. Ihr Rock flatterte gegen seine Beine. Mit einer fast mütterlichen Geste tätschelte sie seinen Schenkel.

„Wollen wir Kumpel sein?" fragte sie ihn.

„Kumpel?"

„Sicher." Ihre Augen funkelten amüsiert. „Ich mag dich. Den ernsten Verstand, die ehrliche Seele." Sie lachte, als er wegrutschte. „Die Art, wie du scharrst und rutschst und fummelst, wenn du verlegen bist."

„Ich scharre und rutsche und fummle nicht."

„Ich mag diesen autoritären Ton, wenn du dich ärgerst. Jetzt musst du mir sagen, was du an mir magst."

„Da muss ich erst nachdenken."

„Ich sollte hinzufügen, dass ich deinen trockenen Humor mag."

Er musste lächeln. „Du bist der gelassenste Mensch, den ich je getroffen habe. Und du bist freundlich und klug ohne großes Aufheben davon zu machen."

„Das wäre zu ermüdend." Doch bei seinen Worten breitete sich Wärme in ihrem Herzen aus. „Kann ich also sagen, dass wir Freunde sind?"

„Kannst du."

„Das ist gut." Sie drückte sanft seine Hand. „Ich halte es für sehr wichtig, dass wir Freunde sind, bevor wir ein Liebespaar werden."

Er fiel fast von dem Felsen. „Wie bitte?"

„Wir wissen beide, dass wir uns lieben wollen." Als Max zu stammeln begann, schenkte Lilah ihm ein geduldiges Lächeln. Sie hatte es sehr sorgfältig durchdacht und war sicher – also, fast sicher –, dass dies für sie beide richtig war. „Entspann dich. Das ist in diesem Staat kein Verbrechen."

„Lilah, mir ist klar, dass ich … also, ich weiß, dass ich dir Avancen gemacht habe."

„Avancen." Verzweifelt verliebt, legte sie eine Hand an seine Wange. „Ach, Max."

„Ich bin nicht stolz auf mein Verhalten", gestand er steif, und ihre Hand sank herunter. „Ich will nicht …" Seine Zunge war wie gelähmt.

Der Schmerz war wieder da, eine Mischung aus Zurückweisung und Niederlage, die sie verabscheute. „Du willst nicht mit mir ins Bett gehen?"

Jetzt verkrampfte sich auch sein Magen. „Natürlich will ich. Jeder Mann wollte …"

„Ich spreche nicht über jeden Mann." Er hatte die falschesten Worte gewählt. Es ging um ihn, nur um ihn. Er sollte ihr sagen, dass er sie begehrte, wenn schon nichts anderes. „Verdammt, ich spreche von dir und mir, hier und jetzt."

Ihr Temperament trieb sie von dem Felsen hoch. „Ich will wissen, was du fühlst. Würde mich interessieren, was irgendein Mann fühlt, würde ich zum Telefon greifen oder ins Dorf fahren und irgendeinen Mann fragen."

Er blieb sitzen und betrachtete sie. „Für jemanden, der fast alles langsam macht, hast du ein ziemlich aufbrausendes Temperament."

„Komm du mir bloß nicht mit diesem Professorenton!"

Jetzt musste er lächeln. „Ich dachte, du magst ihn."

„Ich habe meine Meinung geändert." Weil ihr eigenes Verhalten sie verwirrte, wandte sie sich ab und blickte aufs Meer hinaus. „Ich weiß, was du von mir denkst", meinte sie ruhiger.

„Kaum, da ich es doch selbst nicht weiß. Lilah, du bist eine schöne Frau ..."

Sie wirbelte zu ihm herum, und ihre Augen sprühten Funken. „Wenn du mir das noch einmal sagst, ich schwöre, dann schlage ich dich."

„Was?" Total verblüfft hob er seine Hände und stand auf. „Warum? Großer Gott, bist du frustrierend!"

„Das ist schon viel besser. Ich will nicht hören, dass mein Haar die Farbe des Sonnenuntergangs hat oder dass meine Augen wie die Gischt sind. Das habe ich alles schon gehört. Das ist mir nicht wichtig."

Max gelangte allmählich zu der Ansicht, dass es seine Vorteile hatte, als Mönch vollständig von dem geheimnisvollen Weiblichen getrennt zu sein. „Was willst du denn hören?"

„Das werde ich dir nicht verraten. Was hat es denn für einen Sinn, wenn ich es dir vorher sage?"

Er war mit seiner Weisheit am Ende. „Der Punkt ist, dass ich nicht weiß, was los ist. In der einen Sekunde zeigst du mir Blümchen, und wir reden über Freundschaft, und in der nächsten fragst du mich, ob ich mit dir ins Bett gehen will. Wie soll ich denn darauf reagieren?"

Ihre Augen wurden zu schmalen Schlitzen. „Sag du es mir doch!"

Er begab sich auf eine mentale Suche nach sicherem Boden und fand keinen. „Hör mal, mir ist klar, dass du daran gewöhnt bist, dass Männer dir …“

„Dass Männer mir … was?“

Max entschied, dass wenn er schon unterging, er es auch mit Bravour tun konnte. „Ach, sei doch einfach still!“ Er packte sie bei den Armen, zog sie hart an sich und presste seinen Mund auf den ihren.

Sie konnte seine Frustration, seinen Ärger und seine gereizte Leidenschaft schmecken. Was, er fühlte, schien ein Spiegelbild ihrer eigenen Empfindungen zu sein. Zum ersten Mal wehrte sie sich gegen ihn, kämpfte darum, ihre Leidenschaft zu unterdrücken. Und zum ersten Mal ignorierte er den Protest und verlangte eine Reaktion.

Seine Hand schob sich in ihr üppig fallendes Haar und bog ihren Kopf zurück. Ihr Körper strebte von ihm weg, doch er drückte sie so eng an sich, dass sich nicht einmal der Wind zwischen sie beide schieben konnte.

Das ist anders, dachte sie. Kein Mann hatte sie bisher gezwungen zu … fühlen. Sie wollte dieses schmerzliche Sehnen nicht, dieses Verlangen, diese Verzweiflung. Seit ihrem letzten Zusammentreffen hatte Lilah sich eingeredet, dass Liebe schmerzlos und einfach und bequem sein konnte, wenn sie nur schlau genug war.

Doch da war Schmerz. Keine Leidenschaft und kein Verlangen konnte ihn vollständig überdecken.

Wütend auf sie beide, löste er seinen Mund von ihrem, doch seine Finger gruben sich in ihre Schultern. „Ist es das, was du willst?“ fragte er. „Willst du, dass ich jeden Anstand vergesse? Du willst wissen, was ich fühle? Sooft ich in deine Nähe gerate, möchte ich dich berühren. Und dann will ich dich irgendwohin schleppen und dich lieben, bis du vergisst, dass es jemals einen anderen gegeben hat."

„Warum tust du es dann nicht?"

„Weil du mir etwas bedeutest, verdammt noch mal. Genug, dass ich dir etwas Respekt zeigen will. Und zu viel, als dass ich bloß der nächste Mann in deinem Bett sein will."

Der Zorn schwand aus ihren Augen und wich einer Verwundbarkeit, die stärker wirkte als Tränen. „Das wärst du nicht." Sie hob ihre Hand an sein Gesicht. „Du bist für mich etwas Neues, Max. Es hat nie einen wie dich gegeben." Als er schwieg und sie zweifelnd anschaute, ließ sie die Hand wieder sinken. „Du glaubst mir nicht."

„Mir fällt das klare Denken sehr schwer, seit ich dich getroffen habe." Er erkannte, dass er noch immer ihre Schultern umklammerte, und lockerte vorsichtig seinen Griff. „Man könnte sagen, du benebelst mich."

Sie senkte ihren Blick. Wie nahe war sie doch daran gewesen, ihm zu gestehen, was ihr Herz bewegte. Sich selbst zu demütigen, ihn in Verlegenheit zu stürzen. Wenn es zwischen ihnen nur das Körperliche gab, würde sie stark genug sein, um das zu akzeptieren. „Dann belassen wir es für den Moment dabei." Es gelang ihr zu lächeln. „Wir haben uns selbst ohnedies zu ernst genommen." Um sich zu trösten, gab sie ihm einen sanften, langen Kuss. „Freunde?"

Er stieß den Atem aus. „Sicher."

„Geh mit mir zurück, Max." Sie schob ihre Hand in die seine. „Mir ist nach einem Nickerchen."

Eine Stunde später fand Trent auf seinem Weg zum Westflügel Max auf der Terrasse. „Störe ich?" fragte er.

„Nein." Max blickte von seinem Notizblock auf.

„Sie scheinen ein besonders schwieriges Problem lösen zu wollen. Hat es mit der Halskette zu tun?"

„Nein." Max blinzelte gegen die Sonne. „Mit Frauen."

„Oh, viel Glück." Trent hob eine Augenbraue. „Besonders, wenn es sich um eine Calhoun-Frau dreht."

„Lilah." Ermattet rieb Max sich das Gesicht. „Je mehr ich über sie nachdenke, desto weniger verstehe ich sie."

„Ein perfekter Beginn für eine Beziehung." Weil Trent mit seiner eigenen Beziehung sehr zufrieden war, nahm er sich einen Moment Zeit und setzte sich. „Sie ist eine faszinierende Frau."

„Ich finde, das richtige Wort ist instabil."

„Schön."

„Das darf man ihr nicht sagen. Dann beißt sie einem den Kopf ab." Fasziniert betrachtete er Trent. „Droht C. C. Ihnen Schläge an, wenn Sie ihr sagen, dass sie schön ist?"

„Bisher nicht."

„Ich dachte, das könnte in der Familie liegen." Max begann, mit seinem Stift auf den Notizblock zu klopfen. „Ich weiß nicht sehr viel über Frauen."

„Nun, dann sollte ich Ihnen alles erzählen, was ich weiß." Trent legte seine Fingerspitzen aneinander und lehnte sich zurück. „Sie sind frustrierend, erregend, verblüffend, wundervoll und zum Totärgern."

Max wartete einen Moment. „Das war's?"

„Ja." Trent hob grüßend die Hand, als Sloan näher kam.

„Kaffeepause?" fragte Sloan und holte eine Zigarre hervor.

„Ein Gespräch über Frauen", informierte ihn Trent. „Du könntest meinen kurzen Ausführungen vielleicht noch etwas hinzufügen."

Sloan ließ sich mit dem Anzünden der Zigarre Zeit. „Stur wie Maultiere, hinterhältig wie streunende Katzen und das verdammt beste Spiel in der Stadt.“ Er stieß den Rauch aus und grinste Max an. „Sie fliegen auf Lilah, richtig?“

„Nun ja, ich …“

„Nur keine falsche Scham.“ Sloans Grinsen wurde breiter. „Sie sind unter Freunden.“

Max war nicht daran gewöhnt, über Frauen zu sprechen, und schon gar nicht über seine Gefühle für eine bestimmte Frau. „Es wäre schwierig, nicht fasziniert zu sein.“

Sloan lachte schallend auf und blinzelte Trent zu. „Mein Sohn, Sie wären tot, sollten sie sich nicht interessieren. Wo liegt denn das Problem?“

„Ich weiß nicht, was ich mit ihr anfangen soll.“

Trent lächelte. „Das kommt mir bekannt vor. Was möchten Sie denn mit ihr anfangen?“

Max warf Trent einen langen, schwerfälligen Blick zu, der ihn zum Lachen brachte.

„Ja, soweit ist es klar.“ Sloan paffte zufrieden an seiner Zigarre. „Ist sie … äh … interessiert?“

Max räusperte sich. „Nun, sie hat angedeutet, dass sie … das heißt, vorhin haben wir einen Spaziergang auf die Klippen gemacht, und sie … ja.“

„Aber?“ drängte Trent.

„Ich stecke schon bis über beide Ohren in der Sache und weiß nicht weiter.“

„Dann können Sie genauso gut ganz untergehen“, meinte Sloan. „Sollten Sie allerdings die Lady unglücklich machen, müsste ich Ihnen die Nase einschlagen.“ Er schob seine Zigarre wieder zwischen die Lippen. „Ich mag sie nämlich.“

Max betrachtete ihn einen Moment, legte dann den Kopf zurück und lachte. „Keine Möglichkeit, hier irgendetwas zu gewinnen. Ich glaube, das habe ich endlich herausgefunden.“

„Das ist der erste Schritt." Trent nickte. „Da wir schon einen Moment ohne die Ladys sind ... ich habe einen Bericht über diesen Hawkins erhalten. Jasper Hawkins, Schmuggler aus Miami. Er ist als Komplize unseres alten Freundes Livingston bekannt."

„Sieh mal an", murmelte Sloan und drückte seine Zigarre aus.

„Scheint ganz so, als wären Livingston und Caufield ein und dieselbe Person. Allerdings gibt es keine Spur von dem Boot."

„Ich habe darüber nachgedacht", warf Max ein. „Könnte doch sein, dass sie ihre Spuren verwischt haben. Selbst wenn sie mich für tot hielten, mussten sie in Betracht ziehen, dass die Leiche irgendwann angespült und identifiziert würde."

„Also haben sie sich des Bootes entledigt", überlegte Trent laut.

„Oder es gegen ein anderes ausgetauscht." Max hob die Hände. „Die werden nicht aufgeben. Da bin ich ganz sicher. Caufield ist von der Halskette besessen. Er ändert höchstens die Taktik, aber er wird nicht aufgeben."

„Wir auch nicht", murmelte Trent. Die drei Männer wechselten stumme Blicke. „Wenn sich die Smaragde hier im Haus befinden, werden wir sie entdecken. Und wenn dieser Bastard ..." Er unterbrach sich, als er seine Frau am anderen Ende der Terrasse aus einer Tür stürmen sah. „C. C." Er sprang auf und lief ihr entgegen. „Was ist los? Was machst du zu Hause?"

„Nichts. Nichts ist los." Lachend schlang sie ihre Arme um ihn. „Ich liebe dich."

„Ich liebe dich auch." Doch er schob sie von sich und betrachtete ihr Gesicht. Ihre Wangen waren gerötet, ihre Augen schimmerten feucht. „Dann muss es eine gute Nachricht sein.“ Er strich ihr Haar zurück und fühlte ihre Stirn, da er wusste, dass sie sich in der letzten Woche nicht gut gefühlt hatte.

„Die beste Nachricht.“ Sie warf einen Blick zu Sloan und Max. „Entschuldigt uns.“ Strahlend zog sie Trent über die Terrasse zu ihrem Zimmer, wo sie es ihm unter vier Augen sagen konnte. Auf halbem Weg hielt sie es nicht länger aus. „Ach, ich kann nicht warten. Ich habe die Schallmauer auf dem Heimweg durchbrochen, nachdem ich das Ergebnis des Tests erfahren hatte.“

„Was für ein Test? Bist du krank?“

„Ich bin schwanger.“ Sie hielt den Atem an und beobachtete seine Reaktion. Sorge zu Schock, Schock zu Verwunderung.

„Du bist … schwanger?“ Er starrte auf ihren flachen Bauch und dann wieder in ihr Gesicht. „Ein Baby? Wir bekommen ein Baby?“

Als sie nickte, hob er sie hoch und wirbelte sie immer wieder herum, während sie sich an ihn klammerte.

„Was, zum Teufel, ist mit den beiden los?“ staunte Sloan.

„Männer.“ Hinter Max glitt Lilah aus einem anderen Zimmer. „Ihr seid alle so dumm.“ Seufzend legte sie ihre Hand auf Max' Schulter und beobachtete verträumt ihre Schwester und Trent. „Wir bekommen ein Baby, ihr Dummerchen.“

„Hol mich der Teufel!“ Mit einem Jauchzer lief Sloan zu Trent, schlug ihm auf den Rücken und küsste C. C., während Max hinter sich ein Schniefen hörte und aufstand.

„Bist du in Ordnung?“

„Sicher.“ Sie wischte sich eine Träne von den Wimpern. „Sie ist meine kleine Schwester.“ Sie schniefte erneut und lachte gerührt, als Max ihr ein Taschentuch anbot. Sie betupfte sich die Augen, putzte sich die Nase und seufzte. „Das behalte ich eine

Weile. Wir alle werden wie die Schlosshunde heulen, wenn wir hinuntergehen und dem Rest der Familie die freudige Nachricht verkünden."

„Das ist schon in Ordnung." Unsicher schob er seine Hände in die Taschen.

„Mal sehen, ob wir Champagner im Kühlschrank haben."

„Nun, ich finde, ich sollte hier oben bleiben, um nicht im Weg zu sein."

Kopfschüttelnd ergriff sie fest seine Hand. „Sei kein Idiot. Ob es dir gefällt oder nicht, Professor, du gehörst zur Familie."

Er ließ sich von ihr mitziehen und stellte fest, dass es ihm gefiel. Sehr sogar.

Es begann mit einem verirrten Welpen. So ein armes, zerzaustes, kleines Ding. Ohne Zuhause und hilflos. Ich habe keine Ahnung, wie der kleine Hund auf die Klippen geraten war. Vielleicht hatte sich jemand eines unerwünschten Nachwuchses entledig oder der Welpe war von seiner Mutter getrennt worden. Wir fanden ihn, Christian und ich, an einem unserer goldenen Nachmittage. Er versteckte sich zwischen Steinen, war halb verhungert und winselte, ein winziges schwarzes Bündel aus Fell und Knochen.

Wie geduldig Christian ihn doch mit sanfter Stimme und Brot und Käse lockte. Diese Sanftheit an dem Mann, den ich liebe, rührte mich. Mit mir ist er immer zärtlich, aber ich habe seine wilde Ungeduld erlebt, wenn es um seine Kunst geht. Und ich habe die nahezu gewalttätige Leidenschaft gefühlt, die sich befreien will, wenn er mich in seinen Armen hält.

Doch mit dem Welpen, der armen kleinen Waise, war er instinktiv freundlich. Vielleicht hat der Hund es gefühlt und

ließ sich deshalb streicheln und leckte seine Hand, auch nachdem das karge Mahl verzehrt war.
Christian strich ihm lachend mit seinen schönen Künstlerhänden über das schmutzige Fell. „Ein zäher kleiner Bursche, nicht wahr?" „Er braucht ein Bad."
Ich lachte, als die staubigen Pfoten mein Kleid beschmutzten. „Und eine anständige Mahlzeit." Begeistert über die Aufmerksamkeit, leckte der Welpe mein Gesicht, wobei sein ganzer Körper vor Freude bebte.
Natürlich verliebte ich mich in ihn. Er war ein so anschmiegsames kleines Bündel, so vertrauensvoll, so hilfsbedürftig. Wir spielten mit ihm, bezaubert wie Kinder, und stritten uns lachend, wie wir ihn nennen sollten.
Wir nannten ihn Fred. Er schien zuzustimmen, als er kläffend herumtanzte und stolperte. Ich werde nie diese schlichte Süße vergessen. Mein Liebster und ich saßen mit einem verirrten Welpen auf dem Boden und taten so, als könnten wir ihn gemeinsam mit nach Hause nehmen und zusammen für ihn sorgen.
Letztlich nahm ich Fred mit. Ethan hatte um ein Haustier gebeten, und ich fand, dass er alt genug war, um Verantwortung übernehmen zu können. Was gab das für eine Aufregung, als ich den Welpen in das Kinderzimmer brachte! Die Kinder waren aufgeregt und hielten und streichelten abwechselnd den kleinen Fred, bis er sich bestimmt wie ein König fühlte.
Mit großer Zeremonie wurde er gebadet und gefüttert, gestreichelt und gekrault, bis er in erschöpfter Euphorie einschlief.
Fergus kehrte zurück. Die Aufregung wegen Fred hatte mich unsere Pläne für den Abend vergessen lassen. Sicher

hatte mein Ehemann Recht, darüber verärgert zu sein, dass ich absolut nicht zum Ausgehen und Dinieren bereit war. Die Kinder konnten sich in ihrer Freude nicht beherrschen, tobten herum und steigerten seine Ungeduld. Klein-Ethan trug, stolz wie ein frisch gebackener Vater, Fred in den Salon.

„Was, zum Teufel, hast du da?" fragte Fergus.

„Einen Welpen." Ethan reckte das strampelnde Bündel seinem Vater zur Begutachtung entgegen. „Er heißt Fred."

Als ich die Miene meines Mannes bemerkte, nahm ich meinem Sohn den Welpen ab und erklärte, wie wir an den Hund herangekommen waren. Ich hoffte, Fergus' sanftere Seite anzusprechen, seine Liebe oder zumindest seinen Stolz, den er für Ethan empfand. Doch er war eisern.

„Ich dulde keinen Mischling in meinem Haus. Denkst du, ich habe mein Leben lang gearbeitet, um dies alles hier zu schaffen, nur damit irgendeine flohverseuchte Promenadenmischung ihr Geschäft auf den Teppichen verrichtet und an den Vorhängen kaut?"

„Er wird brav sein." Colleen klammerte sich an meinen Rock. Ihre Lippen zitterten. „Bitte, Papa. Wir halten ihn im Kinderzimmer und passen auf ihn auf."

„Du wirst nichts dergleichen tun, junge Lady." Fergus ignorierte Colleens Tränen und wandte sich an Ethan, dessen Augen ebenfalls feucht glänzten. Für einen Moment wurden seine Züge sanfter. Immerhin war dies sein erstgeborener Sohn, sein Erbe, seine Unsterblichkeit „Ein Mischling ist nicht das geeignete Tier für dich, mein Bursche. Jeder Sohn eines Fischers kann einen Mischling haben. Wenn du einen Hund willst, werden wir uns darum kümmern, sobald wir nach New York

zurückkehren. Du bekommst ein Rassetier mit Stammbaum."

„Ich will Fred." Ethans süßes Gesicht verzog sich, während er zu seinem Vater aufblickte. Selbst der kleine Sean weinte jetzt, obwohl er kaum begriff, worum es ging.

„Ausgeschlossen." Fergus goss sich unwillig einen Whisky ein. „Völlig unpassend. Bianca, sorge dafür, dass jemand von der Dienerschaft den Hund beseitigt."

Ich wurde so blass wie die Kinder. Selbst Fred winselte und drückte sein Köpfchen an meine Brust. „Fergus, du kannst nicht so grausam sein."

Überraschung tauchte in seinen Augen auf. Es wäre ihm nie in den Sinn gekommen, dass ich ihm widersprechen konnte, noch dazu vor den Kindern. „Madam, du tust, was ich verlange."

„Mama sagte, wir könnten ihn behalten." Colleens kindliches Temperament ließ ihre Stimme anschwellen. „Mama hat es versprochen. Du kannst ihn uns nicht wegnehmen. Mama erlaubt dir das nicht."

„Ich führe dieses Haus. Und wenn du keine Prügel beziehen willst, hüte deine Zunge."

Ich umklammerte Colleens Schulter, um sie zurückzuhalten und um sie zu schützen. Er durfte seine Hand nicht gegen meine Kinder erheben. Bei diesem Gedanken machte mich der Zorn gegen alles andere blind. Ich zitterte, als ich mich zu ihr beugte und ihr Fred in die Arme drückte.

„Geh jetzt zu Nanny hinauf", sagte ich ruhig. „Und nimm deine Brüder mit."

„Er wird Fred nicht töten." Gibt es einen schärferen Zorn als den eines Kindes? „Ich hasse ihn, und ich lasse nicht zu, dass er Fred tötet!"

„Sst. Sei bitte still.Es kommt alles in Ordnung, das verspreche ich dir. Es kommt alles in Ordnung. Geh zu Nanny hinauf."

„Du hast deine Pflichten schlecht erfüllt, Bianca", begann Fergus, nachdem uns die Kinder verlassen hatten. „Das Mädchen ist alt genug, um ihren Platz zu kennen."

„Ihren Platz?" Der Zorn ließ mein Herz schneller schlagen und meinen Kopf dröhnen. „Was ist denn ihr Platz, Fergus? Ruhig in einer Ecke zu sitzen, die Hände gefaltet, ihre Gedanken und Gefühle unterdrücken, bist du sie in eine passende Ehe abgeschoben hast? Sie sind Kinder. Unsere Kinder. Wie kannst du ihnen so wehtun?"

Niemals in unserer Ehe hatte ich ihm gegenüber einen solchen Ton angeschlagen. Es wäre mir nie eingefallen. Einen Moment lang war ich sicher, dass er mich schlagen würde. Es war in seinen Augen zu erkennen. Doch er riss sich zusammen, obwohl seine Finger weiß wie Marmor waren, als sie das Glas umspannten.

„Du stellst meine Autorität in Frage, Bianca?" Sein Gesicht war blass vor Wut, seine Augen dunkel. „Vergisst du, in wessen Haus du stehst, wessen Speisen du isst, wessen Kleider du trägst?"

„Nein." Jetzt verspürte ich neuen Kummer, weil unsere Ehe auf dies reduziert wurde. „Nein, ich vergesse es nicht. Ich kann es nicht vergessen. Aber ich würde lieber Lumpen tragen und hungern, als mit anzusehen, dass du meine Kinder dermaßen verletzt. Ich werde nicht erlauben, dass du ihnen diesen Hund wegnimmst und ihn töten lässt."

„Erlauben?" Er war nicht mehr blass, sondern rot vor Wut. „Nun bist du diejenige, die ihren Platz verlässt, Bianca. Ist

es ein Wunder, dass die Kinder sich offen gegen mich stellen, bei einer solchen Mutter?“

„Sie wollen deine Liebe, deine Aufmerksamkeit.“ Ich schrie jetzt. „Genau, wie ich sie wollte. Aber du liebst nichts außer deinem Geld, deiner Position.“

Wie bitter wir danach stritten! Ich kann nicht wiederholen, was er mich hieß. Er schleuderte das Glas gegen die Wand. Das Kristall zerbrach genau wie seine Beherrschung. Wildheit flackerte in seinen Augen, als er seine Hände um meinen Hals legte. Ich fürchtete um mein Leben, hatte entsetzliche Angst um meine Kinder. Er stieß mich beiseite, sodass ich in einen Sessel fiel. Heftig atmend starrte er auf mich herunter.

Sehr langsam und nur mit großer Mühe fasste er sich. Die zornige Farbe wich aus seinen Wangen. „Ich sehe jetzt, dass ich mit dir zu großzügig war“, sagte er. „Von nun an wird sich das ändern. Denke nicht, dass du so weitermachen kannst, wie es dir beliebt. Wir streichen unsere Pläne für den Abend. Ich habe etwas Geschäftliches in Boston zu erledigen. Während ich dort bin, werde ich mich nach einer Gouvernante umsehen. Es wird Zeit, dass die Kinder Respekt lernen sowie die Beachtung ihrer Stellung. Durch dich und ihre Nanny wurden sie verwöhnt und eigenwillig.“ Er holte seine Uhr aus der Tasche. „Ich reise heute Abend ab und bleibe zwei Tage weg. Wenn ich zurückkehre, erwarte ich, dass du dich an deine Pflichten erinnert hast. Wenn sich der Köter bei meiner Rückkehr noch im Haus befindet, wirst du zusammen mit den Kindern bestraft. Habe ich mich klar ausgedrückt, Bianca?“

„Ja.“ Meine Stimme zitterte. „Völlig klar.“

„Hervorragend. Dann also in zwei Tagen.“

Er verließ den Salon. Ich bewegte mich eine Stunde lang nicht. Ich hörte, wie Fergus' Kutsche vorfuhr. Hörte, wie er den Dienern Befehle erteilte. In dieser Zeit hatte sich mein Kopf geklärt, und ich wusste, was ich tun musste.

7. KAPITEL

„Verdammt, was für einen Sinn hat es, in diesen Papieren zu wühlen?“ Hawkins ging in dem sonnendurchfluteten Zimmer des gemieteten Hauses auf und ab. Er war nie ein besonders geduldiger Mann gewesen und benutzte lieber seine Fäuste oder eine Waffe als sein Gehirn. Sein Partner, der sich jetzt Robert Marshall nannte, saß an einem Schreibtisch und arbeitete sich sorgfältig durch die Papiere, die er vor einem Monat in The Towers gestohlen hatte. Er hatte sich die Haare in einem unauffälligen Braun gefärbt und einen Bart wachsen lassen, den er genauso färbte.

Dennoch, hätte Max Quartermain ihn gesehen, hätte er ihn Ellis Caufield genannt. Welchen Namen er auch benutzte, welche Verkleidung er auch wählte, er war ein Dieb, dessen skrupelloser Geist sich auf die Calhoun-Smaragde konzentriert hatte.

„Die ganze Sache stinkt“, erklärte Hawkins.

„Genieße die Landschaft.“ Caufield duldete seinen Partner, weil er ihn noch brauchte. Hatten sie erst einmal die Smaragde gefunden … nun, das war eine andere Sache. „Noch bevor der Sommer um ist, werde ich die Steine in meinen Händen halten.“ Er betrachtete seine Finger. Sie waren schmal und weiß und geschickt. Er konnte förmlich die glitzernden grünen Steine in seinen Handflächen sehen. „Sie werden mir gehören.“

„Uns“, verbesserte Hawkins.

Caufield blickte lächelnd auf. „Natürlich, uns.“

Nach dem Abendessen widmete Max sich wieder seinen Unterlagen, bis er die Zeit für reif hielt, um den nächsten Schritt zu tun.

Er fand Amanda in ihrem Zimmer, wo sie ihre eigenen Listen durchging, die sie für ihre Hochzeit erstellt hatte, die in drei Wochen stattfinden würde.

„Tut mir Leid, wenn ich störe."

„Das ist schon in Ordnung." Amanda rückte ihre Brille zurecht und lächelte. „Ich habe hier alles unter Kontrolle, meine Nerven ausgenommen." Sie schob ihre Papiere beiseite. „Ich wäre ja für Durchbrennen gewesen, aber Tante Coco hätte mich ermordet."

„Hochzeiten machen wohl viel Arbeit."

„Selbst die Planung einer kleinen Familienfeier ist wie die Ausarbeitung einer Großoffensive. Oder wie im Zirkus", fügte sie lachend hinzu. „Man jongliert mit Fotografen, Farbmustern, Anproben und Blumenarrangements. Aber ich werde immer besser darin. Ich habe mich um C. C.'s Hochzeit gekümmert. Ich sollte fähig sein, das gleiche für mich zu tun. Ausgenommen ..." Sie nahm ihre Brille ab, klappte die Bügel zu und öffnete sie wieder. „Die ganze Sache bringt mich vor Angst um meinen Verstand. Also, lenken Sie mich ab, Max, und sagen Sie mir, was Sie auf dem Herzen haben."

„Ich weiß nicht, ob die Liste vollständig ist." Er zeigte ihr die Blätter. „Die Namen aller Diener, die in dem Sommer vor Biancas Tod hier gearbeitet haben und die ich finden konnte."

Amanda setzte die Brille wieder auf. „So viele?"

„Laut Unterlagen, ja. Ich dachte, wir könnten uns mit den Familien in Verbindung setzen. Mit etwas Glück leben vielleicht noch ein paar."

„Gute Idee, Max. Teilen wir uns doch die Arbeit und fangen morgen an. Ich schätze, die Köchin, der Butler, die Haushälterin, Biancas Zofe und die Nanny stammten aus New York."

„Aber die Tageskräfte und die niedrigeren Dienstboten wurden hier am Ort eingestellt."

„Genau. Wir könnten ..." Sie verstummte, als Sloan mit einer Flasche Champagner und zwei Gläsern durch die Terrassentür hereinkam.

„Kaum lasse ich dich fünf Minuten allein, schon hast du andere Männer in deinem Zimmer." Er stellte die Flasche ab. „Gut, dass ich noch rechtzeitig aufgetaucht bin." Er zog sie in seine Arme. „Noch eine Minute, und ..."

Sie brauchten ihn eindeutig nicht. Max warf im Hinausgehen einen neidischen Blick auf das verliebte Paar.

Zurück in seinem Zimmer, beschloss Max, seinen Mut zusammenzunehmen und sich an die alte mechanische Schreibmaschine zu setzen, die Coco für ihn aufgetrieben hatte. Er konnte einen großen Schritt tun und mit seinem Roman beginnen.

Er warf einen Blick auf die alte verbeulte Remington und fühlte, wie sich sein Magen zusammenzog. Er wollte sich hinsetzen und seine Finger auf diese Tasten legen, genauso verzweifelt, wie ein Mann eine geliebte und begehrte Frau in seinen Armen halten will. Er hatte vor dem weißen Blatt Papier die gleiche panische Angst, die er vor einem Erschießungskommando gehabt hätte. Vielleicht sogar mehr.

Doch zuletzt setzte er sich. Endlich fing er mit etwas an, wovon er sein ganzes Leben lang geträumt hatte. Er brauchte nur den ersten Satz zu schreiben.

Seine Finger ballten sich über den Tasten zu Fäusten.

Wenn er begann, wenn er wirklich dafür begann, konnte er sich nicht mehr hinter Notizen und Forschungswerken verstecken. Wenn er scheiterte, würde er nicht einmal mehr einen Traum haben.

Verkrampft ließ er seine Finger über die Tasten gleiten, während er sich Dutzende von Ausreden ausdachte, um den Moment hinauszuzögern. Als dann der erste Satz von seinem Gehirn in seine Finger schoss und auf dem leeren Blatt Papier erschien, stieß er einen langen, unsicheren Seufzer aus.

Drei Stunden später hatte er zehn volle Seiten. Die Geschichte, die so lange in seinem Kopf herumgekreist war, nahm allmählich Gestalt an. Er wusste, dass das Buch möglicherweise ein Flop würde. Doch das spielte jetzt keine Rolle. Er schrieb. Er schrieb tatsächlich. Der Vorgang faszinierte und begeisterte ihn.

Max hatte sein Hemd und seine Schuhe ausgezogen und saß vornübergebeugt, die Brauen zusammengezogen.

So fand Lilah ihn. Max hatte seine Terrassentüren wegen der frischen Luft offen gelassen. Der Raum war dunkel, abgesehen von dem Licht der Schreibtischlampe. Sie stand da, beobachtete ihn, wurde von seiner totalen Konzentration erregt und von der Art bezaubert, wie seine Haare ihm in die Augen fielen.

War es ein Wunder, dass sie zu ihm gekommen war? Sie war so vollständig in ihn verliebt, dass sie einfach nicht fernbleiben konnte. Sie wollte den ersten Schritt tun. Verführung.

Seine Konzentration war so intensiv, dass sie nicht einmal von einem Schrei abgelenkt worden wäre. Doch ihr Duft, der mit der nächtlichen Brise durch den Raum wehte, erreichte ihn. Verlangen kreiste durch seine Adern, noch ehe er aufblickte und Lilah in der Tür entdeckte. Der weiße Hausmantel umflatterte sie. In dem Luftstrom tanzte ihr Haar um ihre Schultern. Sie lächelte, und seine Finger erschlafften auf den Tasten.

„Äh …"

„Ich hatte einen Traum." Es stimmte, und die Wahrheit beruhigte ihre Nerven. „Von dir und mir. Der Mond schien. Ich konnte das Licht auf meiner Haut fühlen, bis du mich berührt hast." Sie trat ein. Die Seide ihres Hausmantels raschelte leise. „Dann fühlte ich nichts mehr außer dir. Blumen dufteten ganz leicht und sehr süß. Und eine Nachtigall rief ihren Gefährten. Es war ein schöner Traum, Max." Sie blieb neben seinem Schreibtisch stehen. „Dann wurde ich wach. Allein."

Sie war schöner als jede Fantasie. Ihr Haar fiel wie Flammen auf ihre Schultern. Ihr anmutiger Körper zeichnete sich erregend unter dem dünnen Stoff ab.

„Es ist spät." Er versuchte, die Heiserkeit aus seiner Kehle zu vertreiben. „Du solltest nicht hier sein."

„Warum nicht?"

„Weil … es ist …"

„Unpassend?" schlug sie vor. „Leichtsinnig?" Sie strich die Haare aus seiner Stirn. „Gefährlich?"

Max sprang auf und klammerte sich an der Rückenlehne des Stuhls fest. „Ja, das alles."

Die ewigen Geheimnisse der Frau schimmerten in ihren Augen. „Aber ich fühle mich leichtsinnig, Max. Du nicht?"

Verzweifelt war das richtige Wort. Verzweifelt, nur ein einziges Mal von ihr berührt zu werden. Seine Finger umspannten die Lehne. „Es ist eine Frage des Respekts."

Ihr Lächeln war plötzlich sehr warm und sehr süß. „Ich respektiere dich, Max."

„Nein. Ich meine …" Sie sah so reizend aus, wenn sie so lächelte, so jung, so zerbrechlich. „Wir haben beschlossen, Freunde zu sein."

„Das sind wir." Sie hob ihre Hand, um seine Haare erneut zurückzustreichen. Ihre Ringe glitzerten in dem Licht der Lampe.

„Und das hier ist etwas …"

„Etwas, das wir beide wollen." Als sie auf ihn zutrat, zuckte er zurück. Der Stuhl kippte um. Ihr Lachen klang spöttisch, aber warm und freudig. „Mache ich dich nervös, Max?"

„Das ist ein äußerst milder Ausdruck." Er bekam kaum noch Luft und hatte die Hände zu Fäusten geballt. „Lilah, ich will nicht das zerstören, was wir beide haben. Der Himmel weiß, dass ich will, dass du mir das Herz brichst."

Sie lächelte und fühlte Hoffnung in sich aufsteigen. „Könnte ich das?"

„Das weißt du genau. Du hast wahrscheinlich schon die Übersicht verloren, wie viele Herzen du gebrochen hast."

Da ist es wieder, dachte sie, während Enttäuschung sie erfasste. Er hielt sie nach wie vor für eine sorglose Sirene, die Männer anlockte und sie wieder fallen ließ. Er verstand nicht, dass es die ganze Zeit nur um ihr Herz ging. Doch sie wollte und konnte sich davon nicht aufhalten lassen. Heute Nacht mit ihm zusammen zu sein, war vorherbestimmt. Sie fühlte es zu intensiv, um sich irren zu können.

„Sag mir, Professor, träumst du jemals von mir?" Sie trat auf ihn zu, er wich zurück. Jetzt standen sie in der Dunkelheit, außerhalb des Lichtkreises der Lampe. „Liegst du jemals in der finsteren Nacht und fragst dich, wie es wäre?"

Er verlor rasch an Boden. Seine Gedanken wurden so von ihr beherrscht, dass es für nichts anderes Raum gab als für Verlangen. „Du weißt, dass ich das tue."

Noch ein Schritt, und sie wurden von einer Bahn aus Mondschein getroffen, so weiß wie Lilahs Hausmantel und genauso verführerisch. „Und wenn du davon träumst, wo sind wir da?"

„Das spielt keine Rolle." Er musste sie berühren, konnte nicht widerstehen, selbst wenn er nur mit seinen Fingerspitzen über ihre Haare strich. „Wir sind allein."

„Wir sind jetzt allein." Sie schob ihre Hände über seine Schultern und verschränkte sie in seinem Nacken. „Küss mich, Max. Wie du es beim ersten Mal getan hast, als wir im Sonnenschein im Gras saßen."

Seine Finger schoben sich in ihre Haare. „Es wird nicht damit enden, Lilah. Diesmal nicht."

Ihre lächelnden Lippen näherten sich den seinen. „Küss mich einfach."

Er zwang sich dazu, seinen Griff zu lockern, seine Lippen leicht über ihren Mund streichen zu lassen. Bestimmt war er stark genug, um sein wildes Verlangen zu bezähmen. Er würde ihr nicht wehtun, das schwor er sich. Und er klammerte sich an die Hoffnung, dass er diese eine Nacht mit ihr haben und unversehrt daraus hervorgehen konnte.

So süß, dachte sie. So zauberhaft. Die Zärtlichkeit des Kusses war umso eindrucksvoller, als Lilah dahinter das Beben unterdrückter Leidenschaft in ihnen beiden fühlte. Ihr bereits mit Liebe volles Herz floss über. Als ihre Lippen sich voneinander lösten, glitzerten Tränen in ihren Augen.

„Ich will nicht, dass es hier endet." Sie drückte ihre Lippen erneut gegen die seinen. „Keiner von uns will das."

„Nein …"

„Liebe mich, Max", murmelte sie, trat zurück und löste den Gürtel ihres Hausmantels. „Ich brauche dich heute Nacht."

Der Hausmantel glitt zu Boden. Darunter war ihre Haut weiß und glatt wie Marmor. Ihre langen, schlanken Glieder hätten von der Hand eines Künstlers geschaffen sein können. Nur in Mondschein gehüllt, stand sie da und wartete.

Max hatte nie etwas so Perfektes gesehen, etwas so Elegantes, so Zerbrechliches. Plötzlich fühlten sich seine Hände groß und ungeschickt an. Sein Atem ging stoßweise, als er Lilah berührte. Obwohl seine Finger kaum über ihre Haut schwebten, hatte er Angst, Spuren zu hinterlassen. Fasziniert beobachtete er, wie seine Hand über sie strich, über ihre Schultern, an ihren anmutigen Armen hinunter und wieder hinauf. Vorsichtig, beinahe andächtig fuhr er über die samtige Haut ihrer Brüste.

Ihre Beine wurden schwach. Niemand hatte sie jemals mit so berauschender Sanftheit berührt. Es war fast, als wäre sie die erste Frau, die er jemals zu Gesicht bekam, und als würde er sich ihr Gesicht und ihre Formen mittels seiner Fingerspitzen einprägen. Sie war hier, um zu verführen, doch ihre Arme hingen schwer an ihren Seiten. Und sie wurde verführt. Ihr Kopf sank in einer unbewussten Geste der Hingabe zurück. Max konnte nicht ahnen, dass dies ihre erste Hingabe war.

Diesem verwundbaren Hals konnte er nicht widerstehen. Er drückte seine Lippen an ihre zarte Haut, während seine Hand über eine Brustspitze strich.

Diese Berührung entfachte ein solches Begehren in ihr, dass sie leise seinen Namen rief.

Er zog sich augenblicklich zurück und verwünschte sich. „Tut mir Leid." Von seinem Verlangen geblendet, schüttelte er benommen den Kopf. „Ich war schon immer ungeschickt."

„Ungeschickt?" In einem Nebel aus Verlangen lehnte sie sich gegen ihn und fuhr mit ihren Lippen über seine Schulter, seinen Hals, über seine Brust hinunter. „Fühlst du denn nicht, was du mit mir machst? Hör nicht auf." Ihr Mund fand den seinen, verharrte. „Ich glaube, ich würde sonst sterben."

Dieser Angriff auf seine Sinne ließ ihn erbeben. Ihre Hände streichelten ihn, ungeduldig und gierig. Ihr Mund, Himmel, ihr

Mund war heiß und versengte seine Haut mit jedem gehauchten Kuss. Er konnte nicht denken, konnte kaum atmen. Er konnte nichts anderes tun, als zu fühlen.

Um Kontrolle kämpfend, hob er ihr Gesicht an, besänftigte ihre Lippen, legte sein ganzes Verlangen in diesen einen endlosen Kuss. Und er konnte spüren, was er mit ihr machte, und es erstaunte ihn. Mit einem leisen Stöhnen ergab sie sich und wurde schlaff – erotischer als jede Verführung. Ihr Körper schien total nachgiebig, voll Vertrauen mit dem seinen zu verschmelzen. Als er sie auf seine Arme hob, gab sie einen kleinen, trägen Laut des Wohlbehagens von sich.

Lilahs Augen waren fast völlig geschlossen. Als er sie zu dem Bett trug, fühlte er sich stark wie Herkules. Sanft legte er sie auf die Decken.

Mondschein strömte durch die Fenster wie flüssiges Silber. Er hörte den Wind in den Bäumen seufzen und in der Ferne das Wasser gegen Felsen schlagen.

Max ergriff ihre Hände, zog sie, von der romantischen Nacht inspiriert, an seine Lippen, glitt mit seinem Mund über ihre Fingerspitzen, über ihre Handflächen.

Die ganze Zeit beobachtete er sie, während er zart an ihrer Haut knabberte und mit seiner Zunge besänftigte und erregte. Er hörte, wie ihr Atem sich beschleunigte, sah, wie ihre Augen sich vor Lust verschleierten, während er ihre Hand liebkoste.

Er weckte in ihr etwas, worauf sie nicht vorbereitet war. Völlige Hilflosigkeit. Wusste er, wie total sie in seiner Gewalt war? Als seine Lippen über ihren Arm in ihre Armbeuge glitten, entrang sich ihr ein Stöhnen.

Sie bemerkte nicht einmal, dass sie sich unter ihm bewegte und ihn einlud, alles zu nehmen. Als sein Mund sich endlich auf den ihren senkte, war sein Name das einzige Wort, das sie formen konnte.

Er überzog ihre Haut mit Küssen seines weit geöffneten Mundes, mit Berührungen seiner sachte gleitenden Fingerspitzen. Mit qualvoller Geduld widmete er sich ihren Brüsten, bis sie von kaum erträglicher Lust erfüllt waren.

Er hörte ihr leises, unzusammenhängendes Stammeln, ihre flehenden Seufzer, während er knabbernde Küsse über ihre Hüfte verteilte. Sie fühlte seinen Atem über ihren Schenkel streichen, stöhnte und bäumte sich auf, als die erste heiße Woge in ihr aufstieg.

Er konnte nicht genug bekommen, hielt ihre unruhigen Hände fest und trieb Lilah erneut auf den Gipfel. Als ihr Körper sich entspannte und ihr Atem wie Schluchzen klang, senkte er seinen Mund wieder auf ihre Lippen.

Sie war bereit zu betteln, konnte jedoch nicht sprechen. Empfindung um Empfindung durchjagte sie, machte sie schwach und trunken und begierig nach mehr. In ihrer Sehnsucht nach ihm tastete sie nach dem Verschluss seiner Jeans. Nach Luft ringend, schob sie den rauen Stoff über seine Hüften, bemerkte gar nicht mehr, dass ihre drängenden Finger ihn erschauern ließen. Feuchte Haut glitt über feuchte Haut als sie gemeinsam die Jeans herunterzogen.

„Warte." Das Wort kam schroff zwischen seinen Lippen hervor, während er um den letzten Rest seiner Selbstbeherrschung kämpfte. „Sieh mich an." Seine Finger spannten sich in ihrem Haar an, als sie die Augen öffnete. „Sieh mich an", wiederholte er „Ich will, dass du dich daran erinnerst."

Seine Muskeln zitterten unter der Anstrengung, langsam vorzugehen, als er in sie glitt. Ihre Augen verschleierten sich, blieben jedoch auf die seinen gerichtet, während sie in einen aufreizenden Rhythmus verfielen.

Als er sie mit sich selbst, mit solch perfekter Schönheit erfüllte, wusste Lilah, dass sie sich immer erinnern würde.

Es war so süß und so natürlich, wie sein Kopf zwischen ihren Brüsten ruhte. Lilah lächelte, während sie Max über die Haare strich. Eine Hand war noch immer mit der seinen verschlungen. So hatten sie gemeinsam ihren Gipfel überschritten. Halb träumend stellte sie sich vor, wie es wohl wäre, wie jetzt Nacht um Nacht einzuschlafen.

Er fühlte, wie sie sich unter ihm entspannte. Ihr Körper war warm und nachgiebig, ihre Haut noch feucht von ihrer Leidenschaft. Ihr Herzschlag wurde allmählich ruhiger. Einen Moment lang konnte er so tun, als wäre dies eine Nacht unter vielen. Als würde Lilah zu ihm in dieser vielschichtigen und intimen Art gehören, in der eine Frau zu einem Mann gehörte.

Er wusste, dass er ihr Befriedigung verschafft hatte und dass sie eine Zeit lang miteinander verbunden gewesen waren, wie zwei Menschen überhaupt verbunden sein konnten. Doch jetzt hatte er keine Ahnung, was er sagen sollte – denn alles, was er sagen wollte, war, dass er sie liebte.

„Was denkst du?“ murmelte sie.

Er nahm sich zusammen. „Mein Gehirn arbeitet noch nicht.“

Ihr Lachen klang leise und warm. „Dann werde ich dir verraten, was ich denke.“ Sie gab ihm einen trägen Kuss. „Ich mag deine Lippen.“ Neckisch knabberte sie an seiner Unterlippe. „Und deine Hände. Deine Schultern. Deine Augen.“ Während sie sprach, fuhr sie mit einem Finger über sein Rückgrat. „Im Moment fällt mir gar nichts ein, was ich an dir nicht mag.“

„Daran werde ich dich erinnern, wenn ich dich das nächste Mal ärgere.“ Max strich ihr Haar zurück, weil er es gern auf seinem Laken ausgebreitet sah. „Ich kann nicht glauben, dass ich hier mit dir bin … so …“

„Hast du das nicht gefühlt, Max? Fast von Anfang an?“

„Doch.“ Er zeichnete mit einer Fingerspitze die Konturen ihres Mundes nach. „Aber ich glaubte, das wäre Wunschdenken.“

„Du hast dir selbst nicht genug zugetraut, Professor. Du bist ein attraktiver Mann mit einem bewundernswerten Verstand und einem unwiderstehlichen Einfühlungsvermögen.“ Sie legte eine Hand an seine Wange. „Es war schön, wie du mich geliebt hast. Es war die schönste Nacht meines Lebens.“

Sie las es in seinen Augen: Unglauben. Weil sie schutzlos war, bis auf die Seele entblößt, hätte sie nichts mehr verletzen können.

„Tut mir Leid“, murmelte sie knapp und rückte von ihm ab. „Vermutlich klingt das aus meinem Mund abgedroschen.“

„Lilah …“

„Nein, ist schon gut.“ Sie presste ihre Lippen aufeinander, bis sie sicher war, dass ihre Stimme wieder leicht und fröhlich klang. „Es hat keinen Sinn, die Dinge zu komplizieren.“ Sie richtete sich auf und warf das Haar zurück. „Es gibt keine Fesseln, Professor, keine Falltüren, kein Kleingedrucktes. Wir sind zwei Erwachsene auf gleicher Wellenlänge, die einander genießen. Einverstanden?“

„Ich weiß nicht so recht.“

„Wollen wir uns darauf einigen, dass wir es Tag um Tag angehen? Oder Nacht um Nacht?“ Sie gab ihm einen Kuss. „Nachdem wir das jetzt geklärt haben, sollte ich besser gehen.“

„Nicht." Er ergriff ihre Hand, ehe sie aus dem Bett gleiten konnte. „Geh nicht. Keine Fesseln", fügte er hinzu, während er sie betrachtete. „Keine Komplikationen. Bleib nur heute Nacht bei mir."

Lilah lächelte ein wenig. „Ich würde dich nur noch einmal verführen."

„Ich hatte gehofft, dass du das sagen würdest." Max zog sie an sich. „Ich will dich bei mir haben, wenn die Sonne aufgeht."

8. KAPITEL

Als die Sonne aufging, fühlte Max sich zwar nicht der Rolle des Prinzen gewachsen, aber er weckte Lilah trotzdem mit einem Kuss.

„Mmm." Sie lächelte, öffnete jedoch nicht die Augen. „Könnte ich noch einen bekommen?"

Ihre vom Schlaf heisere Stimme jagte einen Schauer des Verlangens über seine Haut. Er vergaß, vorsichtig zu sein. Er vergaß, geduldig zu sein. Sein Mund eroberte den ihren beim zweiten Mal mit einer heftigen Verzweiflung, die ihre Sinne brodeln ließ, noch bevor sie vollständig wach war.

„Max." Innerlich bebend, umschlang sie ihn. „Ich will dich. Jetzt. Jetzt gleich."

Er war bereits in ihr, führte sie mit sich zum Ziel ihrer Lust. Der Weg zum Gipfel war steil und berauschend, und als sie gemeinsam die höchsten Höhen erreichten, klammerten sie sich atemlos aneinander.

Als Lilahs Hände von seinem feuchten Rücken glitten, hatte sie ihre Augen noch immer nicht geöffnet. „Guten Morgen", brachte sie hervor. „Ich hatte soeben einen absolut unglaublichen Traum."

Max stützte sich auf seine Unterarme und blickte auf sie hinunter. „Erzähl ihn mir."

„Ich war im Bett mit diesem äußerst erotischen Mann. Sexy. Er hatte große blaue Augen, dunkle Haare, die ihm immer ins Gesicht fielen." Lächelnd öffnete sie die Augen und strich ihm die Haare zurück. „Und diesen langen, schlanken Körper." Ihre Hände bewegten sich tastend über ihn. „Ich wollte nicht aufwachen, aber als ich es tat, war es noch besser als im Traum."

Aus Angst, ihr zu schwer zu werden, rollte er sich auf den Rücken, während er sie noch immer fest umschlungen hielt. „Wie stehen die Chancen, den Rest unseres Lebens in diesem Bett zu verbringen?“

Sie hauchte einen Kuss auf seine Schulter. „Ich mache mit.“ Dann stöhnte sie auf, als das Dröhnen von Maschinen die morgendliche Stille zerriss. „Es kann noch nicht halb acht sein.“

Genauso widerstrebend wie sie, blickte er auf den Wecker. „Ich fürchte, es kann.“

„Sag mir, dass heute mein freier Tag ist.“

„Ich wünschte, ich könnte es.“

„Lüg doch einfach“, schlug sie vor.

„Darf ich dich zur Arbeit fahren?“

Sie zuckte zusammen. „Sprich dieses Wort nicht aus.“

„Möchtest du mit mir hinterher eine Spazierfahrt unternehmen?“

Sie hob erneut den Kopf. „Wohin?“

Er lächelte. „An meinen Lieblingsort.“

Max machte sich auf die Suche nach den Dienstboten auf seiner Liste und wurde mit einer Hand voll Adressen belohnt.

Als er glaubte, dass er für diesen Tag genug Spuren nachgegangen war, fuhr er zu C. C.'s Werkstatt. Er fand sie mit dem Oberkörper unter der Motorhaube eines schwarzen Wagens.

„Tut mir Leid, wenn ich störe!“ rief er, um den Krach aus einem tragbaren Radio zu übertönen.

„Dann stören Sie nicht.“ Sie hatte einen Ölstreifen auf der Stirn, aber ihr finsterer Blick verschwand, als sie aufschaute und Max entdeckte. „Hi.“

„Ich kann ein andermal wiederkommen.“

„Aber nur, weil ich Ihnen soeben den Kopf abgebissen habe?“ Grinsend holte sie einen Lappen aus ihrem Overall und wischte sich die Hände ab. „Darf ich Sie auf einen Drink einladen?“ Sie deutete mit dem Kopf zu dem Colaautomaten hinüber.

„Nein, danke. Ich bin nur hier, weil ich Sie wegen eines Autos fragen wollte.“

„Sie fahren Lilahs Wagen, nicht wahr? Macht er Schwierigkeiten?“

„Nein. Aber ich muss in den nächsten Tagen wahrscheinlich viel herumfahren, und es erscheint mir nicht richtig, ihren Wagen zu benutzen. Ich dachte, Sie wüssten vielleicht, ob hier in der Gegend ein Auto verkauft wird.“

C. C. spitzte die Lippen. „Sie wollen einen Wagen kaufen?“

„Nichts Extravagantes. Nur ein praktisches Transportmittel. Wenn ich dann später nach New York zurückkehre ...“ Er verstummte, weil er nicht daran denken wollte. „Ich kann ihn später wieder verkaufen.“

„Rein zufällig kenne ich jemanden, der ein Auto verkauft. Ich.“

„Sie?“

Sie nickte und steckte den Lappen ein. „Wegen des Babys habe ich beschlossen, meinen Spitfire gegen eine Familienkutsche einzutauschen.“

„Spitfire?“ Er war nicht sicher, was das war, aber es klang nicht nach einem angemessenen Vehikel für einen würdevollen Collegeprofessor.

„Ich habe ihn schon seit Jahren, und mir wäre entschieden wohler, wenn ich ihn jemandem verkaufen könnte, den ich kenne.“ Sie hatte bereits seine Hand ergriffen und zog ihn ins Freie.

Da stand es: ein feuerwehrrotes Spielzeug mit weißem Stoffdach und Schalensitzen. „Nun ja, ich …"

„Ich habe die Maschine vor zwei Jahren komplett überholt." C. C. öffnete eifrig die Motorhaube. „Er fährt wie ein Traum. Die Reifen haben weniger als fünfundzwanzigtausend Kilometer hinter sich. Ich bin die Erstbesitzerin. Darum kann ich garantieren, dass er wie ein Fürst behandelt wurde. Und hier haben wir …" Sie unterbrach sich breit lächelnd. „Ich klinge wie ein Gebrauchwagenhändler."

Er konnte sich in dem schimmernden roten Lack spiegeln. „Ich hatte noch nie einen Sportwagen."

Das Bedauern in seiner Stimme ließ C. C. schmunzeln. „Ich sage Ihnen etwas. Sie lassen Lilahs Wagen hier und fahren mit meinem Schmuckstück herum. Probieren Sie aus, ob es Ihnen gefällt."

Max fand sich im Handumdrehen hinter dem Steuer wieder und versuchte, nicht wie ein Idiot zu grinsen, als der Fahrtwind in seinem Haar spielte. Was würden seine Studenten denken, könnten sie den gesetzten Dr. Quartermain in einem schicken Cabrio herumkutschieren sehen? Möglicherweise würden sie glauben, dass er ausgerastet war. Vielleicht stimmte das, aber er hatte noch nie so viel Spaß in seinem Leben gehabt.

Das war ein Wagen, der auch zu Lilah passen würde. Es war ein hübscher Traum, der wahr werden konnte. Zumindest für eine Weile. Es gab schließlich kein Gesetz, demzufolge er eine behäbige Limousine fahren musste, sodass er den Wagen auch in New York behalten konnte. Er würde ihn zumindest an ein paar unglaubliche Wochen erinnern, die sein Leben verändert hatten.

Und vielleicht würde er nie wieder der gesetzte Dr. Quartermain sein.

Er fuhr die gewundenen Bergstraßen hinauf und kehrte dann zurück, um den kleinen Wagen im dichten Verkehr auszuprobieren.

Mit der Welt zufrieden, stand er vor einer Ampel, als er zwischen all den Passanten auf dem Bürgersteig einen Mann mit dunklen Haaren und einem kurz geschnittenen dunklen Bart entdeckte. Der Mann starrte ihn an. Im Kopf nur sich selbst und den roten Renner, winkte Max grinsend.

Er war schon halb an der nächsten Kreuzung, als ihn die Erleuchtung mit voller Wucht traf. Er bremste und verursachte ein wütendes Hupkonzert. Blitzartig wendete er, jagte durch eine Nebenstraße und kämpfte sich zu der Kreuzung vor. Der Mann war verschwunden. Max suchte die Straßen ab, konnte jedoch keine Spur von ihm finden. Er fluchte leise, weil es keinen Parkplatz gab und weil er so langsam im Denken war.

Die Haare waren natürlich gefärbt, und der Bart verdeckte das Gesicht teilweise, aber die Augen … Max konnte diese eiskalten Augen nicht vergessen. Das war Caufield gewesen! Und er hatte Max nicht bewundernd oder gelangweilt, sondern mit kaum verhohlener Wut betrachtet.

Max hatte sich wieder unter Kontrolle, als er Lilah im Besucherzentrum abholte. Er hatte die seiner Meinung nach logische Entscheidung getroffen, ihr nichts zu erzählen. Je weniger sie wusste, desto weniger wurde sie in die Sache hineingezogen. Je weniger sie hineingezogen wurde, desto größer war die Chance, dass ihr nichts zustieß.

Sie war zu impulsiv. Wenn sie erfuhr, dass Caufield in der Stadt war, würde sie versuchen, ihn auf eigene Faust zu jagen. Und sie war zu schlau. Falls sie ihn wirklich fand … Die Vorstellung ließ Max das Blut in den Adern gefrieren. Niemand wusste besser als er, wie rücksichtslos der Mann sein konnte.

Als er Lilah über den Parkplatz auf den Wagen zueilen sah, wusste er, dass er alles, sogar sein Leben, riskieren würde, damit sie in Sicherheit war.

„Aber, aber, was haben wir denn da?" Sie tippte mit ihren Fingern auf den Kotflügel. „Mein alter Schrotthaufen war wohl nicht gut genug. Hast du dir deshalb den Wagen meiner Schwester geborgt?"

„Was?" Dummerweise hatte er wegen Caufield den Spitfire und alles andere vergessen. „Ach, das Auto."

„Ja, das Auto." Sie beugte sich herunter und küsste ihn. Seine geistesabwesende Antwort überraschte sie.

„Ich denke daran, ihn zu kaufen. C. C. braucht eine Familienkutsche, und ich ..."

„Und du willst ein hübsches kleines Spielzeug."

„Ich weiß, dass das nicht mein Stil ist!"

„Das wollte ich nicht sagen!" Sie zog die Augenbrauen zusammen, während sie sein Gesicht musterte. Irgendetwas ging in seinem komplizierten Verstand vor sich. „Ich wollte sagen, dass es gut für dich ist. Du gönnst dir etwas." Sie hüpfte in den Wagen und streckte sich. Als sie nach seiner Hand tastete, drückte er sie nur flüchtig. Sie dachte sich, dass sie bloß überempfindlich war, und zauberte ein Lächeln auf ihr Gesicht. „Mmm, was ist mit unserer Spazierfahrt? Wohin fahren wir?"

„Ich bin ein wenig müde." Er hasste es zu lügen, aber er musste zurückfahren, um mit Trent und Sloan zu sprechen und der Polizei die neue Beschreibung zu geben. „Können wir es auf ein andermal verschieben?"

„Sicher." Sie behielt das Lächeln bei. Er war so höflich, so entrückt. Um etwas von ihrer früheren Intimität einzufangen, legte sie ihre Hand auf die seine, als er in das Lenkrad griff. „Ich bin immer für ein Nickerchen zu haben. Dein Zimmer oder meines?"

„Ich bin nicht … ich halte das für keine gute Idee!"

Seine Hand umklammerte die Gangschaltung, um nicht ihre Finger zu berühren. Er schaute sie nicht einmal an, hatte sie eigentlich noch gar nicht angesehen, seit sie den Parkplatz überquert hatte.

„Verstehe." Sie zog ihre Hand zurück. „Du hast sicher Recht."

„Lilah …"

„Was?"

Er musste das auf seine Weise durchziehen. „Nichts." Er griff nach den Schlüsseln und startete.

Während der Heimfahrt wechselten sie kein Wort. Schließlich bog er auf die gewundene Straße, von der aus sie The Towers oben auf dem Hügel erblickten.

„Ich muss vielleicht früher als erwartet nach New York zurück", sprach er seine Gedanken laut aus.

Um ihren Protest zu unterdrücken, presste sie ihre Lippen fest aufeinander. „Wirklich?" murmelte sie.

Max warf ihr einen kurzen Seitenblick zu und räusperte sich. „Ja … äh … beruflich. Ich könnte von dort aus meine Nachforschungen fortsetzen." Wenn Caufield und Hawkins ihn mit den Calhouns zusammen sahen, konnte das Gefahr für Lilah bedeuten. Er musste fort.

„Sehr aufmerksam von dir, Professor. Ich bin sicher, du würdest nie eine Arbeit halb erledigt zurücklassen. Und dabei lässt du dich auch von einer seltsamen Beziehung nicht beirren."

Seine Gedanken beschäftigten sich schon damit, was getan werden musste, sodass er nur geistesabwesend brummte.

Als sie vor The Towers hielten, hatte sich Lilahs Schmerz in Zorn gesteigert. Max wollte nicht mit ihr zusammen sein, und nach seinem Verhalten zu urteilen, war klar, dass er bedauerte, jemals mit ihr zusammen gewesen zu sein. Fein! Sie würde bestimmt nicht herumsitzen und dumpf vor sich hinbrüten, nur weil irgendein knochentrockener Collegeprofessor nicht an ihr interessiert war.

Sie unterdrückte den Impuls, die Autotür laut zuzuknallen. Wesentlich schwieriger war es schon, ihm nicht die Hand am Gelenk abzubeißen, als er diese auf ihre Schulter legte.

„Vielleicht können wir morgen an der Küste spazieren fahren."

Sie starrte auf seine Finger, dann in sein Gesicht. „An deiner Stelle würde ich nicht damit rechnen."

Er rammte seine Hände in die Taschen, als sie die Stufen hinauflief. Eindeutig eingeschnappt, dachte er.

Nachdem er die beiden anderen Männer und die Polizei informiert hatte, war er so müde, dass er sich bis zum Dinner auf seinem Bett ausstreckte.

Ausgeruht ging er hinterher hinunter, fand den Salon leer und folgte dem Klang eines Klaviers ins Musikzimmer. Suzanna war allein und spielte für sich selbst. Die Musik passte zu dem traurigen Ausdruck in ihren Augen. Als sie ihn sah, hörte sie auf und lächelte.

„Ich wollte nicht stören."

„Ist schon in Ordnung. Amanda hat die Kinder in die Stadt mitgenommen, und ich habe die Ruhe ausgenutzt."

„Ich suche Lilah."

„Oh, sie ist weg."

„Weg?"

Suzanna stand langsam auf, als Max das Wort fast schrie. „Ja, sie ist ausgegangen."

„Wohin? Wann?"

„Vor kurzem." Suzanna betrachtete ihn, während sie den Raum durchquerte. „Ich glaube, sie hatte eine Verabredung."

„Eine ... eine Verabredung?" Ihm war, als habe ihn soeben ein Vorschlaghammer in der Magengrube getroffen.

„Tut mir Leid, Max." Besorgt legte sie tröstend ihre Hand auf die seine. Sie hatte noch nie jemanden getroffen, der so maßlos verliebt war. „Ich wusste nicht Bescheid. Vielleicht trifft sie sich auch nur mit Freunden oder wollte allein sein."

Nein, dachte er und schüttelte den Kopf. Das wäre ja noch schlimmer. Wenn sie allein war und Caufield in ihre Nähe kam ... Er schüttelte die Panik ab. Der Mann war nicht hinter Lilah, sondern den Smaragden her.

„Schon gut. Ich wollte mit ihr nur etwas besprechen."

„Weiß sie, was Sie für sie empfinden?"

„Nein ... ja ... ich weiß nicht", erwiderte er lahm. Er sah seine romantischen Träume bezüglich Lilah in Rauch aufgehen. „Spielt keine Rolle."

„Für sie schon. Man nimmt Menschen und deren Gefühle ernst, Max."

Keine Fesseln, dachte er. Keine Falltüren. Nun ja, er war bereits durch die Falltür gefallen, und seine Gefühle waren die Schlinge um seinen Hals. Doch das war nicht der springende Punkt. „Ich mache mir nur Sorgen, dass sie allein unterwegs ist. Die Polizei hat bisher weder Hawkins noch Caufield gefangen."

„Sie ist zum Dinner ausgegangen. Ich kann mir nicht vorstellen, dass jemand im Restaurant auftaucht und von ihr die Smaragde verlangt, die sie gar nicht hat." Suzanna tätschelte freundschaftlich seine Hand. „Kommen Sie, Sie werden sich besser fühlen, wenn Sie etwas gegessen haben. Tante Cocos Zitronenhühnchen sollte jetzt fertig sein."

Max stand das Abendessen durch und zwang sich, so zu tun, als hätte er Appetit, als würde ihn der leere Platz am Tisch nicht stören. Er besprach mit Amanda die Fortschritte bei der Liste der Diener, schlug Cocos Angebot aus, ihm aus den Karten zu lesen, und fühlte sich ganz allgemein elend. Fred saß zu seinen Füßen und profitierte von der gedrückten Stimmung, indem er die Hühnerstückchen verschlang, die Max ihm zusteckte.

Endlich zog er sich in sein Zimmer zurück und versuchte, sich auf ein Buch zu konzentrieren.

Zwei Stunden verstrichen. Drei. Es war schon nach Mitternacht, und er hatte Lilah nicht nach Hause kommen hören. Dabei hatte er seine Tür offen gelassen, um zu merken, wenn sie durch den Korridor ging.

Vielleicht war er zu sehr in seine Arbeit versunken gewesen. Leise ging er zu Lilahs Tür, klopfte gedämpft. Er fühlte sich unbehaglich, als er nach dem Türknauf griff. Er hatte die Nacht mit ihr verbracht, erinnerte er sich. Sie konnte kaum beleidigt sein, wenn er nach ihr sah.

Sie war es nicht. Sie war nicht einmal da. Das Bett war gemacht, ein altes Eisenbett mit Kopf- und Fußteil, das wahrscheinlich einst einem Dienstboten gehört hatte und in schimmerndem Weiß gestrichen war. Der Rest der Einrichtung war bunt. So bunt, dass es vor den Augen flimmerte.

Die Patchworkdecke war geschickt aus den unterschiedlichsten Stoffstückchen zusammengenäht. Darauf türmten sich Kissen in allen möglichen Formen und Größen. Max fand, dass dies ein Bett war, in dem man versinken und den Tag verschlafen konnte. Es passte zu Lilah.

Der Raum war riesig groß, wie die meisten in The Towers, doch Lilah hatte ihn vollgeräumt und gemütlich gemacht. An den grau gestrichenen Wänden hingen Skizzen von Wildblumen. Die auffällige Signatur verriet ihm, dass Lilah sie gemalt hatte. Er hatte nicht einmal gewusst, dass sie zeichnen konnte. Er wusste eine ganze Menge nicht über die Frau, die er liebte.

Ein Regal war mit Büchern voll gestellt, eine Bluse war sorglos über einen Queen Anne-Sessel geworfen, Ohrringe und glitzernde Armreifen lagen auf einem Hepplewhite-Tisch. Eine Schale mit glatten Ziersteinen stand neben einem Porzellanpinguin. Als er den Vogel hochhob, spielte er eine verjazzte Version von ‚That's Entertaimment'.

Sie hatte überall Kerzen, in eleganten Leuchtern aus Meißener Porzellan, wie auch in einem kitschigen Einhorn. Er griff nach einem gerahmten Foto eines Paares, das lachend in die Kamera blickte. Ihre Eltern, dachte er. Lilahs Ähnlichkeit mit dem Mann, Suzannas Ähnlichkeit mit der Frau ließen keinen Zweifel daran.

Als der Kuckuck aus der Wanduhr sprang, zuckte Max zusammen. Es war halb eins. Wo, zum Teufel, war Lilah?

Er ging unruhig auf und ab, als sich die Tür öffnete.

Sie sah … unglaublich aus. Ihr Haar war windzerzaust, ihr Gesicht gerötet. Das Kleid in leuchtenden Farben wirbelte in unzähligen Falten um ihre Beine. Lange bunte Perlengehänge tanzten an ihren Ohren. Sie hob eine Augenbraue und schloss die Tür.

„Nun", sagte sie, „mach es dir bequem. Fühl dich wie zu Hause."

„Wo, zum Teufel, warst du?" Die Frage schoss mit Frustration und Sorge durchsetzt hervor.

„Habe ich die Sperrstunde verpasst, Daddy?“ Sie warf ihre perlenbesetzte Handtasche auf den Schreibtisch und wollte die Ohrclips abnehmen, als er sie herumwirbelte.

„Mach dich nicht über mich lustig. Ich habe mich zu Tode geängstigt. Du warst stundenlang weg.“

Sie riss sich los. „Es mag dich überraschen, Professor, aber ich gehe schon ziemlich lange abends aus.“

„Das ist jetzt anders.“

„Ach?“ Lässig löste sie ihre Ohrringe. „Warum?“

„Weil wir ...“ Weil wir ein Liebespaar sind. „Weil wir nicht wissen, wo Caufield steckt. Oder wie gefährlich er sein könnte.“

„Ich passe auch schon ziemlich lange auf mich selbst auf.“ Betont schläfrig begegnete sie seinem Blick im Spiegel. „Ist die Predigt vorbei?“

„Das ist keine Predigt, Lilah. Ich habe mir Sorgen gemacht. Ich habe ein Recht darauf zu erfahren, was du vorhast.“

Sie streifte die Armreifen ab. „Wie kommst du denn darauf?“

„Wir sind ... Freunde.“

Das Lächeln erreichte nicht ihre Augen. „Sind wir das?“

Er rammte seine Hände in die Taschen. „Ich sorge mich um dich. Und nach dem, was letzte Nacht geschehen ist, dachte ich, wir ... Ich dachte, wir würden einander etwas bedeuten. Jetzt, vierundzwanzig Stunden später, gehst du mit jemand anderem aus. So, wie du aussiehst.“

Sie schlüpfte aus ihren Schuhen. „Wir sind letzte Nacht zusammen ins Bett gegangen und haben es genossen.“ Sie erstickte fast an der Bitterkeit in ihrer Kehle. „Wenn ich mich recht erinnere, waren wir uns einig, dass es keine Komplikationen geben würde.“ Sie neigte den Kopf und betrachtete ihn. Ihr lässiges Schulterzucken verschleierte, dass sie ihre Hände ballte. „Da du hier bist, nehme ich an, du könntest eine erneute Vorstellung schaffen." Ihre Stimme schnurrte, als sie näher trat und mit einem Finger über seine Hemdbrust fuhr. „Das willst du doch von mir, nicht wahr, Max."

Wütend stieß er ihre Hand beiseite. „Ich lege keinen Wert darauf, der zweite Akt des Abends zu sein."

Sie wurde blass, ehe sie sich abwandte. „Gratuliere", flüsterte sie. „Volltreffer."

„Was willst du denn von mir hören? Dass du kommen und gehen kannst, wie es dir gefällt, mit wem immer du willst, und dass ich Männchen mache und um die Krümel vom Tisch bettle?"

„Ich will gar nichts von dir hören. Ich will nur, dass du mich in Ruhe lässt."

„Ich lasse dich nicht in Ruhe, bevor wir das nicht geklärt haben."

„Fein." Der Kuckuck meldete sich erneut, als sie ihr Kleid öffnete.

„Bleib, so lange du willst. Ich mache mich fürs Bett fertig." Sie stieg aus dem Kleid, schleuderte es beiseite und trat in einem mit Spitze und Bändern verzierten Unterkleid an ihren Schminktisch, setzte sich und griff nach ihrer Haarbürste.

„Worüber bist du so wütend?"

„Wütend?" Sie biss die Zähne zusammen. „Wie kommst du darauf, ich könnte wütend sein? Weil du auf mich in meinem Zimmer gewartet hast? Weil du dich geärgert hast, dass ich den Nerv hatte, eigene Pläne zu machen, als du weder Zeit noch Neigung zeigtest, eine Stunde mit mir zu verbringen? Ausgenommen auf der Matratze ..."

„Wovon sprichst du?“ Er ergriff ihren Arm und schrie auf, als sie ihm die Bürste hart auf die Knöchel schlug.

„Ich lasse es dich wissen, wann ich angefasst werden möchte.“

Er fluchte, packte die Bürste und schleuderte sie quer durch den Raum, bevor er Lilah auf die Füße zog. „Ich habe dich etwas gefragt!“

Sie reckte ihr Kinn vor. „Wenn du deinen Temperamentsausbruch hinter dir hast …“

„Treib mich nicht zu weit“, presste er zwischen zusammengebissenen Zähnen hervor.

„Du tust mir weh! Letzte Nacht, sogar heute Morgen war ich dir ein wenig Zeit und Aufmerksamkeit wert. Solange Sex dabei war. Und heute Nachmittag konntest du mich nicht einmal ansehen. Du konntest es gar nicht erwarten, mich hier abzusetzen und von mir wegzukommen …“

„Das ist verrückt.“

„Das ist genau das, was passiert ist. Verdammt, du hast dir lahme Entschuldigungen ausgedacht und hast mir fast schon den Kopf getätschelt. Und heute Nacht juckt es dich auf einmal, und du ärgerst dich, weil ich nicht hier war, um dich zu kratzen.“

Jetzt war er bleich. „Denkst du das von mir?“ Traurig sah er sie an.

Lilah seufzte, und der Ärger schwand aus ihrer Stimme. „Das denkst du von mir, Max. Lass mich jetzt los.“

Er lockerte seinen Griff, und sie entglitt ihm. „Heute Nachmittag ging mir etwas im Kopf herum. Es war nicht so, dass ich mit dir keine Zeit verbringen wollte.“

„Ich brauche keine Entschuldigungen.“ Sie stieß die Terrassentüren auf. Vielleicht blies der Wind ihre Tränen weg. „Du hast klargemacht, wie du empfindest.“

„Offensichtlich nicht. Das letzte, was ich wollte, war, dir wehzutun, Lilah.“ Aber er hatte sie belogen. Das war sein erster Fehler gewesen. „Kurz bevor ich dich abholte, habe ich Caufield im Ort getroffen.“

Sie wirbelte zu ihm herum. „Was? Du hast ihn getroffen? Wo?“

„Ich wartete vor einer Ampel und sah ihn auf dem Bürgersteig. Er hat die Haare gefärbt, und er hat einen Bart. Als mir das aufging, war er schon verschwunden.“

„Warum hast du mir nicht erzählt, dass du ihm begegnet bist?“

„Ich wollte dich nicht beunruhigen, und ich wollte nicht, dass du auf die Schnapsidee verfällst, ihn zu jagen. Du handelst oft aus einem Impuls heraus, und ich …“

„Du Idiot!“ Ihre Wangen röteten sich, als sie auf ihn zutrat und ihm einen Stoß versetzte. „Dieser Mann will meiner Familie etwas rauben, und du hast nicht einmal genug Verstand, mir zu sagen, dass du ihn ein paar Meilen von hier entfernt gesehen hast! Hätte ich das gewusst, hätte ich ihn vielleicht finden können.“

„Genau das meine ich. Ich will nicht, dass du mehr als nötig in die Sache verwickelt wirst. Und deshalb hielt ich es auch für das Beste, wenn ich nach New York zurückkehre. Die beiden wissen jetzt, dass ich hier bin, und ich lasse nicht zu, dass du in die Feuerlinie gerätst.“

„Du lässt es nicht zu?“ Sie hätte ihm noch einen Stoß versetzt, aber er fing ihre Hände ab.

„Stimmt. Du wirst dich da heraushalten.“

„Sag du mir nicht …“

„Ich sage dir aber ...“, unterbrach er sie und freute sich, als sie ihn mit offenem Mund anstarrte. „Darüber hinaus wirst du abends nicht wieder herumlaufen, solange er sich nicht in Gewahrsam befindet. Nachdem ich noch einmal alles durchdacht habe, halte ich es für klüger, wenn ich hier bleibe und auf dich aufpasse. Ich werde mich um dich kümmern, ob du es willst oder nicht."

„Ich will es nicht, und es braucht sich niemand um mich zu kümmern."

„Trotzdem." Damit war für ihn die Diskussion beendet.

Jetzt kam sie ins Stammeln. „Also, du arroganter, eingebildeter …"

„Das reicht", befahl er mit seiner besten Professorenstimme, und Lilah blinzelte verblüfft. „Es hat keinen Sinn, weiter zu streiten, wenn die Vernunft bereits gesiegt hat. Ich werde dich täglich zur Arbeit fahren. Wann immer du etwas anderes vorhast, lässt du es mich wissen."

Ihr Zorn verwandelte sich in schieres Entsetzen. „Das werde ich ganz bestimmt nicht!"

„Doch", erklärte Max milde, „das wirst du." Er legte seine Hände auf ihren Rücken, um sie näher an sich zu ziehen. „Wegen heute Abend …" begann er, als ihre Körper sich berührten. „Ganz eindeutig handelst du aus einem falschen Verständnis meiner Motive und meiner Gefühle heraus."

Sie bog sich zurück und war mehr überrascht als verärgert, als er sie nicht freigab. „Ich will nicht darüber sprechen."

„Nein, du schreist lieber gleich los, aber das ist nicht konstruktiv und nicht mein Stil." Seine Hände und seine Stimme waren fest. „Um es ganz genau zu formulieren, ich bin nicht hierher gekommen, weil es mich gejuckt hat, obwohl ich ganz sicher die Absicht habe, dich zu lieben."

Verblüfft starrte sie ihn an. „Was, zum Teufel, ist bloß in dich gefahren?"

„Ich habe plötzlich erkannt, dass die beste Art, mit dir umzugehen, die ist, mit der ich auch schwierige Studenten behandle. Dazu gehört mehr als Geduld. Es erfordert eine feste Hand und eine klar umrissene Definition von Absichten und Zielen."

„Schwierige Studenten …" Sie holte tief Luft, um ihr Temperament zu zügeln. „Max, ich finde, du solltest eine Tablette für deinen Kopf nehmen und dich hinlegen!"

„Wie ich schon sagte." Er hauchte einen Kuss auf ihre Wange. „Es geht nicht einfach um Sex, trotz der Tatsache, dass dieser Aspekt unglaublich befriedigend ist. Es geht mehr darum, dass ich vollständig von dir behext bin."

„Nicht", murmelte sie schwach, als er zärtlich an ihrem Ohr knabberte.

„Vielleicht habe ich den Fehler gemacht, es so darzustellen, als ginge es nur um dein Aussehen und darum, wie du dich anfühlst oder mich faszinierst!" Er nagte sachte an ihrer Unterlippe, bis ihre Knie weich wurden. „Doch es ist mehr als das. Ich weiß nur nicht, wie ich es dir sagen soll." Ihr Puls schlug schnell und heftig, als er sie nach hinten schob. „Es hat nie jemanden wie dich in meinem Leben gegeben. Und ich habe vor, dich zu behalten, Lilah."

„Was machst du da?"

„Ich bringe dich ins Bett."

Sie versuchte, sich zu konzentrieren, als seine Lippen sanft ihren Hals entlangglitten. „Nein, das wirst du nicht." Sie war noch immer wütend auf ihn. Aber der Grund für ihren Ärger verblasste, als sein Mund sie zärtlich verführte.

„Ich muss dir zeigen, was ich für dich fühle." Max spielte wieder mit ihren Lippen, während er Lilah auf die Kissen bettete.

Ihre Hände waren jetzt frei, glitten unter sein Hemd und tasteten über seine warme Haut. Sie wollte nicht denken. Es gab so viele Empfindungen, die sie verstehen musste. Begierig zog sie ihn näher.

„Ich war eifersüchtig", murmelte er, als er einen Träger des Unterkleides über ihre Schulter streifte. „Ich will nicht, dass dich ein anderer Mann berührt."

„Nein", hauchte sie. „Nur du."

Er versank in einem Kuss, bis er berauscht war.

Das ist Trost und Fürsorge und Romantik, dachte Lilah benebelt. Verlangen in perfektem Gleichgewicht mit Zuneigung. Nichts war so wichtig wie das – und das Festhalten an der Hoffnung auf Liebe.

Sie zog Max das Hemd über den Kopf und ließ ihre Hände wandern. Er war stark. Das hatte nicht nur etwas mit den Muskeln an seinem Rücken und seinen Schultern zu tun. Es war die innere Stärke, die sie erregte. Die Integrität, die Hingabe, wenn er das Richtige tat. Er war stark genug, um loyal, ehrlich und sanft zu jenen zu sein, die er liebte.

Er drehte sie so, dass sie von Kissen umgeben war, kniete neben ihr und begann, jedes einzelne Bändchen in der Mitte der elfenbeinfarbenen Seide zu öffnen. Der Kontrast zwischen seinen geduldigen Fingern und seinen hungrigen Augen raubte ihr fast den Atem. Er zog den Stoff auseinander, streichelte die entblößte Haut mit seinen Lippen, die Haut, die ebenso glatt wie Seide war.

Genauso geduldig wie er, entkleidete sie ihn. Obwohl sie beide vor Verlangen bebten, hielten sie sich in stillem Einvernehmen zurück.

Lilah richtete sich auf und legte die Arme um seinen Nacken, bis sie Oberkörper an Oberkörper, Schenkel an Schenkel knieten. Während das helle Licht sie umgab, erforschten sie einander. Ein Schauer, dann ein Seufzer, eine Liebkosung und eine Reaktion. Lippen suchten neue Geheimnisse. Hände entdeckten neue Genüsse.

Als sie ihn umschlang, erfüllte er sie. In dem Gefühl schwelgend, bog sie sich zurück, nahm ihn tiefer in sich auf, stammelte seinen Namen, als die ersten Schockwellen sie trafen. Als sie erschauerte, zeigte sich die benommene Lust in ihrem Gesicht.

Dann verschleierte sich sein Blick, und sein Körper erbebte. Seine Hände packten ihre Hüften. Sie war eng um ihn geschlungen, als sie beide gemeinsam über den Gipfel hinausschossen.

9. KAPITEL

Max pfiff, während er sich Kaffee einschenkte. Es war die fröhliche Melodie des Porzellanpinguins, und sie passte zu seiner Stimmung. Er hatte Pläne. Große Pläne. Eine Fahrt entlang der Küste, Dinner an irgendeinem abgelegenen Ort, dann einen romantischen Spaziergang am Strand.

Er nippte, verbrühte sich die Zunge und grinste.

Er hatte eine Liebesaffäre.

„Nun, es ist hübsch, jemanden in einer so fröhlichen Stimmung so zeitig am Morgen zu sehen." Coco rauschte in die Küche. Sie hatte ihre Haare am Vorabend rabenschwarz gefärbt, und das Ergebnis hatte sie in einen heiteren Gemütszustand versetzt. „Wie wäre es mit Blaubeerpfannkuchen?"

„Sie sehen fabelhaft aus."

Coco strahlte und griff nach einer mit Rüschen verzierten Schürze. „Also, vielen Dank, mein Lieber. Eine Frau braucht von Zeit zu Zeit eine Veränderung, finde ich – das hält die Männer in Spannung." Nachdem sie eine Rührschüssel vom Schrank geholt hatte, warf sie ihm einen Blick zu. „Ich muss sagen, Max, Sie sehen heute Morgen ebenfalls ziemlich gut aus. Die Seeluft oder … etwas scheint Ihnen hervorragend zu bekommen."

„Es ist wundervoll hier. Ich werde Ihnen nie genug danken können, dass Sie mich hier bleiben lassen."

„Unsinn." In ihrer sorglosen Art begann sie, Zutaten in die Schüssel zu schütten. Es wunderte Max immer wieder, wie jemand so unbekümmert drauflos kochen und so hervorragende Ergebnisse erzielen konnte. „Es war vorherbestimmt, wissen Sie. Ich wusste es in dem Moment, als Lilah Sie nach Hause brachte. Sie hat schon immer irgendetwas angeschleppt. Verletzte Vögel, kleine Kaninchen, einmal sogar eine Schlange." Bei der Erinnerung klopfte sie sich an die Brust. „Doch einen bewusstlosen Mann hat sie zum ersten Mal mitgebracht. Aber das ist typisch Lilah", fuhr sie fort und rührte fröhlich, während sie redete. „Immer tut sie das Unerwartete. Sie ist auch sehr talentiert. Sie kennt alle diese lateinischen Namen für Unkraut, die Gewohnheiten von Zugvögeln und all so was. Wenn sie in der Stimmung ist, kann sie wunderschön zeichnen und malen."

„Ich weiß. Ich habe die Skizzen in ihrem Zimmer gesehen."

Coco warf ihm einen Seitenblick zu. „Ach, tatsächlich?"

„Ich …" Er nahm schnell einen Schluck Kaffee. „Ja. Möchten Sie eine Tasse?"

„Nein, ich trinke meinen Kaffee, wenn ich hier fertig bin." Ach, du liebe Güte, dachte sie, das entwickelt sich ja alles ganz prächtig. Die Karten lügen eben nie. „Ja, unsere Lilah ist schon ein faszinierendes Mädchen. Starrsinnig wie die anderen, aber auf eine unterschwellige, trügerisch liebenswürdige Art. Ich habe immer gesagt, dass der richtige Mann erkennen würde, wie besonders sie ist."

Coco behielt Max im Auge, während sie die Blaubeeren abspülte. „Er müsste geduldig sein, aber nicht nachgiebig. Stark genug, um sie daran zu hindern, zu weit vom Kurs abzukommen, und weise genug, um nicht zu versuchen, sie zu ändern." Behutsam hob sie die Beeren unter den Teig und lächelte. „Aber wenn man jemanden liebt, warum sollte man ihn dann ändern wollen?"

„Tante Coco, bearbeitest du den armen Max?" Lilah schlenderte gähnend herein.

„Wie kannst du nur so etwas behaupten." Coco erhitzte die Pfanne und schnalzte missbilligend mit der Zunge. „Max und ich hatten eine nette kleine Unterhaltung, nicht wahr, Max?"

„Es war ganz bestimmt eine faszinierende Unterhaltung."

„Wirklich?" Lilah nahm ihm eine Tasse ab, und da er sich nicht rührte, beugte sie sich hinunter und gab ihm einen Kuss. Coco beobachtete das und hätte sich beinahe die Hände gerieben. „Ich betrachte das als Kompliment, und da ich Blaubeerpfannkuchen am Horizont sehe, werde ich mich nicht beklagen."

Weil sie sich so über den Kuss freute, summte Coco, als sie die Teller holte. „Du bist zeitig auf."

„Das wird mir zur Gewohnheit." Lilah nippte an Max' Kaffee und warf ihm ein träges Lächeln zu. „Eine Gewohnheit, die ich bald aufgeben muss."

„Der Rest der Brut wird gleich herunterkommen!" Coco liebte nichts so sehr, wie alle ihre Küken an einem Ort versammelt zu haben. „Lilah, deckst du den Tisch?"

„Ich muss eindeutig meine Gewohnheit aufgeben." Seufzend gab Lilah Max seinen Kaffee zurück und küsste Coco auf die Wange. „Ich mag deine Haare. Sehr französisch."

Mit einem geschmeichelten Kichern ließ Coco den Teig in die Pfanne fließen. „Nimm das gute Porzellan, Liebes. Mir ist nach Feiern zumute."

Caufield legte auf und bekam einen hässlichen Tobsuchtsanfall. Er schlug mit den Fäusten auf den Schreibtisch, zerfetzte einige Zettel und schmetterte zuletzt eine Kristallvase gegen die Wand. Weil Hawkins solche Anfälle schon früher erlebt hatte, hielt er sich zurück, bis alles vorbei war.

Nach drei beruhigenden Atemzügen lehnte Caufield sich zurück. Die blinde Zerstörungswut schwand aus seinen Augen, als er seine Finger gegeneinander legte. „Wir scheinen Opfer des Schicksals zu sein, Hawkins. Der Wagen, den unser guter Professor fährt, ist auf Catherine Calhoun St. James zugelassen."

Fluchend stieß Hawkins sich von der Wand ab. „Ich habe dir gesagt, dass der Job stinkt. Der Kerl müsste doch tot sein. Stattdessen fällt er uns hier in den Schoß. Er wird denen jetzt schon alles erzählt haben."

Caufield tippte seine Fingerspitzen gegeneinander. „Das hat er sicherlich getan."

„Und wenn er dich erkannt hat ..."

„Hat er nicht. Er hätte mir sonst nicht zugewunken. Der Mann ist ein Narr."

„Aber sie werden Vorsichtsmaßnahmen ergriffen haben."

„Was dem Spiel nur noch mehr Würze verleiht, und es ist Zeit, die Partie zu eröffnen. Da Dr. Quartermain sich zu den Calhouns gesellt hat, werde ich einer der Damen einen Besuch abstatten."

„Du bist verrückt."

„Überlass das Denken mir." Caufield trat ans Fenster. „Während meiner kurzen Freundschaft mit der reizenden Amanda erwähnte sie, dass ihre Schwester Lilah am meisten über Bianca weiß. Vielleicht weiß sie auch das meiste über die Smaragde."

Wenigstens das ergab für Hawkins einen Sinn. „Schnappst du sie dir?"

Caufield zuckte zusammen. „Das ist dein Stil, Hawkins. Gesteh mir etwas mehr Finesse zu. Ich werde dem Nationalpark ein wenig Aufmerksamkeit widmen. Diese Führungen durch die Natur sollen sehr informativ sein."

Während sich Lilahs Gedanken mit Max beschäftigten, behielt sie ihre Gruppe im Auge. Jordan Pond war ein bevorzugter Ausflugsort, und sie hatte alle Hände voll zu tun.

„Bitte, stören Sie nicht das Pflanzenleben. Ich weiß, die Pflanzen sind außerordentlich verlockend, aber wir haben Tausende von Besuchern, die sich an ihnen in ihrer natürlichen Pracht erfreuen wollen. Die flaschenförmigen Blüten, die Sie dort auf dem Teich sehen, sind gelbe Kuhlilien …"

In seiner zerrissenen Jeans und mit einem schäbigen Rucksack lauschte Caufield ihren Ausführungen. Hinter seinen dunklen Brillengläsern waren seine Augen wachsam. Scheinbar fasziniert, hob er die Kamera und fotografierte einen Vogel, wilde Orchideen und sogar einen Ochsenfrosch.

Als die Erklärungen beendet waren, konnte die Gruppe um den Teich herumwandern und zu ihren Wagen zurückkehren.

„Miss Calhoun?"

Lilah blickte sich um. Sie hatte den bärtigen Touristen in der Gruppe bemerkt, obwohl er keine Fragen wie die anderen gestellt hatte. In seiner Stimme schwang ein Hauch von Südstaaten mit.

„Ja?"

„Ich wollte Ihnen sagen, wie großartig Ihre Ausführungen waren. Ich lehre Geographie an der Highschool und gönne mir jeden Sommer eine Wanderung durch einen Nationalpark. Sie sind wirklich einer der besten Führer, auf die ich je getroffen bin."

„Danke." Sie lächelte, bot ihm jedoch nur zögernd die Hand. Irgendetwas an ihm störte sie. „Genießen Sie Ihren Aufenthalt."

Er legte eine Hand auf ihren Arm. Es war eine beiläufige Geste, und doch verspürte sie Unbehagen dabei.

„Ich hatte gehofft, Sie könnten mir noch einige persönliche Erklärungen geben. Ich möchte den Kindern einen ausführlichen Bericht liefern, wenn die Schule im Herbst wieder beginnt."

Sie zwang sich dazu, ihre Abneigung zu unterdrücken. „Ich werde gern Ihre Fragen beantworten."

„Großartig." Er zog ein Notizbuch hervor.

Sie entspannte sich ein wenig und gab ihm etwas ausführlichere Erläuterungen, als es bei Gruppenführungen nötig war.

„Das war sehr freundlich von Ihnen. Könnte ich Sie vielleicht auf einen Kaffee oder ein Sandwich einladen?"

„Das ist nicht nötig."

„Aber es wäre mir ein Vergnügen."

„Ich habe schon etwas vor, danke."

Sein Lächeln blieb unverändert. „Nun, ich verbringe hier noch ein paar Wochen. Vielleicht ein andermal. Ich weiß, das klingt jetzt seltsam, aber habe ich Sie nicht schon einmal gesehen? Waren Sie jemals in Raleigh?"

Ihre Instinkte meldeten sich, und sie wollte von ihm weg. „Nein, nie."

„So etwas Seltsames." Er schüttelte verwirrt den Kopf. „Sie wirken so vertraut. Nun ja, danke. Ich gehe dann zurück zum Camp." Er drehte sich um und stockte. „Ich weiß es! In der Zeitung! Ich habe Ihr Foto gesehen. Sie sind die Frau mit den Smaragden!"

„Nein, ich fürchte, ich bin die Frau ohne die Smaragde –."

„Was für eine Geschichte! Ich habe sie in Raleigh vor ein oder zwei Monaten gelesen. Ich muss gestehen, ich bin geradezu süchtig nach der Regenbogenpresse. Das kommt daher, dass ich allein lebe und zu viele Aufsätze lese." Er schenkte ihr ein charmantes Lächeln, das sie bezaubert hätte, wären ihre Instinkte nicht in Alarmbereitschaft gewesen. „Für Sie ist die Geschichte wahrscheinlich lästig, aber Leuten wie mir verschafft sie etwas Nervenkitzel. Verschwundene Smaragde, Juwelendiebe."

„Schatzkarte."

„Es gibt eine Karte?" Seine Stimme klang schärfer. „Davon habe ich nichts gehört."

„Aber sicher. Sie können sie im Dorf kaufen." Lilah griff in ihre Tasche und holte ein Exemplar hervor. „Ich sammle sie. Viele Leute geben hartverdientes Geld dafür aus, um herauszufinden, dass das X nicht die bewusste Stelle markiert."

„Ah. Kapitalismus."

„Eher ein Souvenir." Sie reichte ihm die Karte, wobei sie aus Gründen, die sie selbst nicht wusste, sorgfältig darauf achtete, seine Finger nicht zu berühren. „Ihre Schüler freuen sich vielleicht darüber."

„Ganz sicher." Er faltete die Karte und steckte sie ein. „Diese Sache fasziniert mich wirklich. Vielleicht können wir bald ein Sandwich zusammen essen, und dann können Sie mir eine Schilderung aus erster Hand liefern, wie es ist, wenn man einen vergrabenen Schatz sucht."

„Hauptsächlich ist es mühevoll. Genießen Sie Ihren Aufenthalt im Park."

Da er sie nicht länger aufhalten konnte, schaute er ihr nach. Sie hatte einen anmutigen Körper. Caufield hoffte sehr, dass er diesem Körper keinen Schaden zufügen musste.

„Du kommst spät." Max traf Lilah auf dem Weg, noch zwanzig Meter vom Parkplatz entfernt.

„Scheint heute der Tag der Lehrer für mich zu sein." Sie drängte seinem Kuss entgegen. „Ich wurde von einem Südstaaten-Gentleman aufgehalten, der Informationen über die Flora für seine Geographieklasse wollte, und ihn zufrieden zu stellen, hat leider ein wenig länger gedauert, als ich erwartet hatte."

„Hoffentlich war er kahlköpfig und fett."

Sie schaffte es nicht ganz zu Lachen und rieb sich die Arme gegen die Kälte. „Nein, er war ziemlich schlank und hatte eine Menge Haare. Aber ich habe seine Bitte abgelehnt, die Mutter seiner Kinder zu werden."

„Hat er einen Annäherungsversuch gemacht?"

„Nein." Sie hob die Hand, ehe er an ihr vorbeisprinten konnte und lachte. „Max, ich mache nur Spaß – und selbst wenn nicht, könnte ich jeden Annäherungsversuch selbst abweisen."

„Meinen hast du nicht abgelehnt."

„Ich kann auch annehmen. Was hast du da hinter deinem Rücken?"

„Meine Hände."

Lachend gab sie ihm einen Kuss. „Was sonst noch?"

Er streckte ihr einen Strauß Gänseblümchen entgegen. „Ich habe sie nicht gepflückt", versicherte er, weil er ihre Ansichten darüber kannte. „Ich habe sie von Suzanna gekauft. Sie behauptet, du hättest eine Schwäche für sie."

„Sie sind so fröhlich", murmelte sie und fühlte sich geradezu absurd gerührt. „Danke."

Im Gehen legte er seinen Arm um ihre Schultern. „Ich habe heute Nachmittag den Wagen von C. C. gekauft."

„Professor, du steckst voller Überraschungen."

„Ich dachte mir, du willst von den Fortschritten hören, die Amanda und ich mit diesen Listen machen. Wir könnten die Küste entlangfahren und irgendwo essen. Allein sein."

„Das klingt wunderbar, aber meine Blumen werden verwelken."

Er strahlte sie an. „Ich habe eine Vase gekauft. Sie ist im Wagen."

Als die Sonne hinter den Bergen im Westen unterging, wanderten Lilah und Max an dem Kiesstrand entlang, der einen natürlichen Wall gegen das Meer an der Südspitze der Insel bildete. Die See war ruhig. Mit dem Heraufziehen der Abenddämmerung verwischte sich die Linie zwischen Himmel und Wasser zu einem sanften, tiefen Blau. Eine einzelne Möwe schwebte mit einem klagenden Schrei über sie hinweg.

„Dies hier ist ein besonderer Ort", erklärte Lilah. Hand in Hand ging sie mit Max näher ans Wasser heran. „Ein magischer Ort. Selbst die Luft ist hier anders." Sie schloss die Augen, holte tief Atem. „Voll Energie."

„Es ist schön hier." Er hob einen Stein auf, um die Oberfläche zu betasten. In einiger Entfernung verschmolz eine Insel mit dem Zwielicht.

„Ich fahre oft hierher, nur um hier zu stehen und zu fühlen. Ich glaube, ich muss schon einmal hier gewesen sein."

„Du hast doch gerade gesagt, dass du schon hier gewesen bist."

Ihre Augen waren träumerisch, als sie lächelte. „Ich meine vor hundert oder fünfhundert Jahren. Glaubst du nicht an Wiedergeburt, Professor?"

„Doch, das tue ich. Ich habe am College eine Arbeit darüber geschrieben, und nach Abschluss meiner Recherchen gelangte ich zu dem Schluss, dass es eine sehr glaubwürdige Theorie ist. Wenn man sie auf die Geschichte anwendet …"

„Max." Sie umschloss sein Gesicht mit beiden Händen. „Ich bin verrückt nach dir." Sie lächelte, als sie mit ihren Lippen die seinen berührten, lächelte noch, als sie sich zurückzog.

„Wofür war das?"

„Dafür, dass ich dich vor mir sehe, hüfthoch in dicken Büchern und Notizen, wie dir die Haare in die Stirn hängen und deine Augenbrauen zusammengezogen sind, während du dich konzentrierst und verbissen nach der Wahrheit suchst."

Stirnrunzelnd warf er den Kieselstein von einer Hand in die andere. „Das ist ein reichlich langweiliges Bild."

„Nein, gar nicht." Sie hielt den Kopf schief und musterte ihn. „Es ist ein ehrliches, ein bewundernswertes Bild. Sogar ein mutiges."

Er lachte kurz auf. „Sich in eine Bibliothek zu wagen, erfordert nicht gerade Mut. Als ich Kind war, war das meine einzige Zuflucht. Ich bekam nie einen Asthmaanfall, wenn ich ein Buch las. Ich habe mich in Büchern versteckt", fuhr er fort. „Es machte Spaß, mir auszumalen, wie ich mit Magellan segle oder am Alamo sterbe. Aber mein Vater ..."

„Was machte dein Vater?"

Er zuckte unbehaglich die Schultern. „Er hatte sich etwas anderes erhofft. Er war an der Highschool ein Footballstar gewesen. Der Mann, der nie in seinem Leben krank war. Der samstags ein paar Bier kippte und am Wochenende jagen ging. Er wollte einen Mann aus mir machen und hatte nie wirklich Erfolg."

„Du hast dich selbst zu einem Mann gemacht." Sie ergriff seine Hände und spürte seinen bebenden Ärger gegen den Mann, der das Geschenk, das er erhalten hatte, nicht geschätzt oder verstanden hatte. „Wenn er auf dich nicht stolz ist, so ist das sein Verlust, nicht deiner."

„Das ist ein hübscher Gedanke. Und hätte ich mich nicht all die Jahre mit Büchern beschäftigt, würde ich heute nicht hier mit dir stehen. Und das hier ist genau der Platz, an dem ich sein will."

„Das ist ein hübscher Gedanke."

„Wenn ich dir sage, dass du schön bist, wirst du mich dann schlagen?"

„Diesmal nicht."

Er zog sie an sich. „Ich muss für zwei Tage nach Bangor fahren."

„Wozu?"

„Ich habe eine Frau aufgetrieben, die als Hausmädchen in The Towers gearbeitet hat, als Bianca starb. Sie lebt in einem Altenheim in Bangor, und ich habe ein Treffen mit ihr vereinbart!" Er hob Lilahs Gesicht dem seinen entgegen. „Komm mit mir."

„Gib mir nur etwas Zeit, um mich darauf einzustellen."

Als die Kinder schliefen, eröffnete ich Nanny meine Pläne. Sie war schockiert, als ich davon sprach, meinen Ehemann zu verlassen. Ich versuchte, sie zu beschwichtigen. Wie konnte ich erklären, dass nicht der arme Fred meine Entscheidung ausgelöst hatte. Der Vorfall hatte mir lediglich klargemacht, wie sinnlos es ist, in einer unglücklichen und erstickenden Ehe zu verharren. Und was die Kinder betrifft, so sieht ihr Vater sie nicht als Kinder, die geliebt werden müssen, sondern als Druckmittel.

Das darf ich nicht zulassen. Ich weiß, dass Fergus mir bald die Kontrolle über die Kinder entreißen würde. Sein Stolz würde das verlangen. Eine Gouvernante seiner Wahl würde seinen Instruktionen folgen und die meinen ignorieren. Die Kinder würden den Fehler büßen müssen, den ich begangen hatte.

Was mich angeht, so zweifle ich nicht daran, dass Fergus mich bestrafen wird, weil ich vor den Kindern seine Autori-

tät in Frage gestellt hatte. Unzufriedenheit konnte ich vor den Kindern verbergen, aber nicht offene Feindseligkeit.
Ich muss die Kinder nehmen und einen Ort finden, an den wir verschwinden können ... Doch zuerst gehe ich zu Christian.
Die Nacht war von Mondschein und Wind erfüllt. Ich zog meinen Mantel fest zusammen und behielt die Kapuze über meinem Haar. Der Welpe kuschelte sich an meine Brust. Ich ließ mich von der Kutsche ins Dorf bringen, dann wanderte ich durch die stillen Wege mit dem Geruch von Wasser und Blumen allüberall zu seinem Cottage. Mein Herzschlag dröhnte in den Ohren, als ich an seine Tür klopfte. Dies war der erste Schritt, und wenn ich ihn erst einmal getan hatte, konnte ich nicht mehr zurück.
Doch es war nicht Angst, die in mir bebte, als er die Tür öffnete. Es war Erleichterung. In dem Moment, da ich ihn sah, wusste ich, dass meine Wahl bereits getroffen war.
„Bianca", sagte er erstaunt. „Was ist dir denn eingefallen?"
„Ich muss mit dir sprechen." Er zog mich bereits hinein. Ich bemerkte, dass er im Schein der Lampe gelesen hatte. Der warme Lichtschimmer und der Geruch seiner Farben beruhigten mich mehr als Worte. Ich setzte den Hund ab, und er begann sofort, alles zu erforschen, in den Ecken zu schnüffeln und sich häuslich einzurichten.
Christian bot mir einen Platz an und brachte mir ein Glas Brandy, wohl weil er meine Nervosität fühlte. Während ich daran nippte, erzählte ich ihm die Szene mit Fergus. Obwohl ich mich um Ruhe bemühte, sah ich wieder die Gewalt in Fergus' Gesicht, als er seine Hände um meinen Hals legte.
„Mein Gott", Christian kauerte sich neben meinen Sessel, und seine Finger strichen über meinen Hals. Ich hatte gar

nicht gewusst, dass Fergus' Daumen Male hinterlassen hatten.

Christians Blick verdüsterte sich. Er umklammerte die Seitenlehne des Sessels, ehe er aufsprang. „Dafür werde ich ihn umbringen!"

Ich sprang ebenfalls auf, um ihn daran zu hindern, aus dem Cottage zu stürmen. Ich weiß nicht mehr, was ich in meiner Angst sagte, aber ich weiß, dass ich ihm erklärte, Fergus wäre nach Boston abgereist, und ich könnte keine Gewalttätigkeit mehr ertragen. Letzten Endes stimmten meine Tränen ihn um. Er hielt mich wie ein Kind, wiegte und tröstete mich, während ich mein Herz ausschüttete.

Vielleicht hätte ich mich dafür schämen sollen, dass ich ihn bat, mich und die Kinder wegzubringen, dass ich ihm diese Bürde und diese Verantwortung aufdrängte. Aber ich wusste auch, hätte er abgelehnt, so wäre ich allein fortgegangen und hätte meine drei Kinder in irgendein stilles Dorf in England oder Irland gebracht. Doch Christian wischte sanft meine Tränen fort.

„Natürlich fliehen wir gemeinsam. Ich sehe nicht zu, wie du und die Kinder noch eine Nacht unter seinem Dach verbringt. Er wird nie wieder gegen einen von euch die Hand erheben. Es wird schwierig sein, Bianca. Du und die Kinder, ihr werdet nicht mehr jenen Lebensstil haben, an den ihr gewöhnt seid. Und der Skandal …"

„Der Skandal ist mir gleichgültig. Die Kinder müssen sich geliebt und geborgen fühlen." Ich stand auf und ging hin und her. „Ich bin nicht sicher, was richtig ist. Nacht für Nacht habe ich im Bett gelegen und mich gefragt, ob ich ein Recht habe, dich zu lieben, dich zu begehren. Ich habe einen Eid geleistet, Versprechungen gemacht und ich habe drei Kinder ge-

boren –." Ich bedeckte mein Gesicht mit den Händen. „Ein Teil von mir wird immer unter dem Bruch dieses Eides leiden, aber ich muss etwas tun. Ich glaube, ich werde verrückt, wenn ich nichts unternehme, Gott mag mir vielleicht nie vergeben, aber ich kann kein Leben im Unglück ertragen."

Er ergriff meine Hände und zog sie herunter: „Wir sind füreinander bestimmt. Wir beide wussten das, als wir uns zum ersten Mal sahen. Ich war mit diesen wenigen Stunden zufrieden, solange ich dich in Sicherheit wusste. Aber ich werde nicht untätig zusehen, wie du dein Leben einem Mann opferst, der dich misshandelt. Von heute Abend an bist du mein und du wirst für immer mein bleiben. Nichts und niemand wird das ändern."

Ich glaubte ihm. Als sein Gesicht so nahe dem meinen war, seine schönen grauen Augen so klar und zuversichtlich, glaubte ich ihm. Und ich konnte meinem Sehnen nicht mehr widerstehen.

„Dann mach mich heute Abend zu der deinen."

Ich fühlte mich wie eine Braut. In dem Moment, da er mich berührte, wusste ich, dass ich nie zuvor wirklich berührt worden war. Seine Augen waren auf die meinen gerichtet, als er die Nadeln aus meinem Haar zog. Seine Finger bebten. Nichts, nichts hat mich jemals so bewegt wie das Wissen, dass ich die Macht besaß, ihn schwach werden zu lassen. Seine Lippen berührten sanft meine Lippen, während ich die Spannung in seinem Körper fühlte. Im Schein der Lampe öffnete er mein Kleid und ich sein Hemd. Und ein Vogel begann in den Büschen zu singen.

An der Art, wie er mich ansah, erkannte ich, dass ich ihm Genuss bereitete. Langsam, fast qualvoll langsam zog er mir meine Unterröcke und mein Korsett aus. Dann berührte er mein Haar, fuhr mit seinen Fingern hindurch und betrachtete seine Fülle.

„Ich werde dich eines Tages so malen", murmelte er. „Nur für mich selbst."

Er hob mich auf seine Arme, und ich fühlte wie sein Herz in seiner Brust schlug, als er mich in das Schlafzimmer trug.

Das Licht war silbern, die Luft wie Wein. Dies war keine schnelle Vereinigung in der Dunkelheit, sondern ein Tanz, anmutig wie ein Walzer und genauso beschwingend. So unmöglich das auch erscheinen mag, aber es war, als hätten wir einander schon unzählige Male geliebt, als hätte ich diesen harten, festen Körper Nacht für Nacht an meinem Körper gespürt.

Dies war eine Welt, die ich nie zuvor erfahren hatte, und doch war sie auf schmerzlich schöne Weise vertraut. Jede Bewegung, jeder Seufzer, jedes Verlangen kam so natürlich wie der Atem. Selbst als das heftige Drängen mich verwirrte, ließ die Wonne nicht nach. Als Christian mich zu der Seinen machte, wusste ich, dass ich etwas gefunden hatte, wonach jede Seele sucht. Reine Liebe.

Ihn zu verlassen, war das Schwerste, was ich je getan hatte. Obwohl wir einander versicherten, es würde das letzte Mal sein, dass wir uns trennten, verharrten wir noch und liebten uns erneut. Es war fast schon die Morgenröte angebrochen, als ich nach The Towers zurückkehrte. Als ich das Haus betrachtete und durch seine Räume ging wusste ich, dass ich es sehr vermissen würde. Dies war mehr als alles andere in meinem Leben mein Zuhause gewesen. Christian und ich würden uns zusammen mit den Kindern unser eigenes Heim schaffen, aber ich würde The Towers stets in meinem Herzen bewahren.

Ich wollte nur wenig mitnehmen. In der Stille vor dem Sonnenaufgang packte ich einen kleinen Koffer. Nanny würde mir später helfen, alles für die Kinder zu packen, doch dies jetzt wollte ich allein machen. Vielleicht war es ein Symbol der Unabhängigkeit. Und vielleicht dachte ich deshalb auch an die Smaragde. Sie sind das Einzige, was Fergus mir geschenkt hat, das ich als mein Eigentum betrachte. Es hatte Zeiten gegeben, in denen ich sie verabscheute, da ich wusste, dass sie eine Belohnung dafür waren, dass ich einen passenden Erben in die Welt gesetzt hatte. Dennoch gehören sie mir, genau wie meine Kinder mir gehören. Ich dachte nicht an ihren Geldwert, als ich sie hervorholte und in meinen Händen hielt, um ihr Feuer in dem Licht der Lampe zu betrachten. Sie sollen ein Erbstück für meine Kinder und deren Kinder sein, ein Symbol der Freiheit und der Hoffnung. Und mit Christian auch der Liebe. Als die Tagesdämmerung anbrach, beschloss ich, die Smaragde zusammen mit diesem Tagebuch an einem sicheren Ort zu verstecken, bis ich wieder mit Christian vereint sein würde.

10. KAPITEL

Die Greisin wirkte zerbrechlich und spröde wie altes Glas, wie sie da im Schatten einer knorrigen Ulme saß. Bewohner des Altenheims wanderten über die gepflasterten Wege. Einige wurden in Rollstühlen von Angehörigen oder Pflegern geschoben.

Ihre Hände bewegten sich emsig an einer Strickarbeit, während sie durch dicke, getönte Brillengläser einem jungen Paar entgegenblickte, einem schlanken jungen Mann mit dunklen Haaren, einem gertenhaft biegsamen Mädchen in einem dünnen Sommerkleid. Die beiden gingen Hand in Hand. Millie hatte eine Schwäche für Jungverliebte und lächelte. Die beiden sahen hübsch aus. Bildschön.

„Mrs. Tobias?"

Millie betrachtete Max, sah ernste blaue Augen und ein scheues Lächeln.

„Ja", erwiderte sie. „Und Sie müssen Dr. Quartermain sein." Ihre Stimme klang brüchig. „Heutzutage wird man schon sehr jung ein Doktor."

„Ja, Ma'am. Das hier ist Lilah Calhoun."

Millie war erfreut, als Lilah sich zu ihren Füßen im Gras niederließ und ihre Strickarbeit bewunderte.

„Das ist schön." Lilah berührte mit ihren Fingerspitzen den dünnen blauen Faden. „Was wird das?"

„Was immer es will. Sie sind von der Insel?"

„Ja, ich wurde dort geboren."

Millie stieß einen kleinen Seufzer aus. „Ich war seit dreißig Jahren nicht mehr da. Habe es dort nicht mehr ausgehalten, seit ich meinen Tom verloren habe, aber mir fehlt noch heute das Geräusch des Meeres."

„Sie waren lange verheiratet?"

„Fünfzig Jahre. Wir hatten ein gutes Leben. Acht Kinder haben wir heranwachsen sehen. Jetzt habe ich dreiundzwanzig Enkelkinder, fünfzehn Urenkelkinder und sieben Ururenkelkinder." Sie stieß ein pfeifendes Lachen aus. „Manchmal kommt es mir so vor, als hätte ich ganz allein diese alte Welt bevölkert. Nehmen Sie Ihre Hände aus den Taschen, mein Junge", sagte sie zu Max. „Und setzen Sie sich, damit ich mir nicht den Hals ausrenken muss." Sie wartete, bis er sich niedergelassen hatte. „Ist das hier Ihr Liebchen?"

„Äh … nun ja …"

„Also, ist sie es, oder ist sie es nicht?" fragte Millie.

„Ja, Max." Lilah warf ihm ein amüsiertes, träges Lächeln zu. „Ist sie es, oder ist sie es nicht?"

In die Ecke gedrängt, stieß Max den Atem aus. „Ich denke, so könnte man es ausdrücken."

„Langsam, wenn es darum geht, sich zu entscheiden", sagte die alte Frau zu Lilah und blinzelte. „Daran ist nichts falsch. Sie sehen aus wie sie", meinte sie unvermittelt.

„Wie wer?"

„Bianca Calhoun. Seid ihr nicht hergekommen, um mit mir über sie zu sprechen?"

Lilah legte ihre Hand auf Millies Arm. „Sie erinnern sich an sie?"

„Aber ja. Sie war eine große Lady. Schön und mit einem guten, freundlichen Herzen. Voll Hingabe für ihre Kinder. Viele der reichen Damen, die den Sommer auf der Insel verbrachten, waren froh, wenn sie ihre Kinder den Nannys überlassen konnten, aber Bianca Calhoun hat sich um ihre Kinder selbst gekümmert. Sie ist mit ihnen immer spazieren gegangen und hat ihnen viel Zeit gewidmet. Sie hat sie auch selbst abends ins

Bett gebracht, es sei denn, ihr Mann hatte Pläne gemacht, die sie vor der Schlafenszeit aus dem Haus führten. Eine gute Mutter war sie, und über eine Frau kann nichts Besseres als das gesagt werden.“ Sie nickte energisch, als sie sah, dass Max sich Notizen machte. „Ich habe in drei Sommern dort gearbeitet. 1912, 1913 und 1914.“

„Haben Sie etwas dagegen?“ Max holte einen kleinen Kassettenrecorder hervor. „Es würde uns helfen, uns an alles zu erinnern, was Sie uns erzählen.“

„Ich habe gar nichts dagegen.“ Es gefiel Millie sogar sehr gut. Irgendwie war es, als wäre sie in einer Talkshow im Fernsehen. „Sie wohnen noch in The Towers?“ fragte sie Lilah.

„Ja, meine Familie und ich.“

„Wie oft bin ich diese Treppe hinauf und hinunter gegangen. Der Herr wollte nicht, dass wir die Haupttreppe benutzten, aber wenn er nicht da war, ging ich immer die Treppe hinunter und stellte mir vor, eine Lady zu sein. Oh, ich war damals ein flottes Ding und gar nicht schlecht anzusehen. Ich flirtete immer mit einem der Gärtner. Joseph hieß er. Aber das habe ich nur getan, um meinen Tom eifersüchtig zu machen.“ Sie seufzte, während sie sich erinnerte. „Nie habe ich so ein Haus gesehen. Die Möbel, die Gemälde, das Kristall. Einmal in der Woche mussten wir jedes Fenster mit Essig putzen, damit sie wie Diamanten funkelten. Und die Herrin liebte frische Blumen überall. Sie schnitt Rosen und Pfingstrosen im Garten oder pflückte wilde Orchideen und Frauenschuh.“

„Was können Sie uns über den Sommer erzählen, in dem sie starb?“ drängte Max.

„In diesem Jahr verbrachte sie viel Zeit in ihrem Turmzimmer, blickte aus dem Fenster auf die Klippen oder schrieb in ihrem Buch!“

„Buch?“ unterbrach Lilah. „Meinen Sie ein Tagebuch?“

„Ich nehme an, es war eines. Ich habe sie schreiben sehen, wenn ich ihr manchmal Tee brachte. Sie bedankte sich auch immer bei mir. Nannte mich bei meinem Namen. ‚Danke, Millie‘, sagte sie. ‚Ist heute nicht ein schöner Tag?‘ oder ‚Sie hätten sich nicht die Mühe machen müssen, Millie. Wie geht es Ihrem jungen Freund?‘ Reizend war sie.“ Millies Lippen wurden schmal. „Aber der Herr, der verlor kein persönliches Wort. Als wäre unsereins ein Stück Holz gewesen.“

„Sie mochten ihn nicht“, warf Max ein.

„Es stand mir nicht zu, ihn zu mögen oder nicht zu mögen, aber einen härteren, kälteren Mann habe ich in all meinen Jahren nie getroffen. Wir haben gelegentlich darüber gesprochen, ich und eines von den anderen Mädchen. Warum heiratete eine so herzensgute, zauberhafte Frau einen solchen Mann? Geld, hätte ich behauptet. Ach, die Kleider, die sie hatte, und die Partys und die Juwelen. Aber es machte sie nicht glücklich. Ihre Augen waren traurig. Sie und der Herr gingen abends häufig aus oder empfingen Gäste. Ansonsten ging er seiner Wege. Geschäfte, Politik und alles so was. Er hat sich kaum um seine Frau gekümmert und noch weniger um seine Kinder. Obwohl er etwas für den Jungen übrig hatte, für den ältesten Jungen.“

„Ethan“, warf Lilah ein. „Mein Großvater.“

„Ja, Ethan Calhoun. Ein hübscher kleiner Junge war das, und ein Wildfang. Rutschte das Geländer herunter und spielte im Schmutz. Die Herrin hat sich nicht daran gestört, wenn er sich schmutzig machte, aber sie sorgte dafür, dass er fein hergerichtet war, wenn der Herr nach Hause kam. Mit strenger Hand hat er regiert, dieser Fergus Calhoun. War es ein Wunder, dass sich die arme Frau woanders nach ein wenig Zärtlichkeit umgesehen hat?“

Lilah drückte Max' Hand. „Sie wussten, dass sie sich mit jemandem traf?"

„Es war meine Aufgabe, das Turmzimmer aufzuräumen. Mehr als einmal blickte ich aus diesem Zimmer und sah sie zu den Klippen laufen. Sie hat dort einen Mann getroffen. Jedes Mal, wenn sie von einem Treffen mit ihm zurückkam, wirkte sie glücklich. Zumindest für eine Weile."

„Wissen Sie, wer der Mann war?" fragte Max.

„Ein Maler, glaube ich. Aber ich habe nie jemanden gefragt, und ich habe auch nie erzählt, was ich beobachtet habe. Das war das Geheimnis der Herrin. Sie verdiente eines." Millie legte die Hände in den Schoß. „An dem Tag, bevor sie starb, brachte sie einen kleinen Welpen für die Kinder nach Hause. Sie hatte ihn in den Klippen gefunden. Himmel, was für eine Aufregung! Die Herrin ließ einen Waschzuber auf der Terrasse mit Wasser füllen, und die Kinder badeten den Hund. Sie lachten, und der kleine Kerl jaulte. Das war das letzte Mal, dass ich sie glücklich gesehen habe." Sie stockte einen Moment, um ihre Gedanken zu sammeln. „Es gab einen schrecklichen Streit, als der Herr nach Hause kam. Der Herr wollte das Tier nicht im Haus dulden. Die Kinder weinten, aber der Herr befahl ganz kalt, die Herrin sollte den Hund einem Diener zum Töten geben."

Lilah fühlte, wie ihre Augen sich mit Tränen füllten. „Aber warum denn?"

„Der Hund war nicht gut genug, verstehen Sie? Ein Mischling. Der Herr sagte schreckliche Dinge. Ich werde nie sein Gesicht vergessen, als er aus dem Salon stürmte. Er sah wild aus, wie ein Geist. In der nächsten Nacht starb sie."

„Mrs. Tobias, haben Sie gehört, dass Bianca plante, ihren Mann zu verlassen?"

„Später habe ich davon erfahren. Der Herr entließ die Nanny, obwohl die armen Kinder außer sich waren vor Schmerz. Sie – Mary Beals hieß sie – liebte die Kinder und die Herrin, als wären sie ihre eigene Familie. Ich habe Sie im Dorf an dem Tag getroffen, an dem die Herrin nach New York gebracht wurde, um dort begraben zu werden. Sie sagte zu mir, die Lady hätte sich niemals selbst umgebracht. Das hätte sie ihren Kindern niemals angetan. Sie behauptete, es wäre ein Unfall gewesen. Und dann erzählte sie mir, dass die Herrin beschlossen hatte wegzugehen, weil sie eingesehen hatte, dass sie nicht mehr mit dem Herrn zusammenleben konnte. Sie wollte die Kinder wegbringen. Mary Beals sagte, sie selbst würde nach New York gehen und bei den Kindern bleiben, ganz gleich, was Mr. Calhoun sagte. Ich hörte später, sie hätte ihre Stellung zurückbekommen."

„Haben Sie jemals die Calhoun-Smaragde gesehen, Mrs. Tobias?" erkundigte sich Max.

„Oh, aber ja. Wenn man die einmal gesehen hat, vergisst man sie nie wieder. Sie trug sie wie eine Königin. Sie verschwanden in der Nacht, als sie starb." Ein schwaches Lächeln spielte um Millies Mund. „Ich kenne die Legende, mein Junge. Man könnte sagen, ich habe sie gelebt."

Lilah hatte sich wieder gefasst. „Haben Sie eine Ahnung, was mit den Smaragden geschehen sein könnte?"

„Ich weiß, dass Fergus Calhoun sie niemals ins Meer geworfen hat. Er warf doch nicht einmal eine Münze in einen Wunschbrunnen, so geizig war er. Wenn sie ihn verlassen wollte, dann wollte sie bestimmt die Smaragde mitnehmen. Aber er kam zurück, wissen Sie."

Max zog die Augenbrauen zusammen. „Er kam zurück?"

„Der Herr kam an dem Nachmittag des Tages zurück, an dem sie starb. Deshalb hat sie bestimmt die Smaragde versteckt.

Und das arme Ding hatte keine Gelegenheit mehr, sie wiederzuholen und mit ihren Kindern wegzugehen.“

„Wo?“ murmelte Lilah. „Wo könnte sie sie gelassen haben?“

„In diesem Haus, wer sollte das schon wissen?“ Millie griff wieder nach ihrem Strickzeug. „Ich habe später geholfen, ihre Sachen wegzupacken. Ein trauriger Tag. Niemand von uns hatte trockene Augen. Wir haben alle ihre schönen Kleider in Seidenpapier eingeschlagen und in einem Schrankkoffer eingeschlossen. Wir hatten den Auftrag, ihr Zimmer ganz auszuräumen, sogar ihre Kämme und ihr Parfum wegzuschließen. Der Herr wollte, dass nichts von ihr zurückblieb. Ich sah die Smaragde nie wieder.“

„Auch nicht ihr Tagebuch?“ Max wartete, während Millie die Lippen spitzte. „Haben Sie das Tagebuch in ihrem Zimmer gefunden?“

„Nein.“ Sie schüttelte langsam den Kopf. „Da war kein Tagebuch.“

„Was war mit Briefpapier oder Karten oder Briefen?“

„Ihr Schreibpapier war im Schreibtisch und auch das kleine Buch, in dem sie ihre Verabredungen eintrug, aber ich habe kein Tagebuch gesehen. Wir haben alles weggeschlossen. Nicht einmal eine Haarnadel blieb zurück. Im nächsten Sommer ist der Herr wiedergekommen. Er hat ihr Zimmer verschlossen gehalten, und es gab nicht den kleinsten Hinweis auf die Herrin im Haus. Es hatte Fotos und ein Gemälde gegeben, aber das war alles weg. Die Kinder lachten kaum. Einmal habe ich den kleinen Jungen vor dem Zimmer seiner Mutter stehen sehen. Er hat nur auf die Tür gestarrt. Mitten in der Saison habe ich dann gekündigt. Ich konnte nicht in diesem Haus arbeiten, nicht bei diesem Herrn. Er war sogar noch kälter und härter geworden. Und er ging oft in das Turmzimmer hinauf und saß dort stundenlang.

Ich heiratete Tom in diesem Sommer und kehrte nie wieder nach The Towers zurück.“

Später stand Lilah auf dem schmalen Balkon ihres Hotelzimmers. Unter sich sah sie das blaue Rechteck des Pools, hörte das Lachen und Plätschern von Familien und Paaren, die ihren Urlaub genossen.

Doch ihre Gedanken beschäftigten sich nicht mit der hellen Sommersonne oder den fröhlichen Rufen in dem glitzernden Wasser. Sie beschäftigten sich mit den Zeiten vor achtzig Jahren, als Frauen lange, anmutige Kleider trugen und ihre Träume in persönliche Tagebücher schrieben.

Als Max leise hinter sie trat und seine Arme um ihre Taille schlang, lehnte sie sich gegen ihn zurück. Getröstet.

„Ich wusste immer, dass sie unglücklich war“, meinte Lilah. „Ich konnte das fühlen. Genau wie ich fühlen konnte, dass sie hoffnungslos verliebt war. Aber ich ahnte nicht, dass sie Angst hatte. Das habe ich nie aufgefangen.“

„Es ist schon lange her, Lilah.“ Max drückte einen Kuss auf ihr Haar. „Mrs. Tobias könnte übertrieben haben. Sie war damals schließlich eine junge Frau, als das alles passierte, und sie ließ sich leicht beeindrucken.“

Lilah drehte sich um und blickte ihm ruhig in die Augen. „Das glaubst du selbst nicht.“

„Nein.“ Er streichelte ihre Wange. „Aber wir können nicht ändern, was geschehen ist. Wir können ihr nicht mehr helfen.“

„Doch, das können wir, indem wir die Halskette und das Tagebuch finden, begreifst du das denn nicht? Sie muss alles, was sie empfunden hat, in dieses Tagebuch geschrieben haben. Alles, was sie wollte und fürchtete. Sie hat es bestimmt nicht an einer Stelle zurückgelassen, an der Fergus es finden konnte.

Wenn sie die Smaragde versteckt hat, dann versteckte sie auch das Tagebuch."

„Dann werden wir beides finden. Mrs. Tobias zufolge kam Fergus zurück, bevor Bianca ihn erwartete. Bianca hatte keine Gelegenheit, die Smaragde aus dem Haus zu schaffen. Sie sind noch dort. Es ist also nur eine Frage der Zeit, bis wir sie finden."

„Aber ..."

Er schüttelte den Kopf und streichelte ihre Wangen. „Bist du nicht diejenige, die immer sagt, man sollte sich auf sein Gefühl verlassen? Denk doch nur daran, wie alles gekommen ist, wie sich eines aus dem anderen entwickelt hat. Es ist uns vorherbestimmt, dass wir die Smaragde finden."

Lilahs Augen wurden sanft, während sie ihre Hände um seine Handgelenke legte. „Du tust mir schrecklich gut, Professor. Ein wenig Optimismus ist jetzt genau das Richtige."

„Dann bekommst du noch etwas mehr. Ich denke, der nächste Schritt ist, dass wir die Spur des Künstlers verfolgen."

„Christian? Aber wie?"

„Überlass das ruhig mir."

„Na schön." Sie legte ihren Kopf an seine Schulter. „Es gibt noch eine andere Verbindung. Vielleicht hältst du das für weit hergeholt, aber ich muss ständig daran denken."

„Sag es mir."

„Vor zwei Monaten fand Trent in den Klippen Fred. Wir sind nie dahinter gekommen, was der Welpe allein da draußen gemacht hat. Jetzt muss ich immer an den Hund denken, den Bianca fand und den Kindern schenkte. Ich frage mich, was aus diesem Hund wurde, Max." Sie stieß einen langen Seufzer aus. „Und dann denke ich auch an die Kinder. Es ist schwierig, sich seinen eigenen Großvater als kleinen Jungen vorzustellen. Ich kannte ihn nicht einmal, weil er vor meiner Geburt starb. Aber ich sehe ihn vor mir, wie er vor der Tür des Zimmers seiner Mutter stand und trauerte. Und es bricht mir das Herz."

„Sst." Er legte seine Arme fest um sie. „Es ist besser, du denkst daran, dass Bianca mit ihrem Maler etwas Glück fand. Kannst du sie nicht sehen, wie sie zu ihm auf die Klippen lief und sich ein paar Stunden in der Sonne stahl?"

„Ja." Sie küsste lächelnd seinen Hals. „Ja, ich kann es sehen. Vielleicht sitze ich deshalb so gern im Turm. Sie war nicht immer unglücklich da oben. Nicht, wenn sie an ihn dachte."

„Und wenn es eine Gerechtigkeit gibt, sind die beiden jetzt zusammen."

Lilah legte ihren Kopf zurück, um Max anzuschauen. „Ja, du tust mir schrecklich gut." Sie seufzte. „Warum nützen wir nicht diesen Pool da unten aus? Ich möchte gern mit dir schwimmen, ohne dass es um Leben und Tod geht."

Er küsste sie auf die Stirn. „Abgemacht."

Lilah ließ sich mehr treiben, als dass sie schwamm. Max hatte noch nie jemanden gesehen, der praktisch auf dem Wasser schlafen konnte. Doch Lilah konnte es – die Augen behaglich hinter einer Sonnenbrille geschlossen, ihren Körper völlig entspannt. Sie trug zwei schmale Stoffstreifen mit Leopardenmuster, die Max' Blutdruck steigen ließen – und den jedes anderen männlichen Wesens im Umkreis von hundert Metern. Ihre Hände bewegten sich sachte im Wasser, während sie dahintrieb. Ihr langes Haar umfloss sie. Ab und zu verschlang sie ihre Hand mit der seinen oder legte ihre Arme um seinen Hals.

Dann küsste sie ihn. Ihre Lippen waren nass und kühl, ihr Körper so nachgiebig wie das sie umgebende Wasser.

„Zeit für ein Nickerchen“, erklärte sie, verließ den Pool und streckte sich auf einem Liegestuhl unter einem Sonnenschirm aus.

Als Lilah erwachte, waren die Schatten lang, und nur noch einige wenige Unerschrockene hielten es im Wasser aus. Verwundert sah sie sich nach Max um und war ein wenig enttäuscht, dass er nicht bei ihr geblieben war. Sie griff nach ihrem Badetuch und ging hinein, um nach ihm zu suchen.

Ihr Zimmer war leer, aber auf dem Bett lag eine Nachricht in seiner sorgfältigen Handschrift.

„Musste mich um ein paar Dinge kümmern. Komme bald zurück.“

Achselzuckend suchte sie im Radio nach einem Sender mit klassischer Musik und nahm eine lange, heiße Dusche.

Belebt und entspannt cremte sie sich mit trägen Bewegungen ein. Vielleicht fanden sie für das Abendessen ein kleines, gemütliches Restaurant mit dunklen Ecken und Musik. Sie konnten sich mit dem Essen viel Zeit lassen, während die Kerzen herunterbrannten, und kühlen, funkelnden Wein trinken.

Dann würden sie hierher zurückkommen und sich lieben …

Von Max träumend, trat sie in das Schlafzimmer.

Er wartete auf sie. Er schien sein ganzes Leben lang auf sie gewartet zu haben. Er hatte Kerzen angezündet, und Lilahs feuchtes Haar schimmerte in dem sanften Licht. Ihr Duft wehte durch den Raum, geheimnisvoll, verführerisch, vermischte sich mit dem Duft der Freesien, die er für sie gekauft hatte.

Genau wie sie, hatte er sich eine perfekte Nacht ausgedacht und versucht, sie ihr zu bereiten.

Im Radio spielte leise ein romantisches Streichorchester. Auf dem Tisch vor den offenen Balkontüren flackerten zwei schlanke weiße Kerzen. Champagner prickelte in zwei beschlagenen Kelchgläsern. Am Horizont versank die Sonne, ein feuerroter Ball, der in tiefes Blau eintauchte.

„Ich dachte, wir essen hier." Er streckte ihr die Hand entgegen.

„Max." Emotionen schnürten ihr die Kehle zu. „Ich hatte Recht." Ihre Finger verschlangen sich mit den seinen. „Du bist ein Poet."

„Ich wollte mit dir allein sein." Er schob ihr eine der zarten Blüten ins Haar. „Ich hoffe, du hast nichts dagegen."

„Nein." Sie atmete seufzend aus und presste ihre Lippen auf seine Handfläche. „Ich habe nichts dagegen."

Er griff nach den Gläsern, reichte ihr eines. „Restaurants sind so überfüllt."

„Und laut", stimmte Lilah ihm zu und stieß mit ihm an.

„Und jemand könnte etwas dagegen haben, wenn ich an dir knabbere anstatt an den Appetithäppchen."

Sie beobachtete ihn, während sie trank. „Ich hätte nichts dagegen."

Er fuhr mit einem Finger an ihrem Hals hinauf und hob ihr Kinn an, bis ihre Lippen aufeinander trafen. „Wir sollten es lieber mit dem Dinner versuchen", murmelte er nach einer Weile.

Sie setzten sich dicht nebeneinander, beobachteten den Sonnenuntergang und fütterten einander mit kleinen Häppchen von Hummer mit süßer, geschmolzener Butter. Lilah ließ den Champagner über ihre Zunge prickeln und wandte ihren Mund dann dem seinen zu, wo sie einen genauso berauschenden Geschmack fand.

Während ein Prélude von Chopin aus dem Radio schwebte, hauchte er einen leichten Kuss auf ihre Schulter und strich dann mit seinen Lippen zu ihrem Hals.

„Als ich dich das erste Mal sah“, sagte er, während er ein Stückchen Hummer zwischen ihre Lippen schob, „hielt ich dich für eine Meerjungfrau. Und ich träumte von dir in dieser ersten Nacht.“ Er küsste sie sanft. „Seither habe ich jede Nacht von dir geträumt.“

„Wenn ich in dem Turm sitze, denke ich an dich, wie vermutlich Bianca einst an Christian dachte. Glaubst du, sie haben sich jemals geliebt?“

„Er konnte ihr sicher nicht widerstehen.“

Ihr warmer Atem streifte seine Wange. „Sie hätte nicht gewollt, dass er ihr widerstand.“ Die Augen unverwandt auf Max gerichtet, begann sie, sein Hemd aufzuknöpfen. „Sie muss sich vor Verlangen nach ihm verzehrt haben.“ Seufzend strich sie mit den Händen über seine Brust. „Wenn sie zusammen waren, allein zusammen waren, konnte nichts anderes wichtig sein.“

„Er muss halb verrückt nach ihr gewesen sein.“ Max zog die Vorhänge zu, sodass sie allein mit Musik und Kerzenschein von der Außenwelt abgeschlossen waren. „Ihr Gesicht ...“ Er strich mit seinen Fingern über Lilahs Wangen und über ihr Kinn zu ihrem Hals hinunter. „Sooft er die Augen schloss, sah er es vor sich. Ihr Geschmack ...“ Er presste seine Lippen auf die ihren. „Jedes Mal, wenn er Atem schöpfte, verspürte er ihn und wurde daran erinnert, wie es war, sie zu küssen.“

„Und sie lag in ihrem Bett, Nacht um Nacht, und sehnte sich nach seiner Berührung.“ Ihr Herz jagte, als sie Max das Hemd von den Schultern schob, und sie erschauerte, als er nach dem Gürtel ihres Bademantels griff. „Sie erinnerte sich daran, wie er sie angesehen hatte, als er sie entkleidete.“

„Er kann sie nicht stärker begehrt haben, als ich dich begehre.“ Ihr Bademantel glitt zu Boden. Seine Arme zogen sie näher an ihn. „Lass es mich dir zeigen.“

Die Kerzen brannten herunter. Ein einzelner Mondstrahl fiel durch einen Spalt in den Vorhängen. Musik schwoll mit der Leidenschaft an, und der Duft zarter Blumen hing in der Luft.

Gemurmelte Versprechungen. Verzweifelte Antworten. Ein leises, heiseres Lachen, ein schluchzender Atemzug. Von Geduld zu Drängen, von Zärtlichkeit zu Wildheit, so trieben sie sich gegenseitig an. Während der dunklen endlosen Nacht waren sie unersättlich in ihrem Verlangen. Eine sanfte Berührung konnte ein Beben erzeugen, eine heftige Liebkosung einen sanften Seufzer.

Jedes Mal, wenn sie dachten, gesättigt zu sein, wandten sie sich einander noch einmal zu, um zu erregen oder zu besänftigen, sich aneinander zu klammern oder zu streicheln, bis die Kerzen erloschen und das fahle Licht der Morgendämmerung in den Raum kroch.

11. KAPITEL

Hawkins hatte genug vom Warten. Seiner Meinung nach war jeder Tag auf der Insel ein verlorener Tag. Hinzu kamen Caufields unberechenbare Wutanfälle. Nur weil diese Calhoun einmal nicht im Nationalpark war, hatte Caufield eines der Zimmer im Haus verwüstet und mit einem Küchenmesser auf die Möbel eingehackt, bis er wieder zu sich gekommen war.

Hawkins hatte Angst vor ihm.

Seine derzeitige Hoffnung bestand jetzt darin, Caufield zu überlisten. Caufield war wieder im Nationalpark. Also machte Hawkins sich an eine systematische Durchsuchung des Hauses.

Und tatsächlich, in der Tasche einer Jeans wurde er fündig.

Es war eine ungeschickt gezeichnete Karte auf vergilbtem Papier. Hawkins war die Bedeutung klar. The Towers war zweifelsfrei zu erkennen, ebenso ein paar markante Punkte in der Umgebung.

Dieser betrügerische Caufield hatte die Karte bestimmt zwischen den alten Papieren gefunden und sie versteckt. Nun, dieses Spiel konnten zwei spielen. Es tat Hawkins beinahe Leid, dass er Caufields Gesicht nicht würde sehen können, wenn er herausfand, dass ihm sein Partner die Smaragde vor der Nase weggeschnappt hatte.

Max entdeckte Christian. Es war viel leichter, als er erwartet hatte, sodass er nur dasitzen und auf das Buch in seiner Hand starren konnte. Ein knapper halber Tag in der Bibliothek, und er war über den Namen in einem staubigen Band mit dem Titel ‚Künstler und ihre Kunst: 1900-1955‘ gestolpert. Max hatte sich geduldig durchgearbeitet und war bei ‚B‘ als er den Eintrag fand: Christian Bradford, 1884–1976. Obwohl ihn der Vorname hatte aufhorchen lassen, hatte Max nicht erwartet, dass es so einfach sein würde. Doch es passte alles zusammen.

Obwohl Bradford keinen richtigen Erfolg erlebte, abgesehen von seinen letzten Jahren, wurden seit seinem Tod seine früheren Arbeiten sehr wertvoll.

Max überflog die Einschätzung der Arbeit des Künstlers.

Zu seiner Zeit wurde er als Zigeuner eingestuft, da er von einem Ort zum anderen zog. Oftmals verkaufte Bradford seine Werke für Unterkunft und Verpflegung. Als produktiver Künstler vollendete er ein Bild manchmal innerhalb von wenigen Tagen. Es heißt, er hätte vierundzwanzig Stunden ohne Unterbrechung gearbeitet, wenn ihn die Stimmung packte. Geheimnisvoll bleibt, weshalb er in den Jahren von 1914 bis 1916 nichts malte. O Gott, dachte Max und rieb seine feuchten Hände über seine Hose.

Bradford heiratete 1925 Margaret Doogan und hatte ein Kind, einen Sohn. Über sein Privatleben ist nur wenig bekannt, da er bis zu seinem Tode äußerst zurückgezogen lebte. Ende der sechziger Jahre erlitt er einen Herzinfarkt, der ihn schwächte. Dennoch malte er weiter. Er starb in Bar Harbor, Maine, wo er seit mehr als einem halben Jahrhundert ein Cottage besaß. Er wurde von seinem Sohn und einem Enkel überlebt.

„Ich habe dich gefunden“, murmelte Max, blätterte um und betrachtete die Reproduktion eines von Bradfords Gemälden. Es war ein Gewitter, das vom Meer hereinzog. Leidenschaftlich, wild, aufgepeitscht. Es war ein Motiv, das Max kannte – der Ausblick von den Klippen unterhalb von The Towers.

Eine Stunde später kam er mit einem halben Dutzend Büchern beladen zu Hause an. Erst in einer Stunde konnte er

Lilah im Park abholen und ihr erzählen, dass er die nächste Hürde genommen hatte. Von seinem Erfolg so trunken, begrüßte er Fred dermaßen überschwänglich, dass der Hund durch die Halle tobte, gegen Wände rannte und über seinen Schwanz stolperte.

„Du liebe Güte." Coco hastete die Treppe herunter. „Was für eine Aufregung!"

„Tut mir Leid."

„Keine Entschuldigungen. Ich wüsste nicht, was ich tun sollte, wenn ein Tag einmal ohne Aufregung verstreichen würde. Also, Max, Sie sehen wirklich sehr mit sich selbst zufrieden aus."

„Nun, zufällig habe ich …"

Er verstummte, als Alex und Jenny von oben heruntergestürmt kamen und unsichtbare Laserpistolen abfeuerten. „Totes Fleisch!" schrie Alex. „Totes Fleisch!"

„Wenn du etwas töten musst", meinte Coco, „dann tue es bitte im Freien. Fred muss ohnedies hinaus."

„Tod den Eindringlingen", verkündete Alex. „Wir braten sie wie Speck!"

In totaler Überraschung zielte Jenny mit ihrem Laser auf Fred, der daraufhin durch die Halle davonjagte. Die beiden entschieden, dass er einen geeigneten Eindringling abgab, und rannten hinter ihm her. Das Dröhnen der zuschlagenden Hintertür hallte durch das Haus.

„Ich habe keine Ahnung, woher sie diesen gewalttätigen Charakterzug haben", bemerkte Coco mit einem erleichterten Seufzer. „Suzanna hat ein so sanftes Temperament, und ihr Vater …" Ihre Augen verdüsterten sich. „Nun, das ist eine andere Geschichte. Erzählen Sie mir, was Sie so glücklich gemacht hat?"

„Ich war gerade in der Bibliothek, und ich …“

Diesmal unterbrach ihn das Telefon. Coco nahm einen Ohrclip ab, als sie nach dem Hörer griff. „Hallo. Ja. O ja, er ist hier.“ Sie legte ihre Hand auf die Sprechmuschel. „Es ist Ihr Dekan, mein Lieber. Er möchte mit Ihnen reden.“

Max legte die Bücher auf das Telefontischchen, während Coco in dem diskreten Abstand von einem Meter die Bilder gerade zu rücken begann. „Dekan Hodgins? … Ja, das tue ich, danke. Es ist herrlich hier … Nun, ich habe noch nicht entschieden, wann ich zurück … Professor Blake?“

Coco warf ihm bei dem alarmierten Klang seiner Stimme einen Blick zu.

„Wann? … Ist es ernst? … Tut mir Leid, dass er so krank ist. Ich hoffe … Wie bitte?“ Max tat einen langen Atemzug und lehnte sich gegen das Geländer. „Ich bin sehr geschmeichelt, aber …“ Er schwieg erneut und fuhr sich mit den Fingern durch die Haare. „Danke. Ja, ich verstehe das. Könnte ich einen oder zwei Tage Bedenkzeit haben? Vielen Dank … Ja, Sir. Auf Wiederhören.“

Als er einfach dastand und ins Leere starrte, räusperte sich Coco. „Hoffentlich war das keine schlechte Nachricht, mein Lieber.“

„Was?“ Er lenkte seinen Blick auf sie und schüttelte den Kopf. „Nein, das heißt, ja. Das heißt, der Leiter der Abteilung Geschichte an unserer Fakultät hatte letzte Woche einen Herzinfarkt.“

„Oh.“ Augenblicklich von Mitgefühl erfüllt, kam Coco näher. „Wie schrecklich.“

„Es war ein leichter Infarkt – falls man dabei überhaupt von leicht sprechen kann. Die Ärzte betrachten es als Warnung. Sie empfehlen, dass er seine Arbeitsbelastung einschränkt, und er nimmt das ernst und hat beschlossen, in den Ruhestand zu gehen." Max schaute Coco verwirrt an. „Und er hat mich für seinen Posten empfohlen."

„Was sagt man dazu!" Lächelnd tätschelte sie seine Wange, betrachtete ihn aber sehr genau. „Das ist vielleicht eine Ehre, nicht wahr?"

„Ich müsste nächste Woche zurückkehren", sagte er mehr zu sich selbst. „Ich müsste die Abteilung provisorisch übernehmen, bis eine endgültige Entscheidung fällt."

„Manchmal ist es schwierig zu wissen, was man tun soll, welche Straße man an einer Weggabelung einschlägt. Warum trinken wir nicht eine schöne Tasse Tee?" schlug sie vor. „Dann könnte ich Ihnen aus den Teeblättern lesen, und wir sehen weiter."

„Ich glaube wirklich nicht ..." Die nächste Unterbrechung rettete ihn, und Coco schnalzte mit der Zunge, als sie auf das Klopfen hin zur Tür ging.

„Ach, du liebe Zeit", war alles, was sie sagte. Eine Hand gegen ihre Brust gepresst, wiederholte sie: „Ach, du liebe Zeit!"

„Steh nicht so mit offenem Mund herum, Cordelia", befahl eine schroffe, autoritäre Stimme. „Sorge dafür, dass sich jemand um mein Gepäck kümmert!"

„Tante Colleen." Cocos Hände flatterten. „Was für eine ... hübsche Überraschung!"

„Ha! Du würdest lieber Satan höchstpersönlich vor deiner Tür begrüßen!" Sich auf einen Stock mit goldenem Griff stützend, marschierte Tante Colleen über die Schwelle.

Max sah eine große, dürre Frau mit einer üppigen Fülle weißer Haare. Sie trug ein elegantes weißes Kostüm und schimmernde Perlen. Ihre faltige Haut war so blass wie Leinen. Sie hätte ein Geist sein können, wären da nicht die dunkelblauen Augen gewesen, die ihn aufmerksam betrachteten.

„Wer, zum Teufel, ist das?“

„Hmmm … äh …“

„Sprich laut und deutlich, Mädchen! Stottere nicht.“ Colleen tappte ungeduldig mit ihrem Stock auf den Boden. „Du hast nie den kleinen Verstand gebraucht, den Gott dir gegeben hat.“

Coco rang die Hände. „Tante Colleen, das ist Dr. Quartermain. Max, Colleen Calhoun.“

„Doktor“, bellte Colleen. „Wer ist krank? Der Teufel soll mich holen, wenn ich ein verseuchtes Haus betrete.“

„Ich habe einen Doktor der Philosophie, Miss Calhoun.“ Max lächelte ihr zaghaft zu. „Freut mich, Sie kennen zu lernen.“

„Ha.“ Sie schniefte und sah sich in der Eingangshalle um. „Ihr lasst noch immer das Haus über euren Köpfen zerbröckeln. Das beste wäre, der Blitz würde einschlagen, damit alles bis auf die Grundmauern niederbrennt. Kümmere dich um das Gepäck, Cordelia, und lass mir Tee bringen. Ich hatte eine lange Anreise.“ Damit strebte sie, mit dem Stock klopfend, dem Salon zu.

„Ja, Ma'am.“ Cocos Hände flatterten noch immer, als sie Max einen hilflosen Blick zuwarf. „Ich bitte Sie nur äußerst ungern …“

„Machen Sie sich deshalb keine Gedanken. Wohin soll ich ihr Gepäck bringen?“

„O Gott!“ Coco presste ihre Hände gegen ihre Wangen. „In das erste Zimmer auf der rechten Seite im ersten Stock. Wir müssen sie aufhalten, damit ich das Zimmer herrichten kann. Ach, und sie hat bestimmt das Taxi nicht bezahlt. Knickerige alte ... Ich rufe Amanda an. Sie kann die anderen warnen. Max ...“ Sie umklammerte seine Hände. „Wenn Sie an die Kraft des Gebetes glauben, dann beten Sie, dass dies ein sehr kurzer Besuch ist.“

„Wo bleibt dieser verdammte Tee?“ bellte Colleen und schlug mit ihrem Stock auf den Boden.

„Kommt schon!“ Coco wirbelte herum und raste durch die Halle.

Coco zauberte sämtliche Kaninchen aus ihrem Hut, besänftigte ihre Tante mit Tee und Petits Fours, schleppte Trent und Sloan von ihrer Arbeit weg und flehte Max an einzuspringen. Es wurde dafür gesorgt, dass Amanda Lilah abholte und dass Suzanna ihr Blumengeschäft früher schloss und mithalf, das Gästezimmer herzurichten.

Als würde man sich auf eine Invasion vorbereiten, dachte Max, als er sich zu der Gruppe im Salon gesellte. Colleen saß kerzengerade wie ein General da, während sie ihre Gegenüber mit stählernen Blicken musterte.

„So, Sie sind also der, der Catherine geheiratet hat. Hotels, ja?“

„Ja, Ma'am“, antwortete Trent höflich, während Coco durch den Raum schwirrte.

„Ich wohne nie darin“, murmelte Colleen abfällig. „Ziemlich schnelle Heirat, nicht wahr?“

„Ich wollte ihr keine Gelegenheit geben, ihre Meinung zu ändern.“

Sie hätte um ein Haar gelächelt, schnaubte jedoch und richtete nun ihre Aufmerksamkeit auf Sloan. „Und Sie sind derjenige, der hinter Amanda her ist.“

„Das stimmt.“

„Was ist das für ein Akzent?“ fragte sie, und ihre Blicke wurden schärfer. „Woher stammen Sie?“

„Oklahoma.“

„O’Riley.“ Sie überlegte und zeigte dann mit einem langen, bleichen Finger auf ihn. „Öl.“

„Ganz genau.“

„Pah.“ Sie hob ihre Teetasse. „Ihr habt also die haarsträubende Idee, den Westflügel in ein Hotel zu verwandeln. Es wäre besser, alles niederzubrennen und die Versicherung zu kassieren.“

„Tante Colleen!“ Entsetzt starrte Coco sie an. „Das meinst du doch nicht im Ernst.“

„Ich meine, was ich sage. Habe dieses Haus fast mein ganzes Leben lang verabscheut.“ Sie drehte sich und warf einen finsteren Blick zu dem Porträt ihres Vaters hinüber. „Er hätte es gehasst, zahlende Gäste in The Towers zu sehen. Es hätte ihn gedemütigt.“

„Tut mir Leid, Tante Colleen“, setzte Coco an. „Aber wir müssen das Beste aus der Situation machen.“

„Habe ich eine Entschuldigung verlangt?“ schnappte Colleen. „Wo, zur Hölle, sind meine Großnichten? Besitzen sie nicht die Höflichkeit, mir ihre Aufwartung zu machen?“

„Sie werden bald hier sein.“ Verzweifelt schenkte Coco Tee nach. „Dein Besuch kam so unerwartet, und wir haben …“

„Ein Haus sollte immer auf Gäste eingestellt sein“, erwiderte Colleen pikiert und blickte stirnrunzelnd zur Tür, als Suzanna hereinkam. „Welche ist denn das?“

„Ich bin Suzanna.“ Pflichtschuldig kam sie näher, um ihre Großtante auf die Wange zu küssen.

„Du schlägst nach deiner Mutter“, befand Colleen mit einem grimmigen Nicken. „Ich mochte Deliah.“ Sie schoss Max einen Blick zu. „Sind Sie hinter ihr her?“

Er blinzelte, während Sloan darum kämpfte, ein Lachen in ein Husten zu verwandeln. „Äh … nein. Nein, Ma'am."

„Warum nicht? Stimmt etwas mit Ihren Augen nicht?"

„Nein." Er rutschte unbehaglich auf seinem Sessel hin und her, während Suzanna sich lächelnd auf ein großes Kissen sinken ließ.

„Max ist für ein paar Wochen zu Besuch hier", eilte Coco ihm zu Hilfe. „Er hilft uns ein wenig bei … einer historischen Nachforschung."

„Die Smaragde." Colleens Augen funkelten, als sie sich zurücklehnte. „Halte mich nicht für dumm, Cordelia. Wir bekommen Zeitungen auf Schiffen. Kreuzfahrtschiffe", sagte sie zu Trent, „sind viel zivilisierter als Hotels. Also, erzählt mir, was, zur Hölle, hier vor sich geht."

„Wirklich, nichts." Coco räusperte sich. „Du weißt doch, wie sehr die Presse alles übertreibt."

„War ein Dieb hier im Haus und hat geschossen?"

„Nun ja … ja. Es war beunruhigend, aber …"

„Sie!" Colleen stach mit ihrem Stock in Max' Richtung. „Sie mit dem Doktor der Philosophie. Ich nehme an, Sie können sich verständlich ausdrücken. Erklären Sie mir die Lage. Und zwar kurz."

Auf den flehenden Blick von Coco hin stellte Max seinen unerwünschten Tee beiseite. „Die Familie beschloss, die Legende der Calhoun-Smaragde auf ihren Wahrheitsgehalt hin zu überprüfen. Zuerst wurden die alten Familienpapiere katalogisiert, um die Existenz der Smaragde zu verifizieren."

„Natürlich existierten sie", knurrte Colleen ungeduldig. „Habe ich sie nicht mit meinen eigenen Augen gesehen?"

„Du warst schwer zu erreichen", warf Coco ein und wurde mit einem Blick zum Verstummen gebracht.

„Jedenfalls wurde im Haus eingebrochen“, fuhr Max fort. „Eine größere Anzahl Unterlagen wurde gestohlen.“ Er streifte kurz, wie er in die Sache verwickelt war.

„Hmm.“ Colleen betrachtete ihn düster. „Was machen Sie? Schreiben?“

Max hob überrascht die Augenbrauen. „Ich lehre. Geschichte. An der ... äh ... Cornell University.“

Colleen schniefte erneut. „Nun, ihr habt alles gründlich verpatzt. Ihr alle zusammen. Holt Diebe unter dieses Dach, lasst euren Namen in der Presse breit treten, werdet beinahe umgebracht! Dabei wäre es sogar durchaus möglich, dass der alte Mann die Smaragde verkauft hat.“

„Darüber hätte er einen Beleg aufbewahrt“, warf Max ein.

Colleen betrachtete ihn erneut. „Da haben Sie Recht, Mr. Doktor der Philosophie. Er führte Buch über jeden Penny, den er verdiente oder den er ausgab.“ Sie schloss ihre Augen für einen Moment. „Nanny erzählte uns, Mutter hätte die Steine versteckt. Für uns.“ Sie öffnete wild die Augen. „Märchen!“

„Ich liebe Märchen“, sagte Lilah von der Tür her, in der sie von C. C. und Amanda flankiert stand.

„Kommt her, damit ich euch sehen kann.“

„Du zuerst“, raunte Lilah C. C. zu.

„Warum ich?“

„Du bist die Jüngste.“ Sie versetzte ihrer Schwester einen leichten Schubs.

„Eine schwangere Frau den Wölfen vorwerfen“, zischte Amanda.

„Du bist die Nächste.“

„Was ist das da auf deinem Gesicht?“ fragte Colleen nach einem Blick auf C. C.

C. C. wischte sich mit der Hand über die Wange. „Motoröl, vermutlich."

„Wohin treibt bloß die Welt! Du hast gute Knochen", befand sie. „Du wirst im Alter gut aussehen. Bist du schon schwanger?"

Grinsend schob C. C. ihre Hände in die Taschen. „Allerdings, ja. Trent und ich erwarten im Februar ein Baby."

„Gut." Colleen winkte sie beiseite.

Amanda straffte sich und trat vor. „Hallo, Tante Colleen. Es freut mich, dass du zur Hochzeit gekommen bist."

„Vielleicht freut es dich, vielleicht auch nicht." Mit gespitzten Lippen betrachtete sie Amanda. Jedenfalls verstehst du es, einen anständigen Brief zu schreiben. Er hat mich letzte Woche erreicht, zusammen mit der Einladung." Sie ist reizend, dachte Colleen, genau wie ihre Schwestern. Sie verspürte Stolz darüber, hätte sich jedoch lieber die Zunge abgebissen, als das zuzugeben. „Gibt es einen Grund, warum du keinen Mann aus einer anständigen Ostküstenfamilie heiraten kannst?"

„Ja. Keiner von denen hat mich so sehr geärgert wie Sloan."

Mit etwas, das fast wie ein Lachen klang, winkte Colleen sie beiseite.

Als ihr Blick sich auf Lilah richtete, brannten ihre Augen, und sie musste ihre Lippen fest aufeinander pressen, damit sie nicht zitterten. Es war, als würde sie ihre Mutter betrachten, als wären all die Jahre, all der Schmerz ausgelöscht.

„Du bist also Lilah." Als ihre Stimme brach, senkte Colleen ihre Brauen und blickte so Furcht erregend drein, dass Coco erbebte.

„Ja." Lilah küsste sie auf beide Wangen. „Als ich dich das letzte Mal sah, war ich acht, glaube ich. Und du hast mich ausgeschimpft, weil ich barfuß ging."

„Und was hast du aus deinem Leben gemacht?"

„Ach, sowenig wie möglich", erwiderte Lilah heiter. „Und was ist mit dir?"

Colleens Lippen zuckten, doch sie donnerte Coco an: „Hast du diesen Mädchen keine Manieren beigebracht?"

„Mach ihr keine Vorwürfe." Lilah setzte sich zu Max' Füßen auf den Boden. „Wir sind unverbesserlich." Sie schaute über ihre Schulter, lächelte Max zu und legte ihm vertraulich die Hand auf das Knie.

Colleen entging nichts. „Also hast du ein Auge auf den da geworfen."

Lilah warf ihre Haare in den Nacken und lächelte. „Ganz sicher. Ist er nicht niedlich?"

„Lilah", murmelte Max. „Erspar mir das."

„Du hast mir keinen Begrüßungskuss gegeben", sagte sie laut und deutlich.

„Lass den Jungen in Ruhe!" Viel amüsierter, als sie jemals eingestanden hätte, stieß Colleen mit ihrem Stock auf den Boden. „Zumindest besitzt er Manieren." Sie deutete auf das Teegeschirr. „Nimm dieses Zeug da weg, Cordelia, und bring mir einen Brandy."

„Ich hole ihn." Lilah erhob sich und schlenderte zu der Hausbar. Sie blinzelte Suzanna zu, als ihre Schwester den Servierwagen heranrollte. „Was meinst du, wie lange will sie uns das Leben zur Hölle machen?"

„Das habe ich gehört!"

Ungerührt drehte Lilah sich mit dem Brandyglas um. „Natürlich, Tantchen. Papa hat uns immer erzählt, du hättest Ohren wie ein Luchs."

„Nenn mich nicht Tantchen." Sie riss ihr das Brandyglas aus der Hand. Colleen war an Nachgiebigkeit gewöhnt –

ihre Persönlichkeit und ihr Geld hatten das stets gefordert. Oder an Angst – jene Angst, die sie so mühelos Coco einjagte. Doch sie genoss Respektlosigkeit ungemein. „Das Problem ist, dass euer Vater nie seine Hand gegen eine von euch erhoben hat."

„Nein", murmelte Lilah. „Das brauchte er nicht."

„Niemand liebte ihn mehr als ich", gestand Colleen spröde. „Also, es ist höchste Zeit zu entscheiden, was wir mit diesem Schlamassel anfangen, in den ihr euch selbst geritten habt. Je schneller das geregelt ist, desto schneller kann ich meine Kreuzfahrt fortsetzen."

„Du meinst doch nicht ..." Coco unterbrach sich hastig und formulierte den Satz neu. „Willst du bei uns bleiben, bis die Smaragde gefunden werden?"

„Ich werde bleiben, bis ich bereit bin abzureisen." Colleen schoss ihr einen Blick zu, der besagte, sie solle es bloß wagen, ihr zu widersprechen.

„Wie hübsch", lautete Cocos wenig begeisterte Antwort. „Ich denke, ich sollte mich jetzt um das Dinner kümmern."

„Ich esse um halb acht Uhr. Auf die Minute genau."

„Selbstverständlich." Während Coco sich erhob, hörte man in der Halle das Familienchaos heranjagen. „Ach, du liebe Güte!"

Suzanna sprang auf. „Ich wehre sie ab." Doch sie kam ein wenig zu spät. Beide Kinder schossen in den Raum.

„Schwindler, Schwindler, Schwindler!" warf Jenny ihrem Bruder mit feuchten Augen vor.

„Heulsuse!" Doch Alex war selbst den Tränen nahe, als er ihr einen brüderlichen Stoß verpasste.

„Wer sind diese Rüpel?" fragte Colleen mit neu erwachtem Interesse.

„Diese Rüpel sind meine Kinder." Suzanna betrachtete die beiden und stellte fest, dass sie ungeachtet der Tatsache, dass sie sie vor weniger als zwanzig Minuten hergerichtet hatte, schmutzig waren und schmollten. Offenbar hatte ihre Idee, die Kinder sollten eine ruhige Stunde bei einem Brettspiel verbringen, ins Chaos gemündet.

Colleen schwenkte ihren Brandy im Glas. „Bring sie her. Ich werde sie mir ansehen."

„Alex, Jenny." Der warnende Ton wirkte gut. „Begrüßt Tante Colleen."

„Sie wird uns doch nicht küssen?" murmelte Alex, während er sich schlurfend näherte.

„Ganz sicher werde ich das nicht tun. Ich küsse keine schmutzigen kleinen Jungen." Sie musste schlucken. Er sah genauso aus wie ihr jüngerer Bruder Sean. Hoheitsvoll streckte sie ihm die Hand entgegen. „Wie geht es dir?"

„Okay." Er wurde ein wenig rot, als er die hagere knochige Hand ergriff.

„Du bist aber schrecklich alt", bemerkte Jenny.

„Ganz recht", stimmte Colleen zu, ehe Suzanna etwas sagen konnte. „Wenn du Glück hast, wirst du dich eines Tages mit demselben Problem herumschlagen." Sie hätte gern dem Mädchen über die schimmernden blonden Haare gestrichen, doch das hätte ihr Image zerstört. „Ich erwarte, dass ihr von Schreien und Lärmen Abstand nehmt, solange ich im Hause bin. Darüber hinaus …" Sie verstummte, als etwas an ihrem Bein entlang strich. Nach unten blickend, entdeckte sie Fred, der den Teppich nach Krümeln abschnüffelte. „Was ist denn das?"

„Das ist unser Hund." Alex bückte sich und hob den Welpen auf seine Arme. „Wenn du gemein zu uns bist, beißt er dich!"

„Das wird er nicht tun.“ Suzanna legte ihre Hand auf Alex’ Schulter.

„Wird er doch.“ Alex nickte. „Er mag keine schlechten Menschen. Nicht wahr, Fred?“

Colleens Haut wurde noch eine Spur blasser. „Wie heißt er?“

„Er heißt Fred“, verkündete Jenny fröhlich. „Trent hat ihn auf den Klippen gefunden und uns mitgebracht.“ Sie entrang ihrem Bruder den Hund und streckte ihn Colleen entgegen. „Und er beißt gar nicht. Er ist ein lieber Hund.“

„Jenny, setz ihn auf den Boden, bevor er …“

„Nein.“ Colleen wehrte Suzannas Warnung ab. „Zeig ihn mir.“ Fred strampelte und beschmutzte Colleens makellos weißes Kostüm, als sie ihn auf den Schoß nahm. Ihre Hände zitterten, als sie sein Fell streichelte. „Ich hatte auch einmal einen Hund namens Fred.“ Eine einzelne Träne lief über ihre bleiche Wange. „Ich hatte ihn nur sehr kurze Zeit, aber ich habe ihn sehr geliebt.“

Wortlos tastete Lilah nach Max’ Hand und drückte sie.

„Du darfst mit ihm spielen, wenn du willst“, erlaubte Alex, betroffen darüber, dass ein so alter Mensch weinen konnte. „Er beißt nämlich wirklich nicht.“

„Natürlich würde er mich niemals beißen.“ Colleen fasste sich und setzte den Hund auf den Boden, ehe sie sich langsam aufrichtete. „Er weiß, dass ich zurückbeißen würde. Zeigt mir jetzt endlich jemand mein Zimmer, oder muss ich hier den ganzen Tag und die halbe verdammte Nacht herumsitzen?“

„Wir bringen dich nach oben.“ Lilah zog an Max’ Hand, damit er aufstand und ihr auf die Füße half.

„Bringt den Brandy mit“, befahl Colleen majestätisch und verließ, auf ihren Stock gestützt, den Raum.

„Reizende Verwandte hast du, Calhoun", murmelte Sloan.

„Zu spät für einen Rückzieher, O'Riley." Amanda stieß einen Seufzer aus. „Ich werde Tante Coco in der Küche helfen."

„In welches Zimmer habt ihr mich denn gesteckt?" Nur leicht außer Atem, blieb Colleen im ersten Stock stehen.

„Es ist dieses hier." Max öffnete die Tür und trat zurück.

Die Terrassentür war geöffnet worden, um frische Luft hereinzulassen. Die Möbel waren hastig poliert, ein paar Extrastücke aus Abstellräumen angeschleppt worden. Frische Blumen standen auf der Rosenholzkommode. Die Tapete blätterte ab, doch hastig herbeigeholte Gemälde aus anderen Zimmern sollten das Schlimmste verbergen. Eine zarte Spitzendecke zierte das massige Pfostenbett.

„Das wird gehen", murmelte Colleen, fest entschlossen, gegen die Nostalgie anzukämpfen. „Sorge dafür, dass frische Handtücher da sind, Mädchen. Und Sie … Quartermain, nicht wahr? Schenken Sie mir noch ein Glas von diesem Brandy ein, und seien Sie dabei nicht knickerig."

Lilah warf einen Blick in das angrenzende Bad und fand, dass alles so war, wie es sein sollte. „Gibt's noch was, Tantchen?"

„Hüte deine Zunge, und nenne mich nicht Tantchen. Du kannst eines der Hausmädchen heraufschicken, wenn es Zeit zum Dinner ist."

Lilah verkniff sich ein Lächeln. „Ich fürchte, in diesem Jahr hat das Personal Ausgang."

„Unfassbar!" Colleen stützte sich schwer auf ihren Stock. „Willst du etwa andeuten, ihr habt nicht einmal eine Tageshilfe?"

„Du weißt sehr genau, dass wir schon lange unter chronischer Geldnot leiden."

„Und ihr bekommt auch weiterhin keinen einzigen Penny von mir, um ihn in dieses verfluchte alte Haus zu stecken." Sie ging steif zu den offenen Türen und blickte hinaus. Mein Gott, dieser Ausblick, dachte sie. Er ändert sich nie. Wie oft in wie vielen Jahren hatte sie ihn sich vorgestellt? „Wer bewohnt das Zimmer meiner Mutter?"

„Ich", sagte Lilah und hob ihr Kinn an.

Bedächtig drehte Colleen sich um. „Natürlich, du." Ihre Stimme wurde sanfter. „Weißt du, wie sehr du ihr ähnelst?"

„Ja. Max hat ein Bild in einem Buch gefunden."

„Ein Bild in einem Buch." Diese Bitterkeit. „Das ist alles, was von ihr geblieben ist."

„Nein, nein", widersprach Lilah energisch, „da ist noch mehr. Ein Teil von ihr ist noch immer hier und wird auch immer hier sein."

„Rede keinen Unsinn. Geister, Gespenster – das ist Cordelias Einfluss, und es ist alles ein Hafen Quatsch. Tot ist tot, Mädchen. Wenn du so nahe daran bist wie ich, weißt du das."

„Hättest du sie wie ich in diesem Haus gefühlt, würdest du anders darüber denken."

Colleen wandte sich ab. „Mach hinter euch die Tür zu. Ich will ungestört sein."

Lilah wartete, bis sie auf dem Korridor waren. Dann erst schimpfte sie. „Grobe, übellaunige alte Eule!" Sie hakte sich mit einem trägen Achselzucken bei Max unter. „Lass uns Luft schnappen. Wenn ich mir vorstelle, dass ich tatsächlich etwas für sie empfunden habe, als sie Fred auf dem Schoß hielt!"

„Sie ist nicht so schlimm, Lilah." Durch sein Zimmer betraten sie die Terrasse. „Vielleicht wirst du auch so knurrig sein, wenn du über achtzig bist."

„Ich werde nie knurrig sein." Sie schloss die Augen, warf ihren Kopf in den Nacken und lächelte. „Ich werde einen hübschen Schaukelstuhl in der Sonne haben und meine alten Tage verschlafen." Sie strich mit der Hand über seinen Arm. „Bekomme ich jemals diesen Begrüßungskuss?"

„Ja." Er erfüllte ihr diesen Wunsch. „Hallo, wie war dein Tag?"

„Heiß und anstrengend." Doch jetzt fühlte sie sich köstlich kühl und entspannt. „Der Lehrer, von dem ich dir erzählt habe, war wieder da. Er wirkt auf mich übertrieben ernst. Ich bekomme Gänsehaut bei ihm."

Max' Lächeln verschwand. „Du solltest ihn einem der Rangers melden."

„Weshalb? Etwa, weil er negative Wellen ausstrahlt?" Sie drückte ihn lachend. „Nein, er hat nur etwas an sich, das ich in die falsche Kehle bekomme. Er trägt immer dunkle Gläser, als könnte ich etwas sehen, was ich nicht sehen soll, wenn er sie abnimmt."

„Du lässt deine Fan…" Sein Griff verstärkte sich. „Wie sieht er aus?"

„In keiner Weise auffällig. Warum machen wir nicht ein Nickerchen vor dem Abendessen? Tante Colleen hat mich erschöpft."

„Wie", wiederholte Max entschiedener, „sieht er aus?"

„Er ist etwa so groß wie du, schlank. Ungefähr dreißig. Trägt meist ein T-Shirt und zerrissene Jeans. Er hat keine Sonnenbräune", fügte sie mit einem Stirnrunzeln hinzu. „Was allerdings sonderbar ist, weil er erwähnte, er würde schon eine ganze Weile Camping machen. Durchschnittliche braune Haare, etwas über den Kragen hängend. Ein sehr ordentlicher Bart."

„Das könnte er sein." Er umklammerte ihren Arm, als ihn diese Möglichkeit durchzuckte. „Mein Gott, war er bei dir!"

„Du denkst ... du denkst, es ist Caufield?" Die Vorstellung erschütterte sie dermaßen, dass sie sich gegen die Mauer lehnte. „Was war ich doch für eine Idiotin! Ich hatte das gleiche Gefühl bei diesem Mann wie damals, als Livingston kam und Amanda zum Dinner abholte." Sie fuhr sich mit beiden Händen durch die Haare. „Ich scheine meine Fähigkeiten zu verlieren."

Max' Augen waren düster, als er auf die Klippen hinaus starrte. „Wenn er wiederkommt, werde ich auf ihn warten."

„Spiel du bloß nicht den Helden!" Alarmiert packte sie ihn am Arm. „Er ist gefährlich."

„Er wird nicht mehr in deine Nähe kommen." Sein Gesicht zeigte verbissene Entschlossenheit. „Ich werde morgen während deiner Schicht bei dir sein."

12. KAPITEL

Max ließ Lilah keinen Moment aus den Augen. Obwohl sie der Polizei die Beschreibung gegeben hatte, ging Max kein Risiko ein. Als der Tag um war, wusste er mehr über die Gezeitenzonen, als irgendjemand überhaupt zu wissen wünschte. Er konnte irisches Moos von Felsengras unterscheiden – obwohl er noch immer das Gesicht verzog, wenn Lilah behauptete, aus dem Moos könne man eine vorzügliche Eiscreme herstellen.

Doch es hatte keine Spur von Caufield gegeben.

Wegen der vagen Möglichkeit, dass er die Wahrheit gesagt hatte und tatsächlich im Park campte, hatten die Rangers eine unauffällige, aber gründliche Suche gestartet, allerdings kein Anzeichen von ihm gefunden.

Niemand hatte bemerkt, dass der bärtige Mann die ergebnislose Suche durch seinen Feldstecher beobachtete. Niemand hatte die Wut in seinen Augen gesehen, als er feststellen musste, dass seine Tarnung aufgeflogen war.

Auf der Heimfahrt löste Lilah ihren Zopf. „Fühlst du dich besser?" fragte sie Max.

„Nein."

Sie schob ihre Hände unter ihr Haar, damit der Wind es einfing. „Aber das solltest du. Es war allerdings süß von dir, dass du dir um mich Sorgen gemacht hast."

„Das hat nichts mit süß zu tun."

„Ich glaube, du bist enttäuscht, dass du dich nicht in ein Handgemenge stürzen konntest."

„Vielleicht."

„Na schön." Sie beugte sich zu ihm und knabberte an seinem Ohr. „Willst du dich mit mir balgen?"

„Das ist kein Witz“, murmelte er. „Ich werde mich erst wohl fühlen, wenn der Kerl unschädlich gemacht ist.“

Lilah kuschelte sich wieder in den Sitz. „Hätte er auch nur einen Funken Verstand, würde er aufgeben und verschwinden. Wir leben in diesem Haus, und wir haben auch keine Fortschritte gemacht.“

„Das ist nicht wahr. Wir haben die Bestätigung für die Existenz der Smaragde erhalten. Wir haben ein Foto von ihnen gefunden. Wir haben Mrs. Tobias aufgespürt und ihren Augenzeugenbericht über die Vorgänge am Tag vor Biancas Tod erhalten. Und wir haben Christian identifiziert.“

„Wir haben – was?“ Sie richtete sich kerzengerade auf: „Wann haben wir Christian identifiziert?“

Max verzog das Gesicht, als er ihr einen Blick zuwarf. „Ich habe vergessen, es dir zu erzählen. Schau mich nicht so an. Zuerst fiel deine Großtante ins Haus ein und hat alle auf Trab gebracht. Dann hast du mir von dem Mann im Park erzählt. Ich dachte, ich hätte es dir gesagt.“

Sie atmete tief ein und aus, um ihr Temperament zu zügeln. „Warum erzählst du es mir nicht jetzt?“

„Es war gestern in der Bibliothek“, begann Max und informierte sie in kurzen Worten.

„Christian Bradford“, sagte Lilah, um zu erproben, wie der Name klang. „Das hat etwas Vertrautes an sich. Vielleicht habe ich Bilder von ihm gesehen. Es würde mich nicht wundern, wenn es welche in dieser Gegend gibt, da er nun mal von Zeit zu Zeit hier gelebt hat und hier gestorben ist.“

„Hast du nicht auf dem College Kunst studiert?“

„Ich habe gar nichts studiert, wenn ich nicht dazu gezwungen wurde. Meistens habe ich mich durch alles hindurchtreiben lassen, und Kunst war für mich stets mehr ein Hobby als alles andere. Ich wollte nicht mit Kunst arbeiten, weil es mir viel besser gefiel, mit ihr zu spielen. Mein Traum war schon immer ein Job im Nationalpark."

„Ein ehrgeiziges Ziel?" Er grinste. „Lilah, du wirst dein Image ruinieren."

„Nun, es war mein einziges Ziel. Jeder hat ein Recht auf eines. Bradford, Bradford ... Ich könnte schwören, dass es dabei klingelt."

Sie schloss die Augen, und öffnete sie erst wieder, als sie vor The Towers hielten. „Ich hab's! Wir kannten einen Bradford. Er wuchs auf der Insel auf. Holt, Holt Bradford. Der dunkle, finstere, zornige Typ. Er war ein paar Jahre älter als wir – wahrscheinlich jetzt Anfang Dreißig. Er ging vor zehn oder zwölf Jahren fort, aber ich habe gehört, er soll wieder hier sein. Er besitzt hier im Dorf ein Cottage. Mein Gott, Max, wenn er Christians Enkel ist, wäre es dasselbe Cottage."

„Zieh keine voreiligen Schlüsse. Wir werden uns darum kümmern, Schritt für Schritt."

„Wenn du unbedingt logisch vorgehen musst, spreche ich mit Suzanna. Sie kannte ihn ein wenig besser. Ich erinnere mich, dass sie ihn in der ersten Woche, als sie ihren Führerschein hatte, von seinem Motorrad fegte."

„Ich habe ihn nicht von seinem Motorrad gefegt", protestierte Suzanna und ließ ihren schmerzenden Körper in ein heißes Schaumbad sinken. „Er fiel von seinem Motorrad, weil er nicht ausweichen konnte. Ich hatte Vorfahrt."

„Wie auch immer." Lilah saß auf der Kante der Badewanne. „Was wissen wir über ihn?"

„Er hat ein ziemlich aufbrausendes Naturell. Damals an dem Tag dachte ich, er würde mich umbringen. Dabei hätte er sich bestimmt nicht so schwere Hautabschürfungen zugezogen, wenn er Lederkleidung getragen hätte."

„Ich meine seinen Hintergrund, nicht seinen Charakter."

Suzanna öffnete matt die Augen. Für gewöhnlich war das Bad der einzige Platz, wo sie wahren Frieden und Abgeschiedenheit finden konnte. Jetzt war sogar dieser Ort eingenommen worden. „Warum?"

„Das verrate ich dir später. Komm schon, Suze."

„Na schön, lass mich nachdenken. Er war in der Schule drei oder vier Klassen über mir. Die meisten Mädchen waren verrückt nach ihm, weil er gefährlich aussah. Seine Mutter war sehr nett."

„Ich erinnere mich", murmelte Lilah. „Sie kam hierher ins Haus, nachdem ..."

„Ja, nachdem Mom und Dad umgekommen waren. Sie machte Handarbeiten und hat auch einige hübsche Sachen für Mom angefertigt. Wir haben sie noch, glaube ich. Und ihr Mann war Hummerfänger. Er blieb auf See, als wir noch Teenager waren. Ich erinnere mich wirklich nicht mehr an sehr viel."

„Hast du jemals mit ihm gesprochen?"

„Mit wem? Holt? Nicht direkt. Er stakste nur immer herum und blickte finster drein. Als wir diesen kleinen Unfall hatten, hat er mich bloß beschimpft. Dann ist er weggezogen – Portland. Ich erinnere mich, weil Mrs. Marsley ihn erst gestern erwähnte, als ich ihr Kletterrosen verkaufte. Er war eine Zeit lang Polizist, aber dann gab es irgendeinen Vorfall, und er quittierte den Dienst."

„Was für einen Vorfall?"

„Ich weiß es nicht. Wann immer sie anfängt, lasse ich es zum einen Ohr hinein und zum anderen heraus. Ich glaube, jetzt repariert er Boote oder so was ähnliches."

„Und er hat tatsächlich nie mit dir über seine Familie gesprochen?“

„Warum, um alles in der Welt, sollte er? Und warum interessiert dich das?“

„Weil Christians Familienname Bradford war und er ein Cottage auf dieser Insel besaß.“

„Oh.“ Suzanna stieß einen langen Atemzug aus, während sie die Nachricht in sich aufnahm. „Da haben wir ja wirklich Glück.“

Lilah überließ ihre Schwester ihrem Bad und machte sich auf die Suche nach Max. Bevor sie sein Zimmer erreichte, lauerte Coco ihr auf.

„Oh, da bist du.“

„Du Ärmste, du siehst mitgenommen aus.“ Lilah küsste sie auf die Wange.

„Wer würde das nicht an meiner Stelle? Diese Frau ...“ Coco seufzte dramatisch. „Ich mache jeden Morgen zwanzig Minuten Yoga, nur um durchzuhalten. Sei ein Schatz und bring ihr das.“

„Was ist das?“

„Der Speiseplan für heute Abend.“ Coco presste ihre Zähne aufeinander. „Sie besteht darauf, ihren Aufenthalt wie eine ihrer Kreuzfahrten zu handhaben.“

„Solange wir nicht Shuffleboard spielen müssen.“

„Danke, Liebes. Ach, hat Max dir schon seine Neuigkeit erzählt?“

„Hmm? O ja, verspätet.“

„Hat er sich bereits entschieden? Ich weiß, das ist eine wundervolle Gelegenheit, aber ich hasse die Vorstellung, dass er uns schon so bald verlassen könnte.“

„Verlassen?“

„Wenn er die Position übernimmt, muss er nächste Woche zurück zur Cornell University. Ich wollte gestern Abend die Karten dazu befragen, aber wegen Tante Colleen konnte ich mich einfach nicht konzentrieren."

„Welche Position, Tante Coco?"

„Leiter der historischen Abteilung." Sie warf Lilah einen verblüfften Blick zu. „Ich denke, er hat es dir erzählt."

„Ich dachte an etwas anderes." Sie bemühte sich, gelassen zu klingen. „Er wird in ein paar Tagen abreisen?"

„Er wird sich entscheiden müssen." Coco legte die Hand unter Lilahs Kinn. „Ihr beide werdet euch entscheiden müssen."

„Er hat mich nicht eingeweiht." Sie starrte auf den Speiseplan, bis die Worte verwischten. „Es ist eine großartige Chance, eine, auf die er bestimmt gehofft hat."

„Es gibt viele Chancen im Leben, Lilah."

Sie schüttelte bloß den Kopf. „Ich könnte ihm nicht abraten, wenn er etwas tun will. Nicht, wenn ich ihn liebe. Es muss seine Entscheidung sein."

„Wer, zum Teufel, plappert denn da draußen?" Colleen klopfte mit ihrem Stock auf den Boden. „Ich würde am liebsten diesen Stock nehmen und …"

„Mehr Yoga", riet Lilah und zwang sich zu einem Lächeln. „Ich kümmere mich um sie."

„Viel Glück."

„Du hast nach mir geschrien, Tantchen?" fragte Lilah, als sie zur Tür hineinfegte.

„Du hast nicht geklopft."

„Nein, das habe ich nicht. Hier ist die Speisekarte für heute Abend, Miss Calhoun. Wir hoffen, sie findet Ihre Zustimmung."

„Kleines, freches Ding." Colleen riss ihr das Blatt aus der Hand und musterte ihre Großnichte finster. „Was stimmt denn mit dir nicht, Mädchen? Du bist weiß wie ein Laken."

„Blässe liegt in der Familie. Das ist irisch."

„Es ist das hitzige Temperament, das in der Familie liegt." Ich habe solche Augen schon früher einmal gesehen, dachte Colleen. Verletzt, verwirrt. Doch damals war sie noch ein Kind gewesen, unfähig zu verstehen. „Ärger mit deinem jungen Mann?"

„Wieso fragst du das?"

„Nur weil ich selbst nie geheiratet habe, bedeutet das nicht, dass ich die Männer nicht kenne. Ich habe zu meiner Zeit auch getändelt."

„Getändelt." Diesmal fiel Lilah das Lächeln viel leichter. „Ein hübsches Wort. Ich schätze, einige von uns sind dazu bestimmt, ihr Leben zu vertändeln." Sie strich mit einem Finger über den Bettpfosten. „Genau wie es Frauen gibt, die von Männern nur geliebt werden, in die Männer sich aber nicht verlieben."

„Du plapperst."

„Nein, ich versuche, realistisch zu sein. Für gewöhnlich bin ich es überhaupt nicht."

„Realismus ist ein kalter Trost."

Lilah hob die Augenbrauen. „Ach, du lieber Himmel! Ich fürchte, ich bin dir ähnlicher, als mir bewusst war. Was für ein erschreckender Gedanke."

Colleen unterdrückte ein Kichern. „Raus mit dir! Du verursachst mir Kopfschmerzen, Mädchen", sagte sie, und Lilah stockte an der Tür, „jeder Mann, der diesen Blick in deinen Augen hervorruft, ist alles oder gar nichts wert."

Lilah stieß ein kurzes Lachen aus. „Also, Tantchen, du hast absolut Recht."

Lilah ging in Max' Zimmer, aber er war nicht da. Gedankenverloren trat sie an seinen Schreibtisch, auf dem Bücher gestapelt waren. Ihre Finger strichen über die Einbände, dann über Papiere.

Forschungsergebnisse, dachte sie und überflog eine Zeile: ‚Von der Spitze des hohen Felsens aus betrachtete sie die See.'

Neugierig setzte Lilah sich und las weiter. Sie hatte das zweite Kapitel halb gelesen, als Max hereinkam. Ihre Gefühle waren so aufgewühlt, dass sie sich erst fassen musste, ehe sie sprechen konnte.

„Dein Buch! Du hast mit deinem Buch begonnen."

„Ja." Er schob die Hände in die Taschen. „Ich habe dich gesucht."

„Das ist Bianca, nicht wahr?" Lilah legte das Blatt aus der Hand. „Laura … sie ist Bianca."

„Zum Teil." Er konnte nicht erklären, was er empfand, weil sie seine Worte gelesen hatte – Worte, die nicht aus seinem Kopf, sondern aus seinem Herzen gekommen waren.

„Du hast die Geschichte hier angesiedelt, auf der Insel."

„Es erschien mir passend." Er ging nicht näher zu ihr, er lächelte nicht, sondern stand nur da und wirkte unbehaglich.

„Tut mir Leid." Die Entschuldigung kam steif und zu höflich. „Ich hätte es nicht lesen sollen, ohne vorher zu fragen, aber es ist mir ins Auge gesprungen."

„Ist schon gut." Die Hände noch immer in den Taschen zu Fäusten geballt, zuckte er die Schulter. Es hat ihr nicht gefallen, dachte er. „Spielt keine Rolle."

„Warum hast du mir nichts davon erzählt?"

„Es gab eigentlich nichts zu erzählen. Ich habe erst fünfzig Seiten, und die auch nur in Rohfassung. Ich dachte …"

„Was?“

„Ach nichts.“

Max öffnete die Tür und trat zurück.

„Es ist schön.“ Sie unterdrückte den Schmerz, als sie aufstand.

„Was?“

„Es ist schön“, wiederholte sie, und der Schmerz verwandelte sich rasch in Zorn. „Du hast genug Verstand, um das zu wissen. Du hast Tausende von Büchern in deinem Leben gelesen und kannst gute Arbeiten von schlechten unterscheiden. Wenn du es nicht mit mir teilen wolltest, ist das deine Sache.“

Verwirrt schüttelte er den Kopf. „Es war nicht so, dass ich …“

„Was war es dann? Ich bin gut genug, um dein Bett zu teilen, aber nicht gut genug, um in einer der wichtigsten Entscheidungen deines Lebens eine Rolle zu spielen.“

„Das ist lächerlich.“

„Fein.“ Sie ließ sich von ihrem Zorn mitreißen. „Dann ist es eben lächerlich. Und ich bin offenbar auch seit einiger Zeit lächerlich.“

Die in ihrer Stimme mitschwingenden Tränen verwirrten ihn genauso sehr, wie sie ihn entnervten. „Können wir uns nicht hinsetzen und alles besprechen?“

Sie schob ihm den Stuhl hin. „Vorwärts, setz dich! Aber es ist nicht nötig, irgendetwas zu besprechen. Du hast dein Buch begonnen und hast es nicht für nötig gehalten, es zu erwähnen. Dir ist eine Beförderung angeboten worden, aber du hast es nicht der Mühe wert gefunden, die Sache zur Sprache zu bringen. Nicht bei mir. Du hast dein Leben, Professor, und ich habe meines. Das haben wir von Anfang an geklärt. Es ist eben mein Pech, dass ich mich in dich verliebt habe.“

„Wenn du doch bloß ..." Ihre letzten Worte sickerten in sein Gehirn, verwirrten ihn, machten ihn benommen, begeisterten ihn. „O Gott, Lilah!" Er wollte auf sie losstürmen, doch sie hob die Hände.

„Fass mich nicht an", rief sie so heftig, dass er verblüfft stehen blieb.

„Was erwartest du denn, was ich tun soll?"

„Ich erwarte gar nichts. Hätte ich mich von Anfang an daran gehalten, hättest du mich nicht dermaßen verletzen können. Aber wie die Dinge liegen, ist das mein Problem. Wenn du mich jetzt entschuldigst."

Er packte ihren Arm, ehe sie die Tür erreichte. „Du kannst nicht sagen, dass du mich liebst, und dann einfach weggehen."

„Ich werde genau das tun, was mir passt." Mit kalten Augen riss sie sich von ihm los. „Ich habe dir nichts mehr zu sagen, und du kannst mir nichts sagen, das ich jetzt hören will."

Sie stürzte aus seinem Zimmer in ihr eigenes hinüber und schloss die Tür hinter sich ab.

Stunden später saß Lilah noch immer in ihrem Zimmer und verwünschte sich dafür, dass sie ihren Stolz und ihre Fassung so vollständig verloren hatte. Sie hatte nichts anderes erreicht, als sich selbst und Max in größte Verlegenheit zu stürzen und sich scheußliche Kopfschmerzen zu verschaffen.

Ruhelos trat sie auf die Terrasse hinaus. Die Nacht war schwül. In der Ferne grollte Donner.

Nicht schon wieder, dachte sie, als sie den zuckenden Lichtstrahl im Garten entdeckte. Deprimiert wie sie war, hätte sie die Amateurschatzsucher beinahe in Ruhe gelassen, aber Suzanna hatte sich mit dem Garten zu viel Mühe gegeben.

Lautlos schlüpfte sie in die Dunkelheit hinaus und folgte dem Lichtstrahl. Als das Licht erlosch, blieb sie stehen und lauschte. Nicht ein Blatt regte sich. Achselzuckend ging sie weiter. Vielleicht hatten die Schatzsucher sie schon gehört und zogen sich zurück, aber sie wollte sicher sein.

In der Dunkelheit fiel sie fast über den Erdhaufen. Suzannas Dahlienbeet war ruiniert.

Sie wollte sich gerade nach einer herausgerissenen Blume bücken, als sich eine Hand schwer auf ihren Mund presste.

„Keinen Laut", zischte eine Stimme in ihr Ohr. Sie wollte sich wehren, erstarrte jedoch, als sie eine Messerspitze an ihrem Hals fühlte. „Tun Sie genau, was ich sage, dann schlitze ich Sie nicht auf. Schreien Sie, und ich schneide Ihnen die Kehle durch. Kapiert?"

Sie nickte und stieß vorsichtig den Atem aus, als die Hand von ihrem Mund glitt. Die Frage nach dem Grund seiner Anwesenheit erübrigte sich. Sie kannte die Antwort. Das war kein abenteuerlustiger Tourist bei einem nächtlichen Ausflug.

„Sie verschwenden Ihre Zeit. Die Smaragde sind nicht hier."

„Lügen Sie nicht. Ich habe eine Schatzkarte."

Lilah schloss die Augen und unterdrückte ein hysterisches Kichern.

Max lief in seinem Zimmer auf und ab. Lilah Calhoun liebte ihn, und er hatte nicht mit einem Zauberstab winken oder einen komplizierten Plan ersinnen müssen. Er brauchte nur er selbst zu sein.

Sie hatte ihn die ganze Zeit geliebt, aber er war zu dumm gewesen, es zu glauben, selbst als sie versucht hatte, es ihm zu sagen. Jetzt hatte sie sich in ihrem Zimmer eingeschlossen und wollte ihn nicht anhören.

Nun hatte er nur zwei Alternativen. Er konnte hier warten, bis sie sich beruhigt hatte, und dann um Gnade betteln. Oder er konnte jetzt gleich ihre Tür einschlagen und verlangen, dass sie ihn anhörte.

Max gefiel die zweite Idee.

Da es zwei Uhr nachts war, nahm er den Weg über die Terrasse. Es war sinnvoller, gegen Glas zu tippen, als gegen eine Tür im Haus zu hämmern.

Er erhaschte noch einen Blick auf Lilah, bevor sie im Garten verschwand.

Fein, dachte er. Noch besser. Ein üppiger Garten mitten in der Nacht, wohlriechende Luft und Leidenschaft. Lilah würde nicht einmal zum Nachdenken kommen.

„Sie wissen, wo die Smaragde sind." Hawkins zog ihren Kopf an den Haaren zurück, und Lilah hätte fast vor Schmerz aufgeschrien.

„Wüsste ich es, hätte ich sie auch."

Er wirbelte sie herum und drückte das Messer an ihre Wange. „Das ist doch nur Reklame, damit eure Namen in die Zeitung kommen. Ich habe Zeit und Geld in diese Sache gesteckt, und heute Nacht will ich was dafür haben."

Sie hatte solche Angst, dass sie sich nicht bewegte. Bei dem kleinsten Zittern konnte die Klinge in ihre Haut schneiden. Sie erkannte die Wut in seinen Augen, und sie erkannte den Mann, den Max beschrieben und Hawkins genannt hatte. „Diese Karte", setzte sie an und hörte Max ihren Namen rufen. Bevor sie Atem holen konnte, war das Messer wieder an ihrer Kehle.

„Ein Laut, und ich töte zuerst dich und dann ihn!" Seine Stimme war dicht an ihrem Ohr.

Er würde sie beide ohnedies umbringen. Sie hatte es in seinen Augen gelesen. „Die Karte", wisperte sie, „ist eine Fälschung." Sie rang nach Luft, als die Klinge ihre Haut ritzte. „Ich zeige es Ihnen. Ich zeige Ihnen das Versteck."

Sie musste ihn von Max weglocken. Er rief schon wieder nach ihr. „Da hinunter." Sie ließ sich von Hawkins den Weg hinunter ziehen, bis Max' Stimme verklang. An dieser Seite ging der Garten in die Felsen über, an denen der Geruch und das Geräusch der See stärker wurde. „Da drüben." Sie stolperte, während er sie über den unebenen Boden zerrte. Der Hang stieg langsam an. Darunter in schwindelnder Tiefe ragten schroffe Klippen hoch und tobte die See.

Als der erste Blitz zuckte, fuhr Lilah zusammen und blickte verzweifelt über ihre Schulter. Der Wind frischte auf. Wolken verdeckten den Mond.

War sie weit genug weg? Hatte Max die Suche nach ihr aufgegeben? War er ins Haus zurückgekehrt, wo er in Sicherheit war?

„Wenn du einen Trick versuchst ..."

„Nein, die Smaragde sind hier." Sie stolperte über Steine und strauchelte. „Dort. In einer Kassette unter den Steinen."

Während er suchte, wollte sie wegkriechen, dann aufspringen und zum Haus zurückhetzen. Er packte ihren Rocksaum und zerriss ihn.

„Eine falsche Bewegung, und du bist tot!" Hawkins' Augen glitzerten, als er sich zu ihr beugte. „Wenn ich die Kassette nicht finde, bist du tot." Plötzlich hob er den Kopf wie ein witternder Wolf.

Max sprang ihn aus der Dunkelheit mit einem wilden Fluch an.

Lilah schrie, als das Messer aufblitzte. Die beiden fielen neben ihr zu Boden und rollten über die Steine. Sie schrie noch immer, als sie sich auf Hawkins' Rücken warf und nach seiner Rechten tastete, in der er die Waffe hielt. Die Klinge fuhr einen Zentimeter von ihrem Gesicht entfernt in die Erde, bevor Lilah abgeworfen wurde.

„Verdammt, lauf!“ schrie Max sie an und umklammerte Hawkins' Arm mit beiden Händen. Er stöhnte, als Hawkins' Faust über seine Schläfe schrammte.

Sie rollte sich wieder herum, und der Schwung trieb sie näher an die Kante heran. Lilah lief, aber zu den beiden. Sie glitt auf lockerem Grund aus. Ein Schauer von Steinen prasselte auf die Kämpfenden. Keuchend packte sie einen Stein. Ihr nächster Schrei zerriss die Nacht, als Max' Beine über die Kante hinaus ins Nichts baumelten.

Er konnte nur das verzerrte Gesicht über sich erkennen. Er konnte nur hören, wie Lilah seinen Namen schrie. Dann sah er Sterne, als Hawkins seinen Kopf gegen den Felsen rammte.

Sekundenlang hing Max an der Kante zwischen Himmel und Meer.

Plötzlich war da noch etwas in der Luft – etwas Leidenschaftliches, Flehendes –, so ungreifbar wie der Wind, aber so stark wie ein Felsen. Es traf Max wie eine Faust, und er begriff, dass er nicht nur um sein, sondern auch um Lilahs Leben kämpfte.

Er durfte nicht verlieren. Mit aller Kraft rammte er seine Faust in das über ihm grinsende Gesicht. Blut schoss aus Hawkins' Nase, und dann kämpften sie wieder, eng aneinander gekrallt, das Messer zwischen ihnen eingeklemmt.

Lilah hob den Stein mit beiden Händen hoch und wollte schon zuschlagen, als die Männer zu ihren Füßen sich herumrollten und Hawkins wieder oben lag. Schluchzend wich sie zurück.

Schreie erklangen hinter ihr und Bellen. Sie klammerte sich an die einzige Waffe, die sie besaß, und betete um eine Chance.

Dann hörte der Kampf auf und beide Männer erstarrten. Stöhnend schob Max Hawkins beiseite und richtete sich auf. Sein Gesicht war mit Schmutz und Blut verschmiert. Er schüttelte schwach den Kopf und blickte zu Lilah auf. Sie stand wie ein Racheengel da. Ihr Haar flatterte, während sie den Stein mit beiden Händen umklammerte.

„Er ist in das Messer gefallen“, murmelte Max atemlos. „Ich glaube, er ist tot.“ Benommen starrte er auf seine Hand und schaute wieder hoch. „Bist du verletzt?“

„Max! O Gott!“ Der Stein entglitt ihren Fingern, als sie neben ihm auf die Knie sank.

„Ist schon gut.“ Er tätschelte ihre Schulter und streichelte ihr Haar. „Ist schon gut“, wiederholte er.

Der Hund war zuerst da, dann stürmten die anderen in ihren Nachthemden, Hausmänteln und hastig übergezogenen Jeans den Abhang herunter.

„Lilah!“ Amanda tastete ihre Schwester nach Verletzungen ab. „Bist du in Ordnung? Ist dir etwas passiert?“

„Nein.“ Aber ihre Zähne begannen, trotz der Schwüle der Nacht zu klappern. „Nein, er war … Max ist gekommen.“ Sie sah, dass Trent neben ihm kauerte und einen langen Schnitt an seinem Arm untersuchte. „Du blutest!“

„Nur ein wenig.“

„Die Wunde ist nicht tief“, sagte Trent zwischen zusammengebissenen Zähnen. „Schätze, es tut höllisch weh.“

„Noch nicht“, murmelte Max.

Trent blickte hoch, als Sloan von dem Mann, der reglos auf dem Hügel lag, zurückkehrte. Sloan schüttelte den Kopf. „Erledigt“, knurrte er knapp.

„Das war Hawkins.“ Max stemmte sich hoch und schwankte. „Er hatte Lilah.“

„Darüber unterhalten wir uns später.“ Cocos Stimme klang untypisch scharf, als sie Max’ unverletzten Arm ergriff. „Die beiden stehen unter Schock. Wir bringen sie ins Haus.“

„Komm schon, Baby.“ Sloan hob Lilah auf seine Arme. „Ich trage dich zurück.“

„Ich bin nicht verletzt.“ Sie wandte den Kopf zu Max. „Er blutet. Er braucht Hilfe.“

„Wir kümmern uns um ihn“, versprach Sloan, während sie den Rasen überquerten. „Mach dir keine Sorgen, Süße, der Professor ist zäher, als du denkst.“

The Towers war hell erleuchtet. Erneut grollte Donner. Plötzlich erschien eine hagere Gestalt auf der Terrasse im ersten Stock, einen Stock in der einen Hand, einen glitzernden, verchromten Revolver in der anderen.

„Was, zur Hölle, geht da vor sich?“ schrie Colleen. „Wie soll irgendjemand bei all diesem Getöse ein Auge zutun?“

Coco warf einen genervten Blick nach oben. „Ach, sei still, und geh wieder ins Bett!“

Lilah legte ihren Kopf an Sloans Schulter und begann zu lachen.

Es war fast schon Morgen, als alles geregelt war. Die Polizei war gekommen und gegangen und hatte ihre schaurige Fracht mitgenommen. Fragen waren gestellt und beantwortet worden, Lilah mit Brandy traktiert und in ein heißes Bad gesteckt worden.

Sie hatten nicht erlaubt, dass sie Max' Wunde versorgte. Ist vielleicht das Beste, dachte sie jetzt. Ihre Hände zitterten noch immer.

Er hat sich von dem Zwischenfall erstaunlich schnell erholt, überlegte sie, als sie sich auf dem Fenstersitz im Turmzimmer zusammenrollte. Während sie noch völlig durcheinander gewesen war, hatte er mit frisch verbundenem Arm im Salon gestanden und dem untersuchenden Polizisten einen klaren und präzisen Bericht gegeben.

Genauso gut hätte er seinen Studenten eine Vorlesung über Grundlagen und Auswirkung der deutschen Wirtschaft auf den Ersten Weltkrieg halten können, dachte sie mit einem schwachen Lächeln. Offenbar hatte Lieutenant Koogar die Präzision und Klarheit geschätzt.

Lilah fand, dass ihre eigene Erzählung ruhig genug gewesen war, obwohl sie das Zittern nicht sehr gut unterdrückt hatte, auch wenn ihre Schwestern sie unterstützt hatten.

Suzanna hatte dem Lieutenant schließlich erklärt, genug wäre genug, und hatte Lilah die Treppe hinaufgeschafft.

Doch trotz des Bades und des Brandys hatte sie nicht einschlafen können. Sie fürchtete, alles noch einmal zu erleben, wenn sie die Augen schloss, Max am Rande des Abgrunds kämpfen zu sehen. Sie hatten kaum miteinander gesprochen, seit diese ganze schreckliche Sache passiert war. Aber das mussten sie natürlich. Sie wollte nur ihre Gedanken klären und die richtigen Worte finden.

Doch dann kam er in den Raum, während der Himmel hinter ihr von dem Sonnenaufgang vergoldet wurde, und sie fürchtete, niemals die richtigen Worte zu finden.

Er stand sehr verlegen da, schonte den linken Arm. Sein Gesicht war von Müdigkeit überschattet. „Ich konnte nicht schlafen", begann er. „Ich hoffte, du würdest hier oben sein."

„Ich musste nachdenken. Hier fällt mir das immer leichter." Sie fühlte sich genauso verlegen wie er, als sie ihr Haar zurückstrich. Es fiel ungezähmt in der Farbe der soeben aufgehenden Sonne auf ihren weißen Hausmantel. „Möchtest du dich setzen?"

„Ja." Er kam zu ihr und ließ sich mit schmerzenden Muskeln auf den Platz neben ihr sinken. Die Stille zog sich hin, eine Minute, dann zwei. „Was für eine Nacht", meinte er endlich.

„Nicht", murmelte er, als ihre Augen feucht wurden.

„Nein." Sie schluckte die Tränen hinunter und starrte in die stille Morgenröte hinaus. „Ich dachte, er würde dich umbringen. Es war wie ein Albtraum – die Dunkelheit, die Hitze, das Blut."

„Es ist jetzt vorüber." Er ergriff ihre Hand und schlang seine starken Finger um die ihren. „Du hast ihn vom Garten weggelockt. Du hast versucht, mich zu schützen, Lilah. Ich kann dir gar nicht genug dafür danken."

Aus dem Gleichgewicht gebracht, sah sie ihn wieder an. „Was sollte ich denn machen? Sollte ich zulassen, dass er aus den Petunien springt und dich niedersticht?"

„Du hättest zulassen sollen, dass ich auf dich aufpasse."

Sie versuchte, ihre Hand loszureißen, doch er hielt sie fest. „Du hast auf mich aufgepasst, nicht wahr? Ob ich es wollte oder nicht. Du kamst wie von Sinnen daher und hast dich auf einen Irren mit einem Messer geworfen und beinahe ..." Sie brach ab und rang um Fassung, während er nur dasaß und sie mit seinen geduldigen Augen betrachtete. „Du hast mir das Leben gerettet", schloss sie ruhiger.

„Dann sind wir quitt, nicht wahr?“ Er zuckte die Schultern. „Während ich mit Hawkins kämpfte, ist etwas äußerst Seltsames passiert. Ich fühlte, wie ich abglitt und an Boden verlor. Dann fühlte ich etwas anderes, etwas unglaublich Starkes. Man könnte meinen, es war schlichtweg Adrenalin, aber es kam nicht von mir. Es war etwa anderes.“ Er betrachtete ihr Profil. „Man könnte es eine Macht nennen. Und ich wusste, dass ich nicht verlieren sollte, dass es Gründe gab, weshalb ich nicht verlieren konnte. Ich glaube, ich werde nie wissen, ob diese Macht, dieses Gefühl von dir oder von Bianca kam.“

Sie lächelte, als sie ihn wieder ansah. „Also, Professor, wie unlogisch.“

Er lächelte nicht. „Lilah, normalerweise würde ich, nach allem, was geschehen ist, abwarten und dir Zeit zum Erholen lassen. Aber die Dinge haben sich verändert, Lilah. Du musst mir jetzt zuhören.“

Einen Moment lehnte sie ihre Stirn gegen das kühle Glas, ehe sie nickte. „Gut, aber zuerst möchte ich sagen, dass ich wegen des Buches verärgert war. Aber das war die falsche Reaktion …“

„Nein, das war es nicht. Du hast mir vertraut, aber ich dir nicht. Ich hatte Angst, du wärst bloß freundlich.“

„Ich verstehe nicht.“

„Ich wollte schon mein ganzes Leben lang schreiben, aber ich … nun, ich gehe nie Risiken ein.“

Sie lachte, beugte sich instinktiv vor und küsste seinen bandagierten Arm. „Max, wie kannst du das ausgerechnet jetzt sagen!“

„Ich bin nie Risiken eingegangen“, verbesserte er sich. „Ich dachte, wenn ich dir von dem Buch erzähle und den Mut fände, dir ein paar Seiten zu zeigen, würdest du es für einen kindischen Traum halten und nur freundlich zu mir sein."

„Es ist dumm, unsicher zu sein, wo du so viel Talent hast." Sie seufzte. „Und es war dumm von mir, es so persönlich zu nehmen. Lass es dir von jemandem sagen, der nicht besonders freundlich ist. Es wird ein wundervolles Buch, Max. Etwas, worauf du sehr stolz sein kannst."

Er legte seine Hand in ihren Nacken. „Mal sehen, ob du das noch behaupten wirst, wenn ich dir ein paar hundert Seiten zum Lesen gegeben habe." Er beugte sich zu ihr und küsste sie sanft auf die Lippen. Doch als er den Kuss vertiefen wollte, sprang sie auf.

„Ich gebe dir die erste Kritik, wenn es veröffentlicht ist." Sie begann, nervös auf und ab zu gehen.

„Was ist los, Lilah?"

„Nichts. Es ist so viel passiert." Sie holte tief Atem, bevor sie sich mit einem gequälten Lächeln umdrehte. „Die Beförderung. Ich war so mit mir selbst beschäftigt, dass ich dir noch nicht dazu gratuliert habe."

„Ich habe es dir nicht verschwiegen."

„Max, lass uns das nicht noch einmal durchkauen. Wichtig ist, dass es eine große Ehre ist. Du solltest eine Party geben, bevor du abreist, finde ich."

Ein Lächeln spielte um seinen Mund. „Findest du?"

„Natürlich. Du wirst nicht jeden Tag zum Leiter der Abteilung gemacht. Als nächstes wirst du Dekan sein, ehe du es weißt. Und dann ..."

„Lilah, setz dich. Bitte."

„Na schön." Sie klammerte sich an die verzweifelte Heiterkeit. „Tante Coco soll einen Kuchen backen, und dann ..."

„Dann freust du dich über das Angebot?" unterbrach er sie.

„Ich bin sehr stolz auf dich“, sagte sie und strich ihm die Haare aus der Stirn. „Es freut mich zu wissen, dass dein Wert richtig eingeschätzt wird.“

„Und du willst, dass ich akzeptiere?“

Sie zog die Brauen zusammen. „Natürlich. Wie könntest du ablehnen? Das ist doch für dich eine wundervolle Chance, etwas, wofür du gearbeitet hast und das du verdienst.“

„Das ist aber schade.“ Er lehnte sich kopfschüttelnd zurück. „Ich habe bereits abgelehnt.“

„Du hast was?“

„Ich habe dankend abgelehnt. Das ist einer der Gründe, weshalb ich die ganze Sache dir gegenüber nie erwähnt habe. Für mich war das kein Thema.“

„Ich verstehe nicht. Einen solchen Karrieresprung kannst du doch nicht so einfach beiseite schieben.“

„Das hängt von der Karriere ab. Ich habe auch meine Kündigung eingereicht.“

„Du … du hast gekündigt? Aber das ist verrückt!“

„Ja, möglicherweise.“ Und weil es das war, musste er lächeln. „Würde ich jedoch nach Cornell zurückkehren und lehren, würde das Buch irgendwo in einem Aktenschrank landen und Staub ansetzen.“ Er streckte ihr seine Handfläche entgegen. „Du hast einmal meine Handlinien gelesen und gesagt, ich müsste eine Wahl treffen. Ich habe sie getroffen.“

„Verstehe“, sagte sie langsam.

„Du verstehst nur einen Teil.“ Er sah sich im Turm um. Das Licht wurde allmählich golden. Es konnte keinen besseren Zeitpunkt und keinen besseren Ort geben. Er ergriff ihre Hände. „Ich habe dich von dem ersten Moment an geliebt, in dem ich dich sah. Ich konnte nicht glauben, dass du jemals genauso empfinden würdest, ganz gleich, wie sehr ich mir das gewünscht habe. Und weil ich das nicht glaubte, habe ich die Dinge komplizierter gemacht als nötig. Nein, sag nichts. Noch nicht. Hör mir einfach zu." Er presste ihre Hände an seine Lippen. „Du hast mich verändert, Lilah. Du hast mich befreit. Ich weiß, dass mir vorherbestimmt war, mit dir zusammen zu sein, und wenn dafür ein verbrecherischer Plan und eine Halskette, die fast ein volles Jahrhundert verschollen war, nötig waren, dann sollte es eben so sein. Ob wir nun die Smaragde finden werden oder nicht, sie haben mich zu dir gebracht, und du bist der einzige Schatz, den ich jemals brauchen werde."

Er zog sie an sich und küsste sie, als der Morgen anbrach und die letzten Schatten aus dem Raum vertrieb.

„Ich will nicht, dass dies hier ein Traum ist", murmelte Lilah. „Ich habe hier gesessen und an dich gedacht und mir dies gewünscht."

„Es ist kein Traum. Es ist real." Er legte seine Hände an ihr Gesicht und küsste sie als Beweis.

„Du bist alles, was ich will, Max. Ich hatte solche Angst, du würdest mich nicht lieben und fortgehen."

„Hier war mein Zuhause seit der ersten Nacht. Ich kann es nicht erklären."

„Das brauchst du auch nicht."

Er presste seine Lippen auf ihre Handfläche. „Noch etwas. Ich liebe dich, Lilah, und ich frage dich, ob du das Risiko eingehst, einen arbeitslosen, ehemaligen Lehrer zu heiraten, der glaubt, er könnte ein Buch schreiben."

„Nein." Lächelnd schlang sie die Arme um seinen Hals. „Aber ich werde einen sehr talentierten, brillanten Mann heiraten, der ein wundervolles Buch schreibt!"

Lachend lehnte er seine Stirn gegen die ihre. „Deine Formulierung gefällt mir besser."

„Max, lass es uns sofort Tante Coco erzählen. Sie wird uns in ihrer Begeisterung Blaubeerpfannkuchen als Verlobungsfrühstück machen."

Er drückte sie gegen die Kissen. „Wie wäre es später mit einem Verlobungsbrunch?"

Lachend kam sie seinem Kuss entgegen. „Diesmal gefällt mir deine Formulierung besser."

– ENDE –

Nora Roberts

Mond über Maine

Roman

Aus dem Amerikanischen von
M. R. Heinze

PROLOG

Bar Harbor, 1965

In dem Moment, als ich sie sah, veränderte sich mein Leben. Mehr als fünfzig Jahre sind seit jenem Moment vergangen, und ich bin nun ein alter Mann mit weißen Haaren, dessen Körper gebrechlich geworden ist. Doch meine Erinnerungen sind noch immer voll Farbe und Kraft.

Seit meinem Herzinfarkt muss ich täglich ruhen. Und ich kehre hierher auf die Insel zurück – ihre Insel –, wo alles für mich begann. Die Insel hat sich verändert, genau wie ich. Das große Feuer 1947 hat viel zerstört. Neue Gebäude, neue Menschen. Autos verstopfen die Straßen und lassen den Charme der klingelnden Kutschen vermissen. Doch ich bin glücklich, die Insel so sehen zu können, wie sie war und wie sie ist.

Mein Sohn ist jetzt ein Mann, ein guter Mann, der seinen Lebensunterhalt auf See verdient. Wir haben uns nie wirklich verstanden, sind aber ganz gut miteinander ausgekommen. Er hat eine stille, zauberhafte Frau und einen Sohn. Der Junge, der kleine Holt, bringt besondere Freude in mein Leben. Vielleicht, weil ich mich selbst in ihm so deutlich erkennen kann. Die Ungeduld, das Feuer, die Leidenschaften, die einst die meinen waren. Vielleicht wird auch er zu viel empfinden, zu viel wollen. Dennoch kann mir nichts Leid tun. Könnte ich ihm einen Rat geben, dann den, das Leben zu packen und es sich zu nehmen.

Mein Leben ist erfüllt gewesen, und ich bin dankbar für die Jahre, die ich mit Margaret hatte. Ich war nicht mehr jung, als sie meine Frau wurde. Was wir gemeinsam er-

lebten, war kein Feuersturm, sondern die behagliche Wärme eines beständigen Feuers. Sie brachte mir Trost, und ich hoffe, ich habe ihr Glück geschenkt. Sie ist vor fast zehn Jahren von mir gegangen, und meine Erinnerungen an sie sind süß.

Doch es ist die Erinnerung an eine andere Frau, die mich verfolgt. Diese Erinnerung ist so schmerzlich klar, so vollständig. Nach so viel Zeit konnte sie nicht abstumpfen. Die Jahre haben das Bild dieser Frau nicht verblassen lassen und konnten meine verzweifelte Liebe zu ihr nicht um einen einzigen Grad abkühlen. Eine Liebe, die ich noch immer empfinde, die ich immer empfinden werde, obwohl ich diese Frau verloren habe.

Vielleicht kann ich mich jetzt, nachdem mich der Tod so nahe gestreift hat, wieder öffnen, kann mir erlauben, mich an die Dinge zu erinnern, die ich nie vergessen konnte. Es gab eine Zeit, als diese Erinnerungen zu schmerzlich waren, und ich verlor diesen Schmerz in der Flasche. Als ich auch darin keinen Trost fand, vergrub ich mein Unglück in meiner Arbeit. Ich malte und reiste wieder. Doch immer, immer wieder wurde ich hierher zurückgezogen, wo ich einst zu leben begonnen hatte. Wo ich eines Tages sterben werde.

Ein Mann liebt nur einmal auf diese Weise, und auch nur, wenn er Glück hat. Für mich war es Bianca. Für mich war es immer Bianca.

Es war Juni 1912, unmittelbar bevor der Erste Weltkrieg großes Leid über viele Völker brachte. Es war der Sommer des Friedens und der Schönheit, der Kunst und der Poesie, als sich das Dorf Bar Harbor für die Reichen öffnete und den Künstlern Zuflucht bot.

Sie kam auf die Klippen, auf denen ich malte, an der Hand ein Kind. Ich wandte mich von meiner Leinwand ab, den Pinsel noch in der Hand, die Stimmung der See und des Gemäldes noch immer in mir. Da war sie, schlank und zauberhaft, das Haar von der Farbe des Sonnenuntergangs hinten hochgebunden. Der Wind zerrte an ihren Locken und an dem hellblauen Rock. Ihre Augen besaßen die Farbe der See, die ich so besessen auf Leinwand wiedererstehen lassen wollte. Sie betrachtete mich neugierig, vorsichtig. Sie hatte die helle, durchscheinende Haut der Iren.

In dem Moment, als ich sie sah, wusste ich, dass ich sie malen musste. Und ich glaube, wie sie so da im Wind stand, keimte in mir meine Liebe zu ihr.

Sie entschuldigte sich für die Unterbrechung meiner Arbeit. Ihre Stimme klang sanft, musikalisch. Das Kind, das sie inzwischen auf den Armen hielt, war ihr Sohn. Sie war Bianca Calhoun, die Frau eines anderen Mannes. Ihr Sommerhaus stand auf dem Hügel oberhalb von uns. The Towers, die kunstvolle Burg, die Fergus Calhoun erbaut hatte. Obwohl ich erst seit kurzer Zeit auf Mount Desert Island war, hatte ich von Calhoun und seinem Haus schon gehört. Ich hatte sogar schon die Türme und Spitzen, die Türmchen und die Wandelgänge und die arroganten, fantasievollen Linien bewundert.

So ein Haus passte zu der Frau, die vor mir stand. Sie war eine zeitlose Schönheit, von ruhiger Gelassenheit und Anmut, die man nicht erlernen kann, und in ihren großen grünen Augen schimmerten unterdrückte Leidenschaften. Ja, ich war bereits verliebt, aber zu jenem Zeitpunkt nur in ihre Schönheit. Als Künstler wollte ich diese Schönheit auf meine Art darstellen, mit Farben oder Stiften. Vielleicht jagte ich

ihr Angst ein, weil ich sie so eindringlich betrachtete. Doch der Junge, Ethan, war furchtlos und freundlich. Sie sah so jung, so unberührt aus, dass es schwer zu glauben war, dieses Kind wäre das ihre, und dass sie noch zwei hatte.
Sie blieb an jenem Tag nicht lange, sondern nahm ihren Sohn und ging zu ihrem Mann nach Hause. Ich blickte ihr nach, wie sie durch die Wildrosen schritt, während ihr Haar im Sonnenschein wie Gold schimmerte.
An dem Tag konnte ich das Meer nicht mehr sehen. Ihr Gesicht hatte bereits begonnen, mich zu verfolgen.

1. KAPITEL

Suzanna freute sich nicht darauf. Es musste getan werden, natürlich. Suzanna schleppte einen Fünfzig-Pfund-Sack Torf zu ihrem Pick-up und stemmte ihn auf die Ladefläche. Die kleine körperliche Anstrengung war nicht das Problem. Sie freute sich sogar darauf, diese Lieferung bei ihrem zweiten Stopp auf dem Heimweg machen zu können.

Es war der erste Stopp, den sie gern vermeiden würde, doch sie war Suzanna Calhoun Dumont, die keiner Pflicht ausweichen konnte.

Sie hatte ihrer Familie versprochen, mit Holt Bradford zu sprechen, und Suzanna hielt ihre Versprechen. Ich versuche es zumindest, dachte sie und wischte sich mit dem Unterarm über die verschwitzte Stirn.

Aber sie war verdammt müde. Sie hatte einen vollen Tag in Southwest Harbor an dem Garten eines neuen Hauses gearbeitet, und sie hatte auch für den nächsten Tag einen vollen Terminkalender. Dazu kam noch, dass ihre Schwester Amanda in etwas mehr als einer Woche heiratete und The Towers sich in totalem Aufruhr befand wegen der Hochzeitsvorbereitungen und der Renovierung des Westflügels. Dazu kam auch noch, dass sie zu Hause zwei energiegeladene Kinder hatte, die an diesem Abend die Zeit und Aufmerksamkeit ihrer Mutter verlangten und verdienten. Und dass sich der Papierkram auf ihrem Schreibtisch stapelte und einer ihrer Teilzeitangestellten ausgerechnet an diesem Vormittag gekündigt hatte.

Nun, erinnerte Suzanna sich, ich wollte ja ein Geschäft eröffnen. Was sie auch getan hatte. Sie warf einen Blick zurück zu ihrem Laden, verschlossen für die Nacht und mit Sommerblumen im Schaufenster, und zu dem Glashaus hinter dem Hauptgebäude. Das gehört mir – und der Bank, dachte sie mit einem kleinen Lächeln, jedes Stiefmütterchen, jede Petunie, jede Päonie. Sie hatte bewiesen, dass sie nicht die unfähige Versagerin war, als die ihr Exmann sie bezeichnet hatte, immer und immer wieder.

Suzanna hatte zwei wunderschöne Kinder, eine Familie, die sie liebte, und ihre Gärtnerei, die sich selbst trug. Sie nahm nicht einmal im Entferntesten an, dass Baxters Behauptung, sie wäre langweilig, jetzt zutraf. Nicht, wenn sie mitten in einem Abenteuer steckte, das vor achtzig Jahren begonnen hatte.

Ganz sicher war nichts Gewöhnliches an der Suche nach einer unschätzbar wertvollen Smaragdhalskette oder daran, dass internationale Juwelendiebe hinter ihnen allen her waren, Diebe, die vor nichts zurückschreckten, um das Erbe von Suzannas Urgroßmutter Bianca in ihre Finger zu bekommen.

Allerdings bin ich bisher nicht viel mehr als eine abseits stehende Mitspielerin gewesen, fand Suzanna, als sie in den Lastwagen kletterte. Ihre Schwester C. C. hatte alles ins Rollen gebracht, als sie sich in Trenton St. James III verliebte, den Besitzer der St. James-Hotels. Es war seine Idee gewesen, einen Teil des finanziell arg geplagten Familienbesitzes in einen luxuriösen Gästelandsitz zu verwandeln. Im Zuge dieses Unternehmens war die Legende von den Calhoun-Smaragden an die stets begierige Presse durchgesickert und hatte eine Kettenreaktion ausgelöst, die sich von absurd zu gefährlich gewandelt hatte.

Amanda wäre beinahe getötet worden, als der verzweifelte und besessene Dieb, der sich als William Livingston ausgab, einen Teil der Familienpapiere in der Hoffnung stahl, sie würden ihn zu den verschwundenen Smaragden führen. Und ihre

Schwester Lilah war bei dem letzten versuchten Raub in Lebensgefahr geraten.

In der Woche, die seit jener Nacht vergangen war, hatte die Polizei keine Spur von Livingston gefunden, dessen letzter bekannter falscher Name Ellis Caufield war.

Seltsam, dachte Suzanna, während sie sich in den Verkehrsstrom einordnete, wie The Towers und die verschwundenen Smaragde sich auf die gesamte Familie ausgewirkt hatten. The Towers hatte C. C. und Trent zusammengebracht. Dann war Sloan O'Riley aufgetaucht, um den Gästelandsitz zu entwerfen, und hatte sich in Amanda verliebt. Der schüchterne Geschichtsprofessor Max Quartermain hatte sein Herz an Suzannas freigeistige Schwester Lilah verloren, und die beiden wären beinahe umgebracht worden. Wiederum wegen der Smaragde.

Es gab Zeiten, in denen Suzanna sich wünschte, jene Halskette vergessen zu können, die ihrer Urgroßmutter gehört hatte. Doch sie wusste genau wie die anderen, dass es vorherbestimmt war, dass die Halskette, die Bianca vor ihrem Tod versteckt hatte, gefunden würde.

Also machten sie weiter, verfolgten jede Spur, erforschten jeden möglichen staubigen Pfad. Nun war Suzanna an der Reihe. Während seiner Forschungstätigkeit hatte Max den Namen des Künstlers aufgespürt, den Bianca geliebt hatte.

Es war eine Geschichte, die Suzanna stets wehmütig stimmte, doch es war ihr Pech, dass die Verbindung mit dem Künstler zu seinem Enkel führte.

Holt Bradford. Sie seufzte ein wenig, als sie durch die verstopften Straßen des Dorfes fuhr. Sie konnte nicht behaupten, ihn gut zu kennen, war auch nicht sicher, ob das irgendjemand vermochte. Sie erinnerte sich an ihn als Jugendlichen – finster, übellaunig und arrogant. Natürlich, die Mädchen waren von seiner Scher-dich-zum-Teufel-Haltung angezogen gewesen. Zweifellos hatte sein düsteres, grüblerisches Aussehen zusammen mit den funkelnden, grauen Augen diese Anziehung verstärkt.

Seltsam, dass ich mich an die Farbe seiner Augen erinnere, überlegte Suzanna. Andererseits, das einzige Mal, als diese Augen aus nächster Nähe auf sie gerichtet gewesen waren, hätte Holt sie beinahe mit seinem Blick bei lebendigem Leib verbrannt.

Wahrscheinlich hat er den Zusammenstoß vergessen, versicherte sie sich. Suzanna hoffte es wenigstens. Streitigkeiten brachten sie zum Zittern und Schwitzen, und sie hatte davon in ihrer Ehe genug erlebt, dass es für ein ganzes Leben reichte. Sicher grollte Holt ihr nicht mehr. Es war zwölf Jahre her. Immerhin war er nicht stark verletzt worden, als er kopfüber von seinem Motorrad geflogen war. Und es war seine Schuld gewesen. Suzanna reckte ihr Kinn hoch. Sie hatte die Vorfahrt gehabt.

Jedenfalls hatte sie Lilah versprochen, mit ihm zu reden. Sie mussten jeder Verbindung zu Biancas verschwundenen Smaragden nachgehen. Als Christian Bradfords Enkel mochte Holt irgendwelche Geschichten gehört haben.

Als er vor ein paar Monaten nach Bar Harbor zurückgekehrt war, hatte er sich in demselben Cottage einquartiert, in dem sein Großvater während dessen Romanze mit Bianca gelebt hatte. Suzanna war irisch genug, um an Schicksal zu glauben. Es gab einen Bradford in dem Cottage und es gab Calhouns in The Towers. Sicher konnten sie gemeinsam die Antworten auf das Geheimnis finden, das beide Familien seit Generationen verfolgte.

Das Cottage stand am Wasser, beschattet von zwei schönen alten Weidenbäumen. Das schlichte Holzgebäude ließ Suzanna an ein Puppenhaus denken, und sie hielt es für eine Schande, dass sich niemand die Mühe gemacht hatte, Blumen zu pflanzen. Das Gras war frisch gemäht, doch ihr professionelles Auge stellte fest, dass an manchen Stellen nachgesät werden musste, und der gesamte Rasen konnte eine ordentliche Dosis Dünger vertragen.

Suzanna ging auf die Tür zu, als das Bellen eines Hundes und die Stimme eines Mannes sie um die Hausecke herumführte.

Ein baufälliger Bootssteg ragte in das ruhige, dunkle Wasser hinaus. Daran festgebunden war ein hübscher kleiner Kabinenkreuzer in schimmerndem Weiß. Der Mann saß im Heck und polierte geduldig das Messing. Er trug kein Hemd. Seine gebräunte Haut spannte sich straff über Knochen und Muskeln und schimmerte vom Schweiß. Seine schwarzen Haare wären lockig über seinen Kragen gefallen, hätte er einen gehabt. Offenbar hielt er es nicht für nötig, mehr als zerrissene, ausgebleichte Shorts zu tragen. Sie schaute auf seine Hände, schlank mit langen Fingern, und fragte sich, ob er sie von seinem Großvater, dem Künstler, geerbt hatte.

Wasser schlug sanft gegen das Boot. Dahinter sah Suzanna einen Fischadler hochsteigen und dann niederstoßen. Er gab einen Triumphschrei von sich, als er sich wieder erhob und ein silbriger Fisch sich in seinen Klauen wand. Der Mann im Boot arbeitete weiter, offensichtlich ungerührt von dem Drama von Leben und Tod in seiner Nähe.

Suzanna zwang ein – wie sie hoffte – höfliches Lächeln um ihren Mund und ging auf den Bootssteg zu. „Entschuldigen Sie!“

Als er seinen Kopf hochreckte, erstarrte Suzanna. Wenn er eine Waffe hätte, würde er auf mich zielen, dachte sie unwillkürlich. Innerhalb eines Sekundenbruchteils hatte er sich von entspannt zu voll angespannt gewandelt, zusätzlich mit einer Bereitschaft zur Gewalttätigkeit in der Haltung seines Körpers. Suzannas Mund wurde trocken.

Während sie darum kämpfte, ihren Herzschlag zu beruhigen, stellte sie fest, dass Holt sich verändert hatte. Der finstere Junge war ein gefährlicher Mann geworden. Ihr fiel kein anderes Wort ein. Sein Gesicht war gereift und scharf gezeichnet. Ein Drei-Tage-Bart unterstrich das raue Aussehen.

Doch es waren erneut seine Augen, die sie auf unheimliche Weise beeindruckten. Ein Mann mit solchen scharfen Augen brauchte keine Waffe.

Holt starrte sie an, stand jedoch nicht auf und sagte auch nichts. Er brauchte einen Moment, um sich zu fangen. Hätte er seine Waffe getragen, hätte er sie schon im Anschlag gehalten. Das war einer der Gründe, weshalb er hier war, wieder ein Zivilist.

Er hätte sich zum Entspannen zwingen können. Er wusste, wie er das machen konnte. Aber er erinnerte sich an ihr Gesicht. Ein Mann vergaß dieses Gesicht nicht. Der Himmel wusste, dass er es nicht vergessen hatte. Es war zeitlos. In seiner jugendlichen Fantasie hatte er Suzanna als Prinzessin in fließender Seide gesehen und sich selbst als ihr Ritter, der hundert Drachen erschlagen hätte, um ihre Hand zu bekommen.

Bei der Erinnerung daran zeigte er eine mürrische Miene.

Sie hat sich kaum verändert, dachte er. Ihre Haut ist noch immer wie irische Rosen und Milch, ihr Mund voll und romantisch weich, und ihre Augen besitzen dieses tiefe, verträumte Blau unter langen Wimpern. Diese Augen betrachteten ihn verblüfft und alarmiert, während er sich die Zeit nahm, Suzanna nur anzusehen.

Sie hatte ihr Haar zu einem Pferdeschwanz zurückgezogen, doch Holt erinnerte sich daran, wie es lang und locker und schimmernd blond um ihre Schulter geflossen war.

Sie war groß – alle Calhoun-Frauen waren es –, doch zu dünn. Seine Miene verdüsterte sich daraufhin noch mehr. Er hatte gehört, dass sie geheiratet hatte und geschieden worden war und es schwierige Erfahrungen gewesen waren. Sie hatte zwei Kinder, einen Jungen und ein Mädchen. Es war schwer zu glauben, dass diese gertenschlanke Frau in schmutziger Jeans und verschwitztem T-Shirt jemals Kinder bekommen hatte.

Es war noch schwerer zu glauben und noch härter zu akzeptieren, dass sie seine Nerven vibrieren lassen konnte, indem sie einfach nur drei Meter von ihm entfernt stand.

Seine Augen unverändert auf sie gerichtet, widmete er sich wieder dem Polieren. „Wollen Sie was?"

Suzanna stieß den Atem aus, den sie unbewusst angehalten hatte. „Tut mir Leid, dass ich einfach hier so auftauche. Ich bin Suzanna Dumont, Suzanna Calhoun."

„Ich weiß, wer Sie sind."

„Ach ja …" Sie räusperte sich. „Ich sehe, dass Sie beschäftigt sind, aber ich möchte mich ein paar Minuten mit Ihnen unterhalten. Wenn es jetzt nicht passt …"

„Worüber?"

Wenn er so reizend ist, dachte sie verärgert, kann ich gleich zur Sache kommen. „Über Ihren Großvater. Er war Christian Bradford, nicht wahr? Der Künstler."

„Richtig. Na und?"

„Das ist eine längere Geschichte. Darf ich mich setzen?"

Weil Holt bloß die Schultern zuckte, ging sie zum Bootssteg, der ächzte und unter ihren Füßen schwankte, als sie sich vorsichtig darauf setzte.

„Eigentlich fing es 1912 oder 1913 mit meiner Großmutter Bianca an."

„Ich habe das Märchen schon gehört." Er konnte sie nun riechen. Blumen und erhitzte Haut. Sein Magen verspannte sich. „Sie war eine unglückliche Ehefrau mit einem reichen und schwierigen Ehemann. Das glich sie aus, indem sie sich einen Liebhaber nahm. Irgendwann hat sie angeblich ihre Smaragdkette versteckt. Die Rückversicherung, falls sie den Schneid fand zu gehen. Anstatt mit ihrem Geliebten in den Sonnenuntergang hinein zu verschwinden, sprang sie aus dem Turmfenster, und die Smaragde wurden nie gefunden."

„Es war nicht genau so ..."

„Jetzt hat Ihre Familie beschlossen, eine Schatzsuche zu starten", fuhr er fort, als hätte Suzanna nichts gesagt. „Hat viel Pressewirbel aufgerührt und zu mehr Ärger geführt, als Sie vermutlich erwarteten. Ich habe gehört, dass es bei Ihnen vor kurzem einen aufregenden Zwischenfall gab."

„Wenn Sie es aufregend nennen, dass meiner Schwester ein Messer an die Kehle gehalten wurde, ja." In ihren Augen schien Feuer zu brennen. Sie konnte sich selbst meistens nicht gut verteidigen, aber wenn es um ihre Familie ging, wurde sie zur Löwin. „Der Mann, der mit Livingston, oder wie immer der Bastard sich jetzt nennt, zusammenarbeitete, hätte beinahe Lilah und ihren Verlobten umgebracht."

„Wenn man unschätzbar wertvolle Smaragde mit einer dazugehörigen Legende hat, nagen sich die Ratten durch die Wände." Holt wusste über Livingston Bescheid. Holt war zehn Jahre lang Poizist gewesen, und obwohl er die meiste Zeit im

Rauschgiftdezernat verbracht hatte, waren ihm Berichte über diesen aalglatten und sehr oft gewalttätigen Juwelendieb untergekommen.

„Die Legende und die Smaragde sind Sache meiner Familie."

„Warum kommen Sie dann zu mir? Ich habe meine Polizeimarke abgegeben und meinen Abschied genommen."

„Ich bin nicht wegen professioneller Hilfe zu Ihnen gekommen. Es ist etwas Persönliches." Suzanna holte tief Luft. „Lilahs Verlobter war Geschichtsprofessor an der Cornell University. Vor zwei Monaten stellte Livingston, der sich als Ellis Caufield ausgab, ihn ein, um die Familienpapiere zu durchforschen, die er uns gestohlen hatte."

Holt polierte die Verzierungen. „Klingt ganz so, als hätte Lilah keinen guten Geschmack entwickelt."

„Max wusste nicht, dass die Papiere gestohlen waren", fuhr Suzanna mit zusammengebissenen Zähnen fort. „Als er es herausfand, hätte Caufield ihn fast umgebracht. Max kam jedenfalls nach The Towers und trieb seine Nachforschungen für uns weiter. Wir haben die Existenz der Smaragde dokumentiert und sogar eine Hausangestellte befragt, die in The Towers in jenem Jahr arbeitete, in dem Bianca starb."

Holt wechselte den Platz und putzte das Messing blank. „Sie waren fleißig."

„Ja. Die Angestellte stützte die Geschichte, dass die Halskette versteckt wurde, Bianca verliebt war und ihren Ehemann verlassen wollte. Der Mann, den sie liebte, war ein Künstler." Suzanna wartete einen Moment. „Sein Name war Christian Bradford."

Etwas flackerte in Holts Augen, aber nur ganz kurz. Betont langsam legte er den Wolllappen weg, zog eine Zigarette aus dem Päckchen, schnippte sein Feuerzeug an und blies eine Rauchwolke aus.

„Erwarten Sie wirklich, dass ich diese kleine Fantasie glaube?“

Suzanna hatte Überraschung erhofft, sogar Erstaunen. Stattdessen gab er sich ungerührt. „Es ist wahr. Sie traf sich mit ihm auf den Klippen bei The Towers.“

Er zeigte ihr ein Lächeln, das nahe an ein abfälliges Grinsen herankam. „Sie haben die beiden gesehen, nicht wahr? Oh, ich habe auch von dem Geist gehört.“ Er sog den Rauch ein und stieß ihn träge aus. „Der melancholische Geist der Bianca Calhoun, der durch ihr Sommerhaus schwebt. Ihr Calhouns seid einfach voll von – Geschichten.“

In Suzanna kochte es, doch ihre Stimme blieb beherrscht. „Bianca Calhoun und Christian Bradford waren ineinander verliebt. In dem Sommer, als sie starb, trafen sie sich oft auf den Klippen gleich unterhalb von The Towers.“

Das berührte eine Saite in ihm, doch er zuckte bloß die Schultern. „Na und?“

„Das ergibt eine Verbindung. Meine Familie kann es sich nicht leisten, irgendwelche Verbindungen zu übersehen. Es ist sehr wahrscheinlich, dass Bianca ihrem Christian erzählt hat, wo sie die Smaragde versteckt hatte.“

„Ich kann nicht erkennen, was ein Flirt, ein bedeutungsloser Flirt, zwischen zwei Leuten vor achtzig Jahren mit den Smaragden zu tun haben soll.“

„Könnten Sie dieses Vorurteil, das Sie gegen meine Familie zu haben scheinen, überwinden, würden wir das vielleicht herausfinden.“

„An keinem von beidem interessiert.“ Er klappte den Deckel einer kleinen Kühlbox auf. „Wollen Sie ein Bier?“

„Nein."

„Tja, der Champagner ist mir gerade ausgegangen." Während er sie beobachtete, schraubte er den Verschluss ab, warf ihn in einen Plastikeimer und nahm einen tiefen Schluck. „Wissen Sie, wenn Sie ein wenig nachdächten, könnten Sie erkennen, dass es ziemlich schwer zu schlucken ist. Die Lady aus dem Herrenhaus, von guter Abstammung und finanziell bestens gestellt, und der um seine Existenz kämpfende Künstler – das passt nicht, Baby. Sie sollten lieber die ganze Sache fallen lassen und sich darauf konzentrieren, Ihre Blumen zu pflanzen. Das machen Sie doch jetzt?"

Er konnte sie ärgern, aber sie wollte sich nicht von ihrem Ziel abbringen lassen. „Das Leben meiner Schwestern wurde bedroht, in mein Haus wurde eingebrochen, Idioten schleichen in meinen Garten und graben meine Rosenbüsche aus." Sie stand vor ihm, groß und schlank und wütend. „Ich habe nicht die Absicht, die Sache fallen zu lassen."

„Das ist Ihre Angelegenheit." Er schnippte seine Zigarette weg, ehe er auf den Landungssteg sprang, der unter ihm erzitterte und schwankte. Holt war größer, als Suzanna in Erinnerung hatte, und sie musste ihr Kinn anheben, um ihm in die Augen sehen zu können. „Erwarten Sie nur nicht, dass ich mich da hineinziehen lasse."

„Na schön, dann werde ich eben Ihre und meine Zeit nicht weiter verschwenden."

Holt wartete, bis Suzanna vom Landungssteg gegangen war. „Suzanna." Er mochte es, wie der Name aus seinem Mund klang, sanft und feminin und altmodisch. „Haben Sie jemals das Autofahren gelernt?"

Mit funkelnden Augen machte sie wieder einen Schritt auf ihn zu. „Geht das alles darum?" fragte sie. „Kochen Sie noch immer, weil Sie von diesem albernen Motorrad gefallen sind und sich Ihr aufgeblasenes männliches Ego angekratzt haben?"

„Das war nicht das Einzige, was angekratzt wurde – oder aufgeschürft oder aufgerissen." Er erinnerte sich daran, wie sie ausgesehen hatte. Himmel, Suzanna konnte damals nicht älter als sechzehn gewesen sein. Sie war aus ihrem Wagen gesprungen, ihr Haar vom Wind zerzaust, ihr Gesicht blass, ihre Augen dunkel und voll Sorge und Angst. Und er hatte neben der Straße gelegen, und der Stolz seiner zwanzig Jahre war so verletzt gewesen wie seine vom Asphalt aufgerissene Haut.

„Das glaube ich einfach nicht", sagte Suzanna. „Sie haben es noch immer nicht verwunden nach zwölf Jahren. Und Sie haben nicht verwunden, dass es eindeutig Ihre Schuld war."

„Meine Schuld?" Er deutete mit der Flasche nach ihr. „Sie sind diejenige, die mich gerammt hat."

„Ich habe weder Sie noch jemals irgendjemand anderen gerammt. Sie sind gestürzt."

„Hätte ich das Motorrad nicht in den Graben gelenkt, wäre ich von Ihnen gerammt worden. Sie haben nicht aufgepasst, das ist es."

„Ich hatte die Vorfahrt. Und Sie sind auch viel zu schnell gefahren."

„Das ist ja Quatsch!" Er bekam Spaß an dem Disput. „Sie haben Ihr hübsches Gesicht im Rückspiegel betrachtet."

„Das habe ich ganz sicher nicht getan. Ich habe meine Augen keine einzige Sekunde von der Straße abgewandt."

„Wenn es tatsächlich so gewesen wäre, hätten Sie mich nicht gerammt."

„Ich habe Sie nicht ..." Suzanna murmelte eine Verwünschung. „Ich werde nicht mit Ihnen über etwas streiten, das zwölf Jahre her ist."

„Sie sind hierher gekommen, um mich in etwas zu verwickeln, das achtzig Jahre her ist."

„Das war ein offensichtlicher Fehler." Sie hätte es dabei belassen, wäre nicht ein sehr großer, sehr nasser Hund über den Rasen angelaufen gekommen. Mit fröhlichem Bellen sprang das Tier hoch, drückte seine schmutzigen Vorderpfoten gegen Suzannas T-Shirt und ließ sie rückwärts taumeln.

„Sadie, Platz!" Während Holt den scharfen Befehl rief, fing er Suzanna auf, ehe sie zu Boden fallen konnte. „Dummes Miststück!"

„Wie bitte?"

„Nicht Sie, der Hund." Sadie saß bereits und klopfte mit ihrem triefend nassen Schwanz. „Alles in Ordnung?" Er hatte noch immer seine Arme um Suzanna gelegt und stützte sie mit seiner Brust.

„Ja, bestens." Er hat Muskeln wie Stein. Es war unmöglich, das zu ignorieren. Genau wie es unmöglich war, seinen Atem nicht zu bemerken, der ihre Schläfe streifte und sehr maskulin duftete. Es war lange her, dass ein Mann sie in seinen Armen gehalten hatte.

Langsam drehte er sie herum. Einen Moment – einen Moment zu lang – stand sie von Angesicht zu Angesicht mit ihm, in seinen Armen gefangen. Sein Blick zuckte zu ihrem Mund, verharrte dort. Eine Möwe zog über sie hinweg. Holt fühlte Suzannas Herz schlagen.

„Tut mir Leid", sagte er und ließ sie los. „Sadie sieht sich selbst noch immer als niedlichen kleinen Welpen. Sie hat Ihr T-Shirt schmutzig gemacht."

„Schmutz gehört zu meinem Geschäft." Suzanna brauchte Zeit, um sich zu erholen, kauerte sich hin und streichelte den Kopf des Hundes. „Hallo, Sadie!"

Holt schob seine Hände in die Hosentaschen, während Suzanna sich mit seinem Hund bekannt machte. Holt wünschte, sie würde nicht so schön aussehen, und ihr Lachen, als der Hund ihr über das Gesicht leckte, würde nicht so perfekt auf seinen Nerven spielen.

In diesem einen Moment, in dem er sie festhielt, hatte sie so in seine Arme gepasst, wie er sich das einst vorgestellt hatte. Seine Hände ballten sich in den Taschen zu Fäusten, weil er Suzanna berühren wollte. Nein, das kam der Wahrheit nicht einmal nahe. Er wollte sie in das Cottage ziehen, auf das Bett werfen und die unglaublichsten Dinge mit ihr anstellen.

„Vielleicht ist ein Mann, der einen so lieben Hund besitzt, nicht ganz schlecht." Sie warf einen Blick über ihre Schulter, und das leichte Lächeln war wie weggewischt. Wie er sie ansah, seine Augen so dunkel und wild funkelnd, sein markantes Gesicht so verschlossen, ließ ihr den Atem stocken. Gewalttätigkeit strahlte von ihm aus. Suzanna hatte einen Geschmack von Gewalttätigkeit von einem Mann bekommen, und die Erinnerung daran machte ihre Glieder schwach.

Langsam entspannte er seine Schultern, seine Arme, seine Hände. „Vielleicht ist er nicht schlecht", sagte er lässig. „Aber im Moment ist es mehr so, dass er mich besitzt."

Suzanna fand es angenehmer, den Hund als den Herrn anzusehen. „Wir haben einen Welpen. Nun ja, er wächst rasend schnell und wird bald so groß wie Sadie sein. Er sieht ihr sogar sehr ähnlich. Hatte sie vor ein paar Monaten Junge?"

„Nein."

„Hm. Er hat die gleiche Farbe, die gleiche Gesichtsform. Mein Schwager hat ihn halb verhungert gefunden. Jemand hat ihn vermutlich ausgesetzt, und er ist irgendwie in die Klippen geraten."

„Nicht einmal ich setze hilflose Welpen aus“, meinte er entrüstet.

„Ich wollte nicht andeuten …“ Sie brach ab, weil ihr ein neuer Gedanke gekommen war. Er war nicht verrückter als die Suche nach den verschwundenen Smaragden. „Hatte Ihr Großvater einen Hund?“

„Er hatte immer einen Hund, nahm ihn überallhin mit, wohin er auch ging. Sadie ist eine seiner Nachfahren.“

Langsam stand sie wieder auf. „Hatte er einen Hund namens Fred?“

Holt zog die Augenbrauen zusammen. „Warum?“

„Hatte er einen?“

Holt gefiel nicht, wohin dieses Gespräch steuerte. „Sein erster Hund hieß Fred. Das war vor dem Ersten Weltkrieg. Er hat ihn gemalt. Und als Fred mehrere Hundedamen in der Nachbarschaft beglückte, nahm mein Großvater zwei Welpen zu sich.“

Suzanna wischte ihre plötzlich feucht gewordenen Hände an ihrer Jeans ab. Sie musste ihre ganze Selbstbeherrschung aufbieten, um ihre Stimme fest klingen zu lassen. „Am Tag vor Biancas Tod brachte sie ihren Kindern einen schwarzen Welpen nach Hause, den sie Fred nannte.“ Sie bemerkte die Veränderung in seiner Miene und wusste, dass sie sein Interesse geweckt hatte. „Sie hatte den Hund in den Klippen gefunden, an denen sie sich mit Christian traf. Mein Urgroßvater erlaubte nicht, dass der Hund im Haus blieb. Sie stritten sich deshalb ernsthaft. Wir haben ein Hausmädchen gefunden, das alles gehört hat. Niemand wusste, was aus diesem Hund wurde – bis jetzt.“

„Selbst wenn das stimmt“, warf Holt ein, „ändert das nichts an der Sache. Ich kann nichts für Sie tun.“

„Sie können darüber nachdenken und sich zu erinnern versuchen, ob er irgendetwas sagte oder hinterließ, das helfen könnte."

„Ich habe genug, worüber ich nachdenken muss." Holt ging ein paar Schritte weg. Er wollte in nichts verwickelt werden, das ihn immer wieder mit ihr in Berührung bringen konnte.

Suzanna widersprach nicht. Sie konnte nur auf die lange gezackte Narbe starren, die von seiner Schulter fast bis zur Taille verlief. Er drehte sich um und erkannte, dass sie entsetzt war.

„Tut mir Leid. Ich war auf Ihren Besuch nicht vorbereitet, sonst hätte ich etwas angezogen."

„Was ..." Sie musste den Kloß in ihrem Hals schlucken. „Was ist Ihnen zugestoßen?"

„Ich war eine Nacht zu lange Polizist." Er schaute in ihre Augen. „Ich kann Ihnen nicht helfen, Suzanna."

Sie schüttelte das Mitleid ab, das er offenbar verabscheute. „Sie wollen nicht."

„Was auch immer. Wollte ich in anderer Leute Problemen herumgraben, wäre ich noch bei der Polizei."

„Ich bitte Sie nur darum, ein wenig nachzudenken und uns zu verständigen, falls Sie sich an etwas erinnern, das uns helfen könnte."

Seine Geduld ging zu Ende. Holt fand, dass er Suzanna bereits mehr gegeben hatte, als ihr für einen Tag zustand. „Ich war noch ein Kind, als er starb. Glauben Sie wirklich, er hätte es mir erzählt, falls er eine Affäre mit einer verheirateten Frau hatte?"

„Sie lassen es schmutzig klingen."

„Manche Leute finden Ehebruch nicht romantisch." Er zuckte die Schultern. Ihm war das alles gleichgültig. „Andererseits, wenn einer der Ehepartner sich als Reinfall entpuppt, kann man wohl dem anderen kaum einen Vorwurf machen, wenn er sich anderswo umsieht."

Bei diesen Worten blickte sie weg und verspürte einen ganz persönlichen Schmerz. „Ich interessiere mich nicht für Ihre Moralansichten, Holt, nur für Ihre Erinnerungen. Und ich habe genug von Ihrer Zeit in Anspruch genommen."

Er wusste nicht, was er gesagt hatte, um diesen traurigen, verletzten Blick in ihre Augen zu bringen. Doch er konnte sie so nicht gehen lassen. Dieser Blick hätte ihn verfolgt. „Ich glaube, Sie klammern sich an einen Strohhalm, aber wenn mir etwas einfällt, lasse ich es Sie wissen – um Sadies Vorfahren willen."

„Dafür wäre ich Ihnen sehr dankbar."

„Aber erwarten Sie nichts."

Mit einem angedeuteten Lächeln wandte sie sich ab und ging zu ihrem Lastwagen. „Glauben Sie mir, ich erwarte nichts." Es überraschte Suzanna, als er mit ihr den Rasen überquerte.

„Ich habe gehört, dass Sie ein Geschäft eröffnet haben."

„Das stimmt." Sie sah sich in seinem Garten um. „Sie könnten meine Dienste brauchen."

Holts Miene drückte etwas Abfälliges aus. „Ich bin nicht der Typ für Rosenbüsche."

„Aber das Cottage." Sie fischte die Schlüssel aus ihrer Tasche. „Es wäre nicht viel nötig, um es zauberhaft zu gestalten."

„Ich bin nicht für Blumengebinde zu haben, Baby. Ich überlasse das Herumschnippeln in Rosengärten Ihnen."

Sie dachte an die schmerzenden Muskeln am Abend eines langen Tages, kletterte in den Lastwagen und knallte die Tür zu. „Ja, im Garten herumschnippeln, das können wir Frauen am besten. Übrigens, Holt, Ihr Gras braucht Dünger. Ich bin sicher, Sie produzieren genug davon."

Sie ließ den Motor aufheulen, rammte den Rückwärtsgang hinein und fuhr los.

2. KAPITEL

Die Kinder kamen aus dem Haus gestürmt, gefolgt von einem schwarzen Hund mit dicken Pfoten. Der Junge und das Mädchen fegten die ausgetretenen Steinstufen mit der Leichtigkeit und Anmut der Jugend herunter. Der Hund stolperte über seine eigenen Beine und schlug einen Purzelbaum. Armer Fred, dachte Suzanna, als sie aus dem Lastwagen stieg. Es sah nicht so aus, als würde er je seiner welpenhaften Ungeschicklichkeit entwachsen.

„Mom!" Jedes Kind umklammerte eines von Suzannas Beinen. Mit sechs war Alex schon groß für sein Alter. Seine kräftigen, gebräunten Beine waren an den Knien verschrammt, genau wie seine Ellbogen. Jenny, ein Jahr jünger und blond wie eine Märchenprinzessin, trug die gleichen Ehrenmale. Suzanna vergaß ihren Ärger und ihre Müdigkeit in dem Moment, als sie sich vorbeugte und die beiden küsste.

„Was habt ihr zwei denn gemacht?"

„Wir bauen ein Fort", erklärte Alex. „Und Sloan hat gesagt, dass er uns am Samstag helfen wird."

„Hilfst du uns auch?" fragte Jenny.

„Nach der Arbeit." Sie streichelte Fred. „Hallo, Junge! Ich glaube, ich habe heute eine deiner Verwandten kennen gelernt."

„Hat Fred Verwandte?" wollte Jenny wissen.

„Es sieht ganz so aus." Suzanna setzte sich mit den Kindern auf die Stufen. „Ich glaube, ich habe seine Kusine Sadie kennen gelernt."

„Wo? Kann sie uns besuchen? Ist sie nett?"

„Im Dorf", antwortete Suzanna der Reihe nach auf Alex' Schnellfeuerfragen. „Ich weiß es nicht. Ja, sie ist sehr nett. So groß, wie Fred einmal sein wird, wenn er in seine Pfoten hineingewachsen ist. Was habt ihr noch gemacht?"

„Loren und Lisa sind herübergekommen", erzählte Jenny. „Wir haben Hunderte von Räubern erschlagen."

„Na, dann können wir ja heute Nacht ruhig schlafen."

„Und Max hat uns eine Geschichte erzählt von der Landung am Strand von der Nomadei."

Lachend küsste Suzanna Jenny auf die Haare. „Ich glaube, das war die Normandie."

„Lisa und Jenny haben auch mit Puppen gespielt." Alex grinste seine Schwester brüderlich-verächtlich an.

„Sie wollte das. Sie hat die brandneue Barbie und ein Auto zum Geburtstag gekriegt."

„Es ist ein Ferrari", sagte Alex bedeutungsvoll, wollte jedoch nicht zugeben, dass er und Loren damit gespielt hatten, als die Mädchen nicht im Zimmer waren. „Loren und Lisa besuchen nächste Woche Disney World."

Suzanna unterdrückte ein Seufzen. Sie wusste, dass ihre Kinder auch davon träumten. „Eines Tages machen wir das ebenfalls."

„Bald?" drängte Alex.

Sie wollte es versprechen, konnte es jedoch nicht. „Irgendwann. Lauft jetzt und sagt Tante Coco, dass ich daheim bin. Ich muss duschen und mich umziehen. In Ordnung?"

„Können wir morgen mit dir zur Arbeit mitkommen?"

Sie drückte Jennys Hand. „Carolanne passt morgen auf den Laden auf. Ich muss auswärts arbeiten. Nächste Woche. Lauft!" Suzanna öffnete die massive Eingangstür. „Nach dem Abendessen sehe ich mir euer Fort an."

Zufrieden rannten die beiden durch die Halle, den Hund auf ihren Fersen.

Sie verlangen nicht viel, dachte Suzanna, während sie die geschwungene Treppe zum ersten Stock hinaufstieg. Aber sie wollte ihnen viel mehr geben. Die zwei waren glücklich und in Sicherheit. Sie hatten eine große Familie, die sie liebte. Mit einer Schwester verheiratet und der anderen verlobt, hatten ihre Kinder auch Männer in ihrem Leben. Vielleicht ersetzten Onkel keinen Vater, aber das war das Beste, was sie ihnen bieten konnte.

Suzanna hatte seit Monaten nichts von Baxter Dumont gehört. Alex hatte nicht mal eine Karte zu seinem Geburtstag bekommen. Der Scheck für die Alimente kam wieder verspätet – wie jeden Monat. Bax war ein zu guter Anwalt, um die Zahlung völlig einzustellen, aber er sorgte dafür, dass sie immer Wochen nach dem fälligen Datum eintraf. Sie wusste, dass er sie testete. Er wollte herausfinden, ob sie betteln würde. Gott sei Dank hatte sie das bisher noch nicht nötig gehabt.

Die Scheidung war seit anderthalb Jahren rechtskräftig, aber er ließ nach wie vor seine Gefühle für sie an den Kindern aus, dem einzig wirklich Wertvollen, das sie gemeinsam hervorgebracht hatten.

Vielleicht lag es daran, dass Suzanna erst diese nagende Enttäuschung, dieses Gefühl von Betrug und Verlust und mangelnder Ebenbürtigkeit überwinden musste. Sie liebte Baxter nicht mehr. Diese Liebe war schon vor Jennys Geburt gestorben. Aber der Schmerz ... Suzanna schüttelte den Kopf. Sie war bemüht, ihn zu verdrängen.

Sie betrat ihr Zimmer. Wie die meisten Räume in The Towers war Suzannas Schlafzimmer riesig. Das Haus war Anfang dieses Jahrhunderts von ihrem Urgroßvater erbaut worden. Es war ein Vorzeigeobjekt gewesen, ein Zeugnis für seine Eitelkeit, seinen Hang für das Üppige und sein Streben nach

Ansehen. Es bestand aus fünf Geschossen aus nüchternem Granit mit verspielten Spitzdächern und Balustraden, zwei Rundtürmen und Terrassen auf verschiedenen Ebenen. Das Innere wies hohe Decken, kunstvolle Tischlerarbeiten und verschachtelte Korridore auf. Teils Burg, teils Herrenhaus, hatte es anfangs als Sommerhaus, später als Dauerwohnsitz gedient.

Die vergangenen Jahre und die finanziellen Wechselfälle waren nicht spurlos an dem Haus vorübergegangen. In Suzannas Zimmer zeigten sich, wie in den anderen, Risse im Verputz. Der Fußboden war verschrammt, das Dach leckte, und die Wasserinstallation gehorchte ihren eigenen Gesetzen. Doch die Calhouns liebten ihr Heim. Da nun der Westflügel renoviert wurde, hofften sie, das Haus würde sich selbst tragen.

Suzanna ging zum Schrank, um einen Hausmantel herauszunehmen, und dachte, dass sie Glück gehabt hatte. Sie hatte ihre Kinder hierher in ein richtiges Zuhause bringen können, als ihr ursprüngliches Zuhause zerfiel. Sie hatte keine Fremden einstellen müssen, die auf die Kinder aufpassten, während sie Geld verdiente. Die Schwester von Suzannas Vater, die bereits Suzanna und deren Schwestern nach dem Tod ihrer Eltern erzogen hatte, kümmerte sich jetzt um Suzannas Kinder. Obwohl Suzanna bewusst war, dass Alex und Jenny Wildfänge waren, war für diese Aufgabe niemand besser geeignet als Tante Coco.

Und wenn sie demnächst Biancas Smaragde fanden, würde sich im Calhoun-Haushalt alles normalisieren.

„Suze.“ Lilah klopfte kurz an die Tür, ehe sie den Kopf hereinstreckte. „Hast du ihn gesehen?“

„Ja, ich habe ihn gesehen.“

„Großartig.“ Lilah, die gelockten roten Haare offen bis zur Taille hängend, kam herein, streckte sich diagonal auf dem Bett aus und schob ein Kissen gegen das Kopfteil. Lässig nahm sie ihre Lieblingshaltung ein – waagerecht. „Dann erzähl!"

„Er hat sich nicht sehr verändert."

„Oh, oh!"

„Er war kurz angebunden und grob." Suzanna zog das T-Shirt über den Kopf. „Ich glaube, er hat sogar überlegt, ob er mich wegen unbefugten Betretens niederschießen soll. Als ich zu erklären versuchte, was hier vor sich geht, grinste er nur verächtlich. Er war unverschämt, arrogant und beleidigend."

„Hm, klingt nach einem echten Prinzen."

„Er glaubt, wir hätten das alles nur erfunden, um Reklame für The Towers zu machen."

„Was für ein Idiot." Das erregte Lilah so sehr, dass sie sich aufsetzte. „Max wurde fast umgebracht. Denkt der Kerl, wir wären verrückt?"

„Genau." Suzanna nickte und zog ihren Hausmantel an. „Holt scheint Groll gegen alle Calhouns zu hegen."

Lilah schenkte ihr ein schläfriges Lächeln. „Ist er dir immer noch gram, weil du ihn von seinem Motorrad gefegt hast?"

„Ich habe ihn nicht …" Mit einer Verwünschung winkte Suzanna ab. „Unwichtig. Ich glaube jedenfalls nicht, dass wir von ihm Hilfe bekommen werden. Obwohl er nach der Sache mit dem Hund sagte, er würde darüber nachdenken."

„Mit was für einem Hund?"

„Mit Freds Kusine", antwortete Suzanna über die Schulter, als sie ins Bad ging, um die Dusche anzustellen.

Lilah kam an die Tür, als Suzanna gerade den Vorhang zuzog. „Fred hat eine Kusine?"

Beim Plätschern des Wassers erzählte Suzanna ihr von Sadie und deren Vorfahren.

„Aber das ist fantastisch! Das ist doch ein Glied mehr in unserer Kette. Das muss ich Max erzählen."

Mit geschlossenen Augen hielt Suzanna ihren Kopf unter die Dusche. „Sag ihm, dass er auf sich allein gestellt ist. Christians Enkel ist an der Sache nicht interessiert."

Holt saß auf der hinteren Veranda, den Hund zu seinen Füßen, und beobachtete, wie sich das Wasser in der Dämmerung indigoblau färbte. Genau das wollte er – Stille, Einsamkeit, keine Verantwortung. Das hatte er sich doch verdient, oder? Er hatte zehn Jahre seines Lebens für anderer Leute Probleme, Tragödien und Unglück gegeben.

Holt war ausgebrannt, ausgedörrt und höllisch müde.

Er war nicht einmal sicher, ob er ein guter Polizist gewesen war. Oh, er besaß Auszeichnungen und Medaillen, doch er hatte auch eine dreißig Zentimeter lange Narbe am Rücken, die ihn daran erinnerte, dass er beinahe ein toter Polizist gewesen wäre.

Nun wollte er sein Leben nach der Quittierung des Dienstes genießen. Mit dem Reparieren von Booten konnte er gut seinen Lebensunterhalt verdienen. Keine Berichte mehr, die er schreiben musste, keine Spuren, denen er folgen musste, keine dunklen Seitenstraßen, die er durchsuchen musste.

Keine Messer schwingenden Junkies, die einen aus der Dunkelheit heraus ansprangen und einen aufschlitzten und einen blutend auf dem mit Abfällen übersäten Asphalt liegen ließen.

Holt schloss die Augen und nahm noch einen Schluck Bier. Während des langen, schmerzhaften Krankenhausaufenthalts hatte er beschlossen, in seinem Leben keine Bindungen mehr einzugehen. Er wollte nicht mehr versuchen, die Welt vor sich selbst zu retten. Von jetzt an wollte er sich um sich kümmern. Nur noch um sich.

Er hatte das Geld genommen, das er geerbt hatte, und war nach Hause gekommen, um mit dem Rest seines Lebens so viel wie möglich anzufangen. Sonne und See im Sommer, knisterndes Feuer und heulende Stürme im Winter. Das war wohl nicht zu viel verlangt.

Holt hatte sich eingerichtet, war mit sich selbst zufrieden gewesen. Dann war sie dahergekommen.

Die zauberhafte und unerreichbare Suzanna Calhoun, die Prinzessin im Turm. Sie hatte hoch droben in ihrer Burg auf den Klippen gelebt, und er in einem Cottage am Dorfrand. Sein Vater war Hummerfänger gewesen, und Holt hatte oft einen Fang an der Hintertür der Calhouns abgeliefert. Nie war er über die Küche hinausgekommen. Aber manchmal hatte er Stimmen oder Lachen oder Musik gehört. Und er hatte gestaunt und sich gesehnt.

Nun war sie zu ihm gekommen. Aber er war kein verliebter Junge mehr, sondern Realist. Suzanna war außerhalb seiner Reichweite, wie sie das immer gewesen war. Selbst wenn es anders gewesen wäre, hätte er sich nicht für eine Frau interessiert, über die „Heim und Herd" gestempelt war.

Was die Smaragde anging, so gab es nichts, was er tun konnte, um ihr zu helfen. Oder tun wollte.

Holt hatte natürlich von den Smaragden gehört. Es hatte in den Zeitungen gestanden. Aber dass sein Großvater in die Sache verwickelt gewesen war und eine Calhoun geliebt hatte, das war faszinierend.

Trotz der Übereinstimmung mit den Hunden fiel es ihm schwer, die Geschichte wirklich zu glauben. Holt hatte seine Großmutter nicht gekannt, aber sein Großvater war der Held seiner Kindheit gewesen, der wagemutige und geheimnisvolle Mann, der an ferne Orte gegangen und mit fabelhaften Geschichten zurückgekommen war. Er war der Mann gewesen, der mit Leinwand und Pinsel zaubern konnte.

Holt erinnerte sich daran, wie er als Kind die Stufen zu dem Atelier hinaufgestiegen war, um den großen Mann mit dem schneeweißen Haar bei seiner Tätigkeit zu beobachten. Es hatte mehr nach einem Kampf als nach Arbeit ausgesehen. Ein elegantes und leidenschaftliches Duell zwischen seinem Großvater und der Leinwand.

Sie hatten lange Spaziergänge unternommen, der kleine Junge und der alte Mann, entlang der Küste, über die Felsen, hinauf zu den Klippen. Seufzend lehnte Holt sich zurück. Sehr oft waren sie zu den Klippen gleich unterhalb von The Towers gewandert. Selbst als Kind hatte er begriffen, dass sein Großvater mit seinen Gedanken ganz woanders gewesen war, wenn er auf das Meer geblickt hatte.

Einmal hatten sie auf den Felsen gesessen, und sein Großvater hatte ihm eine Geschichte über die Burg auf den Klippen und die Prinzessin, die darin wohnte, erzählt.

Hatte er über The Towers und Bianca gesprochen?

Ruhelos stand Holt auf, um ins Haus zu gehen. Sadie blickte hoch und legte ihren Kopf dann wieder auf die Vorderpfoten, als die Fliegengittertür zuschlug.

Das Cottage gefiel ihm besser als das Zuhause, in dem er aufgewachsen war. Es war ein sauberes, seelenloses Haus mit abgetretenem Linoleum und dunkel getäfelten Wänden gewesen. Holt hatte es nach dem Tod seiner Mutter vor drei Jahren verkauft.

In jüngster Zeit hatte er das Geld für einige Reparaturen und Modernisierungen in dem Cottage benutzt, jedoch das Haus weitgehend so erhalten, wie es zu Zeiten seines Großvaters gewesen war.

Ein Haus ohne Schnörkel, mit verputzten Wänden und Holzböden. Der ursprüngliche Kamin war ausgebessert worden, und Holt freute sich auf den ersten kühlen Abend, um ihn ausprobieren zu können.

Das Schlafzimmer war ein winziger Anbau. Er mochte es, nachts im Bett zu liegen und den Regen auf das Blechdach trommeln zu hören. Die Stufen zu dem Atelier seines Großvaters waren verstärkt worden, genau wie das Geländer entlang der offenen Balustrade. Er kletterte jetzt hinauf, um sich in dem weiten, luftigen Raum im Dämmerlicht umzusehen.

Manchmal dachte er daran, Dachfenster einsetzen zu lassen, doch es kam ihm nicht in den Sinn, den Fußboden herzurichten. Das dunkle alte Holz wies Farbflecke auf, die von Pinseln oder Paletten getropft waren. Es gab Streifen von Karmesin und Türkis, Smaragdgrün und Kanariengelb. Sein Großvater hatte bei der Arbeit das Lebendige, Leidenschaftliche, sogar Gewalttätige bevorzugt.

An einer Wand lehnten Leinwände – Holts Vermächtnis von einem Mann, der endlich in seinen letzten Jahren Anerkennung und finanziellen Erfolg gefunden hatte. Die Gemälde waren viel wert. Doch genauso wenig, wie er je in Betracht gezogen hatte, die Farbe vom Fußboden wegzuschleifen, hatte er jemals in Betracht gezogen, diesen Teil seiner Erbschaft zu verkaufen.

Holt kauerte sich hin und begann, die Bilder durchzusehen. Er kannte sie alle, hatte sie unzählige Male betrachtet. Er arbeitete sich zu dem Porträt vor, dessentwegen er heraufgekommen war.

Die Frau war schön wie ein Traum – ein fein geschnittenes Gesicht, eine Haut wie Alabaster. Rotgoldenes Haar war von einem anmutigen Hals zurückgekämmt. Volle, schöne Lippen lächelten nur ein klein wenig. Es waren die Augen, die Holt wie stets anzogen. Sie waren grün wie das Meer bei Nebel. Es war nicht ihre Farbe, die ihn fesselte, sondern der Ausdruck, der Blick, die Emotion, die von dem Pinsel und dem Geschick seines Großvaters eingefangen worden waren.

Diese stille Traurigkeit, dieser innere Schmerz. Es war fast zu qualvoll hinzusehen, denn zu lange betrachten hieß fühlen. Er hatte diesen Ausdruck heute in Suzannas Augen gesehen …

Kann das Bianca sein? fragte er sich. Die Ähnlichkeit war vorhanden. Und die Augen ließen ihn an Suzanna denken.

Weil ich zu oft an sie denke, sagte er sich und stand auf, drehte das Porträt jedoch nicht wieder zur Wand um. Er stand lange da, betrachtete es und fragte sich, ob sein Großvater die Frau geliebt hatte, die auf der Leinwand zu sehen war.

Es wird wieder heiß, dachte Suzanna. Obwohl es noch nicht einmal sieben Uhr war, war die Luft bereits stickig.

Im Laden überprüfte sie die kühl gelagerten Blumen und hinterließ eine Nachricht für Carolanne, sie solle die Nelken zum halben Preis abstoßen. Zufrieden goss sie die Topfpflanzen. Um halb acht warf sie noch einen Blick in das Gewächshaus.

Um acht war ihr Pick-up beladen, und sie war unterwegs nach Bar Harbor, wo sie den ganzen Tag am Garten eines neu erbauten Hauses arbeiten musste. Andersons, die Eigentümer, waren aus Boston und wollten ein Sommerhaus mit perfekt angelegtem Garten. Sie waren in dieser Woche in Boston, sodass Suzanna im Garten genügend Ruhe für ihre Arbeit haben würde.

In den letzten zwei Jahren zeichnete sich ab, dass Suzanna mit ihrem Geschäft Erfolg hatte. Ihr Hang zu Gartenarbeit war ihre einzige nützliche Fähigkeit gewesen und hatte sich während der letzten Monate ihrer auseinander brechenden Ehe als Rettung erwiesen. In ihrer Verzweiflung hatte sie ihren Schmuck verkauft, ein Darlehen aufgenommen und sich in das Unternehmen „Island Gardens" gestürzt.

Das war ein schlichter, geradliniger Name für ihre Gärtnerei, und darüber hinaus war es für Suzanna ein gutes Gefühl, wieder ihren Mädchennamen zu benutzen. Das erste Jahr war hart gewesen, besonders als sie jeden übrigen Cent in die Anwaltskosten eines Vormundschaftsprozesses stecken musste.

Bei der Erinnerung daran schien ihr noch immer das Blut zu gefrieren. Bax hatte die Kinder gar nicht gewollt. Es ging ihm nur darum, ihr das Leben schwer zu machen. Als alles vorüber war, hatte sie fünfzehn Pfund und zahllose Stunden Schlaf verloren und steckte bis zum Hals in Schulden. Aber sie hatte ihre Kinder. Die hässliche Schlacht war gewonnen, der Preis bedeutete nichts.

Bis zum Mittag arbeitete sie methodisch an dem neuen Garten, genoss die Einsamkeit und ignorierte die schmerzenden Muskeln. Sie nahm gerade einen Schluck aus ihrer Wasserflasche, als ein Wagen in die Einfahrt bog und hinter ihrem Truck hielt. Suzanna stützte sich auf ihre Schaufel und beobachtete, wie Holt ausstieg.

Ungehalten darüber, dass ihre Einsamkeit gestört wurde, stieß sie den Atem aus und grub weiter. „Kleine Spazierfahrt?" fragte sie, als ein Schatten über sie fiel.

„Nein. Das Mädchen in Ihrem Laden sagte mir, wo ich Sie finden könne. Was machen Sie da, verdammt noch mal?"

„Ich spiele Canasta. Was wollen Sie?"

„Legen Sie diese Schaufel weg, bevor Sie sich wehtun. Löcher graben ist doch nichts für Sie."

„Löcher graben ist mein Beruf, mehr oder weniger. Also, was wollen Sie?“

Er sah ihr noch zehn Sekunden beim Graben zu, ehe er ihr die Schaufel entriss. „Geben Sie mir das verdammte Ding und setzen Sie sich!“

Geduld war normalerweise ihre Stärke, doch nun hatte Suzanna Mühe damit. Sie rückte ihre Mütze zurecht. „Ich muss noch sechs Bäume, zwei Rosenbüsche und Bodendecker auf zwanzig Quadratmetern Grund pflanzen. Wenn Sie etwas zu sagen haben, fein. Reden Sie, während ich arbeite.“

Er hielt die Schaufel außerhalb ihrer Reichweite. „Wie tief?“ Sie hob nur eine Augenbraue. „Wie tief wollen Sie das Loch?“

Suzanna senkte ihren Blick und hob ihn wieder. „Ich würde sagen, zwei Meter würden reichen, um Sie darin zu begraben.“

Holt überraschte sie mit einem Lächeln. „Und Sie waren mal so süß.“ Er rammte die Schaufel in den Boden und begann zu graben. „Sagen Sie, wann ich aufhören soll.“

An sich erwiderte sie Freundlichkeit mit Freundlichkeit. Doch diesmal wollte sie eine Ausnahme machen. „Sie können sofort aufhören. Ich brauche keine Hilfe. Und ich will keine Gesellschaft.“

„Ich wusste nicht, dass Sie einen Hang zur Sturheit haben.“ Holt blickte hoch, während er Erde beiseite schleuderte. „Es ist mir ziemlich schwer gefallen, hinter dieses hübsche Gesicht zu blicken.“ Dieses hübsche Gesicht, stellte er fest, war erhitzt und verschwitzt und zeigte vor Müdigkeit Ringe unter den Augen. Das gefiel ihm gar nicht. „Ich dachte, Sie verkaufen Blumen.“

„Das tue ich. Ich pflanze sie auch.“

„Selbst ich weiß, dass dieses Ding da ein Baum ist.“

„Die pflanze ich auch.“ Sie gab auf, und wischte sich über den Nacken. „Das Loch muss breiter sein, nicht tiefer.“

Er folgte ihrer Anweisung. Vielleicht musste er sie neu einschätzen. „Wieso haben Sie niemanden, der die schweren Arbeiten für Sie macht?“

„Weil ich das allein schaffe.“

Ja, in ihrer Stimme schwangen Sturheit und eine Spur von Gereiztheit mit. Er mochte sie dafür besser leiden. „Sieht für mich wie ein Job für zwei Leute aus.“

„Es ist ein Job für zwei Leute, aber der zweite Mann hat gestern gekündigt, um Rockstar zu werden. Seine Band hat ein Engagement in Brighton Beach bekommen.“

„Große Sache.“

„Hm. So ist es fein.“ Suzanna hob den einen Meter langen Baum an dem Wurzelballen hoch und senkte ihn vorsichtig in das Loch.

„Jetzt muss ich es wohl wieder auffüllen.“

„Sie haben die Schaufel.“

Ihre Nägel sind kurz, stellte Holt fest, als sie mit ihren bereits schmutzigen Fingern in das Erdreich fasste. Sie hatte keinen Ehering am Finger.

„Machen Sie das jeden Tag?“

„Ich versuche, einen oder zwei Tage im Laden zu bleiben. Dann kann ich die Kinder mitnehmen.“ Mit den Füßen stampfte sie die feuchte Erde fest und breitete Torf darüber aus. „Im nächsten Frühling wird es hier überall blühen. Holt, ich habe noch viel zu tun. Wenn Sie mit mir sprechen wollen, müssen Sie mit nach hinten in den Garten kommen.“

Er blickte an ihr vorbei. „Haben Sie das alles heute gemacht?“

„Ja. Was denken Sie?“

„Ich denke, dass Sie sich einen Sonnenstich einholen werden.“

Ein Kompliment wäre wohl zu viel verlangt gewesen. „Ich bin Ihnen für Ihren medizinischen Kommentar dankbar." Suzanna legte eine Hand an die Schaufel, doch er hielt sie fest. „Ich brauche das Ding."

„Ich trage die Schaufel."

„Fein." Sie lud alles Nötige auf eine Schubkarre. Holt fluchte, warf die Schaufel darauf und schob Suzanna beiseite, um selbst die Schubkarre zu schieben.

„Wohin?"

„Zum hinteren Zaun."

Sie pflanzten den ersten Baum zusammen.

„Ich habe über gestern nachgedacht", sagte Holt, als sie den zweiten Baum in die Erde senkten. „Ich glaube noch immer nicht, dass ich etwas tun kann. Aber ich denke, Sie haben Recht, was die Verbindung angeht. Dennoch, mein Großvater hat Bianca mir gegenüber nie erwähnt. Ich weiß also nicht …"

„Er liebte sie", unterbrach ihn Suzanna. „Er wusste, wie sie dachte. Vielleicht hatte er eine Ahnung, wo sie die Smaragde versteckt hatte."

„Er ist tot."

„Ich weiß. Bianca führte Tagebuch, Christian vielleicht auch."

Er nahm ihr wieder die Schaufel ab. „Ich habe nie eines gesehen. Sie kämpfen gegen Windmühlen, Suzanna."

„Diese Sache ist wichtig für meine Familie." Sie senkte eine Weißtanne in ein Loch. „Es geht nicht um den finanziellen Wert der Smaragde, sondern darum, was sie für Bianca bedeuteten."

Holt beobachtete, wie sie geschickt arbeitete. „Woher wollen Sie wissen, was sie für Bianca bedeuteten?"

Suzanna hielt die Augen gesenkt. „Ich kann es Ihnen nicht so erklären, dass Sie es verstehen oder akzeptieren würden."

„Versuchen Sie es."

„Wir alle scheinen eine Art Verbindung zu ihr zu haben, besonders Lilah." Suzanna blickte nicht hoch, als sie ihn das nächste Loch graben hörte. „Wir hatten die Smaragde nie gesehen, nicht mal ein Foto. Nach Biancas Tod zerstörte Fergus, mein Urgroßvater, alle Bilder von ihr. Doch Lilah ... Eines Abends zeichnete sie die Smaragde, nach einer Seance."

Nun blickte sie hoch und fing den amüsiert-ungläubigen Ausdruck in seinen Augen auf.

„Ich weiß, wie das klingt", meinte sie abwehrend. „Aber meine Tante glaubt an so etwas. Und seit jenem Abend denke ich, sie könnte Recht haben. Meine jüngste Schwester, C. C., hatte eine Erfahrung während dieser Séance. Sie sah die Smaragde. Wochen später fand Lilahs Verlobter ein Bild der Smaragde in einem Buch. Sie sahen genauso aus, wie Lilah sie gezeichnet und C. C. sie gesehen hatte."

Zunächst sagte Holt nichts, während er den nächsten Baum setzte. „Ich halte nichts von Mystizismus. Vielleicht hat eine Ihrer Schwestern früher mal ein Bild gesehen und wieder vergessen."

„Ein solches Bild hätten wir nicht vergessen."

„Sie kennen den Spruch von der Stecknadel im Heuhaufen?" fragte er.

„Glauben Sie nicht an Hoffnung?"

Er war nahe daran, den Schmutz von ihrer Wange zu wischen. „Nein, nur daran, was wirklich ist."

„Dann tun Sie mir Leid." Sie standen gemeinsam auf, und Suzanna wich zurück. „Wenn Sie nicht daran glauben, was sein könnte, hat es keinen Sinn, Bäume zu pflanzen oder Kinder zu bekommen oder auch nur den Sonnenuntergang zu beobachten."

„Ich glaube nicht an die Halskette, Suzanna, oder an Geister, aber sollte ich mich davon überzeugen, dass mein Großvater etwas mit Bianca Calhoun zu tun hatte, werde ich Ihnen helfen."

„Warum?"

„Weil er das gewollt hätte, falls er sie geliebt hat." Er hielt ihr die Schaufel hin. „Jetzt habe ich etwas zu erledigen."

3. KAPITEL

Suzanna sah sehr zufrieden, dass bei ihrer Rückkehr in den Laden das Geschäft blühte. Carolanne war eine großartige Hilfe.

Eine Stunde später hielt Suzanna vor Holts Cottage und stieg aus dem Lastwagen. Sie war eine Calhoun, und die Calhouns zahlten immer ihre Schulden zurück.

Während sie zur Haustür ging, stellte sie sich den Garten und das Haus mit Blumen vor. Es hätte ein märchenhafter Ort sein können, doch der Mann, der hier lebte, glaubte nicht an Märchen.

Sie klopfte und bemerkte, dass sein Wagen nicht da war. Achselzuckend machte sie sich an die Arbeit.

In seiner Werkstatt reparierte Holt einen defekten Bootsmotor und hoffte, dadurch von den Calhouns abgelenkt zu werden. Er blickte nicht einmal auf, als Sadie ihr Nickerchen unterbrach und ins Freie trottete. Sie bellte, doch er arbeitete weiter. Als Wachhund war Sadie eine Niete. Sie verbellte Eichhörnchen und den Wind im Gras. Sie bellte sogar im Schlaf. Vor einem Jahr hatte es in seinem Haus in Portland einen Einbruch gegeben. Holt hatte dem Möchtegerndieb seine Stereoanlage wieder abgenommen, während Sadie friedlich auf dem Wohnzimmerteppich schlief.

Doch er hörte zu arbeiten auf, als er das leise Lachen einer Frau vernahm. Warum ließ sie ihn nicht allein? Sie hätte nicht wiederkommen sollen. Doch sie war da, stand in seinem Garten und sprach mit seinem Hund. Und grub ein Loch.

Holt trat aus der Werkstatt. „Was machen Sie hier, zum Teufel?“

Suzannas Kopf schnellte hoch. Er sah ihre Augen, groß und blau und alarmiert. Ihr von Hitze und Arbeit erhitztes Gesicht wurde blass. Ihm war dieser Blick schon früher aufgefallen – die blitzartige Angst eines in die Ecke gedrängten Opfers. Dann war er so schnell verschwunden, dass er fast glauben konnte, es sich nur eingebildet zu haben.

„Ich dachte, Sie wären nicht hier."

Er sah sie nur finster an. „Sie haben also beschlossen, ein Loch in meinem Garten zu graben."

„So könnte man das wohl sagen." Sie rammte die Schaufel in die Erde und vertiefte das Loch. „Ich habe Ihnen einen Busch mitgebracht."

Der Teufel sollte ihn holen, wenn er diesmal die Schaufel nahm und das Loch grub. Aber er ging zu ihr. „Warum?"

„Um mich für Ihre Hilfe heute zu bedanken. Sie haben mir eine Stunde erspart."

„Die Sie benutzen, um noch ein Loch zu graben. Ich weiß nicht, wie man sich um einen Busch kümmert. Wenn Sie ihn hier einpflanzen, verurteilen Sie ihn zum Tode."

Lachend holte Suzanna die letzte Schaufel Erde heraus. „Sie brauchen nicht viel zu tun. Dieser Busch ist sehr widerstandsfähig, und er wird bis in den Herbst hinein für Sie blühen. Darf ich Ihren Gartenschlauch benutzen?"

„Was?"

„Ihren Gartenschlauch."

„Ja." Holt fuhr sich durch die Haare. Er hatte keine Ahnung, wie er reagieren sollte. Es war das erste Mal, dass ihm jemand Grünzeug schenkte, abgesehen von dem Strauß, den ihm die Kollegen ins Krankenhaus mitgebracht hatten. „Sicher."

„Es ist ein kleiner Busch, der nicht höher als einen Meter wächst." Sie streichelte Sadie, die schnüffelnd den Busch umkreiste. „Wenn Sie stattdessen etwas anderes wollen …"

Er wollte nicht wegen einer idiotischen Pflanze gerührt sein. „Spielt für mich keine Rolle. Ich kann diese Dinger ohnehin nicht auseinander halten."

„Nun, das ist ein Hypericum Kalmianum."

Seine Lippen zuckten. Es mochte fast ein Lächeln sein. „Das sagt mir aber viel."

Sie sah ihn lächelnd an. Hätte sie es nicht besser gewusst, konnte man meinen, dass er verlegen war. Von wegen! „Man nennt ihn einen Sonnenscheinbusch. Ich dachte, Sie könnten etwas Sonnenschein gebrauchen."

„Sind Sie sicher, dass Sie mich nicht bestechen wollen, damit ich Ihnen helfe?"

Seufzend kauerte sie sich hin. „Ich frage mich, wie jemand so zynisch und unfreundlich werden kann. Sie haben bestimmt Ihre Gründe, aber die treffen hier nicht zu. Sie haben mir heute einen Gefallen erwiesen, und ich revanchiere mich dafür. Ganz einfach. Wenn Sie den Busch nicht wollen, sagen Sie es, und ich schenke ihn jemand anderem."

Er hob bei ihrem Ton eine Augenbraue. „Halten Sie so Ihre Kinder im Zaum?" fragte er bissig.

„Wenn nötig, ja. Nun, was meinen Sie?"

Vielleicht war er zu hart zu ihr. „Jetzt habe ich schon ein Loch in meinem Garten." Er kniete sich neben sie. „Dann können wir genauso gut etwas einpflanzen."

Und das war vermutlich seine Art, sich zu bedanken. „Fein."

„Wie alt sind Ihre Kinder?" Nicht, dass es Holt interessierte. Er machte nur Konversation.

„Fünf und sechs. Alex und Jenny."

„Wieso sind Sie nach der Scheidung hierher zurückgekommen?"

„Weil hier mein Zuhause ist."

Ein wunder Punkt, dachte er. „Ich habe gehört, Sie verwandeln The Towers in ein Hotel."

„Nur den Westflügel. Darum kümmert sich C. C.'s Mann."

„Schwer, sich C. C. verheiratet vorzustellen. Als ich sie das letzte Mal sah, war sie etwa zwölf."

„Sie ist jetzt erwachsen und schön."

„Das liegt in der Familie."

Suzanna blickte überrascht auf. „Ich glaube, Sie haben soeben etwas Nettes gesagt."

„Ich habe nur eine Tatsache festgestellt. Die Calhoun-Schwestern waren stets einen zweiten Blick wert." Holt spielte mit dem Ende ihres Pferdeschwanzes. „Wann immer Jungs zusammenkamen, waren Sie vier Gesprächsthema."

Sie lachte, als sie daran dachte, wie leicht damals das Leben gewesen war. „Wir wären geschmeichelt gewesen, hätten wir es gewusst."

„Ich habe Sie oft beobachtet", bekannte Holt.

Langsam hob sie den Kopf. „Wirklich? Das ist mir nie aufgefallen."

„Natürlich nicht." Er ließ die Hand sinken. „Prinzessinnen beachten keine Bauern."

Suzanna schüttelte den Kopf. „Wie albern."

„Es war leicht, Sie mir als Prinzessin in der Burg vorzustellen."

„Eine Burg, die seit Jahren verfällt", sagte sie trocken. „Und wenn ich mich recht erinnere, waren Sie zu sehr damit beschäftigt, herumzuschlendern und Mädchen abzuschleppen, um mich zu bemerken."

Er musste lächeln. „Oh, zwischen dem Herumschlendern und dem Abschleppen sind Sie mir wohl aufgefallen."

Etwas in seinen Augen löste eine Alarmglocke in Suzanna aus. Sie drückte die Erde um den Busch an. „Das ist lange her. Ich denke, wir beide haben uns ein wenig verändert."

„Ich kann nicht widersprechen." Er presste die Erde fest.

„Nein, nicht pressen, nur sanft drücken." Sie rutschte näher und legte ihre Hände auf die seinen, um es ihm zu zeigen.

Holt hielt sie fest. „Sie haben starke Hände, Suzanna", murmelte er.

„Gärtnerhände." Sie versuchte, ihre Stimme locker klingen zu lassen. „Und ich brauche sie, um den Busch einzupflanzen."

Er verstärkte seinen Griff. „Darum kümmern wir uns später. Wissen Sie, dass ich seit fünfzehn Jahren davon träume, Sie zu küssen?" Er sah, wie das leichte Lächeln aus ihrem Gesicht verschwand und sie auf Abwehr schaltete. Es störte ihn nicht. Es mochte für sie beide besser sein, wenn sie Angst vor ihm hatte. „Das ist eine lange Zeit, um an etwas zu denken."

Er ließ eine ihrer Hände los, doch bevor sie erleichtert aufatmen konnte, hatte er seine Hand in ihren Nacken gelegt. Seine Finger waren hart, sein Griff entschlossen.

„Ich will das nur endlich aus meinem Gedächtnis streichen."

Suzanna hatte keine Zeit zum Widerspruch. Bevor sie protestieren konnte, senkte sein Mund sich auf ihre Lippen. Es war nichts Sanftes an ihm. Sein Mund, seine Hände, sein Körper waren hart und fordernd, als er sie an sich zog. Aufkeimende Angst brachte Suzanna dazu, mit einer Hand gegen seine Schulter zu drücken. Sie hätte genauso gut versuchen können, einen Steinblock zu bewegen.

Dann verwandelte sich die Angst in ein schmerzliches Sehnen. Sie ballte eine Hand gegen ihn, musste jedoch mehr gegen sich selbst als gegen ihn kämpfen.

Sie war verkrampft. Er fühlte es, als er sie an sich drückte. Er wusste, dass es falsch und unfair und sogar verabscheuungswürdig war, aber verdammt noch mal, er musste dieses Fieber auslöschen, das in ihm brannte. Er musste sich davon überzeugen, dass sie einfach irgendeine Frau war und seine Fantasien von ihr nur Überreste alberner Träume eines Jungen waren.

Dann erschauerte sie. Ein sanfter, nachgiebiger Laut folgte. Und ihr Mund öffnete sich unter seinen Lippen zu einer unwiderstehlichen Einladung. Mit einer Verwünschung drang er weiter vor, zog ihren Kopf an den Haaren zurück, um mehr von dem nehmen zu können, was sie willig anbot.

Ihr Mund war wie eine Festtafel, und Holt war zu ausgehungert, um seine Begierde zu unterdrücken. Das Verlangen, das er hatte loswerden wollen, dröhnte in seinem Kopf.

Suzanna konnte kaum atmen oder denken. Ihre Sorgen schwanden, wurden durch aufgewühlte Empfindungen ersetzt. Seine angespannten Muskeln unter ihren Fingern, der heiße Geschmack seines Mundes, das Dröhnen ihres Herzschlags. Sie hatte Holt umschlungen, drückte sich ihm willig entgegen, und ihr Mund war genauso voller Ungeduld wie der seine.

Es war so lange her, dass sie berührt worden war, dass sie das Verlangen eines Mannes auf ihren Lippen geschmeckt hatte. So lange, seit sie irgendeinen Mann begehrt hatte. Doch sie begehrte jetzt – wollte seine Hände auf sich fühlen, rau und fordernd, wollte, dass sein Körper sich auf dem weichen, sonnendurchwärmten Gras über den ihren schob. Sie wollte wild und willig und begierig sein, bis dieses Verlangen gestillt war, das in einem schluchzenden Stöhnen über ihre Lippen kam.

Seine Finger hatten sich in ihr T-Shirt gekrallt, das er beinahe weggerissen hätte. Er verwünschte sich und ließ sie los. Ihr flacher, abgehackter Atem war gleichzeitig Verdammung und

Verführung, als Holt sich zwang, sich zurückzuziehen. Ihre Augen schienen sich verdunkelt zu haben und waren im Schock geweitet.

Kein Wunder, dachte er. Suzanna war praktisch im hellen Tageslicht überfallen worden.

Ihre Wimpern senkten sich, bevor er ihre Beschämung erkennen konnte.

„Hoffentlich fühlen Sie sich jetzt besser“, bemerkte sie.

„Nein.“ Seine Hände waren alles andere als sicher, weshalb er sie zu Fäusten ballte. „Tue ich nicht.“

Suzanna sah ihn nicht an, konnte es nicht. Sie durfte im Moment auch nicht darüber nachdenken, was sie getan hatte. Um sich zu beruhigen, häufte sie Torf um den frisch eingepflanzten Busch. „Falls es trocken bleibt, müssen Sie ihn begießen.“

Zum zweiten Mal hielt er ihre Hände fest. „Wollen Sie mich nicht schlagen?“

Sie war bemüht, sich zu entspannen. „Das hat wenig Sinn. Vermutlich sind Sie der Ansicht, eine Frau wie ich könnte – könnte gewisse Bedürfnisse haben.“

„Ich habe nicht über Ihre Bedürfnisse nachgedacht, als ich Sie küsste. Es war eine absolut selbstsüchtige Angelegenheit, Suzanna. Ich bin gut in Selbstsucht.“

Sie entzog ihm ihre Hände. „Ganz sicher.“ Sie wollte nur noch weg, belud jedoch ihre Schubkarre, bis er sie am Arm packte und herumwirbelte.

„Was, zum Teufel, soll das?“ Seine Stimme war so rau wie seine Hände. „Ich habe Sie förmlich zu Boden gerissen, und jetzt beladen Sie Ihre Schubkarre und gehen weg?“

Sie wollte ihn nicht wissen lassen, dass es ihr gefallen hatte. Deshalb musste sie ruhig und beherrscht bleiben. „Wenn Sie Streit oder eine flüchtige Geliebte suchen, Holt, sind Sie an die

Falsche geraten. Meine Kinder erwarten mich zu Hause, und ich bin es leid, ständig festgehalten zu werden."

Ihre Stimme vibrierte nicht, aber ihr Arm zitterte leicht unter seinem Griff, und hinter ihren traurigen, schönen Augen verbarg sich ein Geheimnis. „Ganz allgemein festgehalten zu werden, oder von mir?" wollte Holt wissen.

„Sie sind derjenige, der mich festhält." Ihre Geduld ging zu Ende. „Ich mag das nicht."

„Das ist wirklich schade, weil ich das Gefühl habe, dass ich das noch oft machen werde, bevor wir fertig sind."

„Vielleicht habe ich mich nicht klar ausgedrückt. Wir sind fertig." Suzanna riss sich los und umfasste die Griffe der Schubkarre.

Holt lehnte einfach sein Gewicht darauf, um sie zurückzuhalten. Ob sie ahnte, dass sie gerade eine unwiderstehliche Herausforderung ausgesprochen hatte? Er grinste jungenhaft. „Jetzt werden Sie wütend."

„Ja. Fühlen Sie sich dabei besser?"

„Wesentlich. Ich habe es lieber, wenn Sie mit Krallen auf mich losgehen, als dass Sie wie ein verletzter Vogel wegkriechen."

„Ich krieche nirgendwohin", entgegnete Suzanna aufgebracht. „Ich fahre nach Hause."

„Sie haben Ihre Schaufel vergessen", bemerkte Holt mit einem unverschämten Grinsen.

Sie entriss sie ihm und warf sie auf die Schubkarre. „Danke."

„Gern geschehen." Er wartete, bis sie drei Meter gegangen war. „Suzanna!"

Sie wurde langsamer. „Ja?"

„Es tut mir Leid."

Ihr Zorn ließ ein wenig nach. „Vergessen Sie es."

„Nein.“ Holt schob seine Hände in die Taschen. „Es tut mir Leid, dass ich Sie nicht schon vor fünfzehn Jahren so geküsst habe.“

Suzanna fluchte leise und beschleunigte ihre Schritte. Als sie nicht mehr zu sehen war, betrachtete Holt den Busch. Ja, dachte er, es tut mir Leid.

Aber er plante, die verlorene Zeit nachzuholen.

Suzanna konnte nicht schlafen. Sie stand auf der Terrasse und versuchte vergeblich, ihre Gedanken an Holt zu vertreiben.

„Suzanna, da bist du.“

Ihre Gedanken zerstoben, als sie ihre Tante durch die Terrassentür ins Freie kommen sah. „Tante Coco.“

„Entschuldige, Liebes. Ich habe geklopft und geklopft. Dein Licht brennt. Also habe ich ins Zimmer geschaut.“

„Ist schon in Ordnung.“ Suzanna legte einen Arm um Cocos beachtliche Taille. Diese Frau hatte sie ihr ganzes Leben lang geliebt. Eine Frau, die seit mehr als fünfzehn Jahren Mutter und Vater für sie war. „Ich habe mich in der Nacht verloren. Sie ist so schön.“

Coco nickte. Von allen ihren Mädchen sorgte sie sich am meisten um Suzanna. Coco hatte zugesehen, wie sie als junge Braut vor Hoffnung strahlend weggefahren war. Sie war da gewesen, als Suzanna kaum vier Jahre später bleich und zerstört mit zwei kleinen Kindern zurückgekehrt war. In den Jahren seither war sie stolz darauf gewesen zu sehen, wie Suzanna auf die Beine kam, sich ihrer Rolle als allein Erziehende widmete und hart, viel zu hart arbeitete, um ihr Geschäft anzukurbeln.

Und Coco hatte schmerzlich darauf gewartet, dass dieser traurige, gepeinigte Blick aus den Augen ihrer Nichte verschwand.

„Konntest du nicht schlafen?“ fragte Suzanna.

„Ich habe noch gar nicht an Schlaf gedacht.“ Coco stieß den Atem aus. „Diese Frau bringt mich um den Verstand.“

Suzanna schaffte es, nicht zu lächeln. Sie wusste, dass „diese Frau“ ihre Großtante Colleen war, das älteste von Biancas Kindern und Schwester von Cocos Vater. Die grobe, fordernde und ewig übellaunige Frau war vor einer Woche bei ihnen regelrecht eingefallen. Coco war sicher, dass dies nur mit der Absicht geschehen war, ihr das Leben zu vermiesen.

„Hast du sie beim Dinner gehört?“ Groß und beeindruckend in ihrem fließenden Kaftan, begann Coco, hin und her zu laufen. Ihre Klagen brachte sie empört flüsternd vor. Colleen mochte über achtzig sein, ihr Schlafzimmer mochte zehn Meter entfernt sein, aber sie besaß Ohren wie ein Luchs. „Die Soße war zu fett, der Spargel zu weich. Man stelle sich vor, dass ausgerechnet sie mir erklärt, wie man *Coq au vin* macht. Ich hätte am liebsten ihren Stock genommen und ihn ihr …“

„Das Dinner war köstlich wie immer“, unterbrach Suzanna. „Sie muss stets über etwas klagen, Tante Coco, sonst wäre ihr Tag nicht vollständig. Und wenn ich mich recht erinnere, hat sie keinen einzigen Krümel auf ihrem Teller zurückgelassen.“

„Ganz recht.“ Coco holte tief Luft. „Ich weiß, ich sollte diese Frau nicht so auf meinen Nerven herumtrampeln lassen. Tatsache ist, dass ich mich stets halb zu Tode vor ihr gefürchtet habe. Und sie weiß das. Würde ich nicht zu Yoga und Meditation greifen, hätte ich bestimmt schon den Verstand verloren. Solange sie auf diesen Kreuzfahrtschiffen gelebt hat, musste ich nur gelegentlich einen Pflichtbrief schicken. Aber mit ihr unter einem Dach zu leben …“ Coco konnte nicht anders, sie erschauerte.

„Sie wird uns bald leid sein und den Nil oder den Amazonas oder sonst was befahren."

„Mir kann das nicht schnell genug gehen. Ich fürchte, sie möchte bleiben, bis wir die Smaragde gefunden haben." Coco blieb stehen. „Ich habe meine Kristallkugel zum Meditieren benutzt. Das ist so besänftigend, und nach einem Abend mit Tante Colleen ..." Sie winkte heftig ab. „Wie auch immer, ich trieb also dahin, als Gedanken und Bilder von Bianca vor meinem geistigen Auge erschienen."

„Das ist nicht überraschend", warf Suzanna ein. „Wir alle denken ständig an sie."

„Aber diesmal war es sehr stark, Liebes, sehr klar. Da war so viel Melancholie. Ich sage dir, mir sind Tränen in die Augen gestiegen." Coco zog ein Taschentuch aus ihrem Kaftan. „Dann habe ich plötzlich an dich gedacht, und das war genauso stark und klar. Die Verbindung zwischen dir und Bianca war unmissverständlich. Es muss einen Grund geben, und ich glaube, es hat mit Holt Bradford zu tun." Cocos Augen schimmerten vor Begeisterung über ihre Entdeckung. „Sieh mal, du hast mit ihm gesprochen und dadurch den Graben zwischen Christian und Bianca überbrückt."

„Ich glaube nicht, dass man meine Unterhaltung mit Holt eine Brücke nennen könnte."

„Nein, er ist der Schlüssel, Suzanna. Er weiß vermutlich nicht, welche Information er besitzt, aber ohne ihn können wir nicht den nächsten Schritt tun."

Suzanna zuckte die Schultern. „Er ist nicht interessiert."

„Dann musst du ihn umstimmen." Sie drückte Suzannas Hand. „Wir brauchen ihn. Bevor wir nicht die Smaragde gefunden haben, wird sich niemand von uns sicher fühlen. Die Polizei konnte diesen elenden Dieb nicht finden, und wir wissen nicht, was er als nächstes versuchen wird. Holt ist unsere einzige Verbindung zu dem Mann, den Bianca liebte."

„Ich weiß."

„Dann wirst du ihn wieder sehen? Du wirst mit ihm sprechen?"

Suzanna blickte zu den Klippen, in die Dunkelheit. „Ja, ich werde ihn wieder sehen."

Ich wusste, dass sie wiederkommen würde. Mochte es auch unklug und falsch sein, ich wartete jeden Nachmittag auf sie. An den Tagen, an denen sie nicht zu den Klippen kam, starrte ich zu den Türmen von The Towers hinauf und sehnte mich nach der Frau eines anderen Mannes in einer Weise, zu der ich kein Recht hatte. An den Tagen, an denen sie zu mir kam, verspürte ich eine unvergleichliche Freude.

Anfangs blieb unsere Unterhaltung höflich und distanziert. Wetter, unwichtiges Gerede aus dem Dorf, Kunst und Literatur. Später war sie entspannter. Sie sprach von ihren Kindern, und ich lernte sie durch Bianca kennen. Das kleine Mädchen, Colleen, das hübsche Kleider liebte und sich nach einem Pony sehnte. Klein Ethan, der nur Abenteuer suchen wollte. Und den kleinen Sean, der gerade das Laufen lernte.

Die Kinder waren ihr Leben. Sie sprach selten von den Partys, den Bällen und Gesellschaften, die sie fast jeden Abend besuchte. Von dem Mann, den sie geheiratet hatte, sprach sie überhaupt nicht.

Ich gebe zu, dass ich über ihn nachgedacht habe. Natürlich war allgemein bekannt, dass Fergus Calhoun ein ehrgeiziger und wohlhabender Mann war, der ein paar Dollar in ein Imperium verwandelt hatte. Doch das interessierte mich nicht.

Es war der Privatmann, der mich verfolgte. Der Mann, der das Recht besaß, Bianca seine Frau zu nennen. Der Mann, der nachts neben ihr lag, der sie berührte.
Ich war bereits in sie verliebt.
Es wäre für mich am besten gewesen, an einem anderen Ort zu malen. Doch ich konnte es nicht. Ich ging zurück, immer und immer wieder. Ich dachte an sie und wartete auf sie.
Sie war einverstanden, sich von mir malen zu lassen. Ich begann, wie das ein Künstler muss, nur ihr Inneres zu sehen. Unter ihrer Schönheit, ihrer Haltung und ihrem Auftreten verbarg sich eine verzweifelt unglückliche Frau. Ich wollte sie in meine Arme nehmen, damit sie mir erzählte, woher dieser traurige Blick in ihren Augen kam. Doch ich malte sie bloß. Zu mehr hatte ich kein Recht.
Ich war nie ein geduldiger oder edler Mann, doch bei ihr konnte ich es sein. Ohne mich jemals zu berühren, veränderte sie mich.
Selbst jetzt, ein Menschenleben später, kann ich zu den Klippen gehen und sie sehen. Ich kann die See riechen, die sich nie verändert, und Biancas Parfüm auffangen. Ich brauche nur eine wilde Rose zu pflücken, um mich an das feurige Schimmern ihres Haares zu erinnern. Schließe ich die Augen, höre ich das Murmeln des Wassers auf den Felsen in der Tiefe, und ihre Stimme kommt so klar und süß zurück, als wäre es gestern gewesen.
Ich erinnere mich an den letzten Nachmittag in diesem ersten Sommer, als sie neben mir stand, nahe genug, um sie zu berühren, und doch fern wie der Mond.
„Wir reisen morgen früh ab“, sagte sie, sah mich jedoch nicht an. „Den Kindern tut es Leid, dass wir gehen.“
„Und Ihnen?“

Ein schwaches Lächeln umspielte ihre Lippen, erreichte jedoch nicht ihre Augen. „Manchmal frage ich mich, ob ich schon davor gelebt habe. Ich werde das Meer vermissen."
Vielleicht dachte ich nur, als sie mich ansah, sie würde mich auch vermissen. Dann blickte sie wieder weg und seufzte.
„New York ist so anders, so voll Lärm und Hetze. Es ist schwer zu glauben, dass es eine solche Stadt gibt, wenn ich hier stehe. Werden Sie während des Winters auf der Insel bleiben?"
Ich dachte an die kalten und einsamen Monate, die vor mir lagen und verwünschte das Schicksal dafür, dass es mich mit etwas lockte, das ich nie haben konnte. „Meine Pläne ändern sich mit meiner Stimmung." Ich sagte es leichthin und bemühte mich, die Bitterkeit aus meiner Stimme fern zu halten.
„Ich beneide Sie um Ihre Freiheit." Sie wandte sich ab und ging zu ihrem fast fertigen Porträt auf meiner Staffelei. „Und um Ihr Talent. Sie haben mehr aus mir gemacht, als ich bin."
„Weniger." Ich musste meine Hände zu Fäusten ballen, um sie nicht zu berühren. „Manche Dinge kann man nie mit Farben und Leinwand einfangen."
„Wie werden Sie es nennen?"
„Bianca. Ihr Name ist genug."
Sie muss meine Gefühle erfasst haben, obwohl ich sie für mich behalten wollte. Etwas trat in ihre Augen, als sie mich ansah, und dieser Blick dauerte länger, als er sollte. Dann wich sie vorsichtig zurück wie eine Frau, die zu dicht an die Kante einer Kippe herangegangen war.
„Eines Tages werden Sie berühmt sein, und die Leute werden sich um Ihre Arbeiten reißen."

Ich konnte meine Augen nicht von ihr abwenden, weil ich wusste, dass ich sie vielleicht nie wieder sehen würde. „Ich male nicht wegen des Ruhmes."
„Nein, und deshalb werden Sie ihn finden. Und daran werde ich mich an diesen Sommer erinnern. Leben Sie wohl, Christian."
Sie ging weg von mir – wie ich dachte zum letzten Mal –, weg von den Felsen, durch das Gras und die Blumen, die um ihren Platz an der Sonne kämpften.

4. KAPITEL

Coco Calhoun McPike hielt nichts davon, die Dinge dem Zufall zu überlassen, besonders nicht, wenn das Horoskop ihr für diesen Tag riet, eine aktivere Rolle in einer Familienangelegenheit zu übernehmen und alte Bekannte zu besuchen. Coco glaubte beides tun zu können, indem sie Holt Bradford einen Besuch abstattete.

Sie erinnerte sich an ihn als düsteren Jungen mit brennenden Augen, der Hummer geliefert und im Dorf auf Ärger gewartet hatte. Sie erinnerte sich auch daran, dass er einmal für sie einen Reifen gewechselt hatte. Er hatte Bezahlung abgelehnt, war wieder auf sein Motorrad gesprungen und weggefahren, noch ehe sie sich richtig bedankt hatte.

Stolz, abweisend, rebellisch, dachte Coco, während sie ihren Wagen in seine Einfahrt steuerte. Und doch auf eine widerstrebende Art ein Kavalier. Wenn sie klug war – und Coco hielt sich für klug –, konnte sie vielleicht alle diese Charakterzüge ansprechen, um zu bekommen, was sie wollte.

Das ist also Christian Bradfords Cottage, dachte Coco. Sie hatte es natürlich schon früher gesehen, damals aber noch nichts von der Verbindung der beiden Familien gewusst. Sie blieb einen Moment stehen. Mit geschlossenen Augen versuchte sie, etwas zu fühlen.

Coco sah sich gern als Mystikerin. Ob das nun stimmte oder ihre Einbildungskraft nur sehr stark war, sie war jedenfalls sicher, Leidenschaft in der Luft zu spüren. Zufrieden damit und mit sich selbst, marschierte sie zum Haus.

Sie hatte sich sehr sorgfältig gekleidet. Natürlich wollte sie attraktiv aussehen. Ihre Eitelkeit erlaubte nichts anderes. Doch sie wollte auch distinguiert und ein wenig matronenhaft wirken.

Coco fand, dass das alte klassische Chanel-Kostüm in Puderfarbenblau gut passte.

Sie klopfte und zauberte ein – wie sie hoffte – weises und beruhigendes Lächeln auf ihr Gesicht. Bei dem wilden Bellen und dem Strom von Flüchen aus dem Haus legte sie eine Hand an die Brust.

Seit fünf Minuten aus der Dusche, die Haare tropfnass und sein Temperament aufgeheizt, so riss Holt die Tür auf. Sadie stürmte heraus. Coco kreischte. Dank seiner guten Reflexe packte Holt den liebevollen Hund am Halsband, bevor er Coco über das Geländer der Veranda befördern konnte.

„Ach, du liebe Güte!" Coco blickte von dem Hund zu dem Mann und jonglierte mit einem Teller voll brauner Plätzchen. „Du liebe Zeit! Was für ein großer Hund. Sie sieht tatsächlich ganz wie unser Fred aus und ich hatte so gehofft, er würde bald zu wachsen aufhören. Sie könnten direkt auf ihr reiten, wenn Sie wollten, nicht wahr?" Sie lächelte Holt strahlend an. „Es tut mir ja so Leid, aber habe ich Sie gestört?"

Er kämpfte mit der Hündin, die den Duft der Plätzchen aufgefangen hatte und ihren Anteil haben wollte – auf der Stelle. „Wie bitte?"

„Ich habe Sie gestört", wiederholte Coco. „Ich weiß, es ist noch früh, aber an Tagen wie diesem kann ich einfach nicht im Bett bleiben. Allüberall Sonne und zwitschernde Vögelchen. Ganz zu schweigen von dem Sägen und Hämmern. Meinen Sie, sie möchte eines von den Plätzchen haben?" Ohne auf eine Antwort zu warten, nahm Coco ein Plätzchen von dem Teller. „Sitz und benimm dich!"

Sadie hörte auf zu zerren, setzte sich und blickte anbetungsvoll zu Coco hoch.

„Guter Hund." Sadie nahm das Leckerchen höflich an und trottete ins Haus, um es zu genießen. „Nun denn." Mit der ganzen Situation zufrieden, lächelte Coco Holt an. „Sie erinnern sich wahrscheinlich nicht an mich. Du meine Güte, es ist schon Jahre her."

„Mrs. McPike." Er erinnerte sich sehr wohl an sie, obwohl beim letzten Mal, als er sie gesehen hatte, ihre Haare dunkelblond gewesen waren. Das war zehn Jahre her, doch nun wirkte sie jünger. Entweder hatte sie ein erstklassiges Facelifting gehabt oder den Jungbrunnen entdeckt.

„Ach ja, es ist so schmeichelhaft, wenn sich ein attraktiver Mann an einen erinnert. Aber letztes Mal waren Sie kaum mehr als ein Junge. Willkommen daheim!" Sie bot ihm den Teller mit den Plätzchen an. Somit ließ sie ihm keine andere Wahl, als anzunehmen und sie hereinzubitten.

„Danke." Holt betrachtete den Teller, während sie ins Haus eilte. Von Pflanzen bis Plätzchen gewöhnten es sich die Calhouns an, ihm Geschenke zu bringen. „Kann ich etwas für Sie tun?"

„Um die Wahrheit zu sagen, ich war neugierig, dieses Haus zu sehen. Wenn ich mir vorstelle, dass Christian Bradford hier gelebt und gearbeitet hat …" Sie seufzte. „Und von Bianca geträumt hat."

„Nun, zumindest hat er hier gelebt und gearbeitet."

„Suzanna hat mir erzählt, Sie wären nicht ganz überzeugt, dass die beiden einander liebten. Ich kann Ihr Zögern verstehen, diese Geschichte sofort zu glauben, aber sie ist ein Teil meiner Familiengeschichte – und der Ihren. Ach, was für ein herrliches Gemälde!"

Coco ging durch den Raum zu einer Ansicht des Meeres, die über dem steinernen Kamin hing. Trotz des Nebels waren die Farben satt und lebendig, als wollten sich Vitalität und Leidenschaft aus dem dünnen grauen Vorhang befreien. Wilde Brecher, die schwarzen Kanten der Felsen, die düsteren Formen von Inseln, ein kaltes dunkles Meer.

„Voll Kraft", murmelte sie. „Und ach so einsam. Das ist von ihm, nicht wahr?"

„Ja."

Coco stieß den Atem aus. „Wenn Sie diesen Ausblick sehen wollen, brauchen Sie nur unterhalb von The Towers auf den Klippen zu stehen, Suzanna geht da spazieren, manchmal mit den Kindern, manchmal ohne sie. Zu oft allein." Coco schüttelte diese Stimmung ab und wandte sich um. „Meine Nichte meint, Sie wären nicht besonders daran interessiert, Christians und Biancas Beziehung zu bestätigen und bei der Suche nach den Smaragden zu helfen. Das kann ich kaum glauben."

Holt stellte den Teller ab. „Das sollten Sie aber, Mrs. McPike. Ich sagte Ihrer Nichte allerdings, dass ich helfen würde, sobald ich überzeugt wäre, dass es eine bedeutungsvolle Beziehung gibt."

„Sie waren Polizist, nicht wahr?"

Holt hakte seine Daumen in seine Taschen und misstraute dem Themenwechsel. „Ja."

„Ich muss zugeben, ich war überrascht, dass Sie diesen Beruf wählten, aber Sie haben sich in Ihrer Arbeit bestimmt gut gemacht."

Die Narbe auf seinem Rücken schien zu zucken. „Das habe ich."

„Und Sie haben bestimmt auch Fälle gelöst."

Er lächelte ein wenig. „Etliche."

„Also sind Sie Hinweisen nachgegangen. Bis Sie die richtige Antwort gefunden haben. Ich bewundere stets im Fernsehen die Polizei, die ein Rätsel löst und alles vor Ende der Sendung bereinigt."

„Im Leben wird nichts bereinigt."

Coco fand, dass ein abfälliges Lächeln bei manchen Männern gar nicht unattraktiv war. „Nein, allerdings nicht, aber wir könnten eindeutig jemanden mit Ihrer Erfahrung auf unserer Seite gebrauchen." Sie ging auf ihn zu und sah ihn ernst an. „Ich will offen sein. Hätte ich gewusst, welche Probleme meine Familie haben würde, hätte ich vielleicht die Legende der Smaragde mit mir sterben lassen. Als mein Bruder und seine Frau ums Leben kamen und die Mädchen in meiner Obhut zurückließen, fiel mir auch die Verantwortung zu, die Geschichte der Calhoun-Smaragde weiterzugeben, sobald die Zeit reif war. Indem ich tat, was ich für meine Pflicht hielt, brachte ich meine Familie in Gefahr. Ich werde alles tun, was in meiner Macht steht, und jedermann benutzen, den ich benutzen kann, um meine Angehörigen vor Schaden zu bewahren. Bevor diese Smaragde nicht gefunden werden, ist meine Familie nicht in Sicherheit."

„Sie brauchen die Polizei", ließ Holt sie wissen.

„Die tut, was sie kann, aber das reicht nicht." Coco legte kurz eine Hand auf seine Schulter. „Die Polizei hat mit diesen Dingen persönlich nichts zu tun und begreift es nicht. Verstehen Sie?"

Ihr Vertrauen und ihre hartnäckige Logik verursachten ihm Unbehagen. „Sie überschätzen mich."

„Das glaube ich nicht." Coco drückte einen Moment fest seine Schulter. „Aber ich will Sie nicht bedrängen. Ich wollte nur meinen Beitrag zu Suzannas Ausführungen beisteuern. Es fällt ihr so schwer, etwas zu fordern, das sie gern haben möchte."

„Sie macht das ganz gut."

„Nun, das freut mich zu hören. Aber wegen ihrer Arbeit und Mandys Hochzeit und allem, was so vor sich geht, hatte sie in den vergangenen zwei Tagen keine Zeit, noch einmal mit Ihnen zu sprechen. Ich sage Ihnen, unser Leben ist in den letzten zwei Monaten auf den Kopf gestellt worden. Zuerst C. C.'s Hochzeit und die Renovierung, jetzt Amanda und Sloan, und Lilah setzt bereits das Datum für die Hochzeit mit Max fest." Coco stockte und hoffte, bedrückt auszusehen. „Könnte ich doch bloß einen netten Mann für Suzanna finden, dann hätte ich alle meine Mädchen unter der Haube."

Holt entging nicht der spekulative Blick. „Ich bin sicher, sie wird sich selbst darum kümmern, wenn sie bereit ist."

„Nicht, wenn sie sich nicht die Zeit nimmt, sich umzuschauen. Und nicht nach allem, was diese Imitation eines Mannes mit ihr angestellt hat." Coco presste die Lippen zusammen. Wenn sie anfing, über Baxter Dumont herzuziehen, würde es schwierig sein, wieder aufzuhören. „Nun, jedenfalls beschäftigt sie sich zu sehr mit ihrem Laden und ihren Kindern. Deshalb halte ich für sie die Augen offen. Sie sind nicht verheiratet, nicht wahr?"

Zumindest konnte ihr niemand vorwerfen, dezent zu sein. Holt lächelte amüsiert. „Doch. Ich habe eine Frau und sechs Kinder in Portland."

Coco blinzelte, dann lachte sie. „Es war eine unhöfliche Frage", räumte sie ein. „Und bevor ich noch eine stelle, lasse ich Sie in Ruhe." Sie ging zur Tür und war erfreut, dass er genug Manieren besaß, ihr zu folgen und die Tür zu öffnen. „Ach, übrigens, Amandas Hochzeit findet am Samstagnachmittag um sechs Uhr statt. Wir veranstalten den anschließenden Empfang im Ballsaal von The Towers. Ich möchte, dass Sie kommen."

Der unerwartete Wechsel ließ Holt zögern. „Ich halte das nicht für passend."

„Es ist mehr als passend“, verbesserte Coco ihn. „Unsere Familien hatten schon vor langer Zeit miteinander zu tun, Holt. Wir hätten Sie sehr gern bei uns.“ Sie ging auf ihren Wagen zu, drehte sich um und lächelte noch einmal. „Und Suzanna hat keinen Begleiter. Ist das nicht schade?“

Der Dieb trat unter vielen Namen auf. Als er das erste Mal nach Bar Harbor auf der Suche nach den Smaragden gekommen war, hatte er den Namen Livingston benutzt und sich als erfolgreicher britischer Geschäftsmann ausgegeben. Er war nur teilweise erfolgreich gewesen und unter der Tarnung von Ellis Caufield, einem reichen Exzentriker, zurückgekommen. Pech und die Ungeschicklichkeit seines Partners waren schuld, dass er diese Tarnung hatte aufgeben müssen.

Sein Partner war tot, was für ihn aber nur eine kleine Unannehmlichkeit darstellte. Der Dieb trat nun als Robert Marshall auf. Und er mochte sein neues anderes Ich.

Marshall war schlank und sonnengebräunt und sprach mit einem leichten Bostoner Akzent. Er trug die dunklen Haare fast schulterlang und hatte einen Schnurrbart. Seine Augen waren dank Kontaktlinsen braun.

Er mochte diesen Marshall und freute sich, dass er sich als Handlanger für die Arbeiten in The Towers gemeldet hatte. Seine Referenzen waren gefälscht, doch die Smaragde waren die Mühe wert. Er wollte sie haben, ganz gleich, was es kostete.

Im Verlauf der Zeit waren die Smaragde für ihn von einem Job zu einer Besessenheit geworden. Er wollte sie nicht einfach haben, er brauchte sie. Das Risiko, dermaßen in der Nähe der Calhouns zu arbeiten, würzte das Spiel. Er war in einem Meter Abstand an Amanda vorbeigegangen, als sie in den Westflügel kam, um mit Sloan O'Riley zu sprechen. Keiner von beiden, die ihn nur als Livingston gekannt hatten, hatte ihm auch nur einen zweiten Blick zugeworfen.

Er machte seinen Job gut, trug Werkzeug, räumte auf und beklagte sich nicht. Er war freundlich zu seinen Kollegen und trank mit ihnen sogar gelegentlich ein Bier nach der Arbeit.

Danach kehrte er in sein gemietetes Haus jenseits der Bay zurück und machte Pläne.

Das Alarmsystem in The Towers stellte kein Problem dar – nicht, wenn er es so leicht von innen her ausschalten konnte. Indem er für die Calhouns arbeitete, konnte er in ihrer Nähe bleiben und von neuen Entwicklungen in der Suche nach der Halskette hören.

Die Papiere, die er ihnen gestohlen hatte, boten keinen wirklichen Anhaltspunkt, es sei denn jener Brief, der an Bianca gerichtet und nur mit „Christian" unterschrieben war. Ein Liebesbrief, dachte Marshall, während er Bauholz stapelte. Diesen Brief musste er sich noch genauer ansehen.

„Hey, Bob, hast du einen Moment Zeit?"

Marshall lächelte seinem Vorarbeiter zu. „Sicher."

„Ein Tisch muss für diese Hochzeit morgen in den Ballsaal gebracht werden. Du und Rick, ihr helft den Ladys."

„Gern."

Marshall folgte dem Vorarbeiter und verspürte Erregung, dass er sich frei im Haus bewegen konnte. Er bekam von einer aufgeregten Coco seine Anweisungen und packte dann das eine Ende des schweren Tisches, um ihn in den nächsten Stock zu befördern.

„Glaubst du, er kommt?" fragte C. C. Suzanna, als sie die verspiegelten Wände putzte.

„Das bezweifle ich."

C. C. strich ihre kurzen schwarzen Haare zurück, während sie zur Seite trat, um nach Streifen zu suchen. „Warum sollte er nicht kommen? Und wenn wir alle ihn beknien, wird er zusammenbrechen und sich uns anschließen."

„Ich halte ihn nicht für den Typ, der sich irgendwem anschließt." Suzanna drehte sich um und sah die beiden Männer, die sich mit dem Tisch abmühten. „Ach, der kommt an die Wand. Danke."

„Kein Problem", brachte Rick zwischen zusammengebissenen Zähnen hervor. Marshall lächelte bloß und sagte nichts.

„Vielleicht macht er mit, wenn er das Bild von Bianca sieht und die Aufnahme von dem Gespräch hört, das Max und Lilah mit dem Hausmädchen gemacht haben, das damals hier gearbeitet hat. Er ist Christians einziger lebender Nachkomme."

„Hey!" Rick unterdrückte einen Fluch, als Marshall mit dem Tisch schwankte.

„Ich glaube nicht, dass er viel Familiensinn hat", warf Suzanna ein. „Holt Bradford ist noch immer ein Einzelgänger."

Holt Bradford. Marshall speicherte den Namen in seinem Gedächtnis, bevor er den Saal verließ.

Lilah kam mit einer rotblonden Frau und einem kleinen Jungen die Treppe hinauf. „Ich möchte wirklich nicht im Weg sein", sagte die Frau. „Ich weiß, Sloan sagte, wir sollten hier wohnen, aber ich halte es für das beste, wenn Kevin und ich in ein Hotel gehen."

„Aber wir wollen Sie hier haben, alle beide. Sloans Familie ist jetzt auch unsere Familie." Lilah blickte lächelnd auf den dunkelhaarigen Jungen hinunter, der sich mit großen Augen umsah. „Ist schon ein verrücktes Haus, nicht wahr? Dein Onkel sorgt dafür, dass es uns nicht auf den Kopf fällt." Sie betrat den Ballsaal.

Suzanna stand auf einer Leiter und polierte Spiegel, während C. C. auf dem Boden saß und die Dielen bearbeitete.

Lilah beugte sich zu dem Jungen. „Ich hätte mitarbeiten sollen“, flüsterte sie ihm zu. „Ich habe geschwänzt.“

Das brachte ihn zum Lachen, und dieses Lachen, das dem von Alex so ähnlich war, ließ Suzanna sich umdrehen.

Suzanna erwartete die beiden. Ihre Ankunft war vor Wochen angekündigt worden. Doch die beiden zu sehen und zu wissen, wer sie waren, ließ ihre Nerven prickeln.

Die Frau war nicht nur einfach Sloans Schwester, und der Junge war nicht nur einfach sein Neffe. Erst vor kurzem hatte Suzanna erfahren, dass Megan O'Riley die Geliebte ihres Ehemannes gewesen und der Junge sein Kind war. Die Frau, die sie gerade ansah und die Hand des Jungen festhielt, war erst siebzehn gewesen, als Baxter sie mit Charme ins Bett gelockt und mit Liebesschwüren und Eheversprechen verführt hatte. Und die ganze Zeit hatte er schon seine Hochzeit mit Suzanna geplant.

Welche von uns beiden war die „andere Frau“? fragte sich Suzanna.

Es spielte jetzt allerdings keine Rolle. Sie stieg von der Leiter, bemerkte die Nervosität in Megans Augen, die Spannung in ihrem Körper und Entschlossenheit in der Haltung ihres Kinns.

Lilah besorgte die Vorstellung so lässig, dass ein Außenseiter gedacht hätte, in dem Ballsaal würden lediglich Höflichkeiten ausgetauscht. Als Suzanna ihr die Rechte entgegenstreckte, konnte Megan nur denken, dass sie overdressed war. Sie fühlte sich steif und albern in dem schmal geschnittenen bronzefarbenen Kostüm, während Suzanna so entspannt und reizend in einer ausgebleichten Jeans wirkte.

Das war also die Frau, die sie jahrelang gehasst hatte, weil sie ihr den geliebten Mann genommen und ihrem Kind den Vater gestohlen hatte. Selbst nachdem Sloan ihr erklärt hatte, dass Suzanna unschuldig war, und obwohl sie wusste, dass ihr Hass unbegründet gewesen war, konnte Megan sich nicht entspannen.

„Es freut mich so, dass ich Sie kennen lerne." Suzanna legte beide Hände um Megans starre Hand.

„Danke." Verlegen zog Megan die Hand zurück. „Wir freuen uns auf die Hochzeit."

„Wir alle." Suzanna atmete durch und blickte auf Kevin hinunter, den Halbbruder ihrer Kinder. Ihr Herz schmolz ein wenig. Er war größer als ihr Sohn und ein Jahr älter. Aber sie hatten beide das gute Aussehen ihres Vaters geerbt. Unbewusst wollte Suzanna eine Locke aus Kevins Stirn streichen, ein Spiegelbild von Alex.

Megan legte instinktiv einen Arm um seine Schultern. Suzanna ließ ihre Hand wieder sinken.

„Freut mich, dich kennen zu lernen, Kevin. Alex und Jenny konnten letzte Nacht kaum schlafen, weil sie wussten, dass du herkommst."

Kevin schenkte ihr ein flüchtiges Lächeln und blickte zu seiner Mutter hoch. Sie hatte ihm gesagt, er würde seinen Halbbruder und seine Halbschwester kennen lernen, und er wusste nicht, ob er sich darüber freuen sollte. Er glaubte auch nicht, dass seine Mutter sich freute.

„Wollen wir hinuntergehen und die beiden suchen?" C. C. tippte auf Suzannas Schulter. Megan bemerkte, dass Lilah bereits ihre Schwestern von der anderen Seite flankierte. Sie machte den Schwestern keinen Vorwurf, dass sie gegen eine Außenseiterin zusammenhielten.

„Es mag das beste sein. Wenn wir …“

Megan konnte nicht zu Ende sprechen. Alex und Jenny kamen über den Korridor gestürmt und platzten atemlos in den Raum. „Ist er hier?“ fragte Alex. „Tante Coco sagt, dass er hier ist, und wir wollen sehen …“ Er kam rutschend auf dem polierten Boden zum Stehen.

Die beiden Jungen beäugten einander interessiert und vorsichtig wie zwei Terrier. Alex war nicht gerade erfreut, dass sein neuer Bruder größer war als er, aber er hatte andererseits schon entschieden, dass es nett wäre, noch jemanden außer seiner Schwester zu haben.

„Ich bin Alex, und das ist Jenny“, sagte Alex. „Sie ist erst fünf.“

„Sechs“, warf Jenny ein und marschierte zu Kevin. „Und ich kann dich verhauen, wenn ich muss.“

„Jenny, ich glaube nicht, dass das nötig sein wird.“ Suzanna sprach sanft, doch die hochgezogenen Brauen besagten alles.

„Na ja, ich könnte es“, murmelte Jenny, während sie ihn noch immer einschätzte. „Aber Mom sagt, dass wir nett zu dir sein müssen, weil wir eine Familie sind.“

„Kennst du irgendwelche Indianer?“ fragte Alex.

„Ja.“ Kevin klammerte sich nicht mehr an die Hand seiner Mutter, als ginge es um sein Leben. „Eine Menge.“

„Willst du unser Fort sehen?“ fragte Alex.

„Ja.“ Er warf seiner Mutter einen flehenden Blick zu. „Darf ich?“

„Nun ja, ich …“

„Lilah und ich gehen mit.“ C. C. drückte Suzannas Schulter ein letztes Mal.

„Es wird ihnen nichts passieren“, versicherte Suzanna Megan, während ihre Schwestern die Kinder hinausscheuchten.

Sie griff wieder nach ihrem Putzlappen. „Weiß Kevin Bescheid?"

„Ja." Megan drehte ihre Tasche pausenlos in ihren Händen. „Ich wollte nicht, dass er Ihre Kinder kennen lernt, ohne Bescheid zu wissen." Sie holte tief Luft und begann die Ansprache, die sie vorbereitet hatte. „Mrs. Dumont ..."

„Suzanna. Dies hier ist schwer für Sie."

„Ich kann mir nicht vorstellen, dass es für eine von uns leicht oder angenehm ist. Ich wäre nicht gekommen", fuhr sie fort, „wäre es nicht für Sloan so wichtig gewesen. Ich liebe meinen Bruder, und ich würde nichts tun, das ihm die Hochzeit verdirbt, aber Sie müssen doch erkennen, dass dies eine unmögliche Situation ist."

„Ich erkenne, dass es eine schmerzvolle Situation für Sie ist. Es tut mir Leid." Sie hob die Hände und ließ sie sinken. „Ich wünschte, ich hätte früher von Ihnen und Kevin erfahren. Ich hätte kaum etwas verändern können, was Bax angeht, aber ich hätte trotzdem gern Bescheid gewusst." Sie blickte auf den Lappen, den sie zu fest hielt, und legte ihn dann weg. „Megan, als Sie Kevin zur Welt brachten, war ich in Europa mit Kevins Vater in den Flitterwochen. Sie haben Grund, mich dafür zu hassen."

Megan konnte bloß den Kopf schütteln. „Sie sind überhaupt nicht so, wie ich erwartet hatte. Ich dachte, Sie wären kühl und distanziert und voll Abneigung."

„Es wäre wohl schwierig, Abneigung gegen ein siebzehnjähriges Mädchen zu empfinden, das betrogen und allein mit einem Kind gelassen wurde. Ich war auch nicht viel älter, als ich Bax heiratete. Mir ist bekannt, wie charmant er sein kann, wie überzeugend – und wie grausam."

„Ich dachte, wir würden ewig miteinander glücklich sein." Megan seufzte. „Nun, ich wurde erwachsen, und ich lernte schnell." Sie stieß den Atem aus und betrachtete Suzanna. „Ich habe Sie dafür gehasst, dass Sie alles hatten, das ich gern gehabt hätte. Selbst nachdem ich aufgehört hatte, ihn zu lieben, half es mir weiter, Sie zu hassen. Und ich hatte Angst davor, Sie kennen zu lernen."

„Das ist auch etwas, das wir gemeinsam haben."

„Ich kann nicht glauben, dass ich hier bin und so mit Ihnen spreche." Um ihre Nervosität abzubauen, ging sie durch den Ballsaal. „Ich habe mir in all diesen Jahren oft vorgestellt, wie ich Ihnen gegenübertreten und meine Rechte einfordern würde." Sie lachte leise. „Sogar heute hatte ich eine ganze Rede geplant. Sie war sehr klug, sehr reif, vielleicht ein klein wenig bösartig. Ich wollte nicht glauben, dass Sie nichts von Kevin wussten, dass auch Sie ein Opfer sind. Weil es so viel einfacher war, mich für die einzig Betrogene zu halten. Dann kamen Ihre Kinder herein." Sie schloss die Augen. „Wie werden Sie mit dem Schmerz fertig, Suzanna?"

„Ich lasse es Sie wissen, sobald ich es herausgefunden habe."

Mit einem kleinen Lächeln blickte Megan aus dem Fenster. „Den Kindern hat es nicht geschadet. Sehen Sie!"

Suzanna ging zu ihr. Im Garten kletterten ihre Kinder und Megans Sohn in das Sperrholzfort.

Es war keine lange Fahrt, aber Holt ließ sich Zeit. Sein erster Blick auf The Towers warf ihn gedanklich ein Dutzend Jahre zurück. Es war, wie es immer gewesen war, ein beeindruckendes Gebäude, eine Ansammlung von Gegensätzen. Es war aus nüchternem Stein erbaut, wurde jedoch von romantischen Türmen flankiert. Von einer Seite wirkte es Furcht einflößend, von einer anderen Seite anmutig. Im Moment war der Westflügel eingerüstet, doch anstatt unansehnlich zu wirken, sah das Haus schlicht lebendig aus.

Der Rasen auf dem Abhang war smaragdgrün, bewacht von knorrigen, würdigen Bäumen, geschmückt mit zarten, duftenden Blumen. Es standen schon eine Menge Autos hier, und Holt kam sich albern vor, als er die Schlüssel seines rostigen Chevys einem uniformierten Helfer übergab.

Die Hochzeit sollte auf der Terrasse stattfinden. Da sie gerade begann, hielt Holt sich im Hintergrund der Menge. Getragene Orgelmusik ertönte. Er musste sich dazu zwingen, nicht an seiner Krawatte zu zerren und sich eine Zigarette anzuzünden. Es gab ein paar gemurmelte Kommentare und Seufzer, als die Brautjungfern über den langen weißen Läufer schritten, der auf dem Rasen entrollt worden war.

Holt erkannte in der atemberaubenden Göttin in dem langen rosenfarbenen Kleid kaum C. C. Ja, die Calhoun-Mädchen hatten schon immer toll ausgesehen. Er ließ seinen Blick über die Frau gleiten, die hinter ihr ging. Ihr Kleid besaß die Farbe von Meeresgischt, doch er registrierte es kaum. Es war das Gesicht – das auf dem Porträt im Atelier seines Großvaters. Holt stieß den Atem zwischen zusammengebissenen Zähnen aus. Lilah Calhoun war ein absolutes Ebenbild ihrer Urgroßmutter. Und Holt konnte die Verbindung nicht länger leugnen.

Dann sah er Suzanna.

Das war die Prinzessin seiner jugendlichen Fantasien. Ihr goldfarbenes Haar fiel in weichen Locken auf ihre Schultern unter einem feinen blauen Schleier. Das Kleid in dem gleichen Zartblau umfloss sie und bauschte sich in der Brise, während sie ging. Sie trug Blumen in den Händen und im Haar. Als sie an ihm vorbeikam, verspürte er ein so tiefes Verlangen, dass er sich kaum davon abhalten konnte, ihren Namen auszusprechen.

Holt erinnerte sich an nichts von der kurzen und hübschen Zeremonie, abgesehen von ihrem Gesicht, als die erste Träne über ihre Wange lief.

Wie es vor so vielen Jahren gewesen war, wurde der Ballsaal von Licht und Musik und Blumen erfüllt. Was die Speisen anging, so hatte Coco sich selbst übertroffen. Die Gäste wurden mit Hummerkroketten bewirtet, mit Lachsmousse und Unmengen von Champagner. Dutzende Stühle waren in den Ecken und entlang der Spiegelwände aufgestellt worden, und die Terrassentüren geöffnet, damit die Gäste auch ins Freie gehen konnten.

Holt hielt sich abseits, nippte Champagner und beobachtete. Sein erster Besuch in The Towers war schon eine Show, fand er. Spiegel warfen die Bilder von Frauen in pastellfarbenen Kleidern zurück, Musik und der Duft von Gardenien erfüllten die Luft.

Die Braut war beeindruckend, hoch gewachsen und majestätisch in weißer Spitze. Amandas Gesicht leuchtete, während sie mit dem großen, sonnengebräunten Mann tanzte, der nun ihr Gatte war. Sie sehen gut zusammen aus, fand Holt. Wie man das auch von Leuten erwarten konnte, die ineinander verliebt waren. Er sah Coco mit einem blonden Mann tanzen, der schon in einem Smoking geboren worden war, wie es schien.

Dann blickte Holt wieder, wie schon so oft, zu Suzanna. Sie beugte sich herunter und sagte etwas zu einem dunkelhaarigen kleinen Jungen. Ihr Sohn? Das Kind stand offenbar kurz vor einer Rebellion, scharrte mit den Füßen und zerrte an seiner Fliege. Der Kleine besaß Holts Mitgefühl. Es konnte für ein Kind nichts Schlimmeres an einem Sommerabend geben, als in einen Minismoking gesteckt zu werden und zwischen

Erwachsenen herumhängen zu müssen. Suzanna flüsterte ihm etwas ins Ohr und zog dann daran. Die aufrührerische Miene des Jungen verwandelte sich in ein Grinsen.

„Sie hängen noch immer finster vor sich hinbrütend in Ecken herum, wie ich sehe."

Holt drehte sich um und war erneut betroffen über Lilah Calhouns Ähnlichkeit mit der Frau, die sein Großvater gemalt hatte. „Ich beobachte einfach die Show."

„Die Eintrittskarte ist ihren Preis wert. Max –", Lilah legte ihre Hand auf den Arm eines großen, schlanken Mannes an ihrer Seite, „das ist Holt Bradford, in den ich etwa vor fünfzehn Jahren genau vierundzwanzig Stunden wahnsinnig verliebt war."

Holt hob die Augenbrauen. „Das haben Sie mir nie erzählt."

„Natürlich nicht. Am Ende des Tages entschied ich, dass ich überhaupt nicht in den finsteren, gefährlichen Typ verliebt sein möchte. Das ist Max Quartermain, der Mann, den ich für den Rest meines Lebens lieben werde."

„Gratuliere." Holt ergriff Quartermains dargebotene Hand. Fester Griff, dachte Holt, ehrlicher Blick und ein leicht verlegenes Lächeln. „Sie sind der Lehrer, richtig?"

„Der war ich. Und Sie sind Christian Bradfords Enkel."

„Stimmt", bestätigte Holt, und seine Stimme kühlte etwas ab.

„Keine Sorge, wir werden Sie nicht beknien, solange Sie unser Gast sind." Lilah fuhr mit einer Fingerspitze am Rand ihres Glases entlang, während sie ihn betrachtete. „Das machen wir später. Max kann Ihnen dann die Narbe zeigen, die er abgekriegt hat, als wir unsere kleine Reklameschau abzogen."

„Lilah." Max' Stimme war sanft, aber bestimmt.

Lilah zuckte bloß die Schultern und nippte an dem Champagner. „Sie erinnern sich an C. C.?" Sie deutete auf ihre Schwester, die zu ihnen stieß.

„Ich erinnere mich an ein schlaksiges Kind mit Motorenöl im Gesicht." Holt entspannte sich so weit, dass er lächelte. „Sie sehen gut aus."

„Danke. Mein Mann Trent – Holt Bradford."

Trent war Cocos Tanzpartner, stellte Holt fest, während er und Trent einander einschätzten.

„Und die Braut und der Bräutigam", verkündete Lilah und prostete dem Paar zu, ehe sie noch einen Schluck nahm.

„Hallo, Holt!" Obwohl sie noch immer strahlte, verrieten Amandas Augen Aufmerksamkeit. „Freut mich, dass Sie kommen konnten." Als sie Sloan vorstellte, erkannte Holt, dass er hübsch eingekesselt worden war. Sie bedrängten ihn nicht. Nein, die Smaragde wurden kein einziges Mal erwähnt. Doch sie hatten sich zusammengeschlossen in einer fest gefügten Mauer aus Entschiedenheit, die er bewundern musste, obwohl sie ihn störte.

„Was ist das denn, ein Familientreffen?" Suzanna eilte herbei. „Ihr solltet euch unter die Gäste mischen und euch nicht in einer Ecke zusammendrängen. Oh, Holt!" Ihr Lächeln wirkte unsicher. „Ich wusste nicht, dass Sie hier sind."

„Ihre Tante hat mich eingeladen."

„Ja, sicher, aber …" Sie brach ab und zwang sich zu einem höflichen Lächeln. „Freut mich, dass Sie es geschafft haben."

Den Teufel freut es dich, dachte er und hob sein Glas. „Es war interessant bisher."

Wie auf ein unhörbares Signal hin trieb ihre Familie auseinander und ließ sie beide allein in der Ecke. „Ich hoffe, meine Angehörigen haben Sie nicht in Verlegenheit gebracht."

„Ich werde mit so etwas fertig."

„Kann schon sein, aber ich möchte nicht, dass Sie auf der Hochzeit meiner Schwester bedrängt werden."

„Aber es stört Sie nicht, wenn es woanders stattfindet."

Ehe Suzanna reagieren konnte, zogen kleine Hände ungeduldig an ihrem Rock. „Mom, wann kriegen wir die Torte?"

„Wenn Amanda und Sloan bereit sind, sie anzuschneiden." Sie strich mit einem Finger über Alex' Nase.

„Aber wir haben Hunger."

„Dann geh ans Büfett und stopf dir deinen kleinen Magen voll."

Er kicherte, ließ jedoch nicht locker. „Die Torte ..."

„Ist für später. Alex, das ist Mr. Bradford."

Nicht besonders daran interessiert, noch einen Erwachsenen kennen zu lernen, der ihm den Kopf tätscheln und sagen würde, was für ein großer Junge er doch war, blickte Alex schmollend zu Holt hoch. Als ihm ein männlicher Händedruck angeboten wurde, wirkte er etwas munterer.

„Bist du der Polizist?"

„Ich war einer."

„Hast du jemals eine Kugel in den Kopf bekommen?"

Holt unterdrückte ein Lachen. „Nein, tut mir Leid." Irgendwie hatte er das Gefühl, als hätte er sein Gesicht verloren. „Ich habe allerdings mal eine Kugel ins Bein bekommen."

„Ja?" Alex' Miene erhellte sich. „Hast du geblutet?"

„Eimerweise."

„Wow! Hast du viele böse Männer erschossen?"

„Dutzende."

„Okay. Warte einen Moment!" Er rannte davon.

„Tut mir Leid", bemerkte Suzanna. „Er macht gerade eine Mord-und-Totschlag-Phase durch."

„Mir tut es Leid, dass ich keine Kugel in den Kopf bekommen habe."

Sie lachte. „Oh, das geht schon in Ordnung. Das haben Sie dadurch wieder gutgemacht, dass Sie ihm erzählt haben, Sie hätten eine Menge böser Männer erschossen." Sie fragte sich, ob er die Wahrheit gesagt hatte, sprach es jedoch nicht aus.

„Suzanna, würde …"

„Hey!" Alex kam schlitternd zum Stehen, zwei andere Kinder im Schlepptau. „Ich habe ihnen erzählt, dass du ins Bein geschossen worden bist."

„Hat es wehgetan?" wollte Jenny wissen.

„Ziemlich."

„Und er hat eimerweise geblutet", verkündete Alex genussvoll. „Das ist Jenny. Sie ist meine Schwester. Und das ist mein Bruder Kevin."

Suzanna wollte ihn küssen, ihn in ihre Arme nehmen und mit Küssen bedecken, weil er so einfach akzeptiert hatte, was Erwachsene so kompliziert gemacht hatten. Stattdessen strich sie über sein Haar.

Zu dritt bombardierten sie Holt mit Fragen, bis Suzanna Einhalt gebot. „Ich finde, die Scheußlichkeiten reichen für heute."

„Aber, Mom …"

„Aber, Alex …" imitierte sie ihn. „Lauft und nehmt euch Punsch!"

Dies erschien ihnen als gute Idee. Sie marschierten davon.

„Was für eine Brut", murmelte Holt und sah wieder Suzanna an. „Ich dachte, Sie hätten zwei Kinder."

„Habe ich."

„Mir kommt es so vor, als hätte ich gerade drei gesehen."

„Kevin ist der Sohn meines Exmannes", erklärte sie kühl. „Wenn Sie mich jetzt entschuldigen wollen …"

Holt legte eine Hand auf ihren Arm. Noch ein Geheimnis, dachte er und beschloss, auch diese Antwort aufzuspüren – später. Jetzt wollte er etwas tun, was er sich gewünscht hatte, seit er sie über den weißen Läufer in diesem fließenden blauen Kleid hatte gehen sehen.

„Möchten Sie tanzen?“

5. KAPITEL

Suzanna konnte sich nicht in Holts Armen entspannen. Sie sagte sich, dass das albern war, doch sein Körper war so dicht bei ihr, fest, seine Hand auf ihrem Rücken so besitzergreifend. Es erinnerte sie zu deutlich an den Moment, als er sie an sich gezogen und geküsst hatte.

„Das ist ein fantastisches Haus", sagte Holt und genoss das Gefühl ihres Haars an seiner Wange. „Ich habe mich immer gefragt, wie es innen ist."

„Ich führe Sie irgendwann einmal herum."

Er fühlte ihr Herz an seiner Brust klopfen. Probeweise strich er mit der Hand an ihrem Rückgrat entlang. Das Klopfen beschleunigte sich. „Ich bin überrascht, dass Sie nicht wieder gekommen sind und mich weiter bedrängt haben."

Ihre Miene drückte Unmut aus, als sie den Kopf zurücklegte. „Ich habe nicht die Absicht, Sie zu bedrängen."

„Gut." Holt strich mit dem Daumen über ihre Knöchel und spürte, wie sie erschauerte. „Aber Sie werden wieder kommen."

„Nur, weil ich es Tante Coco versprochen habe."

„Nein." Er presste sie an sich. „Nicht nur deshalb. Sie fragen sich. Genau wie ich es mein halbes Leben lang getan habe, wie es wäre."

Seine Finger auf ihrem Rücken lösten eine kleine Panik aus. „Hier ist nicht der richtige Ort."

„Ich wähle den Ort aus." Seine Lippen waren dicht vor ihren. Er beobachtete, wie ihre Augen sich verschleierten. „Ich will dich, Suzanna."

Das Herz schien in ihre Kehle geschnellt zu sein, sodass ihre Stimme heiser klang. „Soll ich mich geschmeichelt fühlen?"

„Nein. Es wäre klug von dir. Angst zu haben. Ich werde es dir nicht leicht machen."

„Ich bin nicht interessiert", entgegnete sie beherrscht.

Sein Mund lächelte. „Ich könnte dich jetzt küssen und dir beweisen, dass du falsch liegst."

„Ich wünsche keine Szene auf der Hochzeit meiner Schwester."

„Nein, dann komm morgen zu mir."

„Nein."

„Na gut, dann ..." Holt senkte seinen Kopf. Sie wandte ihren ab, sodass seine Lippen ihre Schläfe streiften und dann an ihrem Ohr knabberten.

„Hör auf! Meine Kinder ..."

„Sollten kaum geschockt sein, wenn sie sehen, dass ein Mann ihre Mutter küsst." Doch er hörte auf, weil er ein vertrautes Ziehen in seinen Lenden spürte. „Morgen Vormittag, Suzanna. Ich muss dir etwas von meinem Großvater zeigen."

Sie blickte wieder hoch und bemühte sich, ihren Puls unter Kontrolle zu bekommen. „Wenn das irgendein Spiel ist, möchte ich nicht mitspielen."

„Kein Spiel. Ich will dich, und diesmal werde ich dich bekommen. Doch es gibt da etwas von meinem Großvater, was du sehen solltest. Es sei denn, du hast Angst davor, mit mir allein zu sein."

Sie straffte sich. „Ich werde kommen."

Am nächsten Morgen stand Suzanna mit Megan auf der Terrasse und sah zu, wie die Kinder mit Fred über den Rasen liefen.

„Ich wünschte, Sie könnten länger bleiben."

Megan schüttelte den Kopf und lächelte. „Es überrascht mich, aber ich wünschte es auch. Ich muss morgen wieder arbeiten."

„Sie und Kevin sind hier jederzeit willkommen."

„Das weiß ich." Megan sah Suzanna an. In deren Augen fand sie eine Traurigkeit, die sie verstand, auch wenn sie sich nur selten erlaubte, sie zu empfinden. „Wenn Sie und die Kinder einmal nach Oklahoma kommen, haben sie bei uns ein Heim. Ich möchte nicht den Kontakt verlieren. Kevin muss diesen Teil seiner Familie genauer kennen lernen."

„Dann werden wir den Kontakt auch nicht verlieren." Suzanna hob das Blütenblatt einer Rose auf, das aus einem Strauß gefallen war. „Es war eine schöne Hochzeit. Sloan und Mandy werden glücklich sein. Und wir werden gemeinsame Nichten und Neffen haben."

„Himmel, die Welt ist ein seltsamer Ort." Megan ergriff Suzannas Hand. „Ich hoffe, wir können Freundinnen werden, nicht nur unserer Kinder wegen oder wegen Sloan und Amanda."

Suzanna lächelte sie an. „Ich glaube, das sind wir bereits."

„Suzanna!" Coco winkte von der Küchentür her. „Ein Anruf für dich." Sie kaute an ihrer Unterlippe, als Suzanna sie erreichte. „Es ist Baxter."

„Oh!" Suzanna registrierte, wie das schlichte Behagen des Morgens verschwand. „Ich nehme das Gespräch nebenan entgegen."

Sie wappnete sich, während sie durch den Korridor ging. Er konnte sie nicht mehr verletzen, weder körperlich noch gefühlsmäßig. Sie schlüpfte in die Bibliothek, atmete kräftig durch und hielt den Hörer ans Ohr.

„Hallo, Bax."

„Vermutlich hältst du dich für schlau, weil du mich so lange am Telefon hast warten lassen."

Und da war er auch schon wieder, dieser knappe, kritisierende Ton, der sie einmal zum Zittern gebracht hatte. Diesmal seufzte sie bloß. „Tut mir Leid, ich war im Freien."

„Und hast wahrscheinlich im Garten herumgegraben. Tust du noch immer so, als könntest du davon leben, Rosen zu beschneiden?"

„Du rufst sicher nicht an, um dich nach meinem Geschäft zu erkundigen."

„Dein Geschäft, wie du es nennst, ist für mich nichts weiter als eine kleinere Peinlichkeit. Dass meine Exfrau Blumen an der Straßenecke verkauft ..."

„... befleckt dein Image, ich weiß." Suzanna strich eine Locke aus der Stirn. „Wir kauen das doch nicht wieder durch, oder?"

„Ziemlich bissig geworden." Sie hörte ihn etwas zu jemand anderem sagen und lachen. „Nein, ich wollte dich nicht daran erinnern, dass du eine Närrin aus dir machst. Ich will die Kinder."

Ihr gefror das Blut in den Adern. Einen Moment lang blieb sie stumm. „Wie bitte?"

Ihr vibrierendes Flüstern gefiel ihm außerordentlich. „Ich glaube, es steht sehr deutlich in der Vormundschaftsvereinbarung, dass ich auf zwei Wochen während des Sommers ein Anrecht habe. Ich hole sie am Freitag ab."

„Aber du hast nicht ..."

„Hör auf zu stammeln, Suzanna! Das ist eine deiner ärgerlichen Angewohnheiten. Wenn du es nicht verstanden hast, wiederhole ich es. Ich übe meine väterlichen Rechte aus. Ich hole die Kinder am Freitag ab – mittags."

„Du hast sie seit fast einem Jahr nicht gesehen. Du kannst sie nicht einfach abholen und ..."

„Ganz sicher kann ich das. Wenn du die Vereinbarung nicht erfüllen willst, schleppe ich dich zurück vor Gericht. Es wäre weder legal noch klug von dir, mir die Kinder vorzuenthalten."

„Ich habe nie versucht, sie dir vorzuenthalten. Du hast dich nicht um sie gekümmert", konterte Suzanna.

„Ich habe nicht die Absicht, meinen Zeitplan so umzustellen, dass es dir passt. Yvette und ich fahren für zwei Wochen nach Martha's Vineyard und haben beschlossen, die Kinder mitzunehmen. Es wird Zeit, dass sie mehr von der Welt sehen als diese kleine Ecke, in der du sie versteckst."

Ihre Hände zitterten. Sie packte den Hörer fester. „Du hast Alex zu seinem Geburtstag nicht mal eine Karte geschickt."

„Ich glaube nicht, dass in der Vereinbarung etwas von Geburtstagskarten steht", entgegnete er kalt. „Aber es stehen sehr genaue Angaben über Besuchsrechte darin. Du kannst dich gern bei deinem Anwalt erkundigen, Suzanna."

„Und wenn sie nicht mit dir gehen wollen?"

„Die Entscheidung liegt nicht bei ihnen, auch nicht bei dir. An deiner Stelle würde ich nicht versuchen, sie gegen mich aufzuhetzen."

„Das ist gar nicht nötig", murmelte sie.

„Sorge dafür, dass sie mit ihren Sachen bereitstehen. Ach, und noch etwas, Suzanna. Ich habe in letzter Zeit ziemlich viel über deine Familie gelesen. Ist es nicht sonderbar, dass in unserer Scheidungsvereinbarung keine Rede von einer Smaragdhalskette war?"

„Ich wusste nicht, dass sie existiert."

„Ich frage mich, ob das Gericht das glauben wird."

Tränen der Frustration und Wut stiegen Suzanna in die Augen. „Um Himmels willen, hast du noch nicht genug bekommen?"

„Es ist nie genug, Suzanna, wenn man bedenkt, wie sehr du mich enttäuscht hast. Freitag“, sagte er, „mittags.“ Damit legte er auf.

Suzanna zitterte, während sie sich in einen Sessel sinken ließ. Sie fühlte sich, als wäre sie fünf Jahre zurückversetzt worden, zurück in diese schreckliche Hilflosigkeit. Sie konnte Baxter nicht aufhalten. Sie hatte die Vormundschaftsvereinbarung Wort für Wort gelesen, ehe sie unterschrieben hatte. Den Buchstaben nach hätte sie verlangen können, dass er sich früher anmeldete, doch das hätte nur das Unvermeidliche hinausgeschoben. Wenn Bax sich entschieden hatte, konnte sie das nicht ändern. Je mehr sie kämpfte, je mehr sie widersprach, desto härter würde er reagieren.

Und um so schwerer würde er es den Kindern machen.

Ihre Babys! Sie schlug die Hände vors Gesicht. Es war nur für eine kurze Zeit, sie konnte es überleben. Aber wie mochten sich die Kinder fühlen, wenn sie einfach weggebracht wurden und keine andere Wahl hatten?

Sie musste es wie ein Abenteuer darstellen. Mit dem richtigen Ton und den richtigen Worten konnte sie die beiden davon überzeugen, dass sie es selbst wollten. Suzanna presste die Lippen zusammen und stand auf. Aber nicht in diesem Augenblick. Sie würde die Kinder nie überzeugen können, wenn sie dermaßen aufgewühlt mit ihnen sprach.

„Dieses verdammte Haus ist wie die Grand Central Station.“ Das vertraute Klopfen eines Stocks brachte Suzanna beinahe dazu, wieder in den Sessel zu sinken. „Leute kommen und gehen, Telefone läuten. Man könnte meinen, dass noch nie zuvor jemand geheiratet hat.“ Suzannas Großtante Colleen, die herrlichen weißen Haare zurückgekämmt und glitzernde Diamanten an den Ohren, blieb an der Tür stehen. „Ich möchte dich nur davon unterrichten, dass deine kleinen Ungeheuer Schmutz die Treppe hinaufgeschleppt haben."

„Tut mir Leid."

Colleen gab bloß einen verächtlichen Laut von sich. Sie genoss es, über die Kinder zu klagen, weil sie die beiden mochte. „Rüpel! An dem einzigen gesegneten Tag der Woche, an dem nicht in jeder Minute gehämmert und gesägt wird, kreischt ein Pack Kinder im Haus. Warum, zum Teufel, sind sie nicht in der Schule?"

„Weil Juli ist, Tante Colleen."

„Ich sehe nicht ein, was das für einen Unterschied machen sollte."

Ihr finsterer Blick wurde noch finsterer, als sie Suzanna betrachtete. „Was ist los mit dir, Mädchen?"

„Nichts. Ich bin nur ein wenig müde."

„Von wegen müde." Sie kannte diesen Blick. Er war ihr schon früher aufgefallen – diese erschöpfte Verzweiflung und Hilflosigkeit in den Augen ihrer eigenen Mutter. „Wer war das am Telefon?"

Suzanna hob das Kinn. „Das, Tante Colleen, geht dich nichts an."

„Ach, du bist aufs hohe Ross geklettert." Und es gefiel ihr. Sie bevorzugte es, dass ihre Großnichte zurückbiss, anstatt einen Schlag einzustecken. Abgesehen davon brauchte sie nur Coco unter Druck zu setzen, bis sie erfuhr, was hier vor sich ging.

„Ich habe eine Verabredung", sagte Suzanna so gefestigt wie möglich. „Würdest du Tante Coco bitte sagen, dass ich weggefahren bin?"

„Jetzt bin ich also auch schon Bote. Ich sage es ihr, ich sage es ihr", murmelte Colleen und winkte mit ihrem Stock. „Es ist höchste Zeit, dass sie mir Tee macht."

„Danke. Ich bleibe nicht lange weg."

„Geh aus dem Haus und kläre deinen Kopf", empfahl Colleen, als Suzanna sich an ihr vorbeidrängte. „Es gibt nichts, womit eine Calhoun nicht fertig wird."

Suzanna seufzte und küsste Colleen auf die hagere Wange. „Ich hoffe, du hast Recht."

Suzanna glaubte, ruhig zu sein, als sie bei Holts Cottage eintraf und klopfte.

Der Hund machte einen Höllenspektakel. Holt hatte eine Hand an Sadies Halsband, als er die Tür öffnete. „Ich dachte schon, ich müsste dich holen."

„Ich habe dir gesagt, dass ich komme." Sie trat ein. „Was hast du mir zu zeigen?"

Als er sicher war, dass Sadie nur schnüffeln und um Aufmerksamkeit winseln und nichts mehr anstellen würde, ließ er sie los. „Deine Tante zeigte viel Interesse für das Cottage."

„Ich bin ziemlich knapp mit Zeit." Nachdem sie den Hund geistesabwesend gestreichelt hatte, schob sie die Hände in die Taschen ihrer weiten Hose. „Es ist sehr hübsch." Sie sah sich um, ohne etwas Bestimmtes wahrzunehmen. „Du musst dich hier wohl fühlen."

„Ich komme zurecht." Seine Augen waren auf ihr Gesicht gerichtet. Ihre Wangen wiesen keine Spur von Farbe auf. Ihre Augen waren zu dunkel. Er hatte gewollt, dass sie ihn beachtete, vielleicht auf eine unbehagliche Weise, aber er hatte nicht gewollt, dass sie vor Angst krank war bei dem Gedanken, ihn wieder zu sehen.

„Du kannst dich entspannen, Suzanna." In seiner Stimme schwang Grimm mit. „Ich werde dich nicht anspringen."

Ihre Nerven waren zum Zerreißen gespannt. „Können wir es hinter uns bringen?“

„Ja, wir können es hinter uns bringen, sobald du aufhörst dazustehen, als würdest du jeden Moment angekettet und ausgepeitscht werden. Ich habe nichts getan, dass du mich dermaßen ansiehst.“

„Ich sehe dich überhaupt nicht an.“

„Und ob du es tust. Deine Hände zittern, verdammt noch mal!“ Wütend ergriff Holt sie. „Hör auf!“ verlangte er. „Ich werde dich nicht verletzen.“

„Es hat nichts mit dir zu tun.“ Suzanna entriss ihm die Hände und fluchte innerlich, weil sie das Zittern nicht unter Kontrolle bekam. „Wieso glaubst du, dass alles, was ich fühle, mit dir zu tun hat? Ich habe mein eigenes Leben, meine eigenen Gefühle. Ich bin keine schwache, verängstigte Frau, die zusammenbricht, nur weil ein Mann seine Stimme erhebt. Glaubst du wirklich, ich hätte Angst vor dir, oder du könntest mich verletzen, nachdem …“

Suzanna brach betroffen ab. Sie hatte geschrien, und Tränen der Wut brannten noch immer in ihren Augen. Ihr Magen war so verkrampft, dass sie kaum atmen konnte. Sadie hatte sich in eine Ecke zurückgezogen, in der sie zitternd saß. Holt stand eine Handbreit von ihr entfernt und betrachtete sie forschend.

„Ich muss gehen“, stieß sie hervor und rannte zur Tür. Seine Hand klatschte gegen das Holz und hielt die Tür zu. „Lass mich hinaus!“ Als ihre Stimme brach, biss sie sich auf die Unterlippe, zerrte an der Klinke und wirbelte mit blitzenden Augen zu ihm herum. „Ich sagte, lass mich raus!“

„Na los“, sagte er mit überraschender Ruhe. „Schlag mich. Aber du gehst nirgendwohin, solange du dermaßen aufgewühlt bist.“

„Wenn ich aufgewühlt bin, so ist das meine Sache. Ich habe dir gesagt, dass es nichts mit dir zu tun hat."

„In Ordnung, dann wirst du mich eben nicht schlagen. Versuchen wir es mit einem anderen Überdruckventil." Er umfasste ihre Wangen und verschloss ihren Mund mit einem Kuss.

Es war keiner, der besänftigen und trösten sollte. Er tat auch keines von beidem. Dies war pure und turbulente Emotion und stimmte völlig mit ihren Gefühlen überein.

Suzannas Arme waren zwischen ihnen beiden gefangen, ihre Hände noch immer zu Fäusten geballt. Ihr Körper zitterte, ihre Haut erhitzte sich. Bei dem ersten Aufflackern einer Reaktion tauchte Holt in den rauen, verzweifelten Kuss, bis er sicher war, dass sie nur an ihn dachte.

Dann gönnte Holt sich noch einen Moment, um zu genießen. Suzanna war ein Vulkan, der auf den Ausbruch wartete, ein Sturm, der jeden Moment losbrechen konnte. Ihre verdrängte Leidenschaft versetzte ihm einen betäubenderen Schlag, als ihre Faust das vermocht hätte. Er wollte da sein, wenn die Explosion stattfand, aber er konnte warten.

Als er sie losließ, lehnte sie sich mit geschlossenen Augen gegen die Tür. Ihr Atem kam stoßweise. Holt hatte noch nie jemanden so um Beherrschung kämpfen sehen.

„Setz dich!" Sie schüttelte den Kopf. „Na gut, dann bleib stehen." Achselzuckend wich er zurück und steckte sich eine Zigarette an. „So oder so, du wirst mir erzählen, was dich so aufgeregt hat."

„Ich will nicht mit dir sprechen."

Holt setzte sich auf die Seitenlehne eines Sessels und blies den Rauch aus. „Viele Leute wollten nicht mit mir sprechen, aber ich finde für gewöhnlich heraus, was ich wissen will."

Suzanna öffnete die Augen. „Ist das ein Verhör?"

Achselzuckend nahm er noch einen Zug. Es hätte ihr nichts geholfen, wenn er ihr sanfte Worte anbot. „Kann sein."

„Ich hätte nicht herkommen sollen, wenn ich durcheinander bin", sagte sie matt. „Aber ich dachte, ich hätte mich unter Kontrolle."

„Weshalb durcheinander?"

„Es ist nicht richtig."

„Dann sollte es dir auch nicht schwer fallen, es mir zu erzählen."

„Bax hat angerufen, mein Exmann." Sie begann herumzugehen.

Holt betrachtete die Glut seiner Zigarette und ermahnte sich, dass Eifersucht nicht angebracht war. „Sieht so aus, als könnte er dich noch aufwühlen."

„Ein einziger Anruf, und er hat mich wieder unter seinem Daumen." In ihrer Stimme schwang Bitterkeit mit. „Ich kann nichts machen. Er wird die Kinder für zwei Wochen nehmen. Ich kann ihn nicht daran hindern."

Holt stieß ungeduldig den Atem aus. „Um Himmels willen, und deshalb die ganze Hysterie? Dann sind eben die Kinder für zwei Wochen bei ihrem Daddy." Verärgert drückte er die Zigarette aus. Und er hatte sich Suzannas wegen Sorgen gemacht. „Spar dir doch diese rachsüchtige Haltung. Er will nur sein Recht geltend machen."

„O ja, natürlich." Ihre Stimme vibrierte unter einem so tiefen Gefühl, dass er seinen Kopf wieder hob. „Weil es auf einem Stück Papier steht. Und er war auch da, als sie gezeugt wurden, was ihn zu ihrem Vater macht. Natürlich heißt das nicht, dass er sie lieben oder sich um sie sorgen oder kämpfen muss, um sie ohne böse Einflüsse aufwachsen zu lassen. Das heißt auch nicht, dass er sich an Weihnachten und ihre Geburtstage erinnern muss. Es ist genau, wie Bax am Telefon gesagt hat: Nichts in der Vormundschaftsvereinbarung verpflichtet ihn dazu, Geburtstagskarten zu schicken. Aber sie verpflichtet mich dazu, ihm die Kinder zu überlassen, wenn ihm danach ist."

Tränen drohten ihr erneut in die Augen zu steigen, doch Suzanna drängte sie zurück. Tränen vor einem Mann brachten nie etwas anderes als Demütigung. „Glaubst du denn, es geht um mich? Er kann mir nicht mehr wehtun. Aber meine Kinder dürfen nicht dazu benutzt werden, mir heimzuzahlen, dass ich so wenig Baxters Wünschen entsprochen habe."

Holt fühlte, wie etwas in ihm hochstieg, heiß und grimmig. „Er hat bei dir gründliche Arbeit geleistet, nicht wahr?"

„Darum geht es nicht. Es geht um Alex und Jenny. Irgendwie muss ich sie davon überzeugen, dass der Vater, der sich seit Monaten nicht um sie gekümmert hat und sie kaum ertragen konnte, als sie mit ihm unter einem Dach lebten, sie auf einen wundervollen zweiwöchigen Urlaub mitnehmen wird." Suzanna fuhr sich müde durch die Haare. „Ich bin nicht hierher gekommen, um darüber zu sprechen."

„Doch, das bist du." Holt war ruhiger geworden und steckte sich wieder eine Zigarette an. „Ich gehöre nicht zur Familie. Deshalb kannst du deinen Kummer bei mir abladen. Ich werde trotzdem gut schlafen können."

Sie lächelte schmal. „Vielleicht hast du Recht. Es tut mir Leid."

„Ich habe keine Entschuldigung verlangt." Holt räusperte sich. „Was empfinden die Kinder für ihn?" wollte er dann wissen.

„Er ist für sie ein Fremder."

„Dann haben sie vielleicht auch keine großen Erwartungen. Scheint so zu sein, dass sie das Ganze als Abenteuer sehen könnten. Und du lässt zu, dass er am längeren Hebel sitzt. Wenn er die Kinder benutzt, um an dich heranzukommen, hat er richtig kalkuliert."

„Zu diesen Schlüssen bin ich selbst schon gekommen. Ich musste einfach die Frustration ablassen." Suzanna lächelte verkrampft. „Normalerweise zupfe ich Unkraut."

„Ich glaube, mein Kuss hat besser gewirkt."

„Jedenfalls war es anders."

Er drückte seine Zigarette aus und stand auf. „Ist das die beste Beschreibung, die dir einfällt?"

„Ich will nicht festgehalten werden", murmelte sie, als er seine Arme um sie legte.

„Wie schade." Er zog Suzanna an sich.

„Ich sollte herkommen, damit du ..." Sie gab einen kleinen abwehrenden Laut von sich, als er seine Zähne über ihr Ohrläppchen schob. „Du wolltest mir etwas von deinem Großvater zeigen."

„Stimmt." Ihre Haut duftete wie die Luft hoch oben auf den Klippen, durchsetzt von Meer und Wildblumen und heißer Sommersonne. „Ich habe dich auch hergeholt, um dich wieder in meine Hände zu bekommen. Wir gehen die Dinge einfach der Reihe nach an."

„Ich will mich auf nichts einlassen." Doch während sie das sagte, kam ihr Mund dem seinen entgegen.

„Ich auch nicht." Holt saugte an ihrer Unterlippe.

„Das ist – oh! Anziehungskraft." Ihre Finger schoben sich in seine Haare.

„Darauf kannst du wetten." Seine rauen Hände glitten unter ihr T-Shirt, um zu erforschen.

„Das kann nirgendwohin führen."

„Das hat es bereits."

Holt hatte Recht. Für einen Moment gab sie sich diesem Kuss hin, spürte die Hitzewelle in ihrem Körper. Sie brauchte jemanden. Wenn sie schon nicht Trost und Mitgefühl bekommen konnte, dann wollte sie Verlangen nehmen. Doch je mehr sie nahm, desto mehr begehrte ihr Körper etwas, das knapp außerhalb ihrer Reichweite lag. Etwas, das sie nicht wieder wollen oder brauchen durfte.

„Das ist zu schnell", sagte Suzanna atemlos und befreite sich. „Tut mir Leid. Mir ist klar, dass es für dich so aussehen muss, als würde ich dir gemischte Signale senden."

Er betrachtete ihre Augen, während sein Blut in Wallung geriet. „Ich glaube, ich kann sie auseinander halten."

„Ich möchte nichts beginnen, das ich nicht zu Ende führen kann." Sie befeuchtete ihre Lippen, die noch warm von seinen waren. „Und ich habe zu viel Verantwortung und zu viele Sorgen, um überhaupt daran denken zu können, eine – eine ..."

„Eine Affäre zu haben?" vollendete Holt für sie. „Du musst erst darüber nachdenken? Na bitte, lass dir ein paar Tage Zeit. Ich kann geduldig sein, solange ich bekomme, was ich will. Und ich will dich."

Ihre Nerven prickelten. „Nur weil ich dich körperlich attraktiv finde, heißt das noch nicht, dass ich mit dir ins Bett springen werde."

„Es ist mir egal, ob du springst, kriechst oder geschleppt werden musst. Die Methode können wir später bestimmen." Bevor Suzanna eine passende Bezeichnung für ihn einfiel, lächelte er, küsste sie und wich zurück. „Nachdem wir das geklärt haben, führe ich dich nach oben und zeige dir das Porträt."

„Wenn du denkst, etwas wäre geklärt, weil du ... Was für ein Porträt?"

„Sieh es dir an, dann kannst du es mir sagen."

Er führte sie auf die Balustrade hinauf. Zwischen Neugierde und Zorn hin- und hergerissen, folgte Suzanna ihm.

„Er hat hier gearbeitet."

Das erregte ihre Aufmerksamkeit, „Hast du ihn gut gekannt?"

„Ich glaube nicht, dass ihn irgendjemand gut gekannt hat." Holt öffnete ein Kippfenster. „Er kam und ging, wie er wollte. Manchmal saß ich hier und beobachtete ihn bei der Arbeit. Wenn er mich nicht mehr hier haben wollte, schickte er mich kurzerhand mit dem Hund hinaus oder ins Dorf."

„Auf dem Boden ist noch Farbe." Suzanna konnte nicht widerstehen und bückte sich, um die Reste zu berühren. Sie blickte hoch, begegnete Holts Blick und verstand.

Er hatte seinen Großvater geliebt. Diese Farbkleckse waren Erinnerungen, noch mehr als das Haus an sich. Sie streckte ihm die Hand entgegen und stand auf, als ihre Finger sich verbanden. Dann sah sie das Porträt.

Die Leinwand war an die Wand gelehnt, der Rahmen alt und verschnörkelt. Die Frau schaute sie an, die Augen voll von Geheimnissen und Traurigkeit und Liebe.

„Bianca", sagte Suzanna und ließ ihren Tränen freien Lauf. „Ich wusste, dass er sie gemalt haben muss."

„Ich war nicht sicher, bis ich Lilah gestern sah."

„Er hat es nie verkauft", murmelte Suzanna. „Er hat es behalten, weil es alles ist, was ihm von ihr geblieben war."

„Vielleicht." Holt fühlte sich nicht wohl dabei, dass ihm der gleiche Gedanke gekommen war. „Ich sehe nicht, wie euch das helfen könnte, näher an die Smaragde heranzukommen."

„Aber du wirst uns helfen."

„Das habe ich schon gesagt."

„Danke. Als erstes möchte ich dich bitten, das Porträt nach The Towers zu bringen, damit meine Familie es sehen kann. Es würde ihnen allen sehr viel bedeuten."

Auf Suzannas Drängen nahmen sie auch Sadie mit. Sie saß hinten im Pick-up und hielt die Nase in den Wind. Als sie vor The Towers eintrafen, sahen sie Lilah und Max auf dem Rasen hocken. Fred entdeckte den Truck, lief durch den Garten und stoppte taumelnd, als Sadie von der Ladefläche sprang.

Angespannt näherte er sich ihr. Die beiden Hunde beschnüffelten einander eingehend. Dann trabte Sadie wedelnd durch den Garten und warf Fred einen einladenden Blick zu, worauf er hinter ihr herhoppelte.

„Sieht nach Liebe auf den ersten Blick aus", bemerkte Lilah, als sie mit Max zu dem Lastwagen kam.

„Sind die Kinder hier?"

„Nein, sie sind mit Megan und deren Eltern im Dorf, damit Kevin ein paar Souvenirs kaufen kann."

Suzanna ergriff ihre Hand. „Du musst dir etwas ansehen." Sie trat zurück, und Lilah erblickte das Gemälde durch die offene Tür des Lastwagens. Sie drückte die Hand ihrer Schwester.

„Oh, Suze."

„Ich weiß."

„Max, siehst du das?"

„Ja." Er küsste sie sanft auf das Haar und betrachtete das Porträt jener Frau, die eine Doppelgängerin der Frau war, die er liebte. „Sie war schön. Das ist ein Bradford." Er sah Holt achselzuckend an. „Ich habe in den letzten zwei Wochen die Arbeit Ihres Großvaters studiert."

„Sie haben das die ganze Zeit gehabt", begann Lilah.

Holt ließ den Vorwurf an sich abprallen. „Ich wusste nicht, dass das Bianca ist, bis ich Sie gestern sah."

Lilah lenkte ein und betrachtete sein Gesicht. „Sie sind gar nicht so eklig, wie Sie die Leute glauben machen wollen. Ihre Aura ist viel zu klar."

„Lass Holts Aura in Ruhe, Lilah", sagte Suzanna lachend. „Ich möchte, dass Tante Coco das Bild sieht. Ach, ich wünschte, Sloan und Mandy wären noch nicht in die Flitterwochen abgereist."

„Sie werden nur zwei Wochen weg sein", erinnerte Lilah sie.

Zwei Wochen. Suzanna bemühte sich, das Lächeln nicht verrutschen zu lassen, als Holt das Porträt ins Haus trug.

In dem Moment, als sie das Bild sah, weinte Coco. Aber das war zu erwarten gewesen. Holt hatte das Gemälde auf das Zweiersofa im Salon gestellt, und die Tante saß im Ohrensessel und durchweichte ihr Taschentuch.

„Dass wir nach so langer Zeit wieder etwas von ihr in diesem Haus haben …"

Lilah berührte die Schulter ihrer Tante. „Ein Teil von ihr ist immer im Haus gewesen."

„O ja, ich weiß, aber dass wir sie jetzt so ansehen können …" Sie schniefte. „Und dich sehen."

„Er muss sie ja sehr geliebt haben." C. C. lehnte ihren Kopf mit feuchten Augen an Trents Schulter. „Sie sieht genau so aus, wie ich sie mir immer vorgestellt habe, genau so, wie ich es an jenem Abend, an dem ich sie fühlte, gewusst habe." Holt behielt seine Hände in den Taschen. „Hören Sie, Gefühle und Séancen beiseite, es geht um die Smaragde. Wenn Sie meine Hilfe wollen, muss ich alles wissen."

„Séance." Coco trocknete ihre Wangen. „Wir sollten wieder eine abhalten. Wir hängen das Porträt ins Esszimmer. Wenn wir uns darauf konzentrieren, müssen wir Erfolg haben. Ich werde mich um den Stand der Gestirne kümmern." Sie sprang auf und hastete aus dem Raum.

„Da geht sie hin", murmelte Suzanna.

Trent nickte. „Nichts gegen Coco, aber es ist wohl am besten, ich informiere Holt auf eine konventionellere Art."

„Ich mache Kaffee." Suzanna warf einen letzten Blick auf das Porträt, ehe sie in die Küche eilte.

Sie stellte die Kaffeemaschine an, dachte an ihre Kinder, an die Legende und zuckte zusammen, als sich Hände auf ihre Schultern legten. Sie hatte völlig die Zeit vergessen.

Langsam drehte Holt sie zu sich herum. „Ich fahre mit Max und Trent ins Dorf und spreche mit Lieutenant Koogar. Verschieben wir den Kaffee." Er rieb mit seinem Daumen über die Falte, die zwischen ihren Brauen entstanden war. Die Zärtlichkeit überraschte sie beide. Er fing sich und ließ die Hand sinken. „Du machst dir zu viele Sorgen. Ich melde mich wieder."

„Danke. Ich werde nicht vergessen, was du für uns tust."

„Vergiss es." Holt zog sie an sich und küsste sie, bis sie in seinen Armen erschlaffte. „Erinnere dich lieber daran."

Er ging hinaus, und Suzanna sank auf einen Stuhl. Sie hatte gar keine andere Wahl, als sich später an diesen Kuss zu erinnern.

6. KAPITEL

Suzanna hatte Kundschaft, als Holt den Laden von „Island Gardens“ betrat. Also schaute er sich ein wenig um. Er betrachtete gerade ein Tablett mit roten Blumen, als er in dem Busch hinter sich ein Rascheln hörte. Instinktiv spannte er sich an, und seine Finger zuckten nach der Waffe, die er nicht mehr trug. Langsam stieß er den Atem aus und verwünschte sich selbst. Er musste diese Reaktion überwinden. Er war kein Polizist mehr.

Holt drehte den Kopf und entdeckte den Jungen hinter einem Ständer mit Päonien.

Alex schnellte grinsend hoch. „Ich hab dich!“ Er tanzte fröhlich um die Päonien herum. „Ich bin ein Pygmäe, und ich habe dich mit meinem vergifteten Pfeil aus dem Blasrohr getroffen.“

„Was für ein Glück, dass ich gegen Pygmäengift immun bin. Wo ist deine Schwester?“

„Im Gewächshaus. Mom hat uns Samen und so’n Zeug gegeben, aber das war langweilig. Ich darf hier herauskommen“, sagte er rasch, weil er wusste, wie schnell es einem die Erwachsenen schwer machen konnten. „Solange ich nicht zur Straße gehe oder etwas umwerfe.“

Er wollte es dem Kind nicht schwer machen. „Hast du heute schon viele Kunden umgebracht?“

„Heute ist nicht viel los. Weil Montag ist, sagt Mom. Darum dürfen wir mit ihr zur Arbeit gehen, und Carolanne kann ihren freien Tag haben.“

„Du kommst gern her?“

Holt wusste nicht, wie es passiert war, aber er und der Junge gingen Hand in Hand zwischen den Blumen dahin.

„Sicher, es ist hübsch hier. Wir pflanzen was ein. Manchmal tragen wir was zu den Wagen von den Leuten, und die geben uns Geld dafür."

„Klingt nach einem guten Geschäft."

„Mom macht um die Mittagszeit zu. Wir gehen dann die Straße hinunter und holen uns Pizza und spielen Videospiele. Wir kommen fast jeden Montag her. Außer ..." Er brach ab und schleuderte mit einem Fußtritt Kies hoch.

„Außer?"

„Nächste Woche müssen wir auf Urlaub gehen, und Mom kommt nicht mit uns."

Holt blickte auf den gesenkten Kopf des Jungen hinunter. „Hm, vermutlich ist sie hier sehr beschäftigt."

„Carolanne kann doch hier arbeiten, damit Mom mitfährt. Aber sie will nicht."

„Meinst du nicht, sie würde mitkommen, wenn sie könnte?"

„Wahrscheinlich ja." Alex trat wieder gegen den Kies, und als Holt nicht schimpfte, auch ein drittes Mal. „Wir müssen zu jemandem fahren, der Martha's Vineyard heißt, mit meinem Vater und seiner neuen Frau. Mom sagt, das wird Spaß machen, und wir werden an den Strand gehen und Eiscreme kriegen."

„Klingt doch gut."

„Ich will nicht fahren. Ich weiß auch nicht, warum ich muss. Ich will mit Mom nach Disney World."

Als die kleine Stimme verstummte, stieß Holt einen tiefen Seufzer aus und kauerte sich hin. „Es ist schwer, wenn man Dinge tun muss, die man nicht will. Ich finde, du solltest auf Jenny aufpassen, während ihr weg seid."

Alex zuckte die Schultern und schniefte. „Wahrscheinlich. Sie hat Angst vor dem Urlaub. Aber sie ist auch erst sechs."

„Wenn du bei ihr bist, kann ihr nichts passieren. Und ich passe auf deine Mom auf, während du weg bist."

„In Ordnung." Alex fühlte sich schon besser und wischte mit dem Handrücken über die Nase. „Kannst du mir zeigen, wo sie dich ins Bein geschossen haben?"

„Sicher." Holt deutete auf eine Narbe ungefähr fünfzehn Zentimeter oberhalb des linken Knies.

„Toll!" Alex fuhr mit der Fingerspitze darüber. „Wenn du ein Polizist bist, dann kannst du auch gut auf Mom aufpassen."

„Sicher werde ich das."

Suzanna fühlte eine angenehme Regung in sich hochsteigen, als sie Holt mit ihrem Sohn sah. Holt hob eine Hand und strich Alex über das Haar. „Nun, worum geht es denn hier?"

Beide „Männer" blickten hoch und tauschten dann einen raschen und sehr persönlichen Blick, bevor Holt aufstand. „Männergespräch", sagte er und drückte Alex die Hand.

„Ja." Alex drückte die Brust heraus. „Männergespräch."

„Verstehe. Nun, ich störe ungern, aber wenn du Pizza willst, solltest du dir jetzt die Hände waschen."

„Kann er mitkommen?" fragte Alex.

„Sein Name", erklärte Suzanna, „ist Mr. Bradford."

„Sein Name ist Holt." Er blinzelte Alex zu, der breit grinste.

„Kann er?"

„Mal sehen."

„Das sagt sie oft", meinte Alex und rannte los, um seine Schwester zu suchen.

„Vermutlich tue ich das wirklich." Suzanna wandte sich seufzend Holt zu. „Was kann ich für dich tun?"

Sie trug ihr Haar offen und wirkte mit der kleinen blauen Kappe wie sechzehn. Holt fühlte sich plötzlich verlegen wie ein Junge, der seine erste Verabredung treffen wollte.

„Brauchst du noch immer eine Teilzeithilfe?“ fragte er ein wenig unsicher.

„Ja, aber bisher ohne Erfolg.“

„Ich kann dir etwa vier Stunden am Tag einräumen.“

„Was?“

„Vielleicht fünf“, fuhr er fort, als sie ihn anstarrte. „Ich habe ein paar Reparaturen auszuführen, aber ich teile mir meine Zeit selbst ein.“

„Du willst für mich arbeiten?“

„Solange ich nur die Sachen schleppen und pflanzen muss. Ich verkaufe keine Blumen.“

„Das kann nicht dein Ernst sein.“

„Doch. Ich verkaufe keine Blumen.“

„Nein, ich meine, dass du überhaupt für mich arbeiten willst. Du hast doch schon dein eigenes Geschäft, und ich kann nur den Mindestlohn zahlen.“

Holt winkte ab. „Ich will dein Geld nicht.“

Suzanna blies sich die Haare aus den Augen. „Ich bin verwirrt.“

„Ich dachte, wir könnten einen Handel schließen. Ich mache etwas von der Schwerarbeit für dich, und du bringst dafür meinen Garten in Ordnung.“

Ihr Lächeln erblühte langsam. „Du möchtest, dass ich deinen Garten herrichte?“

Frauen machten die Dinge doch immer kompliziert. „Ich möchte nicht, dass du gleich durchdrehst. Nur zwei oder drei Büsche. Willst du jetzt diesen Handel oder nicht?“

Ihr Lächeln verwandelte sich in ein Lachen. „Eine Nachbarin der Andersons hat unsere Teamarbeit bewundert. Ich soll morgen bei ihr anfangen.“ Suzanna streckte eine Hand aus. „Sei um sechs Uhr hier.“

Er zuckte zusammen. „Morgens?“
„Genau. Also, wie ist es jetzt mit Mittagessen?“
Holt drückte ihre Rechte. „Gut. Ich bezahle.“

Großer Gott, die Frau arbeitet wie ein Elefant. Nein, sie arbeitet wie zwei Elefanten, verbesserte Holt sich, während ihm der Schweiß über den Rücken lief. Er hielt so oft eine Hacke oder eine Schaufel in der Hand, als wäre er ein Kettensträfling.

In den drei Tagen, die Holt mittlerweile für Suzanna tätig war, hatte er es aufgegeben, sie von der schweren Arbeit abzuhalten. Suzanna ignorierte ihn und tat, was sie wollte. Er konnte vier oder fünf Stunden von seiner Arbeitszeit abzweigen, aber er wusste, dass sie acht bis zehn Stunden täglich schuftete.

Holt schlug wieder mit der Hacke zu, traf auf Stein. Der Schock jagte durch seine Arme. Bei dem unterdrückten Fluchen blickte Suzanna auf. „Warum machst du nicht eine Pause? Ich kann das zu Ende bringen.“

„Hast du Dynamit mitgebracht?“

Sie lächelte nur einen Moment. „Hol dir etwas zu trinken aus der Kühlbox. Wir können fast schon pflanzen.“

„Schön.“ Holt gab nur ungern zu, dass ihn diese Arbeit fertig machte. Er hatte Blasen an den Händen, und seine Muskeln fühlten sich an, als hätte er zehn Runden gegen den Champion geboxt und verloren. Er ging zu der Kühlbox, die sie in den Schatten eines Baums gestellt hatten. Hinter ihm traf die Hacke erneut auf Stein. „Du bist verrückt, Suzanna. Diese Art von Arbeit gibt man nur Männern mit einer Kugel am Bein. Was denkst du denn, was auf diesen Felsen wachsen wird?“

„Du wärst überrascht.“ Der Atem pfiff aus ihren Lungen, als sie den harten Boden traf, und kleine Punkte kreisten vor ihren Augen. „Siehst du diese Stiefmütterchen? Die habe ich vor zwei Jahren gesetzt." Himmel, sind die Bienen heute laut, dachte sie, als ein Summen ihren Kopf erfüllte. „Im September ..." Sie taumelte unter einer Welle der Benommenheit. Holt eilte aus dem Schatten in die Sonne, als Suzanna die Hacke entglitt. Er packte sie, und sie schien in seinen Armen zu schmelzen.

Fluchend trug er sie unter den Baum und legte sie in das kühle Gras. „Jetzt reicht es." Er tauchte eine Hand in die Kühlbox und verteilte eiskaltes Wasser auf ihrem Gesicht. „Du bist am Ende, kapiert? Wenn du diese Hacke noch einmal anfasst, kriegst du was von mir zu hören."

„Mir geht es gut." Ihre Stimme war schwach, doch der Ärger war unverkennbar. „Nur etwas zu viel Sonne."

„Zu viel Sonne", schimpfte Holt, während er ihr etwas zu trinken gab. „Und nicht genug Essen oder Schlaf. Du siehst katastrophal aus, Suzanna, und ich bin das leid."

„Herzlichen Dank." Sie stieß seine Hände weg und lehnte sich an den Baum. „Ich hätte eine Pause machen sollen", räumte sie ein.

Himmel, sie war weiß wie ein Laken. „Ich bringe dich nach Hause, und du gehst ins Bett."

„Ich glaube, du vergisst, wer für wen arbeitet."

„Wenn du ohnmächtig wirst, übernehme ich das Kommando."

„Ich bin nicht ohnmächtig geworden", sagte sie gereizt. „Mir wurde schwindelig. Und niemand übernimmt für mich das Kommando, weder jetzt noch irgendwann. Und hör auf, mir Wasser ins Gesicht zu spritzen. Du wirst mich ertränken."

„Du bist stur, starrsinnig und schlicht und einfach dumm."

„Schön. Wenn du mich genug angeschrieen hast, mache ich Mittagspause." Suzanna wusste, dass sie etwas essen musste. Sie nahm ein Sandwich aus der Kühlbox.

„Vielleicht bin ich mit dem Anschreien noch nicht fertig."

Sie zuckte die Schultern und wickelte das Sandwich aus. „Dann kannst du schreien, während ich esse. Oder du kannst aufhören, deine Zeit zu verschwenden, und ebenfalls essen."

Er überlegte, ob er sie zum Lastwagen schleppen sollte. Die Idee gefiel ihm, aber sie hätte nur geringen Nutzen gebracht. Wenn er Suzanna nicht fesselte und in ihrem Zimmer einsperrte, konnte er sie nicht davon abhalten, sich zu Tode zu arbeiten.

Wenigstens isst sie etwas, dachte er. Und ihre Wangen bekamen wieder Farbe. Lässig nahm er ein Sandwich heraus.

„Ich habe über die Smaragde nachgedacht."

Der Themenwechsel überraschte sie. „Ach ja?"

„Ich habe mir das Gespräch angehört, das Max mit Mrs. Tobias, dem ehemaligen Hausmädchen, geführt hat."

„Und was denkst du?"

„Angenommen, Bianca wollte ihren Mann verlassen und ging vorher zu meinem Großvater – schließlich hatte er hinterher den Hund – und kehrte anschließend zurück nach The Towers, um zu packen und die Kinder zu holen. Dann verstehe ich nicht, warum sie nicht mit meinem Großvater bei Sonnenuntergang davonlief, sondern aus dem Turmfenster sprang."

„Sie befand sich in Aufruhr." Suzanna blinzelte in das Sonnenlicht. „Sie wollte ihre Ehe beenden und ihre Kinder von ihrem Vater trennen. Alles war so schwierig, so Furcht einflößend – wie sterben. Vielleicht hielt sie sich für eine Versagerin, und als ihr Ehemann nach Hause kam und sie sich ihm hätte stellen müssen, konnte sie es nicht."

Holt fuhr sich über seine Haare. „War es so für dich?"

„Wir sprechen von Bianca." Suzanna entspannte sich wieder langsam. „Fergus hat ihr die Smaragde für die Geburt ihres ersten Sohnes geschenkt. Bax hat mir Diamanten geschenkt, als Alex geboren wurde. Ich habe sie verkauft, um mein Geschäft zu eröffnen. Bianca mag ähnlich empfunden haben. Die Diamanten gehörten mir, und ihr gehörten die Smaragde. Mit den Smaragden konnte sie ein neues Leben für sich und ihre Kinder finanzieren."

„Warum hat sie die Halskette versteckt?"

„Um sicher zu sein, dass Fergus sie nicht findet, falls er sie daran hindern sollte, ihn zu verlassen."

„Hast du deine Diamanten versteckt, Suzanna?"

„Ja, in Jennys Windeltasche, die letzte Stelle, an der Baxter nachgesehen hätte." Sie zupfte einen Grashalm aus. „Das klingt alles so melodramatisch."

Holt schüttelte den Kopf. „Für mich klingt das sehr klug. Bianca hat viel Zeit im Turm verbracht, richtig?"

„Wir haben dort nachgesehen."

„Wir werden noch einmal nachsehen und auch ihr Schlafzimmer auseinander nehmen."

„Lilah wird begeistert sein." Suzanna schloss die Augen. „Es ist jetzt ihr Schlafzimmer. Und wir haben dort auch nachgesehen."

„Ich nicht."

„Nein." Suzanna streckte sich im Gras aus. „Könnten wir ihr Tagebuch finden, hätten wir die Antworten. Mandy hat jedes Buch in der Bibliothek kontrolliert für den Fall, dass es dazwischengeraten ist."

Er streichelte ihr Haar. „Wir sehen noch einmal nach. Ich kontrolliere lieber alles, als dass ich mich auf eine Séance verlasse."

Sie gab ein halbes Lachen und halbes Seufzen von sich. „Tante Coco wird dich dazu überreden." Ihre Stimme wurde schwer vor Müdigkeit. Holt ließ Suzanna im Schatten zurück und trat in den Sonnenschein hinaus.

Gras kitzelte Suzanna an der Wange, als sie erwachte. Benommen öffnete sie die Augen. Holt lehnte an einem Baum.

„Ich muss eingenickt sein."

„Könnte man sagen."

„Tut mir Leid." Sie stützte sich auf einen Ellbogen. „Wir haben über die Smaragde gesprochen."

„Wir haben genug gesprochen." Holt ließ sich neben ihr nieder. Mit einer schnellen Bewegung zog er sie an sich. Ehe sie ganz wach war, lag sie schon in seinem Schoß, und er küsste sie stürmisch.

Er hatte sie schlafen sehen und diesen schlanken, zerbrechlichen Körper mit seinem verschmelzen wollen, hatte hören wollen, wie ihr der Atem stockte. Nun nahm er sie fiebrig.

Entwaffnet und verwirrt wehrte sie sich. Ihr Körper spannte sich wie ein Bogen an. Sie rang nach Luft. Sie konnte nur Holts Gesicht sehen, seine dunklen und gefährlich funkelnden Augen, seinen festen und hungrigen Mund. Dann verschwamm alles, als seine Lippen sich erneut auf die ihren senkten.

Suzanna ließ ihn nehmen, was er so verzweifelt brauchte. Im Schatten des Baums presste sie sich an ihn, antwortete auf jede seiner Forderungen. Als sie sich diesmal benommen fühlte, genoss sie es. Dies war keine Schwäche, gegen die sie ankämpfen musste. Dies hatte sie fühlen wollen, soweit sie sich erinnerte.

Mit einer Verwünschung presste er seine Stirn an ihren Hals, wo er ihren Puls hämmern fühlte. Nichts und niemand hatte ihn jemals dermaßen empfinden lassen. Er wollte Suzanna beiseite schieben und weggehen, bevor sie ihn in Streifen schnitt. Er wollte sich mit ihr auf dem kühlen Gras wälzen und dieses ganze schmerzliche Sehnen austreiben.

Ihre Arme umschlangen ihn, ihre Hände streichelten rastlos durch sein Haar, während ihr Körper erschauerte. Dann rieb sie ihre Wange an der seinen in einer fast unerträglich süßen Geste.

„Was sollen wir tun?“ murmelte sie, suchte Trost, drückte ihre Lippen auf seine Haut und seufzte.

„Ich glaube, wir beide kennen die Antwort.“

Suzanna schloss die Augen. Es war so einfach für ihn. „Ich brauche Zeit.“

Holt schob sie von sich, bis sie sich ansehen konnten. „Vielleicht kann ich dir keine Zeit lassen. Wir sind keine Kinder mehr, und ich will mich nicht noch länger fragen, wie es wohl wäre.“

Sie seufzte, als sie erkannte, dass nicht nur sie aufgewühlt war. „Wenn du mehr verlangst, als ich geben kann, werden wir beide enttäuscht sein. Ich will dich.“ Sie verzog den Mund, als seine Finger sich anspannten. „Aber ich kann nicht noch einen Fehler begehen.“

Seine Brauen zogen sich zusammen. „Willst du Versprechen hören?“

„Nein“, sagte sie rasch. „Nein, das will ich nicht. Aber ich muss die Versprechen halten, die ich mir selbst gegeben habe. Wenn ich zu dir komme, muss ich sicher sein, dass ich es nicht nur will, sondern dass ich auch damit leben kann. Ich kann dir nur versprechen, dass ich es nicht bereuen werde, falls wir ein Liebespaar werden.“

„Sobald wir ein Liebespaar werden“, verbesserte Holt sie.

„Sobald wir eines werden.“ Sie nickte und stand auf. „Doch im Moment müssen wir die Dinge nehmen, wie sie kommen. Wir haben eine Arbeit, die wir beenden müssen.“

„Sie ist schon beendet." Er stemmte sich hoch, während sie sich umdrehte.

Alle Pflanzen befanden sich an den richtigen Stellen, die Erde war geglättet.

„Wie ..." Suzanna ging los, um Holts Werk zu begutachten.

„Du hast drei Stunden geschlafen."

„Drei ..." Betroffen blickte sie über ihre Schulter. „Du hättest mich wecken sollen."

„Ich habe es nicht getan", sagte er schlicht. „Jetzt muss ich zurück. Ich bin schon spät dran."

„Aber, das hättest du nicht tun ..."

„Es ist getan und erledigt." Holt wirkte ungeduldig. „Willst du die verdammten Dinger ausrupfen und alles selbst machen?"

„Nein." Sie erkannte, dass er nicht nur verärgert war. Er war verlegen. Da stand er vor ihr, sah sehr maskulin aus, sehr zerzaust in dem strahlenden Sonnenschein, seine rauen, geschickten Hände in die Taschen geschoben. Bedank dich bei mir, und ich fauche dich an, schien er zu sagen.

In diesem Moment wurde Suzanna klar, dass sie ihn liebte. Nicht bloß wegen seiner heißblütigen Küsse oder fordernden Hände, sondern wegen des Mannes unter der Oberfläche. Wegen des Mannes, der ihrem Sohn übers Haar strich oder die unaufhörlichen Fragen ihres kleinen Mädchens beantwortete. Wegen des Mannes, der Farbkleckse auf dem Fußboden beließ, weil sie eine Erinnerung an seinen Großvater waren.

Wegen des Mannes, der für sie Blumen pflanzte, während sie schlief.

Weil Suzanna ihn immer noch anstarrte, bewegte Holt sich unbehaglich. „Hör mal, wenn du wieder ohnmächtig wirst, lasse ich dich liegen, wo du hinfällst. Ich habe nicht die Zeit, Krankenschwester zu spielen."

Ein Lächeln breitete sich langsam und wunderschön auf ihrem Gesicht aus und verwirrte ihn. Sie liebte ihn auch dafür – für diese aggressive Ungeduld, die sein Mitgefühl überdeckte. Sie brauchte natürlich Zeit zum Nachdenken. Zeit, um sich darauf einzustellen. Doch im Moment, nur in diesem Moment, konnte sie sich schlicht an diesen Schwall von Gefühlen halten und zufrieden sein.

„Du hast gute Arbeit geleistet."

Holt blickte zu den Blumen und hätte sich lieber die Zunge herausgeschnitten als zuzugeben, wie sehr er die Arbeit genossen hatte. Er zuckte die Schultern. „Ich lade das Werkzeug auf den Wagen. Ich muss los."

„Ich habe den Bryce-Auftrag auf Montag verschoben. Ich muss morgen zu Hause sein."

„In Ordnung. Bis später."

Als er zu seinem Wagen ging, kniete Suzanna sich hin, um die zarten jungen Blüten zu berühren.

In dem Cottage nahe dem Wasser fand der Mann, der sich Marshall nannte, ein paar unwichtige Dinge bei seiner gründlichen Durchsuchung, doch nichts davon half ihm bei seiner Suche nach den Calhoun-Smaragden. Marshall geriet in Versuchung, das Haus zu verwüsten. Doch er zwang sich zur Ruhe. Er wollte sich nicht verraten, noch nicht.

Behutsam brachte er alles wieder in Ordnung. Der Hund begann im Garten zu bellen. Er verabscheute Hunde. Wütend rieb er sich die Narbe an seinem Bein, in das ihn der kleine Calhoun-Köter gebissen hatte. Dafür sollten sie auch bezahlen. Sie alle sollten bezahlen.

Er verließ das Cottage genau so, wie er es vorgefunden hatte.

Ich werde nicht über den Winter schreiben. Das ist keine Erinnerung, die ich wieder aufleben lassen möchte. Doch ich verließ die Insel nicht. Ich konnte es nicht. In all diesen Monaten vergaß ich Bianca nicht.

Und dann war es wieder Sommer.

Ich kann nicht beschreiben, was ich empfand, als ich sie auf mich zulaufen sah. Ihre Augen waren von Freude erfüllt. Sie lag in meinen Armen, ihr Mund berührte meine Lippen. Und ich wusste, dass sie genau wie ich gelitten hatte. Sie liebte mich, wie ich sie liebte.

Wir trafen uns täglich in aller Unschuld auf den Klippen, sprachen und lachten miteinander und taten, als wäre der Sommer endlos. Manchmal brachte sie ihre Kinder mit, und dann war es, als wären wir eine Familie.

Wir waren glücklich mit dem, was wir hatten. Nie zuvor in meinem Leben hatte ich glücklichere Tage gehabt. Eine solche Liebe hat keinen Anfang und kein Ende, kennt kein Richtig und kein Falsch. An diesen hellen Sommertagen war Bianca nicht die Frau eines anderen. Sie war mein.

Ein Menschenleben später sitze ich hier und blicke auf das Wasser hinaus. Ihr Gesicht, ihre Stimme kommen so klar zu mir zurück.

Sie lächelte. „Ich habe immer davon geträumt, verliebt zu sein."

Ich hatte die Nadeln aus ihrem Haar gezogen, damit meine Hände sich darin verlieren konnten. Ein kleiner, kostbarer Genuss. „Träumst du noch immer?"

„Jetzt brauche ich nicht mehr zu träumen." Sie beugte sich zu mir und drückte ihre Lippen auf meinen Mund. „Ich brauche nie wieder zu träumen, nur zu wünschen."

Ich griff ihre Hand und küsste sie, und wir beobachteten einen kreisenden Adler.

„Heute Abend findet ein Ball statt. Ich wünschte, du wärest da, um mit mir zu tanzen."

Ich erhob mich, zog sie auf die Füße und begann, mit ihr durch die wilden Rosen zu tanzen. „Sag mir, was du tragen wirst, damit ich dich sehen kann."

Lachend hob Bianca mir ihr Gesicht entgegen. „Ich werde elfenbeinfarbene Seide tragen, mit einer tief angesetzten Korsage und einem perlenbestickten Rock, der das Licht einfängt – und meine Smaragde."

„Eine Frau sollte nicht traurig aussehen, wenn sie von Smaragden spricht."

„Nein." Sie lächelte wieder. „Diese Steine sind etwas Besonderes. Ich habe sie seit Ethans Geburt, und ich trage sie, um mich zu erinnern."

„Woran?"

„Dass ich etwas auf der Welt hinterlassen habe, ganz gleich, was auch passiert. Meine Kinder sind meine wahren Juwelen."

Als eine Wolke sich vor die Sonne schob, drückte Bianca ihren Kopf gegen meine Schulter „Halt mich fester, Christian."

Keiner von uns sprach von dem Sommer, der sich so rasch seinem Ende zuneigte, doch ich weiß, dass wir in diesem Moment daran dachten, in dem meine Arme sie hielten und unsere Herzen gemeinsam schlugen. Zorn darüber, was ich so bald verlieren würde, stieg in mir hoch.

„Ich würde dir Smaragde und Diamanten und Saphire schenken." Ich presste meinen Mund auf ihre Lippen. „All das und noch mehr, Bianca, wenn ich es könnte."

„Nein." Sie legte ihre Hände an meine Wangen, und ich sah Tränen in ihren Augen funkeln. „Liebe mich bloß", sagte sie. Liebe mich bloß ...

7. KAPITEL

Holt war erst drei Minuten zu Hause, als er bereits wusste, dass jemand eingebrochen hatte. Er mochte seine Polizeimarke abgegeben haben, aber er besaß noch immer die Augen eines Polizisten. Es war nichts offensichtlich in Unordnung, doch ein Aschenbecher stand näher an der Tischkante, ein Sessel war in einem leicht veränderten Winkel vor den Kamin gezogen worden, eine Ecke des Teppichs war umgeschlagen.

Auch im Schlafzimmer fanden sich Anzeichen. Eine halbe Stunde später hatte er seine Überprüfung beendet. Sein Gesicht wirkte wie versteinert. Die Gemälde seines Großvaters waren bewegt worden, nicht viel, aber genug, um Holt zu verraten, dass jemand sie betrachtet hatte. Und das war etwas, das er nicht dulden konnte.

Wer immer das Haus durchsucht hatte, war ein Profi. Livingston war noch in der Nähe, unter welcher Tarnung er auch auftreten mochte. Jetzt betraf ihn die Sache persönlich.

Holt ging auf die Veranda, saß lange da, streichelte Sadie und starrte auf das Meer. Als sich die Dämmerung herabsenkte, war er endlich soweit, dass er sich selbst etwas eingestehen konnte.

Er folgte dem Vorbild seines Großvaters.

Er verliebte sich in eine Calhoun.

Suzanna lag die ganze Nacht wach und versuchte, nicht an die beiden kleinen Koffer zu denken, die sie gepackt hatte. Wenn ihr das gelang, dachte sie an Holt, doch das raubte ihr ebenfalls den Schlaf.

In der Morgendämmerung war sie wieder auf, ordnete die Kleider neu, die sie ordentlich eingepackt hatte, und tat noch einige Lieblingsspielsachen ihrer Kinder dazu, damit sie kein Heimweh empfanden.

Beim Frühstück gab sie sich heiter und war dankbar, dass ihre Familie da war und sie unterstützte. Die Kinder waren in weinerlicher Stimmung, aber bis Mittag war es ihr fast gelungen, sie aufzuheitern.

Um ein Uhr waren ihre Nerven am Ende, und die Kinder wurden quengelig. Um zwei Uhr fürchtete sie, Bax hätte die ganze Sache vergessen, und wurde zwischen Wut und Hoffnung zerrissen.

Um drei Uhr kam der Wagen, ein schimmernder schwarzer Lincoln. Fünfzehn schreckliche Minuten später waren ihre Kinder fort.

Suzanna konnte nicht zu Hause bleiben. Coco war so freundlich, so verständnisvoll, dass Suzanna fürchtete, sie würden sich beide in Tränen auflösen. Um ihrer Tante willen wie um ihrer selbst willen beschloss sie, zur Arbeit zu fahren.

Sie ging in ihren Laden, doch Carolannes Mitgefühl und Neugier trieben sie an den Rand der Selbstbeherrschung.

Suzanna lud Blumen auf ihren Pick-up und fuhr los – zu Holt. Die Arbeit in seinem Garten würde sie für den Rest des Tages beschäftigen.

Sie machte sich nicht bemerkbar, sondern parkte den Wagen und begann sofort, das Blumenbeet abzustecken. Doch ihre Gedanken wurden nicht abgelenkt. Stattdessen bekam sie Kopfschmerzen.

Suzanna verteilte gerade Pflanzgrund, als Holt aus dem Haus kam. Er hatte sie schon zehn Minuten lang vom Fenster aus beobachtet und hasste es, wie ihre starken Schultern herunterhingen und ihre Augen stumpf vor Traurigkeit waren.

„Ich dachte, du hättest dir den Tag freigenommen."

„Ich habe es mir anders überlegt." Ohne hochzublicken, rollte sie ihre Schubkarre zum Lastwagen und belud sie mit Pflanzen.

„Was ist das alles, verdammt noch mal?"

„Deine Bezahlung. Das war abgemacht."

Er kam zwei Schritte näher. „Ich sagte, du könntest vielleicht zwei Büsche pflanzen."

„Ich pflanze Blumen." Sie klopfte die Erde fest. „Jeder mit einem Gramm Vorstellungskraft sieht, dass dieses Haus nach Blumen schreit."

Sie will streiten, stellte Holt fest und wippte auf den Zehenspitzen. Schön, das kann sie haben. „Du hättest mich fragen können, bevor du meinen Garten umgräbst."

„Warum? Du hättest bloß abfällig gegrinst und ein paar miese Macho-Bemerkungen gemacht."

Er kam noch einen Schritt näher. „Es ist mein Garten, Baby."

„Und ich pflanze Blumen darin – Baby." Suzanna warf den Kopf in den Nacken. Ja, sie war wütend genug, um ihn mit Blicken zu erdolchen. Und sie fühlte sich elend. „Wenn du sie nicht gießen willst, mache ich es. Warum gehst du nicht hinein und überlässt alles mir?"

Ohne auf eine Antwort zu warten, arbeitete sie weiter. Holt setzte sich und rauchte. „Das Pflanzen von Stiefmütterchen scheint heute deine Stimmung nicht zu verbessern."

„Meine Stimmung ist bestens. Sie ist einfach großartig." Suzanna brach einen Zweig von einer Freesie ab und stieß eine Verwünschung aus. „Warum auch nicht? Nur weil ich zusehen musste, wie Jenny die Tränen über die Wangen gelaufen sind, als sie in diesen verdammten Wagen stieg? Nur weil ich dastehen und lächeln musste, als Alex mich noch einmal ansah und sein

Mund zuckte und seine Blicke mich anflehten, ihn nicht wegzuschicken?“ Als ihre Augen sich mit Tränen füllten, schüttelte sie den Kopf. „Und ich musste dastehen und es wegstecken, als Bax mir vorwarf, eine gluckenhafte Mutter zu sein, die seine Kinder – seine Kinder in ängstliche Weichlinge verwandelt.“

Sie rammte ihren Spaten in die Erde und grub eine Weile schweigend.

„Sie sind nicht ängstlich“, stieß sie schließlich heftig hervor. „Sie sind einfach Kinder. Warum sollten sie keine Angst davor haben, mit ihm zu fahren, wenn sie ihn kaum kennen? Und mit seiner jetzigen Frau, die dastand in ihrem Seidenkostüm und hochhackigen italienischen Schuhen und verwirrt und hilflos dreinsah? Sie hat doch keine Ahnung, was sie tun soll, wenn Jenny einen Albtraum hat oder Alex Bauchschmerzen bekommt. Und ich habe die beiden einfach gehen lassen. Ich stand bloß da und ließ sie mit zwei Fremden in diesen schrecklichen Wagen steigen. Und darum fühle ich mich gut. Ich fühle mich großartig.“

Suzanna schob die Schubkarre zum Pick-up. Als sie mit dem Torf zurückkam, war Holt verschwunden. Sie zwang sich dazu, ihre Arbeit sorgfältig auszuführen. Wenigstens darüber besaß sie Kontrolle.

Holt kam mit dem Gartenschlauch und zwei Flaschen Bier wieder. „Ich gieße sie. Hier, trink ein Bier.“

Sie fuhr sich mit einer Hand über die Stirn und betrachtete finster die Flaschen. „Ich trinke kein Bier.“

„Was anderes habe ich nicht.“ Er drückte ihr die Flasche in die Hand. „Ich komme jetzt allein klar“, sagte er trocken. „Setz dich!“

Suzanna ging zu den Stufen und setzte sich. Weil sie durstig war, tat sie einen langen Zug, stützte das Kinn in die Hand und betrachtete Holt.

Keine mitfühlenden Worte, dachte sie. Kein tröstendes Tätscheln und keine Versicherungen, dass er alles verstand. Stattdessen hatte er ihr genau das Richtige angeboten – eine stumme Mauer, gegen die sie ihr Elend und ihren Zorn schleudern konnte. Wusste er, dass er ihr geholfen hatte? Sie war nicht sicher, aber sie wusste, dass sie nicht nur hierher gekommen war, um Blumen zu pflanzen, sondern weil sie ihn liebte.

Suzanna kraulte das Fell des Hundes, der sich zu ihr gesetzt hatte. Im Moment – und vielleicht für immer – war diese Liebe allein ihre Sache. Sie erwartete nicht mehr, dass ihre Gefühle erwidert wurden.

Holt legte den Schlauch weg. Das bunte Blumenbeet verlieh dem schlichten hölzernen Cottage Charme. Es freute ihn, dass er sogar schon einige Blumen mit Namen kannte.

„Es sieht recht hübsch aus."

„Es sind hauptsächlich mehrjährige Pflanzen", sagte sie in dem gleichen lässigen Ton. „Ich dachte, du wirst dich freuen, wenn du sie jedes Jahr wiederkommen siehst."

Das mochte schon sein, aber er würde sich auch zu lebhaft daran erinnern, wie verletzt und unglücklich Suzanna ausgesehen hatte, als sie die Blumen pflanzte.

„Sie duften recht gut."

„Das ist Lavendel." Sie atmete tief ein, bevor sie aufstand. „Ich gehe und drehe den Wasserhahn zu." Sie war fast schon um die Ecke, als er ihren Namen rief.

„Suzanna! Es wird ihnen gut gehen."

Sie traute seiner Stimme nicht, nickte und ging weiter. Sie kauerte am Boden, ihr Gesicht gegen den Kopf des Hundes gedrückt, als Holt zu ihr kam.

Er zog sie auf die Beine. „Ist Arbeit das Einzige, das dich ablenkt?"

„Sie hilft."

„Ich habe eine bessere Idee."

Ihr Herz machte einen kleinen Satz. „Ich will wirklich nicht ..."

„Lass uns spazieren fahren."

„Spazieren fahren?" wiederholte Suzanna ungläubig.

„Mit dem Boot. Wir haben noch zwei Stunden bis zur Dämmerung."

„Eine Spazierfahrt mit dem Boot", sagte sie, ohne zu bemerken, dass sie ihn mit ihrem erleichterten Seufzer amüsierte. „Gern."

„Gut." Er führte sie zu dem Landungssteg. „Du bindest die Leinen los." Als der Hund neben ihm ins Boot sprang, erkannte Suzanna, dass dies eine alte Gewohnheit war. Für einen Mann, der seine Gefühle nicht zu erkennen geben wollte, war es verräterisch, dass er einen Hund als Gesellschaft mitnahm, wenn er aufs Meer hinausfuhr.

Der Motor dröhnte auf. Holt wartete nur, bis Suzanna an Bord geklettert war, ehe er auf die Bay zuhielt.

Der Wind peitschte ihr Gesicht. Lachend hielt sie ihre Mütze fest. „Ich war seit Monaten nicht mehr auf dem Wasser!" rief sie durch den Lärm des Motors.

„Was hat es für einen Sinn, auf einer Insel zu leben, wenn man nie aufs Wasser hinausfährt?"

„Ich sehe es mir gern an."

Drüben auf Bar Island spiegelten die Fensterscheiben in den Häusern das Sonnenlicht wider. Über ihnen kreisten Möwen, stießen Schreie aus. Sadie verbellte sie, legte sich dann auf die Kissen im Boot und stützte ihren Kopf so auf, dass der Wind ihre Ohren flattern ließ.

„Ist sie je über Bord gesprungen?" fragte Suzanna.

Holt warf einen Blick auf den Hund. „Nein. Sie sieht nur dumm aus."

„Du musst sie wieder zu uns bringen. Fred ist nicht mehr derselbe, seit er sie kennen gelernt hat."

„Manche Frauen können so etwas mit einem Mann anstellen." Die salzige Brise trieb ihm ihren Duft entgegen. Suzanna stand dicht vor ihm. Der Ausdruck in ihren Augen war noch immer entrückt und besorgt, und er ahnte, dass sie nicht an ihn dachte. Aber er dachte an sie.

Holt steuerte geschickt durch den Verkehr der Bay, passierte eine Hotelterrasse, auf der Gäste unter gestreiften Schirmen saßen. An Steuerbord lief ein Dreimastschoner mit winkenden Touristen in den Hafen ein.

Als die Bay ins offene Meer überging, war das Wasser rauer und welliger. Die Klippen ragten dem Himmel entgegen, arrogant, abweisend. The Towers stand auf dem Hügel und überragte Dorf, Bay und Meer. Seine grauen Steine hoben sich von den Regenwolken im Westen ab. Die alten Fenster schimmerten in Regenbogenfarben. Wie eine Luftspiegelung von Farben leuchtete Suzannas Garten.

„Wenn ich manchmal mit meinem Vater auf Hummerfang fuhr, blickte ich da hinauf. Und dachte an dich. Burg Calhoun. So habe ich das Haus genannt."

Suzanna lächelte und beschattete ihre Augen. „Es ist unser Zuhause. Wenn ich da hinschaue, denke ich an Tante Coco, die ein neues Rezept in der Küche ausprobiert, und an Lilah, die im Salon ein Nickerchen macht. Die Kinder spielen im Garten oder laufen die Treppe hinunter. Amanda sitzt an ihrem Schreibtisch und arbeitet sich gewissenhaft durch den Haufen Rechnungen, um das alte Zuhause zusammenzuhalten. C. C. steckt den Kopf unter die Motorhaube des alten Kombis, um ein Wunder zu vollbringen und den Motor noch ein Jahr laufen zu lassen. Manchmal sehe ich meine Eltern am Küchentisch lachen, so jung, so lebendig, so voll von Plänen.“ Suzanna drehte sich um, damit sie das Haus nicht aus den Augen verlor. „So viel hat sich verändert und wird sich noch ändern. Doch das Haus ist noch immer da. Das ist tröstlich. Du verstehst das, sonst hättest du nicht beschlossen, in Christians Cottage mit all seinen Erinnerungen zu leben.“

Holt verstand genau, und das verursachte ihm Unbehagen. „Vielleicht wohne ich nur gern am Wasser.“

Suzanna beobachtete, wie Biancas Turm aus ihrem Blickfeld verschwand, bevor sie Holt ansah. „Gefühle machen dich nicht schwach, Holt.“

Er blickte finster über das Wasser. „Ich kam meinem Vater nie nahe. Wir haben alles gegensätzlich betrachtet. Bei meinem Großvater musste ich nie etwas erklären oder rechtfertigen, das ich fühlte oder wollte. Er hat es einfach akzeptiert. Vermutlich hatte er seine Gründe, dass er mir das Haus hinterließ, obwohl ich damals noch ein Kind war.“

Es bewegte sie, dass er so viel mit ihr teilte. „Also bist du hierher zurückgekommen. Wir kommen immer zu dem zurück, was wir lieben.“ Sie wollte ihn noch mehr über sein Leben fragen, doch er gab Vollgas und jagte das Boot über das endlos scheinende Meer.

Er war nicht hier herausgefahren, um tiefen Gedanken nachzuhängen oder sich Sorgen zu machen. Er wollte Suzanna und sich eine Stunde der Entspannung gönnen, Abstand von der Realität. Wind und Geschwindigkeit vollbrachten für ihn dieses Wunder, hatten es immer getan. Als er Suzanna lachen hörte, während sie ihr Gesicht der Sonne entgegenhielt, wusste er, dass er die richtige Wahl getroffen hatte.

„Hier, übernimm das Steuer."

Es war eine Herausforderung. Sie hörte es in seiner Stimme, sah es in seinen Augen, als er sie anlächelte. Suzanna zögerte nicht, sondern nahm seinen Platz am Steuer ein.

Sie schwelgte in der Kontrolle, in der Kraft, die unter ihren Fingerspitzen vibrierte. Das Boot schnitt wie eine Klinge durch das Wasser, raste ins Nichts. Es gab nur See und Himmel und grenzenlose Freiheit. Der Atlantik wurde rauer und fügte einen Schuss von Gefahr hinzu.

Ihre Hände lagen fest auf dem Steuerrad. Der wehmütige Blick in ihren Augen war von Furchtlosigkeit ersetzt worden. Ihr Gesicht war vor Erregung gerötet und feucht von der Gischt. Suzanna sah nicht wie eine Prinzessin aus, sondern wie eine Königin, die ihre Macht kannte und bereit war, sie auszuüben.

Holt ließ sie dahinrasen, wohin sie wollte, wusste er doch, dass sie da enden würde, wo er sie die meiste Zeit seines Lebens hatte haben wollen. Er würde nicht einen einzigen Tag länger warten. Nicht mal eine Stunde.

Atemlos lachend übergab sie ihm wieder das Steuer. „Ich hatte vergessen, wie das ist. Ich habe seit fünf Jahren kein Boot mehr geführt."

„Du hast es gut gemacht." Er hielt die Geschwindigkeit hoch, als er das Boot in einem weiten Halbkreis wendete.

Suzanna lachte und rieb ihre Arme. „Himmel, ist das kalt."

Holt sah sie an und war von ihrem Anblick fasziniert. Sie strahlte – ihre Augen so blau wie der Himmel, nur lebendiger, die dünne Hose und Bluse an ihren schlanken Körper geklebt, ihr Haar lugte unter der Mütze hervor. Und sie fror.

„In der Kabine liegt eine Jacke."

„Nein, es fühlt sich wundervoll an." Sie schloss die Augen und ließ die Empfindungen auf sich einstürmen – der heulende

Wind, die goldene Abendsonne, der Geruch von Salz und See, der Mann an ihrer Seite, das Dröhnen des Motors und das brodelnde Kielwasser.

Sie wollte nicht zurück. Suzanna dachte, wie befreiend es wäre, ohne Ziel dahinzurasen und sich dann mit der Strömung treiben zu lassen.

Doch Holt drosselte bereits die Geschwindigkeit und glitt auf den Hafen zu.

Auch das fand sie schön – nach Hause zu kommen, seinen Platz zu kennen, sicher zu sein, willkommen geheißen zu werden. Das blaue Wasser der Frenchman Bay verdunkelte sich im Abendlicht, Häuser füllten sich mit Menschen.

Suzanna war entspannt, als sie auf Holts Landungssteg sprang, um die Leinen zu befestigen und den Hund zu streicheln, der sich an ihr Bein schmiegte.

„Du bist ein recht guter Matrose, nicht wahr, Mädchen?" Sie kauerte sich hin und kraulte Sadie gründlich. „Ich glaube, sie will wieder hinausfahren."

Holt kletterte auf den Landungssteg. „Ein Gewitter zieht auf."

Suzanna blickte hoch und sah, dass die Wolken langsam landeinwärts zogen. „Du hast Recht. Wir könnten Regen brauchen." Albern, dachte sie, jetzt verlegen zu werden und vom Wetter zu sprechen. Sie stand auf und fühlte sich unsicher, weil er dastand und Spannung sich in seinem Körper und seinen dunklen Augen zeigte. „Danke für die Fahrt. Ich habe sie sehr genossen."

„Gut." Der Steg schwankte, als Holt näher kam.

Suzanna machte zwei Schritte rückwärts und fühlte sich besser, als ihre Füße auf festem Untergrund standen. „Vielleicht kannst du Sadie am Wochenende zu Fred bringen. Er wird einsam sein, wenn die Kinder nicht da sind."

„In Ordnung."

Sie war schon halb durch den Garten, und er war noch immer einen halben Meter von ihr entfernt. Wäre das nicht paranoid gewesen, hätte sie vermutet, dass er sie verfolgte.

„Der Busch macht sich gut." Sie strich mit ihren Fingern im Vorbeigehen darüber. „Aber du musst den Rasen düngen. Ich könnte dir ein einfaches und billiges Mittel empfehlen."

Holt lächelte. „Tu das."

„Nun, ich ... Es ist schon spät. Tante Coco ..."

„... weiß, dass du ein großes Mädchen bist." Er hielt sie am Arm fest. „Du gehst heute Abend nirgendwohin, Suzanna."

„Holt, ich habe dir gesagt, dass ich mehr Zeit brauche."

„Die hast du gehabt", sagte er mit einem scharfen Unterton, der ihren Puls jagen ließ.

„Das ist nichts, was ich beiläufig angehen möchte."

Seine Augen funkelten. In der Ferne grollte Donner. „Daran ist nichts beiläufig. Das wissen wir beide."

Sie wusste es, und dieses Wissen war erschreckend. „Ich denke ..."

Er fluchte und hob sie auf die Arme. „Du denkst zu viel."

In dem Moment, als der Schock nachließ, begann sie zu strampeln. Doch da hatte er sie fast schon auf die hintere Veranda getragen. „Holt, ich lasse mich nicht drängen!" Die Fliegengittertür schlug hinter ihnen zu. Wusste er nicht, dass sie Angst hatte? Dass sie befürchtete, er würde sie langweilig finden, sie abschütteln und zerbrochen zurücklassen?

„Würde es nach dir gehen, dauerte es noch fünfzehn Jahre." Holt trat die Schlafzimmertür auf und ließ Suzanna auf das Bett fallen. So hatte er das nicht geplant, aber er war zu verkrampft vor Verlangen, um sich sanfte Worte abzuringen.

Sie war blitzartig von dem Bett hoch und stand neben ihm. Durch das Fenster hinter ihr fiel das rötliche Licht der Abenddämmerung. „Wenn du denkst, du kannst mich hier hereinschleppen und aufs Bett werfen …“

„Genau das habe ich getan.“ Seine Augen blieben auf die ihren gerichtet, als er sich das Hemd über den Kopf zog. „Ich bin das Warten leid, Suzanna, und ich bin es leid, mich nach dir zu sehnen. Wir machen das auf meine Weise.“

Sie hatte das schon einmal erlebt, und das Herz schien ihr wie ein Stein in den Magen zu sinken. Nur damals war es Bax gewesen, der sie ins Bett genötigt und sich ausgezogen hatte, bevor er sich auf sie schob, um seine ehelichen Rechte in Anspruch zu nehmen, schnell und hart und ohne Zuneigung. Und hinterher erntete sie Verachtung und Abscheu.

„Deine Art ist kaum neu“, sagte sie gepresst. „Und sie interessiert mich nicht. Ich bin nicht verpflichtet, mit dir ins Bett zu gehen, Holt, mich fordern und nehmen und mir hinterher sagen zu lassen, dass ich nicht gut genug war, um dich zu befriedigen. Ich lasse mich nicht wieder benutzen, von niemandem.“

Er packte sie an den Armen, ehe sie aus dem Zimmer stürmen konnte, und zog sie kämpfend und fluchend an sich, um seinen erhitzten Mund auf den ihren zu pressen. Die machtvolle Wirkung ließ sie schwindelig werden. Sie wäre zurückgetaumelt, hätten seine Arme sie nicht festgehalten.

Über Angst und Zorn wuchsen ihre eigenen Bedürfnisse. Suzanna wollte ihn dafür anschreien, dass er sie ihr entlockte, dafür, dass er sie entblößt und nackt und schutzlos machte. Doch sie konnte sich nur daran klammern.

Holt schob sie auf Armeslänge von sich. Sein Atem ging flach. Ihre Augen waren dunkel wie die Mitternacht und voll von Geheimnissen, die er aufdecken wollte. Das versprach er sich selbst. Nach und nach wollte er diese Geheimnisse erfahren. Und in dieser Nacht wollte er damit beginnen.

„Niemand wird hier benutzt, und ich werde nur nehmen, was du mir gibst. Sieh mich an, Suzanna. Sieh mich an und sag mir, dass du mich nicht willst, und ich lasse dich gehen."

Ihr Mund öffnete sich. Sie liebte ihn, und sie war nicht mehr ein Mädchen, das Liebe wie ein tröstliches Kissen in der Nacht für sich behalten konnte. Hatte sie nicht ihnen beiden versprochen, dass es kein Bedauern geben würde?

Sie streichelte sanft seine Hand, obwohl sie keine Sanftheit von ihm erwartete. Sie traf frei ihre Entscheidung.

„Ich will dich ja auch", entgegnete Suzanna. „Wir brauchen nicht länger zu warten."

8. KAPITEL

Wären Holts Nerven nicht so angespannt, wäre seine Begierde nicht so drängend gewesen, hätte er Suzanna vielleicht Zärtlichkeit zeigen können. Wäre sein Blut nicht so heiß gewesen, sein Verlangen nicht so mächtig, hätte er versucht, ihr Romantik zu bieten. Doch wenn er sie nicht in dieser Stunde besaß, glaubte er vor Verzweiflung zu zerbrechen.

Holt fieberte vor Ungeduld, als er Suzannas Gesicht umfasste. Er kostete den ersten Kuss, doch das war nicht genug, würde vielleicht nie genug sein.

Sie erschauerte und zögerte nicht. Während ihre Hände über seinen Rücken strichen, fühlte er nur ihren Hunger und nicht ihren Zweifel.

Er schob die Mütze von ihren Haaren, füllte seine Hände mit honigfarbener Seide, und küsste Suzanna immer stürmischer.

Sie öffnete sich mit einem leisen Stöhnen für ihn, als seine Zunge sich mit der ihren duellierte. Er begehrte sie so sehr, dass es ihr eigenes Begehren weckte. Sie hatte sich auf die Zehen gestellt, und ihre Haut prickelte wohlig unter lange angestauten Leidenschaften. Suzanna war noch nie so begehrt worden. Sie drängte sich ihm entgegen und hoffte, ihm das zu geben, was er erwartete.

Sein Mund strich über ihr Gesicht und an ihrem Hals hinunter. Und seine Hände … Himmel, seine Hände waren schnell und peitschten ihre Sinne auf.

Ihr Verstand begann auszusetzen, ihre Knie wurden weich, und ihre Gedanken wirbelten. Verzweifelt drückte sie ihre Fingerkuppen in seinen Rücken, während sie sich daran zu erinnern versuchte, was einem Mann gefiel.

Holt merkte, dass sie bis aufs Äußerste angespannt war. Suzanna hielt sich zurück. Das Wissen, dass sie das tun konnte, während er halb von Sinnen war, ließ ihn zornig werden. Holt riss ihre Bluse auf, während er sie auf das Bett schob.

„Verdammt, ich will alles." Keuchend umschloss er ihre Handgelenke und zog ihre Arme über den Kopf. „Ich werde alles bekommen." Als sein Mund sich auf ihre Lippen presste, stemmten ihre Hände sich gegen seinen Griff.

Sein Körper glühte förmlich. Heiße, feuchte Haut schmiegte sich an ihre, ließ sie erschauern. Holt hielt ihre Hände fest, während seine freie Hand über sie glitt. Suzanna spürte den Zorn, schmeckte das frustrierte Verlangen. Sie sog die Luft ein, um ihn zu bitten, ihr einen Moment Zeit zu lassen, doch sie brachte nur ein abgehacktes Stöhnen hervor.

Die ersten Regentropfen trafen das Dach, schlugen hart auf und klangen wie Schüsse. Donner grollte in der Nähe.

Als Holts Mund ihre Brust fand, stieß er ein heißes, lustvolles Stöhnen aus. Sie war weich und kraftvoll wie eine Sommerbrise. Als Suzanna sich unter ihm wand, sog er an einer harten Knospe und verlor sich in dem Geschmack und dem Gefühl, während ihr Herz an seinem Mund hämmerte.

Und sie begehrte, wie er begehrte. Er fühlte das drängende Verlangen in ihr wüten, hörte es in ihren schnellen, schluchzenden Atemzügen. Ihre Hüften hoben sich und stießen gegen die seinen, bis er nicht mehr denken konnte. Holt glitt tiefer, legte mit seiner Zunge eine Spur feuchter Hitze über ihren Bauch.

Ihre Hände waren nun frei, und ihre Finger krallten sich in seine Haare und zogen an der Bettdecke. Sie konnte kaum atmen und sehnte sich danach, mit ihm eins zu werden. Sie brauchte …

Sie brauchte …

Jemand schrie auf. Suzanna hörte den verzweifelten Schrei, fühlte ihn aus ihrer Kehle hervorbrechen. Ganze Welten explodierten in ihr mit einem Donnern, das lauter war als das am Himmel. Benommen lag sie erschauernd unter Holt.

Ihre Augen waren dunkel, ihr Gesicht war erhitzt wie im Fieber. Ihr Körper zuckte unter dem Nachbeben, während ihre Hände schlaff von seinem Rücken auf das zerwühlte Bett glitten. Er hatte nicht geahnt, was es bewirken mochte, diese Lust in ihrer Miene zu sehen.

Doch er wollte mehr.

Holt trieb Suzanna wieder höher, bevor sie sich erholen konnte. Nun war ihr sein Tempo willkommen. Als der Regen gegen die Scheiben zu trommeln begann, ließ sie sich treiben. Ihre Hände waren jetzt so rau wie die seinen, ihr Mund genauso rastlos. Als er die Hose über ihre Beine hinunterzog, stieß sie einen triumphierenden Laut aus. Ihre Finger waren genauso ungeduldig, als sie die Jeans über seine Hüften zerrte, als sie über feuchte, erhitzte Haut glitten, sich schlossen.

Sie wollte berühren, wie sie berührt werden wollte. Wollte besitzen, während sie in Besitz genommen wurde. Sie genoss die Raserei, das wilde Verlangen, von dem sie nicht gewusst hatte, dass sie dazu fähig war.

Nun gab es keinen Gedanken mehr an Kontrolle, bei keinem von ihnen. Als er sie hochtrieb, dann noch einmal, jagte sie über ihren Gipfel mit wachsender Heftigkeit hinaus. Er wollte ihr mehr geben und mehr nehmen. Holt senkte sich in sie, meldete seinen Anspruch in wildem Rhythmus an, der Suzanna mitriss in einen Strudel himmlischen Entzückens.

Hier endlich fanden sie Macht und Freiheit. Das Tempo war atemberaubend, die Reise ein herrliches Risiko. Suzanna fühlte ihn erschauern, während er sein Gesicht in ihr Haar drückte, als er das Ende erreichte. Sie umschlang ihn fest und folgte ihm.

Holt hatte sich fünfzehn Jahre lang gefragt, wie es sein mochte. Er hatte von Suzanna geträumt, sie sich vorgestellt, sie begehrt. Keine seiner Fantasien war der Wirklichkeit nahe gekommen. Sie war wie ein Vulkan gewesen. Nun lag sie wie warmes Wachs unter ihm, nachdem die Leidenschaft abgeklungen war. Ihr Haar duftete nach Sonne und See. Holt dachte, dass er es ewig so aushalten würde, mit ihr verschmolzen, während der Regen auf das Dach trommelte und der Wind die Vorhänge bauschte.

Doch Holt wollte Suzanna sehen.

Als er seine Haltung veränderte, gab sie einen kleinen protestierenden Laut von sich und griff nach ihm. Er sagte nichts, küsste sie nur, bis sie sich wieder entspannte. Ihre Augen schlossen sich, als er die Lampe neben dem Bett einschaltete.

Himmel, war sie schön, ihr Haar auf seinen Kissen wie ein Fächer ausgebreitet, ihre Haut schimmernd, ihr Mund weich und voll. Sie spannte sich an, doch er ignorierte ihr Unbehagen bei seiner langen, stummen Betrachtung.

„Wie ich schon sagte", murmelte er, während er Suzanna fasziniert anschaute, „die Calhoun-Frauen sind toll anzusehen."

Sie wusste nicht, was sie sagen oder tun sollte. Sie wusste aber, dass er sie an einen neuen Ort gebracht hatte, einen außergewöhnlichen Ort, doch sie hatte keine Ahnung, ob er die gleiche Reise gemacht hatte.

Dann furchte er die Stirn, und ihr Magen verkrampfte sich. Die Augen schmal zusammengezogen, so fuhr er mit einem Finger an ihrem Hals hinunter und über die Rundungen ihrer Brüste.

„Ich hätte mich rasieren sollen“, sagte er abrupt und bedauerte, ihre Haut gerötet zu haben. „Du hättest mir sagen müssen, dass ich dir wehgetan habe.“

„Ich habe es nicht bemerkt.“

„Tut mir Leid.“ Holt berührte mit seinen Lippen sanft ihren Hals. Bei ihrem überraschten und benommenen Blick kam er sich wie ein Idiot vor. Als er sich wegrollte, griff Suzanna zögernd nach seiner Hand.

„Du hast mir nicht wehgetan“, flüsterte sie. „Es war wundervoll.“ Und sie wartete und hoffte, von ihm das Gleiche zu hören.

„Ich muss den Hund reinlassen.“ Seine Stimme war rau, und er drückte Suzannas Finger nur kurz, ehe er den Raum verließ.

Suzanna hörte das winselnde Heulen und das Kratzen an der Fliegengittertür. Sie sagte sich, dass dies keine Zurückweisung war. Es bedeutete nur, dass Holt schneller als sie von Leidenschaft zu praktischen Dingen übergehen konnte. Sie hatten etwas miteinander geteilt, etwas Wesentliches. Daran konnte sie sich klammern. Sie setzte sich auf und war mehr als ein wenig über den Zustand des Bettes erstaunt. Die Decke lag zerknüllt auf dem Boden, die Laken bildeten einen verworrenen Knoten am Fußende. Ihre Kleider – was noch davon übrig war – lagen verstreut bei Holts Sachen.

Suzanna stand auf, fühlte sich nackt unbehaglich und zog sein Hemd an, bevor sie ihre Bluse aufhob. Von fünf Knöpfen hing noch einer an einem Faden. Lächelnd drückte sie die Bluse an sich. Dass sie so begehrt worden war … Mit einem kleinen Seufzer bückte sie sich und suchte ihre Knöpfe. Vielleicht konnte Holt jetzt kühl und gefasst sein, vielleicht hatte sein Leben sich nicht so verändert wie das ihre, aber sie war begehrt worden. Das würde sie nie vergessen.

„Was machst du da?“

Suzanna blickte auf und sah ihn an der Tür stehen. Offenbar störte es ihn nicht im geringsten, splitterfasernackt herumzulaufen. Ihr Puls begann erneut zu tanzen. Holt schien wütend zu sein. Sie hätte gern gewusst, was sie getan oder nicht getan hatte, um diesen finsteren Ausdruck in sein Gesicht zu bringen.

„Meine Bluse“, sagte sie. „Ich habe die Knöpfe gefunden. Hast du Nadel und Faden?“

„Nein.“ Wusste sie nicht, was sie mit ihm anstellte, wenn sie so dastand mit nichts am Körper als seinem Hemd, die Haare zerzaust? Wollte sie, dass er auf die Knie sank und bettelte?

„Oh!“ Sie schluckte und versuchte zu lächeln. „Na, ich kann das zu Hause in Ordnung bringen. Wenn ich mir nur dein Hemd ausleihen kann. Ich sollte jetzt lieber heimfahren.“

Holt schloss die Tür hinter sich. „Nein“, wiederholte er und kam auf sie zu, um sie noch einmal zu lieben.

Der Regen hörte in der Morgendämmerung auf, nachdem er die Luft gereinigt hatte. Suzanna erwachte vom Tropfen des Wassers aus den Regenrinnen. Bevor ihr Geist erfasst hatte, wo sie war, wurde ihr Mund mit einem heißen, hungrigen Kuss erobert. Ihr Körper schnellte von Schlaf zur Begierde in einem atemlosen Sprung.

Holt war mit dem Verlangen nach ihr erwacht. Dieses brennende Verlangen ließ nicht nach, ganz gleich, wie viel er auch nahm, wie viel sie ihm bereitwillig gab. Er fand keine Worte, die ausdrücken konnten, was Suzanna mittlerweile für ihn bedeutete. Von der Fantasie eines Jungen war sie zur Rettung eines Mannes geworden.

Holt konnte es ihr nur zeigen.

Er presste sich gegen sie, erfüllte sie. Während er ihr Gesicht in dem verschwommenen Licht des Morgens betrachtete, wusste er, dass er nie mehr zufrieden sein konnte, wenn sie nicht bei ihm war.

„Du gehörst mir." Er stieß die Worte wie einen Fluch hervor, als ihr Körper unter ihm erschauerte. „Sag es!" seine Hände ballten sich auf den Laken zu Fäusten, und er schmiegte seine Stirn an ihren Hals. „Verdammt, Suzanna, sag es!"

Sie konnte nur seinen Namen stöhnen, während er sie dem berauschenden Höhepunkt entgegentrieb.

Als ihre Hände schlaff von seinem Rücken glitten, rollte er sich mit Suzanna so herum, dass sie auf ihm lag. Er konnte damit zufrieden sein, dass ihr Kopf an seinem Herzen ruhte. Er sagte sich, dass er sie bereits hoch und weit genug getrieben hatte. Dennoch hätte er so gern diese Worte von ihr gehört.

Seine Hände hatten sich in ihre Haare geschoben, als wollte er Suzanna zurückhalten, wenn sie sich bewegte. Ihr Körper schmerzte und fühlte sich zerschlagen, aber herrlich an. Sie lächelte und lauschte dem schnellen Hämmern seines Herzens und dem morgendlichen Gesang der Vögel.

Sie riss ihre Augen auf und hob langsam den Kopf. Er zog tatsächlich an ihren Haaren, aber mehr aus einem Reflex heraus. „Es ist Morgen", flüsterte Suzanna leise.

„Das ist es meistens, wenn die Sonne aufgeht."

„Nein, ich … Au!"

„Tut mir Leid", murmelte Holt und ließ zögernd ihr Haar los.

„Ich muss eingeschlafen sein."

„Ja." Er strich mit seinen Händen ihren Rücken auf und ab. „Du bist eingenickt, bevor ich dich für eine weitere Runde interessieren konnte."

Ihre Gesichtsfarbe veränderte sich, doch als Suzanna sich aufrichten wollte, hielt er sie fest.

„Willst du irgendwohin?"

„Ich muss nach Hause. Tante Coco wird schon halb von Sinnen sein."

„Sie weiß, wo du bist." Weil es einfacher war, sie so zurückzuhalten, wechselte er erneut die Position und begann, an ihrem Hals zu knabbern. „Und höchstwahrscheinlich hat sie eine sehr gute Vorstellung davon, was du getan hast."

Ohne große Hoffnung, ihn von sich schieben zu können, drückte sie gegen seine Schulter. „Ich habe ihr nicht gesagt, wohin ich fahre."

„Ich habe sie gestern Abend angerufen, als ich Sadie ins Haus ließ. Kratzt du mir den Rücken? Am Ende der Wirbelsäule."

Sie gehorchte automatisch, während ihre Gedanken durcheinander wirbelten. „Du – du hast meiner Tante gesagt, dass ich ..."

„Ich habe ihr gesagt, dass du bei mir bist. Den Rest konnte sie sich wahrscheinlich zusammenreimen ... So ist es gut. Danke."

Suzanna stieß einen langen Seufzer aus. O ja, Tante Coco hatte bestimmt keine Schwierigkeiten gehabt, zwei und zwei zusammenzuzählen. Doch es gab absolut keinen Grund, warum Suzanna sich unbehaglich oder verlegen fühlen sollte. Dennoch war sie beides. Nicht nur in Bezug auf ihre Tante, sondern auch auf den Mann, dessen nackter Körper unter ihr ausgestreckt lag.

Es war eine Sache gewesen, sich ihm in der Nacht hinzugeben, aber am Morgen ...

Holt hob seinen Kopf, um sie zu betrachten. „Wo liegt das Problem?"

„Es gibt keins." Als er eine Augenbraue hochzog, zuckte Suzanna die Schulter. „Ich weiß nur nicht so recht, was ich jetzt machen soll. Ich habe das noch nie getan."

Er lächelte breit. „Wie bist du dann zu zwei Kindern gekommen?"

Holt liebkoste ihre Brüste. „Nun, gewöhn dich daran, Baby." Er strich mit einem Finger über ihr Kinn. „Soll ich dir bei der Am-Morgen-danach-Etikette auf die Sprünge helfen?"

„Ich will, dass du aufhörst, mich lüstern zu betrachten."

„Nein, das gehört dazu. Ich muss dich am Morgen lüstern betrachten, damit du nicht das Gefühl hast, wie eine alte Vettel auszusehen."

„Eine alte ..." Das Wort blieb ihr im Hals stecken uns sie sah ihn an.

„Und du musst mir sagen, dass ich unbeschreiblich war."

Suzanna hob eine Augenbraue. „Muss ich das?"

„Das musst du mir sagen und andere Superlative, die dir einfallen. Dann –", er rollte sie herum – „dann musst du mir Frühstück machen, um mir zu zeigen, wie vielseitig deine Talente sind."

„Ich kann dir gar nicht sagen, wie dankbar ich dir dafür bin, dass du mich über diese Etikette informierst."

„Gern geschehen. Und nachdem du mir das Frühstück gemacht hast, solltest du mich wieder ins Bett locken."

Sie lachte und drückte ihre Wange an die seine in einer Geste, die ihn entwaffnete und freute. „Das muss ich erst üben, aber Rühreier könnte ich wahrscheinlich schaffen."

„Lass es mich wissen, falls du welche findest."

„Hast du einen Hausmantel?"

„Wozu?"

Suzanna blickte wieder hoch. Er betrachtete sie noch immer lüstern. „Schon gut." Sie rutschte von ihm weg und wandte ihm instinktiv den Rücken zu, als sie auf dem Boden nach seinem Hemd tastete. „Und was machst du, während ich mich um das Frühstück kümmere?"

„Ich sehe dir zu."

Holt genoss es, wie sie sich in seiner Küche bewegte, wie sein Hemd ihre Schenkel umspielte, während das Aroma von Kaffee in seine Nase drang. Ihre Stimme klang leise und amüsiert, während sie mit dem Hund sprach.

Bei vertrauten Tätigkeiten fühlte sie sich wohler. Der Busch, den sie vor das Fenster gepflanzt hatte, leuchtete bunt im Sonnenschein, und die Luft roch noch nach Regen.

„Weißt du", meinte sie, während sie Käse in die Eier rieb, „du könntest mehr gebrauchen als einen Toaster, einen Topf und eine Pfanne."

„Warum?" Holt lehnte sich auf seinem Stuhl zurück und nahm einen behaglichen Zug aus seiner Zigarette.

„Nun, manche Leute benutzen tatsächlich diesen Raum, um komplette Mahlzeiten zuzubereiten."

„Nur, wenn sie noch nichts von Fertiggerichten und Essen zum Mitnehmen gehört haben." Er stand auf, um ihnen von dem gerade durchgelaufenen Kaffee einzuschenken. „Wie nimmst du ihn?"

„Schwarz. Ich brauche den Schub."

„Wenn du mich fragst, du brauchst mehr Schlaf."

„Ich muss in ungefähr einer Stunde wieder arbeiten." Die Schüssel mit den Eiern in ihren Händen, blieb sie stehen und starrte aus dem Fenster. Holt ahnte, woran sie dachte, und streichelte mit der Hand ihre Schulter.

„Nicht."

„Es tut mir Leid." Sie wandte sich dem Herd zu und gab die Eier in die Pfanne. „Ich kann nicht aufhören mich zu fragen, was sie machen und ob es ihnen gut geht. Sie waren noch nie zuvor weg."

„Hat er sie nicht zum Wochenende genommen?"

„Nein, nur an ein paar Nachmittagen, die nicht gerade erfolgreich waren." Sie bemühte sich, diese Stimmung abzuschütteln, während sie die Eier umrührte. „Nun, es sind nur noch dreizehn Tage übrig."

„Du hilfst weder ihnen noch dir, indem du dich selbst quälst."

„Es geht mir gut. Es wird mir gut gehen", verbesserte Suzanna sich. „Ich habe genug zu tun, um mich die nächsten zwei Wochen zu beschäftigen. Und wenn die Kinder weg sind, finde ich auch mehr Zeit für die Suche nach den Smaragden."

„Überlass das mir."

Sie blickte über ihre Schulter. „Das ist Teamwork, Holt. Das war es immer."

„Ich habe jetzt mit der Geschichte zu tun, und ich kümmere mich darum."

Sie servierte die Eier genauso behutsam, wie sie ihre Worte wählte. „Ich bin dir für deine Hilfe dankbar. Das sind wir alle. Aber die Steine werden mit gutem Grund die Calhoun-Smaragde genannt. Zwei meiner Schwestern sind ihretwegen bedroht worden."

„Genau darauf will ich hinaus. Livingston ist dir weit überlegen, Suzanna. Er ist schlau, und er ist brutal. Er wird dich nicht höflich bitten, aus dem Weg zu gehen."

„Ich bin an schlaue, brutale Männer gewöhnt, und ich habe bereits einen zu großen Teil meines Lebens damit verbracht, Angst zu haben."

„Was soll das heißen?“

„Ich lasse mich nicht von einem Dieb einschüchtern.“

Holt schüttelte den Kopf. Das war nicht die Antwort, die er hören wollte. „Hast du Angst vor Dumont, körperlich?“

Ihr Blick schwankte und fing sich. „Wir sprechen von den Smaragden.“ Suzanna wollte an ihm vorbeigehen, doch Holt versperrte ihr den Weg. Seine Augen waren dunkel geworden, doch seine Stimme klang sanfter, beherrschter, als Suzanna das jemals bei ihm gehört hatte.

„Hat er dich geschlagen?“

Erst röteten sich ihre Wangen, dann wurden sie ganz blass. „Wie bitte?“

„Ich möchte wissen, ob Dumont dich jemals geschlagen hat.“

Die Kehle schnürte sich ihr zu. Ganz gleich, wie ruhig seine Stimme klang, seine Miene drückte deutlich aus, dass er bereit war, Gewalt anzuwenden. „Die Eier werden kalt, Holt, und ich habe Hunger.“

Er kämpfte gegen den Drang an, den Teller gegen die Wand zu schleudern. Er setzte sich und wartete, bis Suzanna den Platz ihm gegenüber einnahm. Sie sah sehr zerbrechlich und sehr gefasst aus in dem einfallenden Sonnenschein. „Ich will eine Antwort, Suzanna.“ Er griff nach seinem Kaffee und trank, während sie in ihrem Essen herumstocherte. Holt verstand es zu warten und zu drängen.

„Nein.“ Suzanna presste die Lippen zusammen und schüttelte den Kopf. „Er hat mich nie geschlagen.“

„Hat er dich herumgestoßen?“ Holt sah sie eindringlich an und aß, ohne irgendetwas zu schmecken. Sie hielt seinem Blick nur kurz stand, dann schaute sie weg.

„Es gibt viele Möglichkeiten, um jemanden einzuschüchtern und zu demoralisieren, Holt. Danach ist Demütigung nur noch eine Kleinigkeit." Sie griff nach einer Toastscheibe und bestrich sie sorgfältig mit Butter. „Du hast fast kein Brot mehr."

„Was hat er mit dir gemacht?"

„Lass es gut sein."

„Was", wiederholte er gedehnt, „hat er mit dir gemacht?"

„Er hat mir Tatsachen vor Augen geführt."

„Was zum Beispiel?"

„Dass ich eine erbärmlich unzulängliche Ehefrau für einen Wirtschaftsanwalt mit gesellschaftlichen und politischen Ambitionen war."

„Warum?"

Suzanna knallte das Messer auf den Tisch. „Verhörst du so Verdächtige?"

Zorn, dachte er. Schon besser. „Es ist eine einfache Frage."

„Und du willst eine einfache Antwort? Fein. Er hat mich wegen meines Namens geheiratet. Er dachte, es wäre auch etwas mehr Geld mit dem Prestige verbunden, und der Name Calhoun war äußerst passend. Unglücklicherweise stellte sich bald heraus, dass ich nicht der Segen des Gesellschaftslebens war, den er sich erhofft hatte. Meine Konversation auf Dinnerpartys war im besten Fall schlicht. Ich konnte mich so herrichten, dass ich nach der prominenten Ehefrau eines politisch ehrgeizigen Anwalts aussah, aber ich konnte es nie wirklich durchziehen. Wie er mir oft sagte, war es für ihn eine riesige Enttäuschung, dass ich nicht begriff, was von mir erwartet wurde. Ich wäre langweilig – im Salon, im Speisezimmer und im Schlafzimmer." Sie sprang auf, um den Rest ihres Essens in Sadies Napf zu kratzen. „Beantwortet das deine Frage?"

„Nein." Holt schob seinen Teller zur Seite und zog eine Zigarette hervor. „Ich möchte wissen, wie er dich davon überzeugt hat, dass du im Unrecht warst."

Suzanna wandte ihm weiterhin den Rücken zu. „Ich liebte ihn. Das heißt, ich liebte den Mann, von dem ich glaubte, ich hätte ihn geheiratet. Und ich wollte unbedingt die Frau sein, auf die er stolz sein konnte. Doch je mehr ich mich bemühte, desto schlimmer versagte ich. Dann bekam ich Alex, und es schien ... Ich hatte etwas so Unglaubliches vollbracht. Ich hatte dieses wunderschöne Baby in die Welt gesetzt. Und es war für mich so leicht, so natürlich, eine Mutter zu sein. Ich hatte nie irgendwelche Zweifel, es gab keine Fehlgriffe. Ich war so glücklich, so auf dieses Kind ausgerichtet und auf die Familie, die wir gegründet hatten, dass ich gar nicht mitbekam, dass Bax diskret bereits aufregendere Gesellschaft gefunden hatte. Ich fand es erst heraus, als Jenny schon unterwegs war."

„Also hat er dich betrogen." Holts Stimme klang trügerisch mild. „Was hast du dagegen getan?"

Sie ließ Wasser in die Spüle laufen. „Du kannst nicht verstehen, wie das ist, wenn man so betrogen wird und sich nicht ebenbürtig fühlt. Wenn man das Kind eines Mannes trägt und herausfindet, dass man bereits abgeschrieben wurde."

„Nein, das kann ich nicht verstehen. Aber ich kann mir vorstellen, dass ich sauer wäre."

„Ich war wütend." Suzanna lächelte verbittert. „Ja, ich war wütend, aber auch verletzt. Ich erinnere mich nicht gern daran, wie leicht es für ihn war, mich zu demütigen. Alex war erst ein paar Monate alt, und Jenny war nicht geplant gewesen. Ich war so glücklich, schwanger zu sein. Er wollte sie nicht. Nichts, was er mir zuvor angetan hatte, hatte mich so verletzt wie seine Reaktion auf die Eröffnung, ich wäre wieder schwanger. Er war weniger verärgert, sondern mehr angewidert." Suzanna rammte ihre Hände in das schäumende Wasser. „Er hatte schon einen Sohn und wollte sein Leben nicht mit Kindern belasten. Und er wollte mich nicht zum zweiten Mal durch die Tretmühle der Gesellschaft schleppen, während ich fett und müde und unattraktiv war. Die praktischste Lösung wäre gewesen, die Schwangerschaft zu beenden. Wir hatten deshalb einen fürchterlichen Streit. Das war das erste Mal, dass ich mich gegen ihn stellte, was alles noch schlimmer machte. Bax war daran gewöhnt, seinen Kopf durchzusetzen. Da er mich nicht zwingen konnte, seinen Wunsch zu erfüllen, zahlte er es mir heim: Mit all seinen Mitteln."

Sie wurde ruhiger, als sie die Schüssel beiseite stellte und die Pfanne zu spülen begann.

„In der Öffentlichkeit war er mit seinen Affären noch immer diskret, aber er sorgte dafür, dass ich Bescheid wusste – und wie erbärmlich ich doch im Vergleich zu den Frauen abschnitt, mit denen er schlief. Er widerrief meine Vollmacht für das Konto, sodass ich ihn jedes Mal bitten musste, wenn ich Geld brauchte. Das war eine seiner subtileren Demütigungen. In der Nacht, in der Jenny geboren wurde, war er bei einer anderen Frau. Er ließ es mich wissen, als er ins Krankenhaus kam, damit die Presse Fotos von ihm machen konnte, während er den stolzen Vater spielte."

Holt rührte sich nicht. „Warum bist du bei ihm geblieben?"

„Weil ich hoffte, eines Tages neben dem Mann aufzuwachen, in den ich mich verliebt hatte. Als ich dann begann, meine Ehe als Fehlschlag zu betrachten, hatte ich ein Kind und war wieder schwanger." Suzanna trocknete das Geschirr ab. „Und ich blieb, weil ich eine ganze Weile überzeugt war, dass er in Bezug auf mich Recht hatte. Ich war nicht klug und geistreich und witzig. Ich war nicht sexy oder verführerisch, aber ich konnte wenigstens loyal sein. Als ich begriff, dass ich nicht einmal das sein konnte, musste ich die Auswirkung auf meine

Kinder bedenken. Sie durften nicht verletzt werden. Dann begriff ich eines Tages, dass ich nicht nur mein eigenes Leben vergeudete, sondern auch Alex und Jenny mehr Schaden dadurch zufügte, dass ich so tat, als gäbe es eine Ehe. Bax widmete seinem Sohn wenig Aufmerksamkeit und seiner Tochter überhaupt keine. Er verbrachte wesentlich mehr Zeit mit seiner Geliebten als mit seiner Familie." Seufzend räumte sie das Geschirr weg. „Also versteckte ich die Diamanten in Jennys Windeltasche und verlangte die Scheidung." Als Suzanna sich umdrehte, zeigte sich in ihrem Gesicht wieder Erschöpfung. „Beantwortet das deine Frage?"

Langsam stand Holt auf. „Ist es dir jemals in den Sinn gekommen, dass er derjenige sein könnte, der dir nicht ebenbürtig war? Dass er der Versager war? Dass er ein verwöhnter, selbstsüchtiger Bastard war?"

Sie lächelte schwach. „Nun, wenigstens das letzte ist mir in den Sinn gekommen. Mir ist auch klar, dass meine kleine Geschichte einseitig ist. Vermutlich unterscheidet sich Baxters Sicht unserer Beziehung von der meinen, und das nicht ganz unberechtigt."

„Er führt dich noch immer am Gängelband", sagte Holt mit kaum unterdrücktem Zorn. „Du bist nicht klug? Dann kann vermutlich jeder zwei Kinder großziehen und gleichzeitig ein Geschäft führen. Und langweilig?" Er machte einen Schritt auf sie zu und wurde nur noch wütender, als er sah, wie sie sich instinktiv wappnete. „O ja, ich weiß gar nicht, wann ich mich jemals so mit einer Frau gelangweilt habe, aber schließlich langweilen sich die meisten Männer mit Frauen, die Hirn und Mumm besitzen, besonders wenn sie noch dazu ein weiches Herz und einen harten Schädel haben. Nichts macht mich schneller schläfrig als eine Frau, die den ganzen Tag schuftet, um für ihre Kinder zu sorgen. Der Himmel weiß, dass du nicht sexy bist. Ich hatte letzte Nacht lediglich nichts Besseres zu tun, als deinetwegen den Verstand zu verlieren."

Holt hatte Suzanna gegen die Spüle gedrängt. „Du hast mich gefragt, und ich habe geantwortet. Ich weiß nicht, was ich jetzt noch sagen soll."

„Dass du dich den Teufel um den Kerl scherst." Er packte sie an den Schultern. „Und dass du mir gehörst, Suzanna. Nichts, was je zuvor geschehen ist, zählt, weil du jetzt mir gehörst. Das sollst du sagen."

„Holt …"

Er sah die roten Stellen an ihren Handgelenken, die er aus Leidenschaft und nicht mit Absicht hinterlassen hatte. Doch davon verschwanden die Male nicht. Dadurch war er nicht besser als der Mann, der ihrer Seele Male zugefügt hatte.

Holt schob die Hände in die Taschen, ehe er sich abwandte. „Ich habe etwas zu tun."

„Aber …"

„Wir sind vom Thema abgekommen, Suzanna. Meine Schuld. Ich weiß, dass du Arbeit hast. Ich auch."

Das ist es also, dachte sie. Ich habe meine Seele bloßgelegt, und jetzt läuft er weg. „Na schön, ich sehe dich am Montag."

Mit einem Kopfnicken ging er zur Hintertür, fluchte und blieb – eine Hand an der Fliegengittertür – stehen. „Die letzte Nacht hat mir etwas bedeutet. Verstehst du das?"

„Nein."

Seine Hand ballte sich zur Faust. „Du bist für mich wichtig. Du bedeutest mir etwas. Dass ich dich hier habe, auf diese Art, ist … Ich brauche dich. Ist das klar genug?"

Sie betrachtete ihn – eine Faust an der Tür, Ungeduld im Blick, sein Körper starr von Leidenschaften, die sie nicht ganz verstand. Es war genug, das begriff sie. Für den Moment jedenfalls.

„Ja, du hast dich deutlich genug ausgedrückt."

„Ich will nicht, dass es hier aufhört." Er wandte den Kopf, und seine Augen waren wieder dunkel und funkelten. „Es wird nicht hier aufhören."

„Bittest du mich wiederzukommen?" fragte Suzanna.

„Du weißt verdammt gut ..." Holt unterbrach sich und schloss die Augen. „Ja, ich bitte dich zurückzukommen. Und ich bitte dich, mit mir außer bei der Arbeit oder im Bett deine Zeit zu verbringen. Wenn dir das noch nichts sagt, dann ..."

„Möchtest du zum Abendessen kommen?"

Er starrte sie an. „Was?"

„Möchtest du heute zum Abendessen kommen? Vielleicht können wir hinterher spazieren fahren."

„Ja." Er fuhr sich mit einer Hand durch die Haare und war nicht sicher, ob er sich erleichtert oder unbehaglich fühlen sollte, weil es so einfach gewesen war. „Das wäre gut."

Ja, das wäre gut, dachte sie und lächelte. „Dann sehe ich dich so gegen sieben. Bring Sadie mit, wenn du möchtest."

9. KAPITEL

Es war nicht gerade Kerzenschein und Mondlicht, aber Suzanna fand, dass es doch eine Romanze war. Sie hätte nicht geglaubt, dass sie so etwas wieder finden oder sich wünschen würde. Sie lächelte und drückte ihren Rücken durch, als sie die gewundene Straße zu The Towers hinauffuhr.

Natürlich hatte eine Beziehung mit Holt Bradford ihre Ecken und Kanten, aber es gab auch sanftere Momente. In den letzten paar Tagen – und Nächten – hatte sie eine schöne Zeit damit verbracht, sie zu entdecken.

Holt war zum Beispiel ein- oder zweimal kurz vor der Mittagszeit in ihrem Laden aufgetaucht. Er hatte nichts über die Kinder gesagt, nur dass er wegen ein paar Sachen ins Dorf gekommen war und er gern essen gehen wollte.

Oder er hatte ihr einfach die Spannung aus ihren Schultern wegmassiert. Und nach einem besonders harten Tag hatte er sie abends damit überrascht, dass er sie und einen Weidenkorb, angefüllt mit kaltem Hühnchen, ins Boot verfrachtet hatte.

Holt war noch immer fordernd, oft schroff, aber er brachte Suzanna nie dazu, sich minderwertig zu fühlen. Wenn er sie liebte, dann tat er das mit einer drängenden Wildheit, die keinen Zweifel an seiner Begierde zuließ.

Nein, ich habe keine Romanze gesucht, dachte Suzanna, als sie den Lastwagen hinter Holts Wagen parkte. Doch war sie sehr froh, eine gefunden zu haben.

In dem Moment, als sie die Tür öffnete, stürzte Lilah sich auf sie. „Ich habe schon auf dich gewartet."

„Das sehe ich." Suzanna hob eine Augenbraue. Lilah trug immer noch ihre Naturparkuniform. „Was ist los?"

„Kannst du denn diesen finsteren Kleiderschrank nicht im Zaum halten, mit dem du angebandelt hast?“

„Wenn du Holt meinst, da kann ich tatsächlich nicht viel im Zaum halten.“ Suzanna lächelte, nahm ihre Mütze ab und fuhr sich mit den Fingern durch die Haare. „Warum?“

„Er ist gerade oben und nimmt mein Zimmer auseinander. Ich konnte mich nicht einmal umziehen.“ Sie schoss einen Blick zu der Treppe. „Ich habe ihm gesagt, dass wir da schon nachgesehen haben und ich es wüsste, hätte ich all die Jahre mit den Smaragden in einem Zimmer geschlafen.“

„Und er hat dich ignoriert.“

„Er hat mich nicht nur ignoriert, sondern auch aus meinem Zimmer hinausgeworfen. Und Max!“ Lilah stieß zischend den Atem aus und setzte sich auf die Treppe. „Max grinste und sagte, es wäre eine verdammt gute Idee.“

„Wollen wir uns gegen die beiden verbünden?“

Ein eigenartiges Funkeln tauchte in Lilahs Augen auf. „Ja.“ Sie erhob sich und schlang die Arme um Suzannas Schultern, als sie nach oben gingen. „Du meinst es wirklich ernst mit ihm, nicht wahr?“

„Ich gehe es Schritt für Schritt an.“

„Wenn man jemanden liebt, ist es manchmal besser, man geht die Sache im Sturmschritt an.“ Sie gähnte und fluchte. „Ich habe mein Nickerchen verpasst. Es wäre schön, wenn ich behaupten könnte, dass ich diesen aufdringlichen Kretin nicht leiden kann, aber das kann ich nicht behaupten. Hinter seinen schlechten Manieren liegt etwas Solides und Beständiges.“

„Du hast dir wieder seine Aura angesehen.“

Lilah lachte und blieb am oberen Ende der Treppe stehen. „Er ist ein guter Kerl, so liebend gern ich ihm auch jetzt eine kleben würde. Es ist schön, dich wieder glücklich zu sehen, Suze."

„Ich war nicht unglücklich."

„Nein, nur einfach nicht glücklich. Das ist ein Unterschied."

„Vermutlich. Da wir von glücklich sprechen – wie laufen die Hochzeitspläne?"

„Im Moment streiten Tante Coco und unsere Verwandte aus der Hölle in der Küche deswegen. Sie haben eine herrliche Zeit. Unsere Großtante Colleen tut so, als wollte sie bloß dafür sorgen, dass die Hochzeit dem Ruf der Calhouns gerecht wird, aber Tatsache ist, dass es ihr diebischen Spaß macht, Gästelisten zu erstellen und Tante Cocos Speisepläne abzuschießen."

„Hauptsache, es macht ihr Spaß."

„Warte, bis sie dich in die Finger kriegt", warnte Lilah. „Sie hat ein paar sehr kreative Ideen zu den Blumenarrangements."

„Großartig!" Suzanna blieb in Lilahs Tür stehen. Holt schien alles auf den Kopf zu stellen. Ohnehin nie besonders ordentlich, sah Lilahs Zimmer nunmehr aus, als hätte jemand jeden Einrichtungsgegenstand hochgehoben und wieder fallen lassen. Im Moment hatte Holt seinen Kopf im Kamin, und Max kroch auf dem Fußboden herum.

„Habt ihr Spaß, Jungs?" fragte Lilah träge.

Max blickte hoch und grinste amüsiert. Sie ist wütend, dachte er, na schön. Er hatte gelernt, mit ihrem Temperament umzugehen und es zu genießen. „Ich habe die andere Sandale gefunden, die du gesucht hast. Sie war unter den Sofakissen."

„Das ist vielleicht eine gute Neuigkeit." Lilah hob eine Braue und stellte fest, dass Holt Suzanna ansah. Und Suzanna sah ihn an. „Du brauchst eine Pause, Max."

„Nein, ich bin nicht müde."

„Du brauchst eine Pause.“ Sie trat ins Zimmer, ergriff seine Hand und zog ihn auf die Füße. „Du kannst später wiederkommen und Holt helfen, in meine Privatsphäre einzudringen.“

„Ich habe dir gesagt, dass es ihr nicht gefallen wird“, erinnerte Suzanna Holt, nachdem Lilah und Max hinausgegangen waren.

„Was für ein Jammer.“

Die Hände in die Hüften gestützt, betrachtete sie den Schaden. „Hast du etwas gefunden?“

„Nichts, es sei denn, du zählst die beiden nicht zusammengehörenden Ohrringe und eines von diesen Dingern aus Spitze, die hinter der Kommode gelegen haben.“ Er hielt seinen Kopf schief. „Hast du auch solche Dinger aus Spitze?“

„Eigentlich nicht.“ Sie blickte auf ihr verschwitztes T-Shirt. „Bis vor ein paar Tagen dachte ich nicht, dass ich sie brauchen würde.“

„Du hast eine wirklich hübsche Art, Jeans zu tragen, Baby.“ Er stand auf, und da sie nicht näher kam, ging er auf sie zu. „Und …“ Er strich mit seinen Händen über ihre Schultern und ihren Rücken zu den Hüften. „Ich genieße es, sie dir auszuziehen.“ Holt küsste sie hart und tief und drängend, wie sie das von ihm erwartet hatte. Dann knabberte er an ihrer Unterlippe und lächelte. „Aber wann immer du dir eines von diesen Dingern aus Spitze von Lilah leihen willst …“

Suzanna lachte und drückte ihn an sich. „Vielleicht werde ich dich überraschen. Wie lange bist du schon hier?“

„Ich bin direkt von unserer Arbeitsstelle hierher gefahren. Hast du den Rest von diesen Wie-immer-sie-auch-heißen eingepflanzt?“

„Die russischen Oliven, ja.“ Und ihr Rücken schmerzte noch davon. „Du warst eine große Hilfe bei dieser Stützmauer.“

„Du warst verrückt zu glauben, du könntest das Ding selbst bauen.

„Ich hatte einen Teilzeithelfer, als ich den Auftrag annahm."

Holt machte sich kopfschüttelnd wieder an die Untersuchung des Kamins. „Du magst zäh sein, Suzanna, aber du kannst keine Balken herumschleppen und keinen Vorschlaghammer schwingen."

„Ich hätte es gemacht ..."

„Ja." Holt nickte. „Ich weiß." Er prüfte den nächsten Stein. „Es hat recht gut ausgesehen."

„Es hat großartig ausgesehen. Und da du nicht öfter als zehnmal auf mich geflucht hast, während du Balken schlepptest, könnte ich dich belohnen."

„Ach ja?" Er verlor das Interesse an den Steinen.

„Ich hole dir ein Bier."

„Ich möchte lieber ..."

„Ich weiß." Lachend ging sie hinaus. „Aber du musst dich mit einem Bier begnügen – vorerst."

Suzanna erreichte gerade die Halle, als das Chaos losbrach. Sie hörte zuerst die Hunde, Fred und Sadie, die feindselig bellten, dann das Trampeln von Füßen auf der Veranda und zwei schrill hervorgestoßene Rufe.

„Mom!" riefen Jenny und Alex gleichzeitig, als sie in das Haus gestürmt kamen.

Ihre Freude war unbeschreiblich, als sie sich bückte und die beiden in ihre Arme nahm. Lachend bedeckte Suzanna sie mit Küssen, während die Hunde sie wie wild umkreisten.

„Oh, ich habe euch vermisst. Ich habe euch beide ja so vermisst. Lasst euch ansehen." Als sie die Kinder auf Armeslänge von sich schob, lächelte sie nicht mehr. Beide waren den Tränen nahe. „Baby?"

„Wir wollten nach Hause." Jennys Stimme zitterte, als sie ihr Gesicht an die Schulter ihrer Mutter schmiegte. „Wir hassen Urlaub."

„Pst!" Sie streichelte Jennys Haar, während Alex sich über die Augen wischte.

„Wir waren unerträglich und schlimm", sagte er mit schöner Offenheit. „Aber das ist uns egal."

„Genau das Benehmen, das ich erwartet habe", sagte Baxter, als er durch die offene Haustür hereinkam. Jennys Arme spannten sich fester um Suzannas Hals, doch Alex drehte sich um und reckte sein Calhoun-Kinn hoch.

„Wir mochten die blöde Party nicht, und wir mögen dich auch nicht."

„Alex!" Ihr Ton war scharf. Sie legte eine Hand auf seine Schulter. „Das reicht. Entschuldige dich!"

Seine Lippen zuckten, doch das starrsinnige Glitzern blieb in seinen Augen. „Es tut mir Leid, dass wir dich nicht mögen."

„Geh mit deiner Schwester nach oben", forderte Baxter. „Ich will mit deiner Mutter allein sprechen."

„Du gehst mit Jenny in die Küche." Suzanna strich über Alex' Wange. „Tante Coco ist dort."

Baxter trat wütend nach Fred. „Und nimm die beiden verdammten Köter mit."

„*Cherie*?" Die schlanke Brünette stand an der Tür.

„Yvette." Ihre Arme um die Kinder gelegt, stand Suzanna auf. „Tut mir Leid, ich habe Sie nicht gesehen."

Die Französin fuchtelte zerstreut mit den Händen herum. „Ich bitte um Verzeihung, es ist so verwirrend, ich verstehe. Ich wollte nur wissen … Bax, die Taschen der Kinder?"

„Der Fahrer soll das Gepäck hereinbringen", schnappte er. „Siehst du denn nicht, dass ich beschäftigt bin?"

Suzanna tat die verstörte Frau leid. „Er kann die Sachen hier in der Halle abstellen. Wenn Sie in den Salon kommen wollen … Lauft zu Tante Coco", sagte sie zu den Kindern. „Sie wird sich freuen, dass ihr zurück seid."

Sie zogen Hand in Hand ab, die Hunde auf den Fersen.

„Wenn du einen Moment Zeit von deinem offensichtlich faszinierenden Tag erübrigen kannst", sagte Baxter mit einem verächtlichen Blick auf ihre Arbeitskleidung.

„Im Salon", erwiderte Suzanna, wandte sich ab und zwang sich zur Ruhe. Was immer ihn dazu gebracht hatte, die Kinder eine Woche früher nach Hause zu bringen, es fiel garantiert auf sie zurück. Damit konnte sie fertig werden. Dass jedoch die Kinder sichtlich verstört waren, war eine andere Sache.

„Yvette …" Suzanna deutete auf einen Sessel. „Was darf ich Ihnen anbieten?"

„Ach, wenn Sie so freundlich wären, einen Brandy."

„Gern, Bax?"

„Whisky, einen doppelten."

Sie ging zur Bar und war froh, dass ihre Hände nicht zitterten. Als sie Yvette ein Glas brachte, glaubte sie einen entschuldigenden und verlegenen Blick aufzufangen.

„Nun, Bax, würdest du mir sagen, was passiert ist?"

„Was passiert ist, begann vor Jahren, als du die falsche Idee hattest, du könntest eine Mutter sein."

„Bax", murmelte Yvette vorwurfsvoll.

„Geh hinaus auf die Terrasse! Ich möchte das unter vier Augen besprechen."

Also hat er sich nicht geändert, dachte Suzanna und verschränkte die Hände ineinander, während Yvette den Raum durch die Glastüren verließ.

„Zumindest sollte ihr dieses kleine Experiment den Wunsch ausgetrieben haben, ein Kind zu bekommen“, sagte Baxter, während er Yvette hinterhersah.

„Experiment?“ wiederholte Suzanna verständnislos. „Der Besuch deiner Kinder war ein Experiment?“

Er nippte an seinem Whisky und musterte sie. Er war noch immer ein sagenhafter Mann mit einem charmant jungenhaften Gesicht und hellen Haaren. Aber Übellaunigkeit fügte dem eine Härte zu, die alles andere als sympathisch war.

„Warum ich die Kinder mitgenommen habe, ist meine Angelegenheit. Ihr unverzeihliches Verhalten ist deine Angelegenheit. Sie haben nicht die geringste Vorstellung, wie sie sich in der Öffentlichkeit und privat benehmen sollen. Sie haben die Manieren und die Einstellung von Wilden und genauso wenig Selbstbeherrschung. Du hast erbärmliche Arbeit geleistet, Suzanna, es sei denn, es wäre deine Absicht gewesen, zwei elende Rabenbraten heranzuziehen.“

„Glaube nicht, dass du in meinem Haus so über sie sprechen darfst.“ Ihre Augen funkelten wutentbrannt, als sie auf ihn zuging. „Es interessiert mich verdammt wenig, ob sie deinen Ansprüchen genügen oder nicht. Ich will wissen, wieso du sie in diesem Zustand nach Hause gebracht hast.“

„Dann hör zu.“ Er schob sie in einen Sessel. „Deine kostbaren Kinder haben nicht die leiseste Ahnung, was von einem Dumont erwartet wird. Sie waren laut und unbezähmbar in Restaurants, weinerlich und unruhig während der Fahrt. Rief ich sie zur Ordnung, wurden sie bockig oder schmollten. In einem Hotel, in dem auch mehrere meiner Bekannten wohnten, war ihr Verhalten peinlich.“

Zu wütend, um Angst zu empfinden, stemmte Suzanna sich aus dem Sessel. „Mit anderen Worten, sie verhielten sich wie

Kinder. Tut mir Leid, dass deine Pläne durcheinander geraten sind, Baxter, aber man kann von fünf- und sechsjährigen Kindern kaum erwarten, dass sie sich bei allen Gelegenheiten gesellschaftlich korrekt verhalten. Das ist umso schwerer, wenn sie in eine Situation gestoßen werden, die ihnen völlig fremd ist. Sie kennen dich nicht."

Er ließ den Whisky im Glas kreisen, nahm einen Schluck. „Es ist ihnen absolut klar, dass ich ihr Vater bin, aber du hast dafür gesorgt, dass sie keinen Respekt vor dieser Beziehung haben."

„Nein, du hast dafür gesorgt."

Er setzte das Glas ab. „Glaubst du, ich weiß nicht, was du ihnen erzählst? Du süße, harmlose, kleine Suzanna!"

Sie wich instinktiv zurück. „Ich erzähle ihnen überhaupt nichts von dir", entgegnete sie, wütend auf sich selbst wegen des Rückzugs.

„Ach? Dann hast du ihnen gegenüber nicht die Tatsache erwähnt, dass sie einen Bastard-Bruder in Oklahoma haben?"

Darum also geht es, dachte Suzanna. „Megan O'Rileys Bruder hat meine Schwester geheiratet. Die Situation konnte unmöglich geheim gehalten werden, selbst wenn ich es gewollt hätte."

„Und du konntest es gar nicht erwarten, mit meinem Namen um dich zu werfen." Er versetzte ihr einen Stoß, der sie rückwärts taumeln ließ.

„Der Junge ist ihr Halbbruder. Sie akzeptieren das, und sie sind zu jung, um zu verstehen, wie verabscheuungswürdig du dich verhalten hast."

„Meine Affären sind meine Sache. Vergiss das nicht." Er packte sie an den Schultern und stieß sie gegen die Wand. „Ich habe nicht die Absicht, dich mit deinen erbärmlichen Racheplänen davonkommen zu lassen."

„Nimm deine Hände von mir!" Sie wand sich, doch er zwang sie erneut gegen die Wand.

„Sobald es mir beliebt. Lass dich warnen, Suzanna. Ich dulde nicht, dass du meine Privatangelegenheiten ausposaunst. Wenn auch nur eine Andeutung von dieser Geschichte nach draußen dringt, werde ich wissen, woher sie kommt, und du weißt, wer dafür bezahlen wird."

Sie hielt sich starr aufrecht. „Du kannst mich nicht mehr verletzen."

„Verlass dich nicht darauf. Du sorgst dafür, dass deine Kinder die Sache mit ihrem Halbbruder für sich behalten. Sollte das noch einmal zur Sprache kommen …" Er verstärkte seinen Griff und zerrte Suzanna hoch, bis sie auf den Zehen stand. „Sollte das jemals wieder zur Sprache kommen, wird es dir sehr Leid tun."

„Scher dich mitsamt deinen Drohungen aus meinem Haus!"

„Aus deinem Haus?" Er legte eine Hand um ihren Hals. „Denk daran, es gehört dir nur, weil ich diesen zerbröckelnden Anachronismus nicht haben wollte. Setze mich unter Druck, und ich bringe dich wieder vor Gericht. Und dann hole ich mir alles. Diesen Kindern könnte ein Schweizer Internat gut tun, wo sie landen werden, falls du dich nicht vorsiehst."

Er bemerkte die Veränderung in ihren Augen, doch es war keine Angst, wie er erwartete, sondern Wut. Sie hob die rechte Hand, aber ehe sie zuschlagen konnte, wurde er zurückgerissen und stürzte zu Boden. Suzanna sah, wie Holt ihn am Kragen hochzerrte und gegen einen Louis-quinze-Tisch schleuderte.

Suzanna hatte noch nie zuvor Mordlust in den Augen eines Mannes gesehen, aber sie erkannte es jetzt in Holts Augen, als er seine Faust auf Baxters Gesicht feuerte.

„Holt, nicht …"

Sie wollte dazwischen gehen, doch ihr Arm wurde mit überraschender Kraft gepackt. „Lass ihn", sagte Großtante Colleen grimmig.

Holt hätte ihn vielleicht umgebracht, hätte der Mann sich gewehrt. Doch Baxter wurde unter seinem Griff schlaff, während ihm Blut aus Mund und Nase lief. „Hör mir gut zu, Bastard!" Holt rammte ihn gegen die Wand. „Wenn du sie noch einmal anfasst, bist du tot!"

Verstört und schmerzerfüllt tastete Baxter nach einem Taschentuch. „Ich kann Sie wegen tätlichen Angriffs anzeigen." Er drückte das Taschentuch an die Nase, sah sich um und entdeckte seine jetzige Frau an der Terrassentür. „Ich habe eine Zeugin. Sie haben mich angegriffen und mein Leben bedroht." Er hatte zum ersten Mal eine Demütigung schlucken müssen und verabscheute es. Sein Blick schwenkte zu Suzanna. „Das wirst du bereuen."

„Nein, das wird sie nicht!" warf Colleen ein, bevor Holt sich die Befriedigung verschaffen konnte, seine Faust auf den wütend verzerrten Mund zu setzen. „Aber Sie werden es bereuen, Sie elendes, bibberndes, rückgratloses Schwein!" Die Großtante stützte sich schwer auf ihren Stock, während sie auf ihn zuging. „Sollten Sie jemals wieder Ihre Hand gegen ein Mitglied meiner Familie erheben, werden Sie es für den Rest Ihres wertlosen Lebens bereuen! Was immer Sie glauben uns antun zu können, kann ich Ihnen antun, nur noch viel bösartiger. Und sollten Sie im Zweifel sein, dass ich dazu im Stande bin – mein Name ist Colleen Theresa Calhoun, und ich kann Sie doppelt und dreifach erledigen."

Sie fixierte ihn, einen erbärmlichen Mann in einem zerknitterten Anzug. Baxter tupfte sich das Blut mit einem Seidentaschentuch ab.

„Ich frage mich, was der Gouverneur, der zufällig mein Patenkind ist, sagen wird, wenn ich ihm diese Szene schildere." Sie nickte zufrieden, als sie merkte, dass er sie verstanden hatte. „Und jetzt heben Sie sich aus meinem Hause hinweg. Junger Mann ..." Sie neigte ihren Kopf zu Holt. „Sie sind so freundlich und zeigen unserem Gast die Tür."

„Mit Vergnügen." Holt bugsierte Baxter in die Halle.

Das Letzte, was Suzanna sah, als sie aus dem Haus lief, waren Yvettes flatternde Hände.

„Wohin ist sie gegangen?" fragte Holt, als er Colleen allein im Salon antraf.

„Ich nehme an, sie leckt sich ihre Wunden. Geben Sie mir einen Brandy. Verdammt, sie hält es schon einen Moment allein aus", murmelte sie, als Holt zögerte. Colleen ließ sich in einen Sessel sinken. „Ich wusste, dass sie eine schwere Zeit hinter sich hatte, aber ich wusste nicht, wie weit das ging. Ich habe diesen Dumont seit der Scheidung beobachten lassen." Sie nahm den Brandy und tat einen tiefen Schluck. „Erbärmliche Imitation eines Mannes! Ich hatte allerdings keine Ahnung, dass er sie misshandelt hat. Aber ich hätte es beim ersten Mal wissen müssen, als ich diesen Blick in ihren Augen sah. Meine Mutter hatte den gleichen Blick." Colleen schloss ihre Augen und lehnte sich zurück. „Nun, sofern er nicht will, dass sich seine politischen Pläne in Rauch auflösen, muss er sie in Ruhe lassen." Blinzelnd öffnete sie ihre Augen wieder und bedachte Holt mit einem stahlharten Blick. „Sie haben sich wacker geschlagen. Ich bewundere einen Mann, der seine Fäuste zu gebrauchen versteht. Ich bedaure nur, dass ich ihm nicht meinen Stock zu kosten gegeben habe."

„Ich glaube, Sie haben etwas Besseres getan. Ich habe ihm bloß die Nase gebrochen, aber Sie haben ihm Todesangst eingejagt."

„Das stimmt allerdings." Lächelnd nahm sie noch einen Schluck. „Ist schon ein verdammt gutes Gefühl!" Sie bemerkte, dass Holt zu der offenen Terrassentür starrte, die Hände zu Fäusten geballt. Suzanna hätte es schlechter treffen können, fand sie. „Meine Mutter ging immer zu den Klippen. Vielleicht finden Sie Suzanna dort. Sagen Sie ihr, dass die Kinder Plätzchen essen und sich den Appetit für das Abendessen verderben."

Suzanna saß auf einem Felsen, die Hände vor das Gesicht geschlagen, und weinte sich Bitterkeit und Scham von der Seele.

Holt fand sie so, allein und schluchzend. Der Wind trug die Töne ihres Schmerzes davon, während die See rastlos in der Tiefe donnerte. Er wusste nicht, wie er beginnen sollte. Seine Mutter war eine gefestigte Frau gewesen, und falls sie jemals Tränen vergossen hatte, dann in aller Stille.

Er trat näher, legte zögernd eine Hand auf ihr Haar. „Suzanna."

Sie schnellte hoch, schluckte die Tränen und wischte sich über das nasse Gesicht. „Ich muss zurück. Die Kinder …"

„Sie sind in der Küche und stopfen sich mit Plätzchen voll. Setz dich!"

„Nein, ich …"

„Bitte!" Er setzte sich und zog sie neben sich. „Ich war lange nicht hier. Mein Großvater nahm mich immer hierher mit. Er saß oft an dieser Stelle und blickte aufs Meer. Einmal erzählte er mir eine Geschichte von einer Prinzessin in der Burg auf dem Hügel. Er hat wohl über Bianca gesprochen, aber später, wenn ich mich daran erinnerte, dachte ich stets an dich."

„Holt, es tut mir so Leid."

„Wenn du dich entschuldigst, machst du mich nur wütend."

Sie schluckte eine neue heiße Tränenflut. „Ich ertrage es nicht, dass du es gesehen hast, dass irgendjemand es gesehen hat."

„Ich habe gesehen, dass du dich gegen einen brutalen Kerl gestellt hast." Er drehte ihr Gesicht zu sich herum. Als er die verblassenden roten Male an ihrem Hals sah, musste er einen Fluch unterdrücken. „Er wird dir nie wieder wehtun."

„Es ging um seinen Ruf. Die Kinder müssen über Kevin gesprochen haben."

Holt zog ihre Hand an seine Lippen und küsste sie sanft. Ihr verblüffter Gesichtsausdruck ließ ihn finster aufs Meer starren. „Ich war auch nicht gerade Mister Einfühlungsvermögen."

„Du warst wunderbar."

„Wäre ich das gewesen, würdest du nicht dreinschauen, als hätte ich dich mit einem Stein geschlagen, wenn ich deine Hand küsse."

„Es ist nur so gar nicht dein Stil."

„Nein." Er zuckte die Schultern und fischte eine Zigarette hervor. „Vermutlich nicht." Dann änderte er seine Absicht und legte stattdessen einen Arm um ihre Schultern. „Hübscher Ausblick."

„Wundervoll. Ich bin immer hierher gekommen. Manchmal ..."

„Weiter!"

„Du wirst mich auslachen, aber manchmal ist es mir, als könnte ich sie fast sehen – Bianca. Ich fühle sie und weiß, dass sie hier ist und wartet." Suzanna lehnte ihren Kopf an seine Schulter und schloss die Augen. „Genau wie jetzt. Es ist so warm und wirklich. Oben im Turm – in ihrem Turm – ist es bitter-süß und mehr ein Sehnen, aber hier ist es Vorfreude, Hoffnung. Ich weiß, du hältst mich für verrückt."

„Nein." Er presste sie an sich. „Nein, das kann ich nicht. Ich fühle es nämlich auch."

Vom Westturm aus beobachtete der Mann, der sich Marshall nannte, Suzanna und Holt durch sein Fernglas. Er war sehr zufrieden, dass er seine Tätigkeit direkt vor der Nase eines Expolizisten fortsetzen konnte. Eine derartige Ironie steigerte seine Eitelkeit.

Der Polizist sollte ruhig seine Suche vorantreiben. Er, Marshall, würde im richtigen Moment da sein, wenn der Schatz gefunden wurde. Und wer ihm in die Quere kam, würde eliminiert.

Suzanna verbrachte den ganzen Abend mit ihren Kindern und beruhigte sie soweit, dass Jenny sich zur Schlafenszeit nicht mehr an sie klammerte und Alex wieder wie ein Gummiball herumsprang.

„Wir mussten stundenlang in dem Wagen fahren." Alex hüpfte auf dem Bett seiner Schwester, während Suzanna Jennys Laken glatt strich. „Und sie haben diese blöde Musik im Radio, die ganze Zeit. Die Leute haben so gesungen." Er öffnete seinen Mund weit und ließ etwas hören, das er für eine Opernarie hielt. „Und ich habe kein Wort verstanden."

„Nein, nicht so, sondern so." Jenny stieß ein Kreischen aus, das Kristall zerspringen ließ. „Und wir mussten still sein." Sie holte sich noch einen Kuss. „Yvette sagte, wir könnten ein Wortspiel machen, aber er sagte, dass er davon Kopfschmerzen bekommt, und darum sind wir schlafen gegangen."

„Und genau das solltet ihr jetzt auch tun."

„Das Hotel hat mir gefallen", fuhr Alex in der Hoffnung fort, das Unvermeidliche aufzuschieben. „Wir sind auf den Betten gehüpft, als niemand zusah."

„Du meinst, wie du das in deinem Zimmer machst?"

Er grinste. „Sie haben kleine Seifenstückchen im Bad gehabt, und sie haben abends Bonbons auf das Kopfkissen gelegt."

Suzanna hielt ihren Kopf schief. „Das kannst du hier vergessen, mein Lieber."

Nachdem Jenny mit ihrem Nachtlicht und einer Armee von Stofftieren versorgt war, trug Suzanna Alex in sein Zimmer. Er ließ sich von ihr nicht mehr oft hochheben und drücken, aber an diesem Abend schien er es genauso zu brauchen wie sie.

„Du bist schwer, als hättest du den Bauch voller Wackersteine", murmelte sie und drückte ihre Nase gegen seinen Hals.

„Ich habe zum Mittagessen fünf Schokoriegel gegessen." Er ließ sich aus ihren Armen auf das Bett fallen. Sie rang mit ihm, bis er atemlos war. Er warf sich lachend auf den Rücken und sprang wieder heraus.

„Alex ..."

„Ich hab was vergessen."

„Du hast heute Abend bereits überzogen, Kind. Ins Bett mit dir, sonst lasse ich dich über kleiner Flamme rösten!"

Er zog etwas aus der Jeans, die er bei seiner Heimkehr getragen hatte. „Das habe ich für dich aufgehoben."

Suzanna nahm die flachgedrückte, zerbrochene, in Goldpapier eingeschlagene Schokolade. Sie war mehr als ein wenig geschmolzen, nicht mehr zu essen und kostbarer als Diamanten.

„Oh, Alex."

„Jenny hat auch eine gehabt, aber sie hat sie verloren."

„Das macht nichts." Suzanna umarmte ihn gerührt. „Danke. Ich liebe dich, du kleiner Wurm."

„Ich liebe dich auch." Das Eingeständnis machte ihn nicht verlegen wie so oft, und er schmiegte sich noch einen Moment an sie. Als seine Mutter ihn danach ins Bett steckte, beschwerte er sich nicht darüber, dass sie seine Haare streichelte. „Gute Nacht", sagte er, bereit zum Schlafen.

„Gute Nacht." Sie ließ ihn allein, weinte ein wenig über die zerdrückte Schokolade, öffnete in ihrem Zimmer die Kassette, die einst ihren Schmuck enthalten hatte, und legte das Geschenk ihres Sohnes hinein.

Suzanna zog sich aus, schlüpfte in ein dünnes weißes Nachthemd und trat auf die Terrasse, um sich zu beruhigen, während sie ihr Haar kämmte.

Holt hatte noch nie etwas so Schönes gesehen wie Suzanna, die sich das Haar im Mondlicht bürstete. Er wusste, dass er einen armseligen Romeo abgab und hatte Todesangst, er könnte einen Narren aus sich machen, wenn er es versuchte. Aber er musste ihr etwas geben, um ihr zu zeigen, was es für ihn bedeutete, sie in seinem Leben zu haben.

Er kam aus dem Garten und die Steinstufen herauf. „Suzanna."

Sie öffnete die Augen und sah ihn vor sich stehen. „Ich habe an dich gedacht. Was machst du hier?"

„Ich fuhr nach Hause, doch ich bin zurückgekommen. Alles in Ordnung mit dir?"

„Es geht mir gut."

„Den Kindern?"

„Auch. Sie schlafen. Ich habe mich noch nicht bei dir bedankt. Ich muss gestehen, ich habe es genossen, Baxters Nase bluten zu sehen."

„Jederzeit zu Diensten." Holt sagte und meinte es so.

„Ich glaube nicht, dass es noch einmal nötig sein wird, aber ich bin dir dankbar." Sie wollte seine Hand berühren, stach sich jedoch an einem Dorn. „Au!"

„Das ist ja ein sagenhafter Beginn", murmelte er und streckte ihr die Rose entgegen. „Die habe ich dir mitgebracht."

„Wirklich?" Suzanna fand das rührend.

„Ich habe sie aus deinem Garten gestohlen." Holt schob die Hände in die Hosentaschen und sehnte sich nach einer Zigarette. „Vermutlich zählt das nicht."

„Es zählt ganz sicher." Sie hatte an diesem Abend zwei Geschenke bekommen – von den beiden Männern, die sie liebte. „Danke."

Er zuckte die Schultern und fragte sich, was er nun tun sollte. „Du siehst hübsch aus."

Sie blickte lächelnd auf ihr schlichtes weißes Nachtgewand hinunter. „Nun, es hat keine Spitze."

„Ich habe dich beobachtet, wie du dir das Haar gebürstet hast. Ich konnte kaum atmen, so schön warst du, Suzanna."

Jetzt war sie es, die nicht atmen konnte. Er hatte sie noch nie so angeschaut. Seine Stimme hatte noch nie so bewundernd geklungen, genau wie seine Hand sich anfühlte, die ihr Haar streichelte.

„Sieh mich nicht so an." Seine Finger spannten sich in ihrem Haar an, und er musste sich dazu zwingen, den Griff zu lockern. „Ich weiß, ich war rau mit dir."

„Nein, das warst du nicht."

„Doch, verdammt. Ich habe dich herumgestoßen und gepackt. Ich habe dir die Bluse zerrissen."

Ein Lächeln umspielte wieder ihre Lippen. „Als ich die Knöpfe angenäht habe, habe ich mich an diese Nacht erinnert. Ich bin nicht zerbrechlich, Holt."

„Ich möchte heute Nacht mit dir zusammen sein." Er berührte ihre Wange. „Lass dich heute Nacht von mir lieben."

Sie hätte ihm nichts abschlagen können. Als er sie auf die Arme hob und hineintrug, drückte sie ihren Mund an seinen Hals. Holt ließ sie behutsam auf das Bett sinken, nahm ihr die Bürste ab und legte sie auf den Nachttisch. Dann schaltete er die Lichter aus.

Als sein Mund endlich den ihren berührte, war er sanft wie ein Flüstern. Seine Hände rasten nicht, um zu erregen, sondern verführten mit herrlicher Geduld.

Er fühlte ihre Verwirrung, rieb jedoch nur mit seinen Lippen über ihren Mund und fuhr dessen Umrisse mit seiner Zungenspitze nach. Seine starken Hände bewegten sich mit der Anmut eines Künstlers über ihre Schultern.

„Vertrau mir." Sein Mund begann eine langsame Reise über ihr Gesicht. „Lass dich gehen und vertrau mir, Suzanna." Über ihre Wange, an ihrem Hals hinunter, zurück zu ihren zuckenden Lippen wanderte sein Mund.

Sein Kuss ließ sie in einen dichten, samtigen Dunst versinken. Er berührte sie und machte sie schwach. Sein Mund glitt wie eine kühle Brise über ihre Haut. Sie hörte ihn unglaublich sanfte, zauberhafte Versprechen murmeln. Leidenschaft lag in den Fingerspitzen, die ihr Lust brachten.

Holt streichelte sie durch den dünnen Stoff hindurch und genoss die fließenden Bewegungen ihres Körpers unter seinen Händen. Als sie seufzte, senkte er seine Lippen wieder auf die ihren.

Er entkleidete Suzanna langsam, zog das Nachthemd Zentimeter für Zentimeter herunter, schwelgte in dem Genuss ihrer warmen, entblößten Haut. Jeder Schauer, der sie durchlief, faszinierte ihn. Sanft führte er sie über den ersten Gipfel.

Unerträglich süß, jede Bewegung, jedes Seufzen. Köstlich zart, jede Berührung, jedes Murmeln. Er hatte sie in einer Welt aus Seide gefangen genommen. Nie zuvor war sie sich ihres Körpers so stark bewusst gewesen wie jetzt, da er ihn so gründlich, so geduldig erforschte.

Zuletzt fühlte sie seine Haut auf der ihren, seinen warmen, festen Körper, nach dem sie sich verzehrte. Sie öffnete ihre Augen, um ihn anzusehen. Sie hob ihre schweren Glieder, um ihn zu berühren.

Er hatte nicht gewusst, dass Verlangen so stark und doch so wunderbar sein konnte. Sie umschlang ihn. Er glitt in sie. Für beide war es, als wären sie nach Hause gekommen …

Ich konnte nicht ahnen, dass dieser Tag der letzte mit ihr sein würde. Hätte ich sie genauer angesehen, sie fester gehalten, die Liebe hätte nicht größer sein können, aber vielleicht hätte sie mehr geschätzt werden können.

Darauf gibt es keine Antwort.

Wir fanden den kleinen Hund, der halb verhungert in den Klippen kauerte. Bianca hatte solche Freude an ihm. Es war vermutlich dumm, aber wir hatten beide das Gefühl, dies wäre etwas, das wir gemeinsam haben konnten, da wir ihn gemeinsam gefunden hatten.

Wir nannten ihn Fred, und ich muss zugeben, dass ich traurig war, als es für sie Zeit wurde, nach The Towers zurückzukehren. Natürlich war es richtig, dass sie den verwaisten Welpen ihren Kindern brachte, damit sie ihm ein Zuhause geben konnten. Ich ging allein heim, um an Bianca zu denken und zu versuchen, ob ich arbeiten konnte.

Als sie zu mir kam, war ich verblüfft, dass sie ein solches Risiko auf sich genommen hatte. Nur einmal zuvor war sie in

dem Cottage gewesen, danach hatten wir es nie wieder gewagt. Sie war außer sich. Unter ihrem Umhang trug sie den Welpen.
Sie erzählte mir, was seit unserer Trennung passiert war.
Die Kinder hatten sich sofort in den Hund verliebt. Lachen und Fröhlichkeit hatten geendet, als Fergus zurückkam. Er weigerte sich, den Mischling in seinem Haus zu dulden. Vielleicht hätte ich ihm das verzeihen können und ihn nur für einen starrsinnigen Narren gehalten. Doch Bianca erzählte mir, er habe befohlen, den Hund zu töten – trotz der Tränen und Bitten seiner Kinder.
Zu dem Mädchen, der kleinen Colleen, war er am härtesten gewesen. Aus Angst vor einer körperlichen Züchtigung hatte Bianca die Kinder mit dem Hund zu der Nanny nach oben geschickt. Ein bitterer Streit war gefolgt. In seinem Zorn hatte Fergus Bianca bedroht und misshandelt. Erst da sah ich im Schein der Lampe die Druckmale an ihrem Hals.
Ich hätte ihn umgebracht, doch ihr Entsetzen hielt mich auf. Nie zuvor in meinem Leben hatte ich solchen Zorn gehabt. Manchmal wünsche ich mir, ich wäre hingegangen und hätte ihn getötet. Vielleicht wäre dann alles anders gekommen. Aber ich werde es nie mit Sicherheit wissen.
Sie erzählte mir weinend, dass er nach Boston gefahren war und bei seiner Rückkehr eine Gouvernante seiner Wahl mitbringen wollte. Er hatte ihr vorgeworfen, eine schlechte Mutter zu sein, und wollte ihr die Sorge für die Kinder entziehen.
Hätte er gedroht, ihr das Herz herauszuschneiden, hätte er keinen größeren Schaden anrichten können. Sie wollte nicht zusehen, wie ihre Kinder von einer bezahlten Angestellten erzogen und von einem kalten, ehrgeizigen Vater überwacht

wurden. Am meisten fürchtete sie für ihre Tochter, weil sie wusste, dass Colleen eines Tages in eine Ehe gedrängt werden würde – genau wie es ihr selbst ergangen war.

Diese große Angst löste ihre Entscheidung aus, Fergus zu verlassen.

Sie kannte die Risiken, doch das ließ sie nicht schwanken. Sie wollte ihre Kinder in Sicherheit bringen. Sie wollte, dass ich mitging, doch sie bat mich nicht und berief sich nicht auf unsere Liebe.

Das brauchte sie auch nicht zu tun.

Ich wollte am nächsten Tag die nötigen Arrangements treffen, und sie wollte die Kinder vorbereiten. Dann bat sie mich, sie zu der meinen zu machen.

Ich hatte sie schon so lange begehrt, doch ich hatte mir vorgenommen, sie nicht zu erobern. In jener Nacht brach ich mein Versprechen und machte ein neues. Ich wollte sie ewig lieben.

Ich erinnere mich daran, wie sie aussah mit ihrem offenen Haar und ihren dunklen Augen. Bevor ich sie berührte, wusste ich, wie sie sich anfühlen würde. Bevor ich sie in mein Bett legte, wusste ich, wie sie dort aussehen würde. Jetzt ist es nur noch ein Traum, die süßeste Erinnerung meines Lebens.

In jener zeitlosen Stunde hatte ich alles, was ein Mann sich wünschen kann. Bianca war Schönheit und Liebe und Versprechen, verführerisch und unschuldig, scheu und lustvoll. Selbst jetzt schmecke ich noch ihren Mund, ihre Haut. Und sehne mich schmerzhaft nach ihr.

Dann war sie fort. Was ich für einen Anfang hielt, was das Ende.

Ich nahm mein Geld, verkaufte Gemälde und kaufte vier Karten für den Abendzug. Doch sie kam nicht. Ein Gewitter braute sich zusammen. Grelle Blitze, bösartiger Donner, schwerer Sturm. Ich redete mir ein, es wäre das Wetter, das mein Blut gefrieren ließ. Doch Gott helfe mir, ich glaube, ich wusste Bescheid. Ein scharfer, entsetzlicher Schmerz und eine so unvernünftige Furcht verzehrten mich.

Zum ersten und zum letzten Mal ging ich nach The Towers. Der Regen hatte zu strömen begonnen, als ich ans Tor klopfte. Die Frau, die mir öffnete, war hysterisch. Ich hätte mich an ihr vorbei gedrängt, doch in diesem Moment traf die Polizei ein.

Bianca war vom Turm gesprungen, hatte sich aus dem Fenster auf die Felsen gestürzt. Dies alles ist jetzt unklar, war es auch damals schon. Ich erinnere mich, dass ich lief und durch den heulenden Sturm nach ihr rief. Die Lichter des Hauses leuchteten grell durch die Dunkelheit. Männer kletterten bereits den Abhang mit Laternen hinunter. Ich stand da und blickte auf Bianca. Meine Geliebte, mir entrissen. Doch nicht durch ihre eigene Hand. Das konnte ich niemals akzeptieren. Und dennoch war sie fort, verloren.

Ich wäre am liebsten selbst in die Tiefe gesprungen, doch Bianca hielt mich zurück. Ich schwöre, ihre Stimme hielt mich zurück. Ich setzte mich auf die Erde, und der Regen strömte auf mich herab.

Damals konnte ich ihr nicht folgen. Ich musste irgendwie mein Leben ohne sie weiterführen. Das habe ich auch getan, und vielleicht ist etwas Gutes aus der Zeit erwachsen, die ich hier verbracht habe. Der Junge, mein Enkel. Wie hätte Bianca ihn geliebt. Manchmal führe ich ihn zu den Klippen, und ich bin sicher, sie ist dann bei uns.

Es gibt noch immer Calhouns in The Towers. Bianca hätte das gewollt. Die Kinder ihrer Kinder und deren Kinder. Viel-

leicht wird eines Tages eine andere einsame junge Frau an diesen Klippen entlang wandern. Ich hoffe, ihr Schicksal wird freundlicher sein.

In meinem Herzen weiß ich, dass es noch nicht zu Ende ist. Sie wartet auf mich. Wenn endlich meine Zeit gekommen ist, werde ich wieder mit Bianca sprechen. Ich werde sie lieben, wie ich es einst versprach.

Ewig.

10. KAPITEL

Holt wartete auf Trent in der Pergola an der seeseitigen Mauer. Er nahm einen letzten Zug und warf dann seine Zigarette weg, als er Trent aus dem Haus kommen sah. In der Pergola waren sie relativ ungestört. Der Baulärm mischte sich mit dem Donnern der Wellen. Ihr Gespräch würden keine drei Meter weit zu hören sein.

Trent betrat die Pergola und bot ihm eine Flasche Bier an.

„Danke." Holt lehnte sich lässig gegen einen Pfosten. „Haben Sie die Liste?"

„Ja." Trent setzte sich auf eine Steinbank. „Wir haben nur vier Männer im letzten Monat eingestellt."

„Referenzen?"

„Natürlich. Sloan und ich achten auf Sicherheit."

Holt zuckte die Schultern. „Ein Mann wie Livingston hätte keine Probleme, sich Referenzen zu beschaffen. Sie würden ihn etwas kosten, aber er käme an sie heran."

„Davon verstehen Sie mehr als ich." Trent zog die Augen zusammen, während er zwei Männer beobachtete, die Schindeln auf dem Dach des Westflügels austauschten. „Aber ich kann mir schwer vorstellen, dass er hier unter unseren Augen arbeitet."

„Oh, er ist hier." Holt steckte sich eine Zigarette an. „Derjenige, der mein Haus durchsuchte, kannte die Verbindung. Da niemand darüber gesprochen hat, muss er es hier im Haus gehört haben ..." Er unterbrach sich, als die Kinder mit dem Hund ins Freie kamen und zu ihrem Fort rannten.

„Kann stimmen", räumte Trent ein.

„Geben Sie mir die Liste, und ich überprüfe sie. Ich habe noch immer Verbindungen." Holts Blick blieb auf die Kinder gerichtet. „Er wird niemandem etwas antun. Das ist ein Versprechen."

Trent nickte. Er war Geschäftsmann und hatte nie etwas Gewalttätigeres gemacht, als am College ein wenig zu boxen. Doch er würde alles tun, was nötig war, um seine Frau und sein ungeborenes Kind zu schützen. „Ich habe Max informiert, und Sloan und Amanda brechen ihre Flitterwochen ab. Sie sollten in ein paar Stunden hier sein."

Das ist gut, dachte Holt. Es war das Beste, die ganze Familie beisammen zu haben. „Was hat Sloan zu Amanda gesagt?"

„Dass es ein Problem mit der Arbeit gibt." Trent lächelte schwach. „Wenn sie herausfindet, dass er sie manipuliert hat, wird sie ihm die Hölle heiß machen."

„Je weniger die Frauen wissen, desto besser."

Trent lachte. „Hätte das eine von ihnen gehört, würden Sie jetzt drei Schichten Haut verlieren. Diese Mädchen sind harte Brocken."

Holt dachte an Suzanna. „Sie halten sich zumindest dafür."

„Nein, sie sind es. Ich habe eine Weile gebraucht, um das zu akzeptieren. Einzeln sind sie stark – samtüberzogener Stahl. Ganz zu schweigen von stur, impulsiv und geradezu krankhaft loyal. Gemeinsam ..." Trent lächelte. „Nun, ich stelle mich lieber zwei Sumoringern als den Calhoun-Frauen, wenn sie in Fahrt kommen."

„Wenn alles vorbei ist, können sie so wütend sein, wie sie wollen."

„Hauptsache, sie sind in Sicherheit," vollendete Trent und bemerkte, dass Holt die Kinder beobachtete. „Großartige Kinder."

„Ja, das stimmt."

„Sie haben eine verteufelt tolle Mutter." Trent nahm nachdenklich einen Schluck. „Zu schade, dass sie keinen richtigen Vater haben."

Allein der Gedanke an Baxter Dumont brachte Holts Blut zum Kochen. „Was wissen Sie über ihn?"

„Mehr, als mir lieb ist. Ich weiß, dass er Suzanna durch die Hölle gejagt hat. Er hat sie mit der Vormundschaftsklage fast zerbrochen."

„Vormundschaftsklage?" Verblüfft sah Holt ihn an. „Er wollte die Kinder?"

„Er wollte Suzanna eins auswischen", korrigierte Trent. „Welche Methode wäre besser gewesen? Sie spricht nicht darüber. Ich kenne die Geschichte von C. C. Er hat Suzanna durch eine lange, hässliche Schlacht vor Gericht gezerrt und zu beweisen versucht, dass sie instabil und ungeeignet ist."

„Bastard!" stieß Holt zornig hervor.

„Er wollte die Kinder nicht. Er hätte sie in ein Internat abgeschoben. Das drohte er zumindest an. Er ließ erst locker, als Suzanna die Vereinbarung traf."

Holts Hände pressten sich gegen die Steinbalustrade. „Welche Vereinbarung?"

„Sie gab ihm praktisch alles. Er ließ die Klage fallen, damit die Vereinbarung privat getroffen werden konnte. Er bekam das Haus, den gesamten Besitz, zusammen mit einem großen Teil ihrer Erbschaft. Suzanna hätte dagegen ankämpfen können, aber sie und die Kinder waren bereits wie am Boden zerstört. Sie wollte wegen der Kinder keinerlei Risiko eingehen und ihnen nicht noch mehr Stress aufbürden."

„Nun, das hätte sie nie getan." Holt nahm einen Schluck in dem vergeblichen Versuch die Bitterkeit aus seiner Kehle zu spülen. „Er wird ihr oder den Kindern nicht mehr wehtun. Dafür werde ich sorgen."

„Das dachte ich mir schon." Trent stand zufrieden auf. Er zog eine Liste ans seiner Tasche und tauschte sie gegen Holts leere Flasche. „Lassen Sie es mich wissen, wenn Sie etwas finden."

„In Ordnung."

„Die Séance heute Abend." Trent lachte über Holts Grimasse. „Vielleicht werden Sie überrascht sein."

„Mich überrascht nur, dass ich mich von Coco überreden ließ."

„Wenn Sie hier bleiben wollen, müssen Sie sich daran gewöhnen, zu allen möglichen Dingen überredet zu werden."

Holt wollte hier bleiben. Er musste nur noch die richtige Art finden, um es Suzanna klarzumachen. Nach einem Blick auf die Namen steckte er die Liste weg. Er wollte ein paar Anrufe tätigen und sehen, was er ausgraben konnte.

Als er über den Rasen ging, kamen ihm die Hunde entgegen.

„Denkt an Alamo!" schrie Alex. Er stand breitbeinig auf dem Dach seines Forts, ein Plastikschwert in der Hand. „Du bekommst uns niemals lebend in die Hände!"

„Ach ja?" Holt konnte nicht widerstehen und näherte sich ihnen. „Wie kommst du darauf, dass ich dich überhaupt haben will, du Affenhirn?"

„Weil wir Patrioten sind, und du bist ein teuflischer Eindringling."

Jenny schob ihren Kopf durch eine Öffnung. Bevor Holt ausweichen konnte, wurde er voll von einem Strahl aus ihrer Wasserpistole auf der Brust getroffen. Alex stieß einen Triumphschrei aus, während Holt finster sein T-Shirt betrachtete.

„Ihr wisst doch", sagte Holt, „das bedeutet Krieg."

Als Jenny kreischte, packte er sie und zog sie durch das Fenster. Zu ihrer Begeisterung hielt er sie mit dem Kopf nach unten, sodass ihre blonden Zöpfe das Gras berührten.

„Er hat eine Geisel genommen!" brüllte Alex. „Tod bis zum letzten Mann!" Er kletterte zurück und stürmte durch die Tür, sein Schwert schwingend. Holt hatte kaum Zeit, Jenny herumzudrehen, ehe ihn das kleine Geschoss voll traf. „Ab mit dem Kopf!" schrie Alex, und seine Schwester betätigte sich als Echo. Holt sackte in sich zusammen und nahm die beiden mit sich zu Boden.

Es gab Schreie und Kichern, als er mit ihnen rang. Das war gar nicht so leicht, wie er angenommen hatte. Sie waren beide beweglich und gewandt, entrangen sich seiner Umklammerung und griffen ihn an. Er befand sich im Nachteil, als Alex auf seiner Brust hockte und Jenny ihn an den Rippen kitzelte.

„Ich muss grob werden", warnte er, bekam einen Wasserstrahl ins Gesicht, fluchte und brachte die beiden vor Lachen zum Heulen. Eine schnelle Rolle, er entriss ihnen die Wasserpistole und durchweichte die zwei. Kreischend und kichernd fielen sie auf ihn und knufften und kneteten ihn.

Es war eine nasse und schmutzige Schlacht, und als Holt die beiden endlich festgenagelt hatte, waren sie alle außer Atem.

„Ich habe euch massakriert", stieß Holt hervor. Jenny stach ihm einen Finger in die Rippen und brachte ihn zum Zucken. Er drückte seine Wange an ihren Hals und rieb mit seinen Bartstoppeln über ihr Kinn. Sie gurgelte vor Lachen. Zufrieden wandte er die gleiche Waffe bei Alex an, bis er gesiegt hatte, rollte sich herum und streckte sich bäuchlings im Gras aus.

„Du hast uns umgebracht", gab Alex zu, ohne verärgert zu sein. „Aber du bist lethargisch verwundet."

„Ja, aber du meinst wahrscheinlich ‚letal'."

„Machst du jetzt ein Nickerchen?“ Jenny kletterte auf seinen Rücken und hüpfte darauf herum. „Lilah schläft manchmal im Gras.“

„Lilah schläft überall“, murmelte Holt.

„Du kannst ein Nickerchen in meinem Bett machen, wenn du willst“, bot sie an und drückte neugierig ihren Finger auf den Rand der Narbe, die sie unter seinem hochgerutschten T-Shirt entdeckte. „Du hast eine Wunde am Rücken.“

„Hm.“

Alex raffte sich auf, um nachzusehen. „Zeig her!“

Holt spannte sich automatisch und zwang sich dazu, sich wieder zu lockern. „Gern.“

Als Alex das T-Shirt hochschob, weiteten sich die Augen beider Kinder. Das war nicht wie die saubere kleine Narbe, die sie an seinem Bein bewundert hatten. Diese hier war lang und gezackt und gemein und reichte von seiner Taille an den Rücken so hoch, dass sie das T-Shirt gar nicht weit genug hinaufschieben konnten, um das Ende zu sehen.

„Lieber Gott“, war alles, was Alex einfiel. Er schluckte und betastete dann vorsichtig mit einem Finger die Narbe. „Hast du einen großen Kampf gehabt?“

„Nicht direkt. Einer der Bösewichte hat mich erwischt.“ Holt hoffte, das würde genügen. Als er spürte, wie sich Jennys kleiner Mund auf seinen Rücken senkte, hielt er ganz still.

„Fühlt es sich jetzt besser an?“ fragte sie.

„Ja.“ Holt stieß einen tiefen Atemzug aus. „Danke.“ Er drehte sich um, setzte sich auf und strich ihr über das Haar.

Suzanna stand ein paar Meter entfernt, sah ihnen zu und fühlte ihr Herz in ihrer Kehle schlagen. Sie hatte den Kampf von der Küchentür aus verfolgt. Es hatte sie gerührt, wie leicht

Holt sich dem Spiel ihrer Kinder angeschlossen hatte. Sie hatte sich lächelnd zu ihnen gesellen wollen, dann hatte sie beobachtet, wie Jenny und Alex die Narbe auf Holts Rücken betrachteten und Jenny versuchte, ihn mit einem Kuss zu „heilen". Und sie hatte bemerkt, wie gerührt Holt davon war.

Nun saßen alle drei im Gras, Jenny auf seinem Schoß, Alex mit einem Arm um Holts Schultern. Suzanna wartete einen Moment, um ihre Tränen zu trocknen. Dann erst ging sie weiter.

„Ist der Krieg vorbei?" fragte sie.

„Er hat gewonnen", berichtete Alex.

„Sieht nicht nach einem leichten Sieg aus." Sie hob Jenny auf ihre Arme, als das Mädchen ihr die Hände entgegenstreckte. „Du bist ganz nass."

„Er hat uns voll gespritzt, aber ich habe ihn zuerst erwischt."

„Braves Mädchen."

„Und er ist kitzlig", vertraute Jenny ihr an. „Richtig kitzlig."

„Und wie", warf Alex ein.

„Tatsächlich?" Suzanna warf Holt ein träges Lächeln zu.

„Nun ..." begann Holt. „Das werde ich mir merken. Ihr zwei verschwindet jetzt. Ich habe festgestellt, dass niemand das Spiel von heute Vormittag weggeräumt hat."

„Aber, Mom ..." Alex hatte schon seine Ausreden parat, doch sie stoppte ihn mit einem Blick.

„Wenn du nicht aufräumst, tue ich es", sagte sie sanft. „Aber dann nehme ich mir auch deinen Anteil vom Erdbeerkuchen heute Abend."

Alex ließ sich mit der harten Entscheidung einige Sekunden Zeit, ehe er nachgab. „Ich räume auf, dann kriege ich Jennys Anteil."

„Kriegst du nicht!" Jenny rannte zum Haus, ihr Bruder hinterher.

„Sehr schlau, Mom", bemerkte Holt lachend und stand auf.

„Ich kenne die Schwächen der beiden." Sie legte ihre Arme um ihn, was ihn überraschte und erfreute. Es war sehr selten, dass sie den ersten Schritt tat. „Du bist auch ganz nass."

„Feuer aus dem Hinterhalt, aber ich habe sie ausgeknipst wie die Fliegen." Holt zog sie schnell an sich und drückte seine Wange an ihr Haar. „Es sind großartige Kinder, Suzanna. Ich – äh …" Er wusste nicht, wie er ihr sagen sollte, dass er sich in die beiden verliebt hatte, genauso wenig, wie er ihr nicht sagen konnte, dass er sich in die Mutter der beiden verliebt hatte. „Ich mache dich nass." Verlegen zog er sich zurück.

Lächelnd tippte sie mit einem Finger auf seinen Mund. „Willst du spazieren gehen?"

Er dachte an die Liste in seiner Tasche. Sie konnte eine Stunde warten, entschied er und ergriff Suzannas Hand.

Holt hatte gewusst, dass sie zu den Klippen gehen würden, während die Schatten länger wurden und die Luft sich abkühlte.

„Holt." Sie blickte aufs Meer hinaus, ihre Hand in der seinen. „Erzählst du mir, warum du den Polizeidienst quittiert hast?" Sie merkte, wie sich seine Finger verkrampften.

„Es ist vorbei", antwortete er mit grimmiger Miene. „Da gibt es nichts zu erzählen."

„Die Narbe auf deinem Rücken …"

„Ich sagte, es ist vorbei." Er zog sich zurück und steckte sich eine Zigarette an.

„Verstehe." Suzanna verdaute die Zurückweisung. „Deine Vergangenheit und deine persönlichen Gefühle gehen mich nichts an."

Er machte einen hastigen Zug. „Das habe ich nicht gesagt."

„Ganz sicher hast du das. Du hast das Recht, alles über mich zu wissen, was es zu wissen gibt. Ich soll dir alles anvertrauen, ausnahmslos. Aber ich soll mich nicht in deine Angelegenheiten drängen."

Er wandte sich ihr ungehalten zu. „Soll das eine Art Test sein?"

„Nenne es, wie du willst", gab sie zurück. „Ich hatte gehofft, du würdest mir mittlerweile vertrauen, und ich würde dir inzwischen genug bedeuten, dass du dich mir öffnen kannst."

„Du bedeutest mir etwas, verdammt. Kannst du dir denn nicht vorstellen, dass es mich noch immer innerlich zerreißt, daran zu denken? Zehn Jahre meines Lebens, Suzanna. Zehn Jahre!" Er schnippte seine Zigarette über die Kante.

„Es tut mir Leid." Instinktiv legte sie ihre Hände auf seine Schultern. „Wenn jemand weiß, wie schmerzhaft es ist, alte Wunden aufzureißen, dann bin ich es. Gehen wir zurück."

„Nein." Sein Körper war angespannt wie eine Sprungfeder. „Du willst es wissen, und du hast ein Recht darauf. Ich habe den Dienst hingeschmissen, weil ich es nicht mehr schaffte. Ich redete mir zehn Jahre lang ein, ich könnte etwas verändern und dieser Schmutz, durch den ich waten musste, würde mich nicht berühren. Ich könnte täglich mit Dealern und Zuhältern und Opfern zusammenkommen und nachts dennoch gut schlafen. Ich sah ein paar Polizisten im Lauf der Zeit ausbrennen, aber mir sollte das nicht zustoßen."

Suzanna schwieg, massierte weiter seine Schultern.

„Beim Rauschgiftdezernat kommst du in Abgründe, Suzanna. Du musst die Leute verstehen, die du wegfegen willst. Du denkst wie sie. Es gibt Dinge, die ich dir nie erzählen werde, weil du mir etwas bedeutest. Hässliche Dinge, und ich kann nicht …" Holt schloss die Augen und schob die Hände in die

Hosentaschen. „Ich wollte es einfach nicht mehr sehen. Ich dachte immer öfter daran, hierher zurückzukommen.“

Er rieb sich müde über die Stirn.

„Ich war erschöpft, Suzanna. Ich wollte wieder wie ein normaler Mensch leben, nicht jeden Tag eine Waffe umschnallen und mit Abschaum in Hinterzimmern einen Handel schließen. Wir waren auf einer Routineermittlung und suchten nach einem kleinen Dealer, aus dem wir Informationen herauspressen wollten. Als wir ihn erwischten, rastete er aus. Der Mistkerl hatte Koks für zwanzigtausend Dollar unter seinen Kleidern festgeschnallt. Und er hatte Kokain genommen. Er geriet in Panik, zerrte eine angetrunkene Frau mit sich und rannte weg.“

Holts Hände begannen zu schwitzen. Er rieb sie an der Jeans ab.

„Mein Partner und ich trennten uns, um dem Kerl den Weg abzuschneiden. Ich hatte meine Waffe gezogen. Es war dunkel in der Seitenstraße. Die Mülltonnen waren umgestürzt. Ich hörte meinen Partner von der anderen Seite kommen. Die Frau schrie. Der Kerl ritzte sie ein wenig, und sie krümmte sich auf dem Asphalt. Dann sprang er mich an. Er hatte mir schon das Messer hineingerammt, bevor ich einen Schuss abfeuern konnte. Ich tötete ihn, während ich zusammenbrach. Das hat man mir hinterher erzählt. Ich erinnere mich nicht. Als ich im Krankenhaus erwachte, fühlte ich mich, als wäre ich zerschnitten und wieder zusammengenäht worden. Ich sagte mir, ich würde hierher zurückkommen, falls ich es schaffte. Denn ich wusste, sollte ich noch ein einziges Mal durch eine dunkle Seitenstraße gehen, würde ich nicht mehr herauskommen.“

Suzanna schlang ihre Arme fest um ihn. „Hältst du dich für einen Versager, weil du heimgekommen bist, anstatt noch einmal durch eine dunkle Seitenstraße zu gehen?“

„Ich weiß es nicht."

„Ich habe das lange Zeit getan. Niemand hat mir ein Messer in den Rücken gestochen, aber ich begriff, dass ein Teil von mir absterben würde, sollte ich mein Versprechen halten und bei Bax bleiben. Ich wählte das Überleben. Meinst du, ich sollte mich dafür schämen?"

„Nein." Holt drehte sich um und ergriff ihre Schultern. „Nein."

Suzanna umfasste liebevoll sein Gesicht. „Ich auch nicht. Es ist schrecklich, was dir zugestoßen ist, aber ich bin froh, dass es dich hierher verschlagen hat." Sie küsste ihn sehr sanft.

Sein Körper entspannte sich, während er Suzanna an sich zog. Das war endlich die nächste Ebene. Es gab nicht nur Leidenschaft, nicht nur Zärtlichkeit, sondern auch Vertrauen. Als der Wind durch das Gras und die bunten Blumen strich, glaubte Suzanna etwas anderes zu hören, etwas so Ruhiges und Schönes, dass ihr Tränen in die Augen stiegen. Als sie Holt anschaute, wusste sie, dass auch er es gehört hatte, und lächelte.

„Wir sind hier nicht allein", murmelte sie. „Die beiden müssen an derselben Stelle gestanden und einander so gehalten haben." Sie zog seine Hand an ihre Lippen. „Holt, glaubst du, dass Schicksal und Zeit einen Kreis beschreiben können?"

„Ich beginne es zu glauben."

„Sie kommen noch immer hierher und warten. Ich frage mich, ob sie einander jemals finden. Ich denke schon, wenn wir alles richtig machen." Sie küsste ihn wieder und schlang einen Arm um seine Taille. „Lass uns heimgehen. Ich habe das Gefühl, dass es ein interessanter Abend wird."

„Suzanna", setzte Holt an, als sie sich auf den Rückweg machten. „Nach der Séance …" Er verstummte, und seine Leidensmiene brachte sie zum Lachen.

„Keine Angst, in The Towers haben wir nur freundliche Geister.“

„Sicher. Erwarte nur nicht, dass ich viel Vertrauen in Gesänge und Trance und so etwas setze, aber ich habe mich gefragt, ob hinterher ... Sieh mal, ich weiß, dass du die Kinder nicht gern allein lässt, aber ich dachte, du könntest mit zu mir kommen. Da gibt es was, worüber ich mit dir sprechen möchte.“

„Was denn?“

„Einfach etwas“, antwortete er lahm. Wenn er sie bat, ihn zu heiraten, wollte er es richtig machen. „Ich wäre sehr froh, wenn du eine oder zwei Stunden für mich erübrigen könntest.“

„Na schön, wenn es wichtig ist. Geht es um die Smaragde?“

„Nein, es ist ... Ich möchte lieber warten, in Ordnung? Hör mal, ich habe ein paar Dinge zu erledigen, ehe wir die Geister beschwören.“

„Bleibst du nicht zum Abendessen?“

„Ich kann nicht, aber ich komme wieder.“ Als sie die Steinmauer erreichten, zog er Suzanna an sich und küsste sie stürmisch. „Bis später.“

Sie wäre ihm vielleicht gefolgt, aber ihr Name wurde von der Terrasse im ersten Stock gerufen. Oben stand ihre Schwester.

„Amanda!“ Lachend lief sie die Steinstufen hinauf. „Was machst du hier?“ Sie zog die frisch gebackene Ehefrau in ihre Arme und drückte sie. „Du siehst wunderbar aus, aber du solltest noch eine Woche weg sein. Stimmt etwas nicht?“

„Es ist nichts.“ Sie küsste Suzanna auf die Wangen. „Komm schon, dann erzähle ich dir alles.“

„Wohin gehen wir?“

„In Biancas Turm. Familientreffen.“

Sie stiegen die Wendeltreppe im Turm hinauf. C. C. und Lilah warteten schon.

„Tante Coco?“ fragte Suzanna.

„Wir lassen sie wissen, was wir besprochen haben“, antwortete Amanda. „Aber es wäre zu verdächtig, würden wir sie hier heraufschleppen.“

Suzanna setzte sich zu Lilahs Füßen auf den Boden. „Dann geht das also nur die Frauen an?“

„Das haben die Kerle verdient“, meinte C. C. und verschränkte die Arme. „Seit Tagen schleichen sie sich zu den Treffen ihres Jungenklubs davon. Es ist Zeit, dass wir die Dinge zurechtrücken.“

„Max hat eindeutig was in seinem Ärmel versteckt“, warf Lilah ein. „Er benimmt sich viel zu unschuldig. Und seit zwei Tagen hält er sich bei den Bauarbeitern auf.“

„Ich glaube nicht, dass er Fliesen legen lernen möchte“, bemerkte Suzanna.

„Wollte er das, hätte er jetzt schon zwanzig Bücher darüber.“ Lilah lehnte sich zurück. „Heute Nachmittag habe ich Trent und Holt in der Pergola beim Kriegsrat beobachtet.“

„Dann wissen sie also etwas, das sie uns nicht sagen.“ Suzanna trommelte nachdenklich mit den Fingern.

„Sloan hat vor zwei Tagen lange mit Trent telefoniert. Klang geheimnisvoll. Er behauptete, es gäbe ein Problem mit dem Material, um das er sich persönlich kümmern müsste.“ Amanda schnaufte. „Und er dachte, ich wäre dumm genug, ihm das abzukaufen. Er wollte zurück, weil sie hinter etwas her sind. Und sie wollen die kleinen Frauchens da heraushalten.“

„Von wegen“, sagte C. C. „Ich bin dafür, wir marschieren nach unten und verlangen, dass sie uns alles erzählen.“

„Bambussprossen und Schlagringe“, überlegte Lilah laut. „Die Kerle würden nur noch sturer werden. Es geht um das männliche Ego, Ladys. Holt eure Helme hervor!“

Suzanna tätschelte ihr lachend das Bein. „Da hast du Recht. Mal sehen, was wir wissen. Ich kann mir nicht vorstellen, dass sie es geheim halten, wenn sie die Smaragde aufgespürt haben.“

„Ich auch nicht.“ Amanda ging auf und ab. „Erinnert ihr euch, wie starrsinnig sie wurden, als wir nach der Yacht suchen wollten, von der Max gesprungen ist? Wir sollten auf keinen Fall nach Livingston suchen.“

„Trent redet mit mir nicht einmal über Livingston“, fügte C. C. hinzu. „Es wäre nicht gut für mich, wenn ich mich in meinem zarten Zustand aufregte.“

Vom Fenstersitz aus gab Lilah ein schallendes Gelächter von sich. „Ich möchte den Mann sehen, der ein Kind kriegt und dann noch den Nerv hat, eine Frau zart zu nennen.“

„Holt sagt, dass Livingston uns überlegen ist – uns“, erklärte Suzanna und deutete auf jede Einzelne im Kreis. „Nicht ihm.“

„Idiot.“ C. C. ließ sich neben Lilah auf den Fenstersitz fallen. „Dann sind wir uns einig? Sie haben eine Spur zu Livingston und behalten das für sich.“

Das Ergebnis war einstimmig.

„Dann müssen wir jetzt herausfinden, was sie wissen.“ Amanda tappte mit ihrem Fuß. „Vorschläge?“

Suzanna hatte eine Idee. „Jede von uns sollte auf ihre Weise Informationen aus den Gentlemen herauslocken. Dann treffen wir uns morgen hier um die gleiche Zeit und setzen die Teile zusammen.“

„Gefällt mir.“ Lilah richtete sich auf. „Die armen Jungs haben nicht die geringste Chance.“

Suzanna legte eine Hand auf Lilahs Arm, und Amanda und C. C. schlossen sich an, wie zum Schwur. „Und wenn das vorbei ist“, sagte sie, „werden unsere Männer hoffentlich erkennen, dass die Calhoun-Frauen für sich selbst sorgen.“

11. KAPITEL

Holt war sich in seinem ganzen Leben noch nie so lächerlich vorgekommen, er war im Begriff, an einer Séance teilzunehmen. Als wäre das nicht schon schlimm genug, wollte er noch vor Ende der Nacht die Frau, die ihn gerade auslachte, um deren Hand bitten.

„Es ist kein Erschießungskommando." Leise lachend tätschelte Suzanna seine Wange. „Entspann dich."

„Eine verdammte Albernheit, das ist es." Vom unteren Ende des Tisches betrachtete Colleen alle mit finsterer Miene. „Die Vorstellung, mit Geistern zu sprechen. Quatsch! und du ..." sie stach mit ihrem Finger in Richtung Coco. „Du hattest ja nie auch nur ein Gramm Verstand in deinem leeren Kopf, aber ich hätte gedacht, nicht einmal du würdest die Mädchen mit solchem Unsinn großziehen."

„Das ist kein Unsinn." Wie stets erschauerte Coco unter dem stahlharten Blick, doch am entgegengesetzten Ende des Tisches fühlte sie sich einigermaßen sicher. „Du wirst es schon sehen, wenn wir erst einmal beginnen."

„Was ich sehe, ist eine Ansammlung von Einfaltspinseln." Obwohl ihr Gesicht ernst blieb, schmolz Colleens Herz, als sie zu dem Porträt ihrer Mutter aufblickte, das über den Kamin gehängt worden war. „Ich gebe Ihnen zehntausend Dollar dafür."

Holt zuckte die Schultern. Sie hatte ihn seit Tagen wegen des Gemäldes bedrängt. „Es ist nicht zu verkaufen."

„Wenn Sie glauben, Sie könnten mich ausziehen, junger Mann, irren Sie sich. Ich kenne solche Tricks."

Er lächelte sie an. „Ich verkaufe nicht."

„Außerdem ist es mehr wert“, warf Lilah ein. „Richtig, Professor?“

„Nun ja, tatsächlich.“ Max räusperte sich. „Christian Bradfords Frühwerke sind im Wert gestiegen. Vor zwei Jahren wurde bei Sotheby's eines seiner Meeresbilder für immerhin fünfunddreißigtausend Dollar versteigert.“

„Was sind Sie?“ schnappte Colleen. „Sein Agent?“

Max unterdrückte ein Grinsen. „Nein, Ma'am.“

„Dann seien Sie still! Fünfzehntausend, und keinen Penny mehr.“

Holt schüttelte den Kopf. „Nicht interessant.“

„Vielleicht könnten wir jetzt weitermachen?“ Coco hielt kurz den Atem an und wartete darauf, dass der Zorn ihrer Tante sie traf. Als Colleen nur brummte und finster dreinblickte, atmete sie hörbar aus. „Amanda, Liebste, zünde die Kerzen an. Wir alle müssen jetzt unser Denken von allen Sorgen, allen Zweifeln befreien. Konzentriert euch auf Bianca!“ Als die Kerzen leuchteten und der Lüster gelöscht war, ließ sie ihren Blick ein letztes Mal um den Tisch kreisen. „Reicht euch die Hände!“

Holt brummte etwas Unverständliches, ergriff dann jedoch mit seiner Rechten Suzannas, mit seiner Linken Lilahs Hand.

„Seht das Bild an“, flüsterte Coco und schloss die Augen, um es sich ins Gedächtnis zu rufen, da es hinter ihr an der Wand hing. Erwartungsvolle Schauer liefen ihr über den Rücken. „Sie ist uns nahe, sehr nahe. Sie will uns helfen.“

Holt ließ seine Gedanken treiben, weil ihm das zu vergessen half, was er hier tat. Er versuchte sich vorzustellen, wie es sein würde, wenn er und Suzanna im Cottage allein waren. Er hatte Kerzen gekauft. Champagner lag neben dem Sechserpack in seinem Kühlschrank, und zwei neue Sektkelche standen neben den Kaffeetassen. Schon jetzt brannte die Schatulle vom Juwelier förmlich ein Loch in seine Hüfttasche.

In dieser Nacht wollte er den Schritt tun, die richtigen Worte finden. Musik spielte. Suzanna öffnete die Schatulle, blickte hinein ...

Smaragde lagen auf ihren Händen. Er zog die Brauen zusammen und gab sich einen kleinen Ruck. Da stimmte etwas nicht. Er hatte ihr keine Smaragde gekauft. Doch das Bild war so deutlich. Suzanna auf ihren Knien, wie sie Smaragde in den Händen hielt. Zwei glitzernde Reihen, flankiert von Diamanten, und in der Mitte ein leuchtender tropfenförmiger Stein in einem traumhaften Grün.

Die Calhoun-Halskette!

Holt fühlte die Kälte in seinem Nacken und ignorierte sie. Er hatte das Bild gesehen, das Max in einem alten Buch in der Bibliothek gefunden hatte. Er wusste, wie die Smaragdhalskette aussah. Es war nur die Atmosphäre, die ihn daran denken ließ, die Stille und die flackernden Kerzen.

Er glaubte nicht an Visionen. Doch als er die Augen schloss, um das Bild aus seinen Gedanken zu löschen, schien es darin verankert zu sein – Suzanna, wie sie auf dem Fußboden kniete und Smaragde von ihren Händen hingen.

Holt spürte eine Hand auf seiner Schulter und blickte nach hinten. Da war niemand, nur Schatten und Licht, von den Kerzen erzeugt. Doch das Bild blieb mit einer Deutlichkeit, dass sich ihm die Nackenhaare sträubten.

Das ist verrückt, sagte er sich. Und es war Zeit, diesem ganzen Irrsinn ein Ende zu bereiten.

„Einen Moment!“ begann er. Und Biancas Porträt krachte auf den Fußboden.

Coco schoss mit einem spitzen Aufschrei von ihrem Stuhl hoch. „Ach, du liebe Güte! Ach, du meine Güte!" murmelte sie und klopfte gegen ihr jagendes Herz.

Amanda lief bereits hin. „Hoffentlich ist es nicht beschädigt."

„Das glaube ich nicht." Lilah ließ Holts Hand los.

Ihr klarer und ruhiger Blick bereitete ihm Unbehagen. Er ignorierte sie und wandte sich an Suzanna. Ihre Hand war wie Eis in der seinen. „Was ist? Was stimmte denn nicht?"

„Nichts." Doch sie erschauerte. „Du solltest nach dem Porträt sehen."

Holt stand auf und ging zu den anderen, die am Boden kauerten. Suzanna warf einen Blick zu ihrer Großtante. Colleens weiße Haut war so blass geworden, dass sie wie Glas wirkte. Ihre Augen schimmerten seltsam. Suzanna stand auf und schenkte ihr einen Brandy ein.

„Es kommt alles in Ordnung", murmelte sie und legte eine Hand auf die hagere Schulter.

„Der Rahmen hat einen Sprung." Sloan strich mit dem Finger darüber, ehe er sich erhob. „Sonderbar, dass es heruntergefallen ist. Diese Nägel sind sehr fest."

Holt wollte die Sache mit einem Achselzucken abtun, doch als er sich näher zu der Stelle beugte, an der sich der Rahmen von der Rückwand gelöst hatte, erstarrte er. „Da steckt etwas zwischen der Leinwand und der Rückwand." Er hob das Porträt hoch und legte es verkehrt herum auf den Tisch. „Ich brauche ein Messer."

Sloan gab ihm sein Taschenmesser, und Holt machte einen langen Schnitt unterhalb des gesprungenen Rahmens und fischte mehrere Blatt Papier heraus.

„Was ist das?" Coco presste die Hände auf ihren Mund.

„Das ist die Handschrift meines Großvaters." Holt konnte seine Erregung nicht verbergen, als er Suzanna ansah. „Es könnte ein Tagebuch sein. Das Datum ist 1965."

„Setzen Sie sich, mein Lieber." Coco legte eine Hand auf seine Schulter. „Trent, schenkst du Brandy ein? Ich mache Tee für C. C."

Holt setzte sich. Als Suzanna seine Hand ergriff, packte er ihre Finger. „Es war die ganze Zeit da, und ich hatte keine Ahnung."

„Du solltest es nicht wissen", sagte sie ruhig. „Bis heute Abend. Manche Dinge müssen wir einfach akzeptieren."

„Etwas ist heute Abend passiert, hat dich erschüttert."

„Ich werde es dir erzählen, aber nicht jetzt."

Gefasster brachte Coco den Tee und nahm wieder ihren Platz ein. „Holt, was immer Ihr Großvater schrieb, gehört Ihnen. Niemand hier wird von Ihnen verlangen, dass Sie es mit uns teilen. Wenn Sie es lieber für sich behalten wollen, nachdem Sie es gelesen haben, werden wir das verstehen."

Holt hob das erste Blatt an. „Wir lesen es gemeinsam." Er holte tief Luft. *„In dem Moment, als ich sie sah, veränderte sich mein Leben."*

Niemand sprach, während Holt die Erinnerungen seines Großvaters vorlas. Doch um den Tisch herum vereinigten sich wieder Hände. Nichts war zu hören außer seiner Stimme und dem Wind, der durch die Bäume vor den Fenstern strich. Als Holt endete, blieb es im Raum still.

Lilah sprach als Erste mit tränenerstickter Stimme. „Er hat nie aufgehört, sie zu lieben. Obwohl er sich ein eigenes Leben aufgebaut hat, hat er sie immer geliebt."

„Wie muss er sich in jener Nacht gefühlt haben, als er hierher kam und erfuhr, dass sie nicht mehr lebte." Amanda lehnte ihren Kopf an Sloans Schulter.

„Doch er hatte Recht." Suzanna sah, wie eine ihrer Tränen auf Holts Handrücken fiel. „Sie hat sich nicht selbst das Leben genommen. Das konnte sie nicht. Sie liebte ihn dafür viel zu sehr, und sie hätte alles ertragen, nur um ihre Kinder zu schützen."

„Nein, sie ist nicht gesprungen", sagte Colleen. Sie hob ihren Schwenker mit zitternden Händen und setzte ihn wieder ab. „Ich habe nie über jene Nacht gesprochen, zu niemandem. Im Lauf der Jahre dachte ich manchmal, was ich gesehen habe, wäre nur ein Traum gewesen. Ein schrecklicher Albtraum." Entschlossen klärte sie ihren Blick und verlieh ihrer Stimme Kraft. „Er hat sie verstanden, ihr Christian. Er hätte nicht so über sie schreiben können, ohne ihr Herz zu kennen. Sie war schön, aber sie war auch freundlich und großzügig. Ich wurde niemals so geliebt wie von meiner Mutter. Und ich habe nie so gehasst, wie ich meinen Vater hasste."

Colleen straffte ihre Schultern. Die Bürde war schon etwas leichter geworden.

„Ich war zu jung, um ihr Unglück und ihre Verzweiflung zu verstehen. In jener Zeit regierte ein Mann sein Heim und seine Familie, wie es ihm gefiel. Niemand wagte es, meinen Vater in Frage zu stellen. Doch ich erinnere mich des Tages, an dem Mutter den Welpen heimbrachte, den kleinen Welpen, den mein Vater nicht in seinem Haus duldete. Mutter schickte uns nach oben, aber ich versteckte mich am oberen Ende der Treppe und lauschte. Ich hatte nie zuvor gehört, dass sie ihre Stimme gegen ihn erhob. O ja, sie war tapfer. Und er war grausam. Ich verstand die Ausdrücke nicht, mit denen er sie belegte. Damals verstand ich sie nicht."

Colleen nahm einen Schluck. Ihre Kehle war trocken und die Erinnerung bitter.

„Mutter verteidigte mich gegen ihn, wusste sie doch genau wie ich, dass er mich – ein Mädchen – kaum tolerierte. Als er nach dem Streit das Haus verließ, war ich froh. In jener Nacht hoffte ich, er würde nie zurückkommen. Am nächsten Tag eröffnete mir meine Mutter, wir würden eine Reise machen. Sie hatte es meinen Brüdern noch nicht gesagt, aber ich war die Älteste. Sie wollte, dass ich verstand, dass sie sich um uns kümmern würde und uns nichts Schlimmes zustoßen konnte. Dann kam er zurück. Ich wusste, dass sie verstört war, sogar Angst hatte. Ich sollte in meinem Zimmer bleiben, bis sie mich holen käme. Aber sie kam nicht. Es wurde spät, und ein Gewitter zog auf. Ich wollte zu meiner Mutter."

Colleen presste ihre Lippen aufeinander und schwieg für einen Moment.

„Sie war nicht in ihrem Zimmer. Also stieg ich in den Turm, in dem sie oft ihre Zeit zubrachte. Ich hörte die beiden, als ich die Stufen hinaufschlich. Die Tür stand offen, und ich hörte meine Mutter und meinen Vater. Und den schrecklichen Streit. Vater tobte, blind vor Wut. Mutter sagte ihm, dass sie nicht länger mit ihm leben könnte, sie wollte von ihm nur ihre Kinder und ihre Freiheit."

Weil Colleen zitterte, stand Coco auf und ging zu ihr, um ihre Hand zu ergreifen.

„Er schlug sie. Ich hörte den Schlag und rannte zur Tür. Doch ich hatte zu große Angst, um hineinzugehen. Mutter hielt sich die Wange, und ihre Augen funkelten. Nicht vor Angst, sondern vor Zorn. Ich werde immer daran denken, dass zuletzt keine Angst in ihr war. Er drohte ihr mit dem Skandal. Er schrie sie an, sollte sie sein Haus verlassen, würde sie nie wieder eines ihrer Kinder zu Gesicht bekommen. Sie würde seinen Ruf nicht ruinieren. Sie würde seinem Ehrgeiz kein Hindernis in den Weg stellen."

Colleens Lippen zuckten, als sie den Kopf anhob.

„Sie bettelte nicht. Und sie weinte nicht. Sie schleuderte ihm die Worte entgegen wie Donnerschläge." Colleen ballte eine Hand zur Faust und presste sie auf den Mund, um ihre Tränen zurückzudrängen. „Sie war großartig. Ihre Kinder würde man ihr nicht nehmen, und der Skandal wäre ihr gleichgültig. Ob er glaubte, es würde ihr etwas ausmachen, was die Leute von ihr dachten? Ob er glaubte, sie würde seine Macht fürchten, sie von der Gesellschaft ächten zu lassen? Sie wollte ihre Kinder nehmen und ein Leben aufbauen, in dem sie und die Kinder geliebt würden. Und ich glaube, das trieb ihn zur Raserei – die Vorstellung, sie könnte einen anderen Mann ihm vorziehen. Ihm, Fergus Calhoun. Sie könnte ihm sein Geld und seine Macht und seine Stellung vor die Füße werfen, anstatt sich seinen Wünschen zu beugen. Er packte sie, hob sie von ihren Füßen, schüttelte sie, schrie sie an, während sein Gesicht vor Wut dunkelrot anlief. Ich glaube, dann schrie ich, und als Mutter mich hörte, begann sie sich zu wehren. Als sie nach ihm schlug, stieß er sie von sich. Ich hörte das Klirren von Glas."

Eine Weile verharrte Colleen. „Er lief zum Fenster und brüllte ihren Namen, aber sie war verschwunden. Wie lange er da stand, während der Sturm und der Regen hereinschlugen, weiß ich nicht. Als er sich umdrehte, war sein Gesicht weiß, sein Blick glasig. Er wankte an mir vorbei, ohne mich zu sehen. Ich ging zu dem zerbrochenen Fenster und starrte in die Tiefe, bis Nanny kam und mich wegtrug."

Coco drückte einen Kuss auf das weiße Haar und streichelte es sanft. „Komm mit mir, meine Liebe. Ich führe dich hinauf. Lilah bringt dir eine Tasse Tee."

„Ja, ich komme gleich nach oben." Lilah wischte sich über die Wangen. „Max?"

„Ich begleite dich." Er schlang einen Arm um ihre Taille, als Coco Biancas Tochter aus dem Raum führte.

„Armes kleines Mädchen", murmelte Suzanna nachdenklich und ließ ihren Kopf an Holts Schulter gelehnt, während sie von The Towers wegfuhren. „Dass sie etwas so Schreckliches mit ansehen musste ... Ich stelle mir Jenny vor ..."

„Nicht. Dir ist die Flucht geglückt, Bianca nicht." Er wartete einen Moment. „Du hast es gewusst, nicht wahr? Noch bevor Colleen uns die Geschichte erzählt hat."

„Ich wusste, dass sie nicht Selbstmord begangen hatte. Ich kann es nicht erklären, aber heute Abend wusste ich es. Es war, als hätte Bianca direkt hinter mir gestanden."

Holt dachte an das Gefühl einer Hand auf seiner Schulter. „Vielleicht hat sie das getan. Nach diesem Abend kann ich mir kaum vorstellen, dass das Gemälde zufällig von der Wand fiel."

Suzanna schloss die Augen. „Es ist schön, was dein Großvater über sie schrieb. Ich will nicht an die Tragödie denken, sondern an die Zeit, die sie zusammen waren. Wie sie in den wilden Rosen tanzten."

Als sie das Cottage erreichten, sprang Sadie aus dem Wagen und beschnüffelte die Blumenbeete, die Suzanna angelegt hatte. Holt öffnete die Haustür und hielt sie für Suzanna auf.

Sie neigte den Kopf und schlüpfte an ihm vorbei. „Danke." Als er nur die Fliegengittertür zufallen ließ, sah Suzanna sich im Raum um. „Etwas ist anders."

„Ich habe aufgeräumt", murmelte er.

„Sieht hübsch aus. Holt, ich wollte dich fragen, ob du meinst, dass Livingston noch auf der Insel ist?"

„Warum? Ist etwas passiert?"

Seine Antwort kam viel zu schnell. „Nein. Hast du eine Ahnung, was er als Nächstes planen könnte?" Sie fuhr mit der Fingerspitze über eine der Kerzen, die er gekauft hatte.

„Woher soll ich das wissen?"

„Du bist der Experte für Verbrechen."

„Und ich habe dir gesagt, dass du Livingston mir überlassen sollst."

„Und ich habe dir gesagt, dass ich das nicht tun kann. Vielleicht werde ich ein wenig herumschnüffeln."

„Versuch es, und ich lege dir Handschellen an und sperre dich in einen Schrank. Wie kommst du überhaupt darauf?"

Suzanna zuckte die Schultern. „Ich dachte, wir könnten darüber reden, weil wir ein wenig Zeit haben."

„Setz dich doch." Holt zog sein Feuerzeug hervor.

„Was machst du da?"

„Ich zünde Kerzen an." Seine Nerven waren zum Zerreißen gespannt. „Wonach sieht das wohl aus?"

Sie setzte sich. „Da du so gereizt bist, nehme ich an, dass du irgendetwas weißt."

„Zieh keine Schlüsse, außer dem, dass du mich ärgerst." Er ging zur Stereoanlage.

„Wie nahe bist du dran?" fragte Suzanna, als der Blues eines Saxofons durch den Raum schwebte.

„Ich bin nirgendwo dran." Da dies eine Lüge war, wollte er es mit einer Teilwahrheit wieder gutmachen. „Er ist in der Gegend. Er ist vor zwei Wochen hier eingebrochen und hat sich umgesehen."

„Was?“ Sie schnellte hoch. „Das hast du mir nicht erzählt?“

„Was hättest du denn machen wollen?“ entgegnete er. „Ein Vergrößerungsglas nehmen und eine karierte Mütze aufsetzen?“

„Ich hätte ein Recht darauf, es zu erfahren.“

„Jetzt hast du es erfahren. Setz dich bitte! Ich komme gleich wieder.“

Er ging hinaus, und Suzanna stellte fest, dass die Kerzen dufteten. Sie lächelte. Bestimmt hatte Holt nicht absichtlich nach Jasmin duftende Kerzen gekauft. Als er zurückkam, sah sie ihn verwirrt an. „Ist das Champagner?“

„Ja.“ Und er war gründlich verärgert. Er hatte sich vorgestellt, sie würde verzaubert sein. Stattdessen stellte sie dauernd Fragen. „Willst du welchen oder nicht?“

„Sicher.“ Nachdem er eingeschenkt hatte, stieß Suzanna mit ihm an. „Also, wenn du sicher bist, dass Livingston der Einbrecher war, denke ich ...“

„Noch ein Wort“, unterbrach Holt sie mit gefährlicher Ruhe, „noch ein Wort über Livingston, und ich kippe die restliche Flasche über deinem Kopf aus.“

Sie nippte und wusste, dass sie vorsichtig sein musste, wollte sie nicht eine Flasche Champagner und damit klebrige Haare riskieren. „Ich möchte nur ein klares Bild.“

Holt stieß geradezu einen Aufschrei der Frustration aus und wandte sich ab. Champagner schwappte aus seinem Glas, während er auf und ab lief. „Sie will ein klares Bild und ist blind wie ein Maulwurf. Ich habe den Staub von zwei Monaten aus diesem Haus geschafft. Ich habe Kerzen und Blumen gekauft. Ich musste mir die Belehrungen von irgendeinem Idioten über Champagner anhören. Das ist das Bild, verdammt noch mal!“

Suzanna wollte ihm durch Ärger Informationen entlocken, ihn jedoch nicht zum Toben bringen. „Holt ...“

„Setz dich und sei still! Ich hätte wissen müssen, dass das schief geht. Der Himmel weiß, warum ich es auf diese Art versucht habe.“

Es dämmerte ihr, und sie lächelte. „Holt, es ist sehr lieb von dir, dass du das alles gemacht hast. Tut mir Leid, wenn ich es nicht zu schätzen scheine. Wenn du wolltest, dass ich heute Nacht hierher komme, damit wir uns lieben können ...“

„Ich will nicht, dass wir uns lieben!“ Er fluchte lästerlich. „Natürlich will ich, dass wir uns lieben, aber darum geht es nicht. Ich – ich wollte dich nur bitten, mich zu heiraten. Also setz dich endlich hin, verdammt noch mal!“

Da ihre Beine sich von den Knien abwärts verflüssigt zu haben schienen, sackte sie in einen Sessel.

„Das ist perfekt.“ Holt schüttete Champagner in sich hinein und lief wieder auf und ab. „Einfach perfekt. Ich versuche dir klarzumachen, dass ich verrückt nach dir bin und ohne dich nicht leben kann, und du kannst nichts anderes tun, als mich wegen irgendeines besessenen Juwelendiebes zu nerven.“

Langsam hob sie ihr Glas an die Lippen. „Tut mir Leid.“

„Das sollte dir auch Leid tun“, sagte er verbittert. „Ich war bereit, mich deinetwegen heute Abend zum Narren zu machen, und du hast nicht einmal das zugelassen. Ich bin fast schon mein halbes Leben in dich verliebt. Selbst als ich wegzog, habe ich dich nicht aus meinen Gedanken vertreiben können. Du hast mir jede andere Frau verdorben.“

Verliebt ... Das Wort kreiste in ihrem Kopf. Verliebt! „Ich dachte, du magst mich nicht.“

„Ich konnte dich nicht ertragen." Holt fuhr sich durch die Haare. „Sooft ich dich ansah, begehrte ich dich so sehr, dass ich kaum atmen konnte. Mein Mund wurde trocken, und mein Magen krampfte sich zusammen. Ich wollte dich erwürgen. Du fährst mich über den Haufen und schleuderst mich von meinem Motorrad, und ich liege da und blute und – schäme mich. Und du beugst dich über mich, duftest wie eine Rose und streichst mit deinen Händen über mich, um festzustellen, ob ich mir etwas gebrochen habe. Noch eine Sekunde länger, und ich hätte dich damals zu mir auf den Asphalt gezerrt."

Holt rieb sich über das Gesicht. „Himmel, du warst erst sechzehn."

„Du hast mich beschimpft."

Seine Miene war Ausdruck des Zorns. „Verdammt richtig, ich habe dich beschimpft. Damit bist du besser weggekommen als mit dem, was ich eigentlich mit dir machen wollte." Er beruhigte sich ein wenig, stellte sein Glas weg, zog eine Zigarette hervor und schleuderte sie beiseite. „Ich bin in solchen Sachen nicht gut, Suzanna. Ich dachte, ich würde für Stimmung sorgen, und wenn du genug Champagner getrunken hättest, wollte ich dich davon überzeugen, dass ich dich glücklich machen kann."

Sie konnte sich nicht entspannen. „Ich brauche keinen Champagner und keine Kerzen, Holt."

Er lächelte schwach. „Baby, du bist dafür geboren."

Suzanna starrte in ihr Glas und überlegte, ob sie wieder dieses Risiko eingehen sollte. Ihn zu lieben, war eine Sache. Von ihm geliebt zu werden, war unglaublich. Aber Heirat ... „Warum sagst du mir dann nicht einfach die Wahrheit?"

Holt setzte sich auf die Seitenlehne der Couch. „Ich liebe dich. Ich habe nie für eine andere so viel empfunden wie für dich. Was auch passiert, ich werde dich immer lieben. Wir können die letzten Jahre nicht ungeschehen machen, aber vielleicht können wir es von jetzt an für uns beide besser machen. Und für die Kinder."

Ihre Augen schienen sich zu verdunkeln. „Das wird wahrscheinlich nicht einfach sein. Baxter wäre immer ihr rechtmäßiger Vater."

„Aber er wäre nicht derjenige, der sie liebt." Als ihre Augen sich mit Tränen füllten, schüttelte er den Kopf. Nein, es hatte nicht des Champagners und der Kerzen bedurft, um Suzanna verletzbar zu machen und für seine Wünsche zu öffnen. Es war allein die Erwähnung ihrer Kinder.

„Ich werde sie nicht benutzen, um etwas bei dir zu erreichen. Ich weiß, dass ich es könnte, aber erst einmal muss es zwischen dir und mir sein. Vielleicht hänge ich an ihnen und will das auch. Ich glaube, ich würde mich ganz gut machen als ihr Vater. Aber ich möchte nicht, dass du mich ihretwegen heiratest."

Sie holte tief Luft und drehte den Champagnerkelch in ihren Händen. „Ich wollte nie wieder jemanden lieben. Und ich wollte ganz bestimmt nicht wieder heiraten."

Sie lächelte. „Aber du bist die Ausnahme." Sie griff nach seiner Hand. „Ich kann nicht behaupten, dass ich dich schon so lange liebe, aber du kannst mich nicht mehr lieben, als ich dich."

Holt begnügte sich nicht mit der Hand, sondern nahm Suzanna in seine Arme. Nachdem er sie lange und leidenschaftlich geküsst hatte, drückte er seine Stirn in ihr Haar. „Sag mir nicht, dass du darüber nachdenken musst, Suzanna."

„Ich brauche nicht darüber nachzudenken." Sie konnte sich nicht erinnern, wann ihr Herz und ihr Verstand derartigen Frieden gefunden hatten. „Ich werde dich heiraten."

Noch ehe die Worte vollständig über ihre Lippen gekommen waren, taumelte sie schon mit ihm auf die Couch. Sie lachte, als sie sich gegenseitig die Kleider vom Leib zogen, lachten auch noch, als sie durch die hektischen Bewegungen auf den Boden fielen.

„Ich wusste es." Sie knabberte an seiner nackten Schulter. „Du hast mich hierher gebracht, damit wir uns lieben."

„Kann ich etwas dafür, wenn du deine Hände nicht von mir lassen kannst?" Er legte eine Kette von Küssen um ihren Hals.

Lächelnd neigte sie ihren Kopf zurück, um ihm vollen Zugang zu bieten. „Holt, wolltest du mich wirklich zu dir auf die Straße ziehen, nachdem du von deinem Motorrad gefallen warst?"

„Nachdem du mich über den Haufen gefahren hast", verbesserte er sie und knabberte an ihrem Ohr. „Ja. Ich zeige dir, was mir so ungefähr vorschwebte."

Später lagen sie völlig erschöpft auf dem Boden. Als Suzanna dazu in der Lage war, hob sie den Kopf von seiner Brust. „Es ist schon gut, dass wir das nicht vor zwölf Jahren versucht haben."

Träge öffnete Holt die Augen. „Sehr gut. Ich hätte überhaupt keine Haut mehr am Rücken gehabt."

Lächelnd betrachtete sie ihn. „Du hast mir immer ein wenig Angst eingejagt, weil du so grimmig und gefährlich ausgesehen hast. Aber die Mädchen redeten über dich."

„Ach ja? Was haben sie gesagt?"

„Das verrate ich dir, wenn du sechzig bist und wir ein altes Ehepaar mit Enkelkindern sind. Dann werde ich dich auch an den Abend erinnern, an dem du mir einen Heiratsantrag gemacht hast, indem du durch das Zimmer getobt bist."

„Das war deine Schuld." Er fischte die Schatulle aus seiner Jeans. „Du hättest da sitzen und von meinen romantischen Fähigkeiten benebelt sein sollen. Dann wäre ich auf die Knie gesunken."

Mit geweiteten Augen starrte sie auf die Schatulle.

„Ich hätte mich wie ein Idiot gefühlt, aber ich hätte es getan. Jetzt musst du dir selbst die Schuld geben, dass du nackt auf dem Fußboden liegst ... Hier."

„Du hast mir einen Ring gekauft", flüsterte Suzanna überrascht.

„Woher willst du wissen, dass da kein Frosch drin sitzt?" Ungeduldig rollte Holt sich über sie. „Ich wollte dir keine Diamanten schenken. Ich dachte, die hättest du schon mal gehabt. Smaragde wirst du auch einmal haben. Und dies ist mehr wie deine Augen."

Tränen verwischten ihre Sicht. Es waren Brillanten, winzige Steine, die in Herzform einen leuchtenden Saphir umgaben. Sie waren nicht so kalt wie die Steine, die sie verkauft hatte.

Holt betrachtete unbehaglich die erste Träne. „Wenn er dir nicht gefällt, können wir ihn umtauschen."

„Er ist wunderschön." Sie wischte sich eine Träne weg. „Tut mir Leid, ich hasse es zu weinen. Er ist nur so schön, und du hast ihn für mich gekauft, weil du mich liebst. Und wenn ich ihn überstreife, gehöre ich dir."

Er lehnte seine Stirn gegen die ihre. Das waren die Worte, die er wollte, die er brauchte. Er nahm den Ring aus der Schatulle und schob ihn Suzanna auf den Finger. „Du gehörst mir." Er küsste ihre Hand, dann ihre Lippen. „Ich gehöre dir." Er presste sie fest an sich und erinnerte sich an die Worte seines Großvaters. „Ewig."

12. KAPITEL

Suzanna nahm die Kinder am nächsten Morgen mit in den Laden. Sie konnte dem Rest der Familie ihre Neuigkeit nicht erzählen, bevor sie nicht Alex' und Jennys Gefühle erforscht hatte.

„Mögt ihr eigentlich Holt?" fragte sie beiläufig, während sie das Gewächshaus inspizierten.

„Er ist nett." Alex war in Versuchung, seine Schwester nass zu spritzen, war das letzte Mal damit jedoch hereingefallen.

„Er spielt manchmal mit uns." Jenny tanzte von einem Fuß auf den anderen. „Ich mag es, wenn er uns in die Luft wirft."

„Ich mag ihn auch." Suzanna entspannte sich ein wenig.

„Wirft er dich auch in die Luft?" wollte Jenny wissen.

„Nein." Lachend zerzauste Suzanna ihr die Haare. „Ich habe mich gefragt ..." Suzanna wischte nervös mit ihren Händen über ihre Jeans. „Was würdet ihr dazu sagen, wenn er die ganze Zeit bei uns wohnt?"

„Das wäre gut", entschied Jenny. „Er spielt mit uns auch, wenn wir ihn nicht bitten."

Bleibt nur noch einer, dachte Suzanna. „Alex?"

Er scharrte mit den Füßen. „Willst du auch heiraten wie C. C. und Amanda?"

Sie kauerte sich hin. „Ich habe daran gedacht. Was meinst du?"

„Muss ich wieder einen blöden Smoking tragen?"

Suzanna streichelte ihm lächelnd die Wange. „Ja, wahrscheinlich."

„Wird er dann unser Onkel wie Trent und Sloan und Max?" fragte Jenny.

Suzanna stand auf. „Nein. Er wäre euer Stiefvater."

Bruder und Schwester wechselten Blicke. „Würde er uns dann noch immer mögen?"

„Natürlich, Jenny."

„Müssten wir dann weggehen und woanders leben?"

Sie strich Alex übers Haar. „Nein, er würde bei uns in The Towers wohnen, oder wir würden vielleicht bei ihm in seinem Cottage leben. Wir wären eine Familie."

„Hast du dich in Holt verliebt?" wollte Jenny wissen.

„Ja, das habe ich." Sie bemerkte Alex' Unbehagen und lächelte. „Ich möchte ihn heiraten, damit wir alle zusammen sein können. Aber Holt und ich wollen wissen, wie ihr darüber denkt."

„Ich mag ihn", verkündete Jenny. „Er lässt mich auf seinen Schultern reiten."

Alex zuckte zögernd die Schultern. „Vielleicht ist er in Ordnung."

„Wir können uns noch mehr darüber unterhalten", sagte Suzanna besorgt. „Machen wir den Laden auf."

Sie traten aus dem Gewächshaus, als Holt in die Einfahrt bog. Er versuchte, lässig zu wirken. „Hallo!"

„Hallo!" Suzanna wollte ihm die Arme entgegenstrecken, doch die Kinder hielten ihre Hände fest.

„Ich dachte, ich komme vorbei und ... Wie läuft es?"

Jenny lächelte schüchtern. „Mom sagt, ihr heiratet, und du wirst unser Stiefvater und wohnst bei uns."

Holt musste den Drang unterdrücken, mit den Füßen zu scharren. „So sieht unser Plan aus."

Alex drückte Suzannas Finger. „Wirst du uns anschreien?"

Holt beugte sich herunter, bis er mit dem Jungen auf gleicher Höhe war. „Vielleicht, wenn ihr ungezogen seid."

Alex vertraute dieser Antwort mehr als einem bedingungslosen Nein. „Schlägst du uns?" Er erinnerte sich der Schläge, die er während des Urlaubs erhalten hatte. Sie hatten mehr beleidigt als geschmerzt, aber er grollte deswegen noch immer.

Holt legte eine Hand unter das Kinn des Jungen. „Nein“, antwortete er, und Alex glaubte ihm. „Aber ich könnte dich an den Daumen aufhängen oder in Öl kochen. Wenn ich wirklich wütend werde, binde ich dich auf einen Ameisenhaufen.“

Alex schob die Unterlippe vor. Er war mit der Befragung noch nicht fertig. „Wirst du Mom zum Weinen bringen, wie er es getan hat?“

„Alex“, begann Suzanna, aber Holt schnitt ihr das Wort ab.

„Vielleicht manchmal, wenn ich dumm bin. Aber nicht absichtlich. Ich liebe sie sehr, und ich möchte sie glücklich machen.“

Alex sah ihn forschend an. „Machst du auch diese Schmatzerei? Seit Trent und Sloan und Max hier sind, gibt es ständig Küsserei.“

„Ja.“ Holt lächelte. „Ich mache diese Schmatzerei.“

„Aber du magst das nicht“, sagte Alex hoffnungsvoll. „Du machst das nur, weil Mom es will.“

„Tut mir Leid, ich mag das auch.“

„So ein Mist“, murmelte Alex niedergeschlagen.

„Macht es jetzt!“ Jenny tanzte und kicherte. „Ich will zusehen.“

Holt gehorchte gern und zog Suzanna an sich. Als er seine Lippen von ihrem Mund löste, war Alex rot, und Jenny klatschte. „Ich sage es dir nur ungern“, erklärte Holt nüchtern. „Aber eines Tages wirst du es auch mögen, Alex.“

„Uh! Lieber esse ich Schlamm.“

Lachend hob Holt ihn hoch und war erleichtert, als Alex einen Arm um seinen Nacken legte. „Sag mir das in zehn Jahren.“

„Ich mag es", behauptete Jenny und zog an seinem Hosenbein. „Ich mag es jetzt schon. Küss mich!" Er hob sie lachend auf seinen anderen Arm und küsste sie. Ihre großen blauen Augen strahlten. „Aber Mom hast du anders geküsst."

„Das kommt daher, dass sie die Frau und du das Kind bist."

Sie strich mit einer Hand über seine Wange. „Darf ich dich Daddy nennen?" fragte sie, und Holt fühlte, wie sich ihm das Herz zusammenzog.

„Ich – äh – sicher, wenn du willst."

„Daddy ist was für Babys", bemerkte Alex abfällig. „Ich nenne dich Dad."

„In Ordnung." Er blickte zu Suzanna. „Ja, das ist in Ordnung."

Holt hatte schon Kontakte aufgenommen. Als endlich der erwartete Anruf kam, holte er seine Waffe hervor und schnallte sie an seiner Wade fest.

Fünfzehn Minuten später fand er Sloan im Baustellenchaos des Westflügels. Sloan, in Jeans und Werkzeuggürtel, überwachte die Arbeiten.

„Ich wusste nicht, dass Architekten einen Hammer schwingen", sagte Holt.

Sloan grinste. „Ich habe ein persönliches Interesse an dem Job."

Holt verstand und nickte und betrachtete die Bauarbeiter. „Welcher ist Marshall? Ich möchte mit ihm sprechen."

Sloans Augen blitzten, doch er nickte bloß. „Ich begleite Sie. Sie halten ihn für den Dieb?"

„Robert Marshall hat sich erst vor sechs Wochen in Maine einen Führerschein ausstellen lassen. Und er hat nie unter diesem Namen und seiner Sozialversicherungsnummer Steuern gezahlt."

Sloan sah noch immer Amanda vor sich, wie sie über die Terrasse rannte, verfolgt von einem Mann mit einer Waffe. „Ich habe den ersten Schlag."

Es stellte sich heraus, dass der Vorarbeiter vor wenigen Minuten Marshall weggeschickt hatte, um einen verletzten Mann ins Krankenhaus zu bringen. Den Rest des Tages hatte Marshall frei.

Sie informierten Trent in seinem Büro. Trent hatte Marshalls Adresse in seinen Unterlagen. Zusammen mit Max fuhren sie los.

Das Apartment lag am Rand des Dorfes. Die Frau, die auf Holts Klopfen öffnete, war verwittert und ging gebeugt. „Ich kaufe keine Staubsauger und kein Lexikon."

„Wir suchen Robert Marshall", erklärte Holt.

„Wen? Kenn' ich nicht", brummelte sie. „Nebenan wohnt McNeilly und unten ein Mitchell, aber kein Marshall. Ich schließe auch keine Versicherung ab."

„Dieser Marshall ist etwa dreißig, einsachtzig, schlank, schwarze schulterlange Haare und großer Schnurrbart."

„Kenne ich nicht. Der Junge, der unten wohnt, von den Pearsons, der hat Haare bis über die Schultern. Eine Schande, wenn Sie mich fragen. Färbt sie sich auch. Nicht älter als sechzehn."

„Entschuldigen Sie", warf Max ein und beschrieb den Mann, den er als Ellis Caufield kennen gelernt hatte.

„Hört sich nach meinem Neffen an. Wohnt in Rochester mit seiner zweiten Frau. Verkauft Gebrauchtwagen."

„Danke." Holt war nicht überrascht, dass der Dieb eine falsche Adresse angegeben hatte. Als sie das Haus verließen, fischte er eine Münze aus seiner Tasche und ging zu einer Telefonzelle. Er warf die Münze ein und tippte eine Nummer. „Hier spricht Detective Sergeant Bradford, Portland Police Department, Polizeimarke Nummer 7375. Ich brauche eine Überprüfung." Er nannte die Telefonnummer aus Marshalls Personalakte. Danach wartete er geduldig, bis der Operator sich wieder meldete. „Danke." Er legte auf und wandte sich an die drei Männer. „Bar Island", sagte er. „Wir nehmen mein Boot."

Während ihre Männer sich darauf vorbereiteten, über die Bay zu fahren, trafen sich die Calhoun-Frauen in Biancas Turm. „Also", begann Amanda, Block und Stift schreibbereit, „was wissen wir?"

„Trent hat die Personalakten überprüft", erklärte C. C. „Er behauptete, es ginge um einbehaltene Steuern, aber das ist Unfug."

„Interessant", überlegte Lilah laut. „Max hat mich heute Morgen daran gehindert, in den Westflügel zu gehen. Hat jede Menge lahmer Ausreden erfunden, warum ich die Männer nicht von der Arbeit ablenken sollte."

„Und Sloan hat ein paar Akten in eine Schublade geschoben und abgeschlossen, als er letzte Nacht ins Zimmer kam." Amanda tippte mit ihrem Stift auf den Block. „Warum sollen wir es nicht wissen, wenn sie die Bauarbeiter überprüfen?"

„Gestern Abend", sagte Suzanna, „habe ich erfahren, dass in Holts Cottage eingebrochen wurde. Es wurde durchsucht."

Die drei Schwestern stürzten sich darauf und hämmerten mit Fragen auf sie ein.

„Wartet!" Suzanna hob eine Hand. „Er hat es gesagt, weil er auf mich wütend war. Dann war er noch wütender, weil es herausgekommen ist. Aber er hat es mir erzählt, weil er mir Angst machen wollte. Er wäre sicher, dass es Livingston war."

„Was bedeutet", kombinierte Amanda, „dass unser alter Freund weiß, welche Verbindung Holt zu uns hat. Wer weiß das noch außer uns?" In ihrer methodischen Art begann sie, alle in Frage kommenden Namen aufzulisten.

„Ach, hör damit auf." Lilah winkte ab. „Niemand außer der Familie weiß es. Keine von uns hat es außerhalb des Hauses erwähnt."

„Vielleicht hat er es auf die gleiche Weise herausgefunden wie Max", meinte C. C. „In der Bibliothek."

„Max hat die Bücher ausgeliehen." Lilah schüttelte den Kopf. „Vielleicht hat er die Informationen in den Papieren gefunden, die er uns gestohlen hat."

„Das ist möglich." Amanda machte eine Notiz. „Aber er hatte diese Papiere schon seit Wochen. Wann ist er in das Cottage eingebrochen?"

„Vor zwei Wochen, aber ich glaube nicht, dass er dabei die Verbindung entdeckt hat. Ich glaube, er weiß es von uns."

Es gab einen Streit. Suzanna stand auf und hob beide Hände, um ihn zu beenden. „Hört zu! Wir waren uns einig, dass niemand von uns mit anderen darüber gesprochen hat. Und wir waren uns einig, dass unsere Männer uns nicht wissen lassen wollen, dass sie die Bauarbeiter überprüfen. Das bedeutet ..."

„Das bedeutet", ergänzte Amanda und schloss kurz die Augen, „dass der Bastard für uns arbeitet. Wie eine Fliege an der Wand kann er Informationen aufschnappen und im Haus herumschnüffeln. Wir sind so daran gewöhnt, die Kerle Bauholz schleppen zu sehen, dass wir nicht einmal hinschauen."

„Ich glaube, Holt ist schon zu diesem Schluss gekommen." Suzanna hob wieder ihre Hände. „Die Frage ist, was wir jetzt unternehmen."

„Wir verschaffen den Jungs vom Bau etwas Aufregung und besuchen morgen den Westflügel." Lilah erhob sich von dem Fenstersitz. „Es ist für mich gleichgültig, welches Aussehen er sich diesmal gegeben hat. Ich werde ihn erkennen, wenn ich nahe genug an ihn herankomme." Nachdem das geklärt war, setzte sie sich wieder. „Also, Suzanna, warum erzählst du uns nicht, wann dich der böse Bradford-Junge gebeten hat, ihn zu heiraten?"

Suzanna lächelte. „Woher weißt du das?"

„Für einen Expolizisten hat er einen großartigen Geschmack, was Schmuck angeht." Sie ergriff Suzannas Hand, um ihren anderen Schwestern den Ring zu zeigen.

„Gestern Abend", sagte sie, während sie tränenreich umarmt und geküsst wurde. „Wir haben es den Kindern heute Morgen gesagt."

„Tante Coco wird durch das Dach springen." C. C. drückte Suzanna noch einmal. „Wir alle vier innerhalb von ein paar Monaten. Sie wird im siebenten Himmel der Heiratsvermittler schweben."

„Wir brauchen nur noch diesen Mistkerl hinter Gitter zu bringen und die Smaragde zu finden." Amanda wischte eine Träne weg. „O nein! Wisst ihr, was das bedeutet?"

„Es bedeutet, dass du noch eine Hochzeit organisieren musst", antwortete Suzanna.

„Nicht nur das. Es bedeutet, dass wir Tante Colleen am Hals haben, bis die letzte Hand voll Reis geworfen wurde."

Holt kam in schlechter Stimmung nach The Towers zurück. Sie hatten das Haus gefunden – leer. Sie hatten keinen Zweifel, dass

Livingston dort wohnte. Das Gesetz mehr als nur ein wenig beugend, hatte er einen Einbruch verübt und das Haus genauso gründlich durchsucht wie Livingston sein Cottage. Sie hatten die gestohlenen Calhoun-Papiere gefunden, die Listen, die der Dieb angefertigt hatte, und eine Kopie der Originalpläne von The Towers.

Sie hatten auch eine maschinengeschriebene Kopie des wöchentlichen Zeitplans von ihnen allen gefunden, zusammen mit handschriftlichen Kommentaren, die keinen Zweifel daran ließen, dass Livingston jeden Einzelnen von ihnen beobachtet hatte. Es gab ein ordentliches Verzeichnis für jeden Raum, den er durchsucht hatte, mit allen Dingen, die er für stehlenswert erachtete.

Sie hatten eine Stunde auf seine Rückkehr gewartet, wollten dann aber die Frauen nicht so lange allein lassen, sodass sie Lieutenant Koogar telefonisch informierten. Während die Polizei das gemietete Haus auf Bar Island observierte, kehrten Holt und seine Gefährten nach The Towers zurück.

Nun mussten sie abwarten. Das kannte Holt noch von seiner Zeit bei der Polizei gut. Doch jetzt war es kein Job, und jeder Moment zerrte an seinen Nerven.

„Ach, mein lieber, lieber Junge!“ Coco flog ihm in dem Moment entgegen, als er das Haus betrat. Er fing sie an ihren straffen Hüften ab, als sie sein Gesicht mit Küssen bedeckte.

„Hey!“ Mehr brachte er nicht hervor, als sie an seiner Schulter weinte. Ihr Haar schimmerte nicht mehr schwarz, sondern leuchtete feuerwehrrot. „Was haben Sie mit Ihrem Haar gemacht?“

„Oh, es war Zeit für eine Veränderung.“ Sie putzte sich die Nase und sank ihm erneut in die Arme. Hilflos tätschelte Holt ihren Rücken und sah die grinsenden Männer Hilfe suchend an.

„Es sieht gut aus“, versicherte er Coco und fragte sich, ob sie wirklich wegen ihrer Haare weinte. „Ehrlich.“

„Es gefällt Ihnen?“ Sie wich zurück und zupfte an ihren Haaren. „Ich fand, ich könnte einen kleinen gewagten Akzent brauchen, und Rot ist so fröhlich.“ Sie schnäuzte in ihr feuchtes Taschentuch. „Ich bin ja so glücklich“, schluchzte sie. „So unglaublich glücklich. Ich hatte es gehofft, wissen Sie. Und die Teeblätter zeigten an, dass alles funktionieren würde, aber ich machte mir trotzdem Sorgen. Sie hatte eine so schreckliche Zeit, und ihre süßen kleinen Babys auch. Jetzt kommt alles in Ordnung. Anfangs dachte ich, es wäre Trent, aber er und C. C. passten so perfekt zusammen. Dann Sloan und Amanda. Dann, ehe ich mich versah, unser lieber Max und Lilah. Ist es ein Wunder, dass ich überwältigt bin?“

„Ich denke nicht.“

„Wenn ich mir vorstelle, wie Sie vor so vielen Jahren Hummer an die Hintertür brachten ... Und wie Sie für mich ein Rad wechselten und zu stolz waren, um auch nur Dank von mir anzunehmen. Und jetzt werden Sie mein Baby heiraten.“

„Gratuliere.“ Trent schlug Holt grinsend auf den Rücken, während Max ein frisches Taschentuch für Coco hervorholte.

„Willkommen in der Familie!“ Sloan streckte ihm die Rechte entgegen. „Sie wissen hoffentlich, worauf Sie sich einlassen.“

Holt betrachtete die weinende Coco. „Ich beginne es zu ahnen.“

„Hör mit diesem Geheule auf!“ Colleen kam polternd die Treppe herunter. „Ich konnte dich bis in mein Zimmer jaulen hören. Um Himmels willen, bringt dieses Wrack in die Küche!“ Sie deutete mit ihrem Stock auf Coco. „Flößt ihr Tee ein, bis sie sich zusammennimmt! Raus mit euch allen“, fügte sie hinzu. „Ich will mit diesem Jungen hier sprechen.“

Wie Ratten, die das sinkende Schiff verlassen, dachte Holt, als sie ihn allein ließen. Colleen gab ihm einen Wink, ihr zu folgen, und strebte dem Salon zu.

„Sie wollen also meine Großnichte heiraten."

„Nein, ich werde sie heiraten."

Colleen schniefte. Der Teufel sollte sie holen, wenn sie den Jungen nicht mochte. „Eines sage ich Ihnen. Wenn Sie zu ihr nicht besser sind als dieser Abschaum, den sie davor hatte, werden Sie sich vor mir verantworten müssen." Sie sank in einen Sessel. „Was sind Ihre Aussichten?"

„Meine – was?"

„Ihre Aussichten", wiederholte sie ungeduldig. „Wenn Sie denken, dass Sie mein Geld in die Finger bekommen, wenn Sie sich Suzanna schnappen, täuschen Sie sich."

Seine Augen zogen sich zusammen, was ihr gefiel. „Sie können Ihr Geld nehmen und …"

„Sehr gut." Colleen nickte anerkennend. „Wie wollen Sie Suzanna unterhalten?"

„Sie braucht nicht unterhalten zu werden. Und Sie braucht weder Sie noch sonst jemanden, der sich in ihre Angelegenheiten mischt. Sie ist bis jetzt sehr gut allein zurechtgekommen. Allerdings wird sie sich nicht mehr zu Tode arbeiten, und die Kinder werden in Zukunft jemanden haben, der ihnen ein guter Vater sein will. Vielleicht werde ich Suzanna keine Juwelen schenken können, aber ich werde sie mit Sicherheit glücklich machen."

Colleen tappte mit ihren Fingern auf den Griff ihres Stocks. „Das werden Sie. Wenn Ihr Großvater Ihnen auch nur entfernt ähnlich war, ist es kein Wunder, dass meine Mutter ihn liebte. Also …" Sie wollte sich erheben, als ihr das Porträt über dem Kaminsims auffiel. Das reizende Gesicht ihrer Mutter hatte das ernste ihres Vaters ersetzt. „Was macht dieses Bild hier?"

Holt schob die Hände in die Hosentaschen. „Ich fand, es gehört hierher. Hier hätte mein Großvater es gern gesehen."

Colleen ließ sich in den Sessel zurücksinken. „Danke." Ihre Stimme klang belegt, doch ihre Augen funkelten zornig. „Gehen Sie jetzt! Ich will allein sein."

Holt ging und wunderte sich darüber, dass er sie mochte. Obwohl er sich nicht auf eine weitere Szene freute, wollte er in die Küche, um Coco zu fragen, wo Suzanna war.

Doch er fand sie, indem er der Musik folgte, die durch den Korridor klang. Sie saß am Klavier und spielte eine traurige Melodie, doch um ihre Lippen und in ihren Augen lag ein Lächeln. Als sie hochblickte, hielten ihre Finger inne, aber das Lächeln blieb.

„Ich wusste nicht, dass du spielen kannst."

„Wir alle haben Unterricht bekommen." Suzanna streckte ihre Hand nach ihm aus. „Ich habe gehofft, dass wir einen Moment für uns haben, damit ich dir sagen kann, wie wunderbar du heute Morgen mit den Kindern warst."

Seine Finger mit den ihren verschlungen, so betrachtete er den Ring, den er ihr geschenkt hatte. „Ich war nervös." Er lachte. „Ich wusste nicht, wie sie es aufnehmen würden. Als Jenny mich fragte, ob sie mich Daddy nennen darf … Es ist komisch, wie schnell man sich verlieben kann, Suzanna. Ich glaube, ich kann jetzt verstehen, was ein Elternteil auf sich nehmen würde, damit seine Kinder in Sicherheit sind. Ich hätte gern noch mehr Kinder. Ich weiß, dass du dir das überlegen musst. Und du sollst nicht denken, ich würde mir dadurch weniger aus Alex und Jenny machen."

„Das brauche ich mir nicht zu überlegen." Sie drückte einen Kuss auf seine Wange. „Ich wollte immer eine große Familie."

Holt zog sie so dicht heran, dass ihr Kopf an seiner Schulter lag. „Suzanna, weißt du, wo das Kinderzimmer war, als Bianca hier lebte?"

„Im zweiten Stock des Ostflügels. Es wird als Abstellraum benutzt, solange ich zurückdenken kann." Sie richtete sich auf. „Glaubst du, sie hat dort die Halskette versteckt?"

„Ich glaube, Bianca hat sie dort versteckt, wo Fergus nicht nachsehen würde, und ich kann ihn mir beim besten Willen nicht im Kinderzimmer vorstellen."

„Nein, aber irgendjemand wäre auf sie gestoßen. Andererseits ist das Zimmer angefüllt mit Kartons und alten Möbeln. Die Calhoun-Version eines Flohmarktes."

„Zeig es mir."

Es war schlimmer, als er es sich vorgestellt hatte. Selbst wenn man die Spinnweben und den Staub nicht beachtete, war es katastrophal. Kartons, Kisten, aufgerollte Teppiche, defekte Tische, Lampen ohne Schirme standen, lagen oder lehnten auf jedem Zentimeter freien Raums. Sprachlos wandte er sich Suzanna zu, die lächelnd mit den Schultern zuckte.

„Innerhalb von achtzig Jahren sammelt sich eine Menge Zeug an", meinte sie. „Die meisten wertvollen Gegenstände wurden weggeschafft und verkauft, als wir – nun, als die Dinge schwierig waren. Dieses Stockwerk ist schon lange unbenutzt, weil wir uns nicht leisten konnten, es zu heizen. Wir mussten uns auf den Wohnbereich konzentrieren. Wenn wir erst einmal alles ein wenig unter Kontrolle haben, wollen wir die anderen Teile des Hauses Zimmer für Zimmer in Angriff nehmen."

„Dafür braucht ihr einen Bulldozer."

„Nein, nur Zeit und Muskelkraft. In den letzten zwei Monaten haben wir viele dieser alten Räume Zentimeter für Zentimeter durchsucht, aber es geht nur langsam voran."

„Dann sollten wir am besten anfangen."

Sie arbeiteten zwei schmutzige und schwere Stunden lang. Sie fanden einen zerschlissenen Sonnenschirm, eine erstaunliche Sammlung von Erotika des neunzehnten Jahrhunderts, einen Schrankkoffer voll muffig riechender Kleider aus den zwanziger Jahren und einen Karton mit gewellten Schellackplatten.

Es gab auch einen Karton mit Spielzeug, einer Miniaturlokomotive, einer traurigen Lumpenpuppe, verschiedenen Jojos. Dazwischen fand sich eine hübsche alte Märchenbildersammlung, die Suzanna beiseite legte.

„Für unser Kinderzimmer", erklärte sie Holt. „Sieh nur." Sie hob ein gelbes Taufkleid hoch. „Das könnte von meinem Großvater stammen."

„Man sollte meinen, das wäre alles sorgfältiger eingepackt worden."

„Ich glaube, Fergus hat nach Biancas Tod keinen sehr ordentlichen Haushalt geführt."

Holt zog eine Spinnwebe aus ihrem Haar. „Warum machst du keine Pause?"

„Warum? Mir geht es blendend."

Er benutzte eine andere Taktik. „Ich könnte etwas zu trinken gebrauchen. Glaubst du, Coco hat etwas Erfrischendes im Kühlschrank? Vielleicht auch ein Sandwich?"

„Sicher. Ich sehe nach."

Er wusste, dass ihre Tante darauf bestehen würde, das Essen zusammenzustellen, sodass Suzanna solange sitzen konnte. „Zwei Sandwiches", fügte er hinzu und küsste sie.

„In Ordnung."

Suzanna stand auf und streckte sich. „Es ist so traurig, an diese drei Kinder zu denken, die nachts hier drin lagen und wussten, dass ihre Mutter nicht zurückkommen würde, um sie ins Bett zu bringen. Übrigens, ich sollte meine Kinder lieber ins Bett stecken, bevor ich zurückkomme."

„Lass dir Zeit." Holt nahm sich bereits die nächste Kiste vor.

Suzanna ging hinaus und dachte wehmütig an Biancas Kinder. Der kleine Sean, der kaum laufen konnte. Ethan, der später der Vater ihres Vaters wurde. Und Colleen, die jetzt unten war und sicher irgendetwas an Coco auszusetzen hatte. Wie diese Frau jemals ein süßes kleines Mädchen …

Ein kleines Mädchen, dachte Suzanna und blieb im ersten Stock stehen. Das Mädchen, das älteste Kind, musste fünf oder sechs gewesen sein, als die Mutter starb. Suzanna machte einen Umweg und klopfte an die Tür ihrer Großtante.

„Herein, verdammt!"

„Tante Colleen." Suzanna trat ein. Amüsiert stellte sie fest, dass die alte Frau in einen Liebesroman versunken war. „Tut mir Leid, dich zu stören."

„Warum? Den anderen tut es doch auch nie Leid."

Suzanna biss sich auf die Zunge. „Ich dachte … In jenem Sommer, dem letzten Sommer, warst du da noch im Kinderzimmer bei deinen Brüdern?"

„Ich hatte mein eigenes Zimmer am anderen Ende des Ostflügels. Da war das Kinderzimmer, dann Nannys Zimmer, dann das Kinderbad und drei Zimmer, die für Kinder von Gästen bereitstanden. Ich hatte das Eckzimmer gleich an der Treppe." Sie blickte finster in ihr Buch. „Im nächsten Sommer zog ich in eines der Gästezimmer. Ich wollte nicht in dem Raum schlafen, den meine Mutter für mich dekoriert hatte, und wissen, dass sie es nie wieder betreten würde."

„Es tut mir Leid. Als Bianca dir sagte, ihr würdet weggehen, kam sie da in dein Zimmer?"

„Ja. Sie ließ mich ein paar von meinen Lieblingskleidern aussuchen und packte sie ein."

„Danach ... Ich nehme an, sie wurden wieder ausgepackt?"

„Ich trug diese Kleider nie wieder, wollte es gar nicht. Ich schob den Koffer unter mein Bett."

„Verstehe." Dann gab es also Hoffnung. „Danke."

„Mittlerweile bestimmt mottenzerfressen", grollte Colleen, als Suzanna wieder hinausging. Sie dachte an ihr Lieblingskleid aus weißem Musselin mit einer blauen Satinschärpe, stand seufzend auf und trat auf die Terrasse hinaus.

Die Dämmerung kommt früh, dachte sie. Ein Gewitter zog herauf. Sie roch es im Wind, sah es in den wilden Wolken, die bereits die Sonne verdeckten.

Suzanna eilte wieder die Treppe hinauf. Die Sandwiches mussten warten. Sie stieß die Tür zu Colleens altem Zimmer auf, das auch zum Abstellraum gemacht worden war. Es war jedoch kleiner als das Kinderzimmer und nicht so voll gestellt.

Sie hielt sich nicht mit Kisten und Kartons auf, sondern schob sie beiseite und suchte unter dem Bett. Ihr Herz stockte, als sie auf einen alten Koffer stieß. Sie öffnete ihn und fand sorgfältig in Seidenpapier eingeschlagene Kleider. Aber keine Mädchenkleider – und keine Smaragde.

Da das Licht bereits schwach wurde, stand Suzanna auf und wollte zur Tür, Holt und eine Taschenlampe holen, bevor sie weitermachte. In der Dämmerung stieß sie sich hart das Schienbein. Mit einer Verwünschung blickte sie nach unten und sah den kleinen Koffer.

Er hatte einst weiß geschimmert, war inzwischen jedoch stumpf von Alter und Staub. Er war beiseite geschoben worden, und man hatte Kartons darauf gestellt, die ihn zusammen mit einem verblassten Teppich fast verdeckten. Suzanna kniete sich in dem düsteren Licht hin, legte den Koffer frei und hob den Deckel an.

Der Duft von Lavendel war womöglich schon seit Jahrzehnten darin versiegelt. Sie nahm das erste Kleid aus weißem Musselin heraus, das vom Alter elfenbeinfarben geworden war, umgürtet mit einer verblassenden blauen Satinschärpe. Suzanna legte es behutsam beiseite und zog das nächste heraus. Sie stieß auf Beinkleider und Bändchen, hübsche Schleifen und ein Nachthemd mit Spitzenbesatz. Und dann – auf dem Grund, neben einem kleinen Stoffbären – eine Kassette und ein Buch.

Suzanna legte ihre zitternde Hand an die Lippen und griff dann nach dem Buch.

Biancas Tagebuch, dachte sie, als Tränen ihre Augen verschleierten. Sie war ganz aufgeregt, als sie die erste Seite aufschlug.

Bar Harbor Maine
12. Juni 1912

Ich sah ihn auf den Klippen oberhalb der Frenchman Bay …

Suzanna stieß unsicher den Atem aus und legte das Buch in ihren Schoß. Das durfte sie nicht allein lesen. Es musste auf ihre Familie warten. Ihr Herz hämmerte, als sie die Kassette aus dem Koffer nahm. Sie wusste es, bevor sie sie öffnete. Sie fühlte die Veränderung in dem Raum, das Vibrieren der Luft. Als die erste Träne über ihre Wange lief, hob Suzanna den Deckel und legte Biancas Smaragde frei.

Sie blinkten wie grüne Sonnen, waren voll Leben und Leidenschaft. Sie hob die Halskette hoch, die beiden herrlichen Reihen, und fühlte die Wärme auf ihren Händen. Achtzig Jahre zuvor in Hoffnung und Verzweiflung versteckt, waren sie nun frei. Das Dämmerlicht, das den Raum erfüllte, wurde ihnen nicht gerecht.

Suzanna kniete sich hin, ließ die Halskette von ihren Händen hängen, griff in die Kassette und holte passende Ohrringe heraus. Seltsam, dachte sie. Die hatte sie vergessen. Sie waren schön, exquisit, aber die Halskette dominierte. Sie war geschaffen, um zu dominieren.

Wie betäubt blickte Suzanna auf die Macht in ihren Händen. Das waren nicht bloß Edelsteine, nicht nur einfach schöne Steine. Das waren Biancas Leidenschaften und Hoffnungen und Träume. Seit der Zeit, zu der sie in die Kassette gelegt worden waren, bis jetzt, da sie von Biancas Nachfahrin herausgeholt worden waren, hatten sie darauf gewartet, das Licht wieder zu sehen.

„Oh, Bianca."

„Ein bezaubernder Anblick."

Ihr Kopf ruckte bei dem Klang der Stimme hoch. Der Mann stand an der Tür, kaum mehr als ein Schatten. Als er in den Raum trat, sah Suzanna das Schimmern der Waffe in seiner Hand.

„Geduld zahlt sich aus", sagte Livingston. „Ich habe zugesehen, wie Sie und der Polizist in den Raum am Ende des Korridors gingen. Ich habe ziemlich viele schlaflose Nächte damit verbracht, nachts durch diese Räume zu wandern."

Als er näher kam, starrte sie ihn an. Er sah nicht so aus wie der Mann, an den sie sich erinnerte. Seine Haarfarbe stimmte nicht, sogar seine Gesichtsform war verändert. Sie stand ganz langsam auf, das Buch und die Ohrringe in der einen Hand, die Halskette in der anderen.

„Sie erkennen mich nicht, aber ich kenne Sie. Sie sind Suzanna, eine von den Calhouns, die mir eine ganze Menge schulden."

„Ich weiß nicht, wovon Sie sprechen."

„Drei Monate meiner Zeit und nicht wenig Mühe. Dann der Verlust von Hawkins, natürlich. Er war kein besonders guter Partner, aber er gehörte mir, genau wie das hier." Er betrachtete die Halskette. Sie betäubte ihn. Mehr, als er sich erträumt, mehr als er sich ausgemalt hatte. Alles, was er wollte. Seine Finger zitterten leicht an der Waffe, als er die Hand ausstreckte. Suzanna zuckte zurück. Er hob eine Braue. „Glauben Sie wirklich, Sie könnten mir die Kette vorenthalten? Sie ist für mich bestimmt. Und sobald die Steine mir gehören, gehört mir auch alles, was sie darstellen."

Er trat noch näher, und als Suzanna sich nach einer Fluchtmöglichkeit umsah, krallte er seine Hand in ihr Haar.

„Manche Steine besitzen Macht", sagte er leise. „Tragödien durchdringen sie und machen sie noch stärker. Tod und Kummer schärfen sie. Hawkins verstand das nicht, er war ein einfacher Mann."

Und der Mann, dem sie gegenüberstand, war ein Verrückter. „Die Halskette gehört den Calhouns, hat ihnen immer gehört und wird ihnen immer gehören."

Er riss hart und schnell an ihren Haaren. Sie hätte aufgeschrien, doch die Waffe drückte sich gegen den jagenden Puls an ihrem Hals. „Sie gehört mir, weil ich klug genug war, weil ich entschlossen genug war, um darauf zu warten. In dem Moment, als ich von den Smaragden las, war es mir klar. Und heute Abend ist es geschafft."

Suzanna wusste nicht, was sie getan hätte, ihm die Steine geben oder mit ihm reden. Doch in diesem Moment schob sich ihr kleines Mädchen durch die Tür. „Mom." Ihre Stimme zitterte, während sie sich die Augen rieb. „Es donnert. Du sollst doch zu mir kommen, wenn es donnert."

Es passierte blitzschnell. Der Mann drehte sich um und schwenkte seine Waffe herum. Mit aller Kraft warf Suzanna sich auf ihn und blockierte sein Ziel. „Lauf!" schrie sie Jenny zu. „Lauf über den Korridor zu Holt!" Sie versetzte Livingston einen Stoß und rannte hinter ihrer Tochter her. Die Entscheidung musste in dem Augenblick fallen, als sie die Tür erreichte. Als sie Jenny nach rechts und, wie sie hoffte, in Sicherheit davonrennen sah, wandte Suzanna sich in die entgegengesetzte Richtung.

Er würde ihr und nicht dem Kind folgen, weil sie noch immer die Halskette hatte. Die nächste Entscheidung musste sie an der Treppe treffen. Nach unten zu ihrer Familie zu laufen und sie in Gefahr bringen. Oder nach oben – wo sie allein war.

Sie war halb die Treppe hinauf, als sie ihn hinter sich auf den Stufen hörte. Sie zuckte ängstlich zusammen, als eine Kugel dicht neben ihrer Schulter in den Verputz schlug.

Atemlos stürmte sie hoch und hörte erst in diesem Moment das Grollen des Donners, der Jenny geängstigt und dazu gebracht hatte, ihre Mutter zu suchen. Suzannas einziger Gedanke war, so viel Abstand wie möglich zwischen dem Irren und ihrem Kind zu gewinnen. Ihre Absätze klapperten auf der eisernen Wendeltreppe, die zu Biancas Turm führte.

Seine Finger schossen zwischen den offenen Treppenstufen durch und packten ihren Knöchel. Mit einem Aufschrei der Wut und des Entsetzens trat sie nach ihm, schüttelte die Finger ab und stolperte das restliche Stück hinauf. Die Tür war geschlossen. Den Tränen nahe, warf sie ihr Gewicht gegen das massive Holz. Es gab schmerzhaft langsam nach, sodass sie hineinfallen konnte. Doch bevor sie die Tür zuschlagen konnte, drängte er sich in den Raum.

Suzanna wappnete sich innerlich und war sicher, dass es nur Sekunden dauern würde, bis sie den Einschlag der Kugel spürte. Er keuchte und schwitzte, und seine Augen waren glasig. In seinem Mundwinkel zuckte ein Muskel.

„Gib her!“ Die Waffe zitterte, als er näher kam. Bei dem Zucken eines Blitzes sah er sich wild in dem dunklen Raum um. „Gib sie mir jetzt!“

Er hatte Angst – vor diesem Raum. „Sie waren schon einmal hier drin.“

Es stimmte. Nur einmal. Und er war verstört wieder hinausgelaufen. Irgendetwas war hier, das ihn hasste. Es kroch kalt wie Eis über seine Haut. „Gib mir die Halskette, sonst bringe ich dich um und nehme sie mir!“

„Das war ihr Raum“, erwiderte Suzanna. „Biancas Raum. Sie starb hier, als ihr Mann sie aus diesem Fenster stieß.“

Er konnte nicht widerstehen und blickte zu dem Fenster.

„Sie kommt noch immer her, um zu warten und die Klippen zu beobachten." Sie hörte wie erwartet Holt die Treppe hinaufstürmen. „Sie ist jetzt hier. Nehmen Sie sie." Sie hielt dem Mann die Smaragde entgegen. „Aber Bianca wird nicht zulassen, dass Sie damit davonkommen."

Sein Gesicht war kreidebleich und schweißüberzogen, als er nach der Halskette griff. Er packte sie, fühlte jedoch nicht wie Suzanna Wärme, sondern nur Kälte – und Entsetzen.

„Sie gehört jetzt mir." Er fröstelte und schwankte.

„Suzanna", sagte Holt ruhig von der Tür her, „geh weg von ihm!" Er hatte seine Waffe gezogen. Er hielt sie mit beiden Händen. „Geh weg", wiederholte er, „langsam!"

Sie machte einen Schritt, einen zweiten. Livingston achtete nicht auf sie. Er wischte sich mit der Hand, in der er die Waffe hielt, über die trockenen Lippen.

„Es ist aus", sagte Holt zu ihm. „Lassen Sie die Waffe fallen!" Doch Livingston starrte weiterhin hektisch atmend auf die Halskette. „Geh hinaus, Suzanna!"

„Nein, nicht ohne dich."

Holt hatte keine Zeit, um sie zu verwünschen. Er sah, dass der Mann nicht mehr an seine Waffe dachte, sondern nur zitternd auf die Smaragde starrte.

Seine Augen auf Livingston gerichtet, packte Holt ihn am Handgelenk. „Es ist aus!" wiederholte er.

„Das gehört mir." Rasend vor Wut und Angst, griff Livingston an. Er feuerte einmal in die Decke, bevor Holt ihn entwaffnet hatte. Selbst dann wehrte er sich, doch der Kampf war kurz. Bei dem nächsten Krachen des Donners heulte er auf und schlug wild um sich, während die anderen in den Raum preschten.

Desorientiert und verängstigt wirbelte Livingston herum.

Berstendes Glas klirrte. Dann ein Laut, den Suzanna nie vergessen würde. Der entsetzte Schrei eines Mannes. Während Holt hinzusprang, um ihn zu retten, wirbelte Livingston durch das zerbrochene Fenster und stürzte auf die Felsen hinunter, auf die der Regen prasselte.

„Mein Gott!" Suzanna presste sich gegen die Wand, ihre Hände vor ihren Mund gelegt, um ihren eigenen Schrei zu ersticken. Arme legten sich um sie, Stimmen redeten auf sie ein.

Ihre Familie war in das Turmzimmer geströmt. Sie beugte sich zu ihren Kindern herunter und drückte Küsse auf ihre Wangen. „Es ist alles in Ordnung", beschwichtigte sie sie. „Es ist jetzt alles in Ordnung. Ihr braucht vor nichts mehr Angst zu haben." Suzanna blickte zu Holt. Er stand da, sah sie an, hinter ihm die Schwärze, das Glitzern der Smaragde zu seinen Füßen. „Alles ist jetzt in Ordnung. Ich bringe euch gleich nach unten."

Holt schob seine Waffe wieder ins Halfter. „Wir bringen sie nach unten."

Eine Stunde später waren die Kinder beruhigt und schliefen. Holt ergriff Suzanna am Arm und führte sie auf die Terrasse. Angst und Zorn, die er empfunden hatte, seit Jenny weinend zu ihm gekommen war, brachen aus ihm hervor. „Was hast du bloß gemacht, zum Teufel?"

„Ich wollte ihn von Jenny fern halten." Ihre Hände zitterten.

„Schon gut, schon gut", sagte er.

Suzanna hielt die Tränen nicht zurück. „Ich wusste nicht, was ich sonst machen sollte. Ich wollte weder tapfer noch dumm sein."

„Du warst beides und ich liebe dich." Holt küsste sie. „Aber jage mir nie wieder einen solchen Schrecken ein."

„Abgemacht." Sie rieb ihre Wange an der seinen. „Jetzt ist es wirklich vorbei, nicht wahr?"

Er drückte einen Kuss auf ihren Scheitel. „Es fängt gerade erst an."

EPILOG

Es war schon spät, als sich die Familie im Salon versammelte. Die Polizei war endlich abgerückt. Unter Biancas Porträt hatten sie sich zusammengefunden.

Colleen saß da, die Smaragde auf ihrem Schoß. Es tröstete sie, eine kostbare Erinnerung an ihre Mutter zu haben.

Holt hatte einen Arm um Suzanna gelegt. In dem Salon war nur ihre Stimme zu hören, während sie Biancas Tagebuch vorlas.

Sie schlug die letzte Seite auf mit Biancas Gedanken über die Smaragde. *„Ich dachte nicht an ihren Geldwert, als ich sie hervorholte und in meinen Händen hielt, um ihr Glitzern in dem Licht der Lampe zu betrachten. Sie sollten ein Erbstück für meine Kinder und deren Kinder sein, ein Symbol der Freiheit und der Hoffnung. Und mit Christian auch der Liebe. Als die Tagesdämmerung anbrach, beschloss ich, die Smaragde zusammen mit diesem Tagebuch an einem sicheren Ort zu verstecken, bis ich wieder mit Christian vereint sein würde.“*

Suzanna blickte auf und schloss langsam das Tagebuch. „Ich glaube, sie ist jetzt bei ihm. Nun sind sie zusammen.“

Sie lächelte, als Holt ihre Hand drückte. Suzanna blickte sich um, betrachtete ihre Schwestern, die Männer, die sie liebten, ihre durch Tränen lächelnde Tante und Biancas Tochter, die zu dem Porträt sah, das mit unzerstörbarer Liebe gemalt worden war.

„Es war Bianca, mehr noch als die Smaragde, die uns alle zusammenbrachte. Ich glaube, indem wir die Halskette fanden, haben wir den beiden geholfen, einander zu finden.“

Draußen schimmerte der Mond über der schäumenden See, die gegen die Felsen brandete. Der Wind wisperte durch die wilden Rosen und wärmte die Liebenden, die dort einherschritten.

– ENDE –